한국근현대시집
『오뇌의 무도』에서 『입 속의 검은 잎』까지
100년

편저자

오영식 吳榮植, Oh Young-Shik

중앙대학교 대학원 국문학과를 졸업, 보성고등학교에서 33년간 국어교사로 근무했다. 전 『불암통신』(1990~2005) 발행인으로 근대서지학회 회장과 반년간 『근대서지』 편집장을 맡고 있다. 대한출판문화협회에서 주최하는 1988 모범장서가로 선정된 바 있다. 저서로 『보성 100년사』(편저, 보성고등학교), 『해방기 간행도서 총목록 1945-1950』(편저, 소명출판), 『틀을 돌파하는 미술-정현웅 미술작품집』(공편저, 소명출판), 『김광균 문학전집』(공편저, 소명출판), 『『어린이』 총목차 1923-1949』(공편저, 소명출판)가 있다.

엄동섭 嚴東燮, Eom Dong-seop

중앙대학교 대학원에서 「해방기 시의 모더니즘 지향성 연구-신시론 동인을 중심으로」로 박사학위를 취득했다. 저서에 『탈식민의 텍스트, 저항과 해방의 담론』(공저), 『신시론 동인 연구』, 『원본 진달내꽃 진달내쏫 서지 연구』(공저) 등이 있고, 「해방기 박인환 시의 변모 양상」, 「한국전쟁기(1951.1~1953.12) 간행 창작시집 목록」 등의 논문을 발표했다. 현재 창현고등학교 교사로 재직 중이다.

한국 근현대 시집 100년

『오뇌의 무도』에서 『입 속의 검은 잎』까지

초판인쇄 | 2021년 3월 25일
초판발행 | 2021년 3월 30일
편저자 | 오영식 · 엄동섭
촬영 및 보정 | 박건형
편집 | 공홍
편집 보조 | 조혜린
펴낸이 | 박성모
펴낸곳 | 소명출판
출판등록 | 제13-522호
주소 | 서울시 서초구 서초중앙로6길 15, 2층
전화 | 02-585-7840
팩스 | 02-585-7848
전자우편 | somyungbooks@daum.net

값 62,000원

ISBN 979-11-5905-602-4 03810

오영식 · 엄동섭 편저

한 사람의 독자로서 문학작품을 읽으려 하거나 전문적인 학자로서 문학을 연구하려 하거나, 어느 경우든 올바른 텍스트에 근거해야 하는 것은 너무도 당연한 요구입니다. 하지만 우리나라에서는 이 당연한 상식을 지키는 것이 쉽지 않은 일이었습니다. 분단과 전쟁 같은 불운한 상황으로 인해 귀중한 서책이 흩어져 사라지는 것을 돌볼 겨를이 없었고, 그나마 인기 있는 작품은 출판사를 옮겨 다니는 동안 변형되고 첨삭이 가해져 원작의 모습이 훼손되는 경우도 많았습니다. 제가 젊은 문학도였던 1960년대만 하더라도 문학사 공부는 없는 자료를 찾아다니는 고행苦行의 순례였습니다.

다행히 이 분야에 일찍 눈을 뜬 선각자들이 계셨습니다. 백순재, 안춘근, 하동호, 김근수 같은 서지학의 선배 세대들이 자신들의 경제적 어려움을 무릅쓰고 여러 분야의 자료들을 수집하지 않았다면 한국의 근현대 문학사 연구는 커다란 난관에 부딪혔을 게 틀림없습니다. 일제강점기에 간송 전형필 선생이 우리 문화재를 수집 보존하는 데서 세운 공헌을 서지학자들은 문학 자료의 수집에서 이룩한 셈입니다.

오영식 · 엄동섭 선생은 백순재 · 하동호 선생에 이은 제2세대의 수집가이자 서지학자라 할 터인데, 오늘날 각 대학 국문학과에서 근현대 문학사를 연구하고 강의하는 많은 교수들이 이분들의 서지학적 기초작업에 크게 의존해 왔다는 것은 다들 아는 사실입니다.

저는 1921년 간행된 『오뇌의 무도』부터 1970년대의 천상병 · 신경림 · 김지하를 거쳐 1980년대의 황지우 · 기형도에 이르는 시집 100권의 목록을 훑어보면서 깊은 회한에 잠깁니다. 스무남은 살 젊은이로 다시 돌아가 한국 근대시의 고난과 광휘의 역사를 새로 공부할 수 있다면 얼마나 가슴 뛰는 노릇일까 싶기 때문입니다. 우리 근대시는 어떤 과정을 거쳐 탄생했는가, 이것은 자명해 보이면서도 우리 모두가 아직 풀지 못한 숙제라고 생각합니다.

구하기 쉽지 않은 시집들을 수집하고 비교 연구하신 서지학자들의 노고에 뜨거운 치하와 함께 깊은 감사를 드립니다. 이제는 이 자료들을 바탕으로 젊은 연구자들이 분발할 차례입니다.

2021년 4월 1일

염무웅(문학평론가 · 국립한국문학관 관장)

소수 연구자들을 제외하면 한국문학의 현장에서 오늘 몇 사람이나 안서 김억과 역시집 『오뇌의 무도』를 기억할까.

20세기 초 조선의 신문학운동, 정확히는 서구적 근대문학의 도입 과정이 없었다면 오늘과 같은 한국문학, 한국시의 전개는 없었을 것이다. 그 시기의 여러 노력들 가운데 특히 시와 관련해서라면 단연 김억과 『오뇌의 무도』의 존재가 독보적이었다. 조선시의 새 진로를 찾기 위한 이론과 창작, 번역에 걸친 김억의 치열한 모색, 그리고 그 결실인 역시집 『오뇌의 무도』의 출간(1921)이 없었다면, 김소월·한용운을 위시한 20년대 조선 신시운동의 추세가 그러하기 어려웠을 것이라 보는 것은 결코 과장이 아니며, 이후 한국시의 양상 또한 지금과 달라졌을 것이다.

국권 상실의 민족적 좌절과 중첩되는 이 시기 다방면의 고투들에 대해 훼예를 가하는 일은 언제나 신중을 요하는 일이지만, 적어도 한국어 문학의 대외 교류사에서 지울 수 없는 지위를 김억과 『오뇌의 무도』가 차지한다는 사실만은 누구도 부인할 수 없다. "오뇌의 무도가 발행된 뒤로 새로 나오는 청년의 시풍은 오뇌의 무도화하였다. (…중략…) 심지어 '-리라' '-나니'라는 안서의 특수한 용어례까지도 많이 모방하였다"(「문예쇄담」, 1925)는 이광수의 언급에서도 그 무렵 조선 청년 문예계에 분 '오뇌의 무도 바람'을 짐작할 수 있다.

다만 그에게 선구자의 영예만을 허락할 만큼 우리 근현대사가 유복하지 못함을 깊이 유감스럽게 여긴다. 같은 시기에 일제에 맞선 상해와 미주, 북간도와 연해주의 간고한 풍찬노숙이 있었기 때문이다. 예컨대 단재 신채호가 대표하는바, 그렇지 않아도 위축될 수밖에 없는 식민지 청년들의 우국적 열정을 애상조의 연문체와 자유연애담 따위로 마비시키는 '장음奬淫문학'들에 대한 비판적 인식과 경계가 있었음을 알기 때문이다. 물론 철저한 좌절과 자학의 비축 없이는 힘있는 저항적 분노와 실천 또한 있기 어렵다. 그리고 20세기 초 조선이 처한 형편이 복벽주의적 위정척사나 쇄국적 자폐의 방식으로 새 변화의 주체와 내용을 세울 수는 이미 없었던 점 또한 부인하기 어렵다.

복잡한 감회는 거두절미하고, 『오뇌의 무도』 100주년을 맞아 다만 두 가지쯤은 다시 적어두고자 한다.

첫째, 20세기 초에 시작된 서구시, 서구문학의 유입은 한국어 주민들의 언어예술사상, 변화의 심도와 규모에서 1천여 년 전 중원의 한시문이 유입되던 나말여초에 비견할 만한 일대 사건이라는 점이다.

10세기 초 한시문의 도입이 당 유학생들을 고리로 과거제라는 인재육성제도와 결합되면서 빠른 속도로 정착되었다면, 20세기 초 서구적 시문의 유입 역시 동경 유학생들을 매개로 서구적 문물 교육 시스템의 도입과 결합되어 빠른 속도로 이전의 문학제도와 관습들을 대체했다. 한반도에서 서구풍 시가양식이 '신체시'라는 임시의 이름과 '신시' 단계를 거쳐 '시'라는 일반명사의 지위에 오르기까지 30년이 채 걸리지 않았고, 『오뇌의 무도』가 그 기폭의 지점에 있었다. 다소 과장을 무릅쓴다면, 9세기 말 10세기 초에 최치원과 『계원필경』이 있었다면, 1천 년 뒤의 19세기 말 20세기 초에 김억과 『오뇌의 무도』가 있었다고까지 말해볼 수도 있다. 그 변화가 얼마나 바람직한가를 넘어 이미 이전으로 되돌릴 수 없어 보인다는 점에서도 양자는 닮았다.

둘째, 20세기 한국문학의 공과를 제대로 논의하기 위해서라도, 일제 통치체제

권역 안에서의 신문학운동과 식민체제의 국경 밖, 예컨대 상해와 미주, 연해주와 북간도 등지의 항일적·혁명적 문학운동이나 성취들을 하나로 아우를 시야와 논리가 더욱 절실하다는 점이다. 그럼으로써만 남과 북, 해외 등 다양한 층위에서 이루어진 지난 세기 한국인들의 문학적 유산들을 서로 조회하고 온당하게 어림해볼 수 있겠기 때문이다. 통일된 자립적 근대국가 수립은 여전히 멀어 보이고, 남북의 분단은 언어와 문학의 단절에까지 미치고, 해외로 흩어진 동포들의 문학적 노력들을 수렴하려는 노력 역시 여전히 미미한 현실이지만, 그럴수록 지혜와 정성을 모으는 도리밖엔 없다.

근대서지학회와 소명출판의 귀한 뜻으로 마련되는 『오뇌의 무도』 100년 기념 전시와 도서들이 한국문학이 걸어온 지난 백년의 고달픔과 자랑스러움을, 나아가 우리 근현대사의 영욕과 여전한 백년의 숙제들을 온힘으로 다시 한번 짚어보는 계기가 되기를 바란다.

그것이 문학의 서세동점에 조선 고유어/음의 가능성을 최대한 확장함으로써 맞섰던 한국어의 눈물겨운 한 기록인 역시집 『오뇌의 무도』를, 선구적 헌신과 함께 마침내 일제말 조선문인보국회에 나아가기에 이르렀고, 6·25 와중에 납북 실종되고 마는 저 비운의 사람 김억을, 나아가 숙명으로 떠안아야 했던 시대의 곤혹 속에서 안간힘을 썼던 그의 동세대 사람들을 온전히 기억하고 기념하는 길이 아닐까 한다.

김사인(시인·전 한국문학번역원장)

1921년 3월 20일 광익서관에서 출판한 김억1896~?의 『오뇌의 무도』는 한국 최초의 근대식 시집이자 번역시집이다. 이 시집은 프랑스 시인 베를렌Paul-Marie Verlaine, 구르몽Remy de Gourmont, 알베르 사맹Albert Samain, 보들레르Charles Baudelaire 또 영국의 예이츠William B. Yeats 등 19세기 이후 유럽을 대표하는 현대 시인들의 시 총 85편이 수록되어 있다. 이 시집의 표지는 도쿄東京미술학교 서양화과 출신1912~1917으로서, 김억과 함께 『창조創造』1919~21지, 『폐허廢墟』1920~21지, 『영대靈臺』1924~25지 동인으로 참가했던 김찬영金瓚永, 1893~1958이 그렸다. 또 이 시집에는 표지를 그린 김찬영의 축시 이외에도 염상섭, 변영로 등 『폐허』지 동인들의 서문도 수록되어 있는데, 한 권의 시집에 이토록 여러 동료 문인들이 서문을 써 준 경우는 『오뇌의 무도』 이후에도 매우 드문 일이다.

이 『오뇌의 무도』에 수록된 총 85편의 시 중 63편은 프랑스 상징주의 이후 현대시이고, 이 중 21편이 베를렌의 시이다. 이것은 일본 게이오기주쿠慶應義塾대학 유학시절1914~1916 신경쇠약에 걸릴 만큼 베를렌과 보들레르의 시에 매혹되어 있었던 김억의 취향을 반영한다. 하지만 김억이 『오뇌의 무도』를 발표한 가장 큰 이유는 프랑스 상징주의와 현대시의 미학을 조선의 신시新詩 창작의 전범으로 삼고자 했기 때문이다. 사실 김억은 일찍이 논설 「프란스 시단」1918부터 그러한 뜻을 역설하고 있었다. 그리고 1919년 일본 시단의 대표적인 시인들이 참여한 『일본상징시집日本象徵詩集』이 발표되고, 그에 고무되어 『폐허』지에 일본 시단의 상징주의가 본격적으로 소개되자, 김억은 「스핑쓰의 고뇌」1920라는 논설을 통해 상징주의 이후 프랑스 시야말로 현대시의 본령임을 한 번 더 역설하며 본격적으로 『오뇌의 무도』 초고를 집필하기 시작했다.

『오뇌의 무도』에 수록된 베를렌의 시와 그 외 다른 몇 편의 시는 이미 『태서문예신보泰西文藝申報』1918~19지 등 문학 잡지에 발표한 것을 고쳐 옮긴 것이지만, 나머지 대부분의 시들은 넉넉히 보아도 1919년에서 1920년까지 약 2년간 오로지 『오뇌의 무도』만을 위해 번역한 것이다. 현전하는 김억의 편지들에 따르면 이 기간 그는 오산학교 등의 교사직도 버리고 상경하여 종일 영어와 에스페란토 교습을 하기도 하고 출

판사의 일도 보는 등 분주히 생계를 이어가면서 힘겹게 『오뇌의 무도』 원고를 써 나아갔다. 그 가운데 김억은 프랑스 현대시의 경우 일본의 시인·번역자 호리구치 다이가쿠堀口大學의 『어제의 꽃昨日の花』1918과 가와지 류코川路柳虹의 『베를렌시초ヴェルレーヌ詩抄』1915, 또 영국 현대시의 경우 일본의 영문학자 고바야시 아이유小林愛雄의 『근대사화집近代詞華集』1912, 산구 마코토山宮允의 『현대영시초現代英詩鈔』1917, 이쿠다 슌게쓰生田春月의 『태서명시명역집泰西名詩名譯集』1919 등 일본어 번역시 선집을 주된 저본으로 삼아 중역했다. 특히 호리구치 다이가쿠의 『어제의 꽃』은 수록된 작품들은 물론 그 구성도 김억으로 하여금 『오뇌의 무도』를 구상하는 데에 결정적인 영향을 미쳤다.

이러한 김억의 번역은 직접번역이 아니라 간접번역이기는 했지만, 결코 일본어 번역시를 축자적으로 조선어로 옮기는 단순한 중역은 아니었다. 특히 베를렌과 보들레르 시의 경우 김억은 당시까지 일본에서 출판된 다양한 번역시 선집에 수록된 시들은 물론 영역본 시선집까지 두루 대조하고 참조하여 가장 자연스러운 번역이라고 판단된 선례들을 일일이 해체하고 다시 조합한 후 조선어로 옮기는 매우 복잡한 방식으로 옮겼다. 또 김억은 당시 일본에서 출판된 최초의 일한사전인 후나오카 켄지船岡獻治의 『선역 국어대사전鮮譯 國語大辭典』1919, 사이토 히데사부로齊藤秀三郎의 『숙어본위영화중사전熟語本位英和中辭典』1918 등의 풀이들을 참조하여 낯선 일본어, 영어 어휘들을 자신의 조선어 감각에 익숙한 것으로 옮겼다. 사실상 일본어 번역시를 조선어로 새로 쓰다시피 한 이 중역의 방법을 두고 김억은 『오뇌의 무도』 서문에서 '창작적 무드'의 번역이자 '사전과의 씨름'이라고 명명한 바 있다. 그리고 김억은 이것을 번역자의 신조로 시종일관 견지했다.

이 『오뇌의 무도』는 출판 당시는 물론 제법 오랫동안 서양의 세기말 사조의 정수를 담은 시선집이자 시 창작의 전범으로서 동료 문인들과 언론으로부터 호평을 얻었다. 이를테면 이광수는 『오뇌의 무도』 초판 출판 4년 뒤 「문예쇄담文藝瑣談」1925이라는 논설에서 『오뇌의 무도』 출판 이후 당시 문학청년들의 글쓰기가 '오뇌의 무도'화化했다고 지적할 정도였다. 하지만 이것만으로 『오뇌의 무도』의 의의를 평가할 수는 없다. 사실 『오뇌의 무도』는 20세기 초 일본의 프랑스 현대시 열풍과 번역시 선집, 세계 명시 선집의 유행을 배경으로 등장한 것이다. 또 그 배경에는 20세기 초 아돌프 방 비베Adolphe van Bever와 폴 리오토Paul Léautaud의 『현대의 시인들Poètes d'aujourd'hui』1900~08 등 프랑스의 현대시 선집들의 유행, 이에 영향을 받은 20세기 초 영국과 미국의 프랑스와 영미 현대시 선집의 유행의 맥락이 가로놓여 있다. 앞서 소개한 호리구치 다이가쿠 등 일본의 번역자들이 저본으로 삼은 것도 바로 이 프랑스와 영미 현대시 선집들이었다. 그래서 『오뇌의 무도』에는 프랑스와 영국의 현대문학의 세계적 전파라는 맥락이, 또 일본의 서양 현대시 수용 양상과 성과가 새겨져 있는 셈이다.

이것은 『오뇌의 무도』의 출판과 김억의 서양 현대시 번역이 비단 한국문학사만이 아니라 세계문학사의 사건이기도 하다는 것을 시사한다. 그리고 『오뇌의 무도』가 김억과 동시대 문인들, 문학청년들에게 시 창작의 전범이 되었다면, 근대기 한국의 문학어, 시 창작의 문법이란 프랑스, 영국, 일본 등 숱한 타자의 이질적인 언어와 글쓰기의 적층을 토대로 생성되었음을 시사한다. 따라서 『오뇌의 무도』을 시발점으로 한국의 근대시가 형성되었다면, 그것은 두말할 나위도 없이 서양 현대시의 세계적 전파, 번(중)역의 효과임을 의미한다. 바로 이러한 사정에서 『오뇌의 무도』는 명실상부한 근대시의 한 기원이라고 하겠다.

더구나 1920년대 김억의 『오뇌의 무도』와 서양 현대시 번역은 한국문학사에서 반복되는 한 패턴의 기원이기도 하다. 이를테면 『오뇌의 무도』 이후 양주동과 『금성金星』1923~1925지 동인들, 이하윤과 『해외문학海外文學』1927지 동인들은 베를렌과 보들레르 등의 번역을 중요한 시발점으로 삼았다. 또 『오뇌의 무도』 이후 한국의 번역시집은 김기진의 『애련모사愛戀慕思』1924, 이하윤의 『실향失香의 화원花園』1933, 그리고 최재서 등의 『해외서정시집海外抒情詩集』1938 등 주로 프랑스와 영미 시를 중심으로 하는 번역시 선집의 형태로 출판되었다. 또 이 번역시 선집들은 그 번역의 주체들이 조선 시단의 침체를 극복하고 새로운 문학적 신념과 실천을 천명하는 가운데 출판되었다는 점에서 공통점을 지닌다. 특히 이 번역시 선집들은 『오뇌의 무도』에 수록된 시인과 작품들을 반영하는 한편 그 폭을 확장하고 있기도 하다. 그래서 『오뇌의 무도』는 근대기 한국의 서양 현대시 번역시 선집의 원형이자, 한국문학사에서 중요한 국면마다 서양 현대시 번역과 번역시 선집 출판이 반복되는 패턴의 기원인 것이다.

앞서 말했듯이 『오뇌의 무도』는 출판 당시부터 제법 오랫동안 동료 문인들만이 아니라 일반 독자들에게도 환영을 받았고, 김억은 당시 경성의 중류 이상 3인 가족의 약 7개월분의 생활비인 450여 원의 인세를 벌어들이기도 했다. 그러한 사정을 입증이라도 하듯이 1923년 8월에는 재판이 조선도서주식회사에서 출판되기도 했다. 번역시집이 재판까지 출판된 것은 근대기 한국에서 매우 드문 사례에 속한다. 이 재판에서 김억은 초판의 오식을 수정하는 것은 물론 프랑스의 폴 포르Paul Fort의 시를 비롯하여 초판보다 많은 총 94편의 시를 수록했다. 특히 김억은 번역시의 문체를 자신의 구어(평안도 방언)에 가깝게 수정했다. 그래서 『오뇌의 무도』 초판에서 재판에 이르는 과정은 서양의 현대시가 김억을 통해 단지 낯선 외국의 것이 아니라 어엿한 조선의 것으로 용해되고 정착되는 양상을 드러내기도 한다. 이처럼 김억의 『오뇌의 무도』는 결코 단순한 번역시 선집이 아니라 그 자체로 한국문학사의 한 기원이자 중요한 사건임에 틀림없다. 그리고 『오뇌의 무도』는 단지 근대기 한국만이 아니라 동아시아문학사와 세계문학사의 차원에서도, 또 단지 1920년대만이 아니라 현재에도 결코 간과할 수 없는 크고 깊은 의의와 가치를 지닌다.

구인모(연세대학교 글로벌인재학부 부교수)

차례

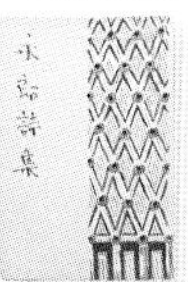

020 정지용시집鄭芝溶詩集 … 58
021 영랑시집永郎詩集 … 60

1935

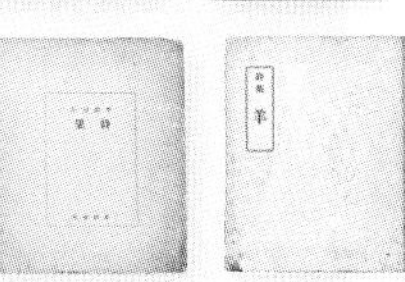

024 회월시초懷月詩抄 … 66
025 석류石榴 … 68
026 대망待望 … 70
027 양羊 … 72

1937

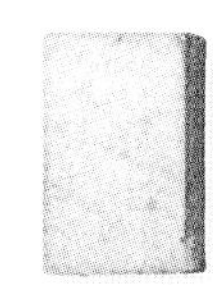
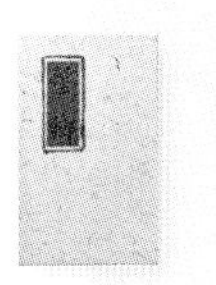

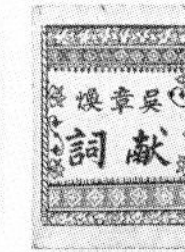

036 물네방아 … 90
037 망향望鄕 … 92
038 박용철전집 I : 시집 … 94
039 헌사獻詞 … 96
040 와사등瓦斯燈 … 98
041 가람시조집嘉藍時調集 … 100
042 촛불 … 102
043 청마시초靑馬詩鈔 … 104

1939

1934

019 방가放歌 … 56

1936

022 사슴 … 62
023 기상도氣象圖 … 64

1938

028 산호림珊瑚林 … 74
029 파초芭蕉 … 76
030 현해탄玄海灘 … 78
031 향수鄕愁 … 80
032 산山제비 … 82
033 만가輓歌 … 84
034 동경憧憬 … 86
035 낡은 집 … 88

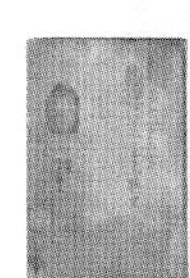

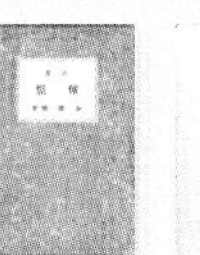

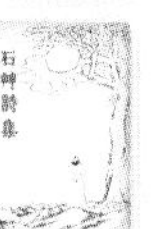

1943

1940

1946

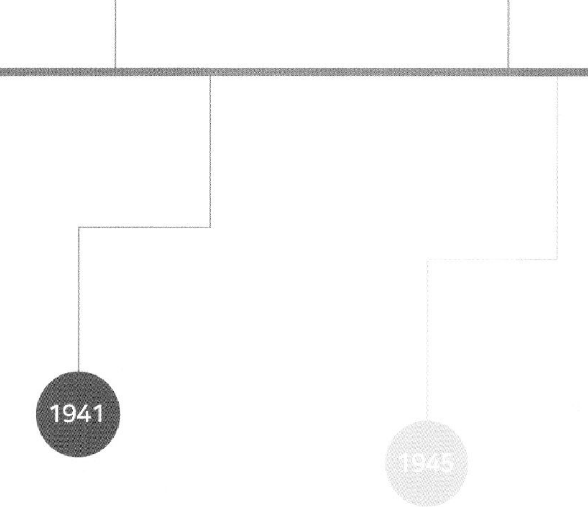

1947

1941

1945

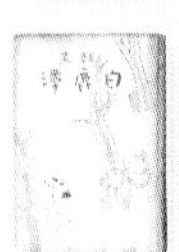

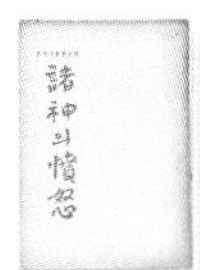
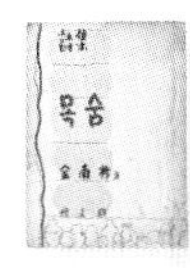

1953

1956

1948

1949

1952

1955

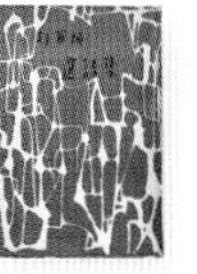

1957
087 휴전선休戰線 … 192
088 김현승시초金顯承詩抄 … 194
1959
089 꽃의 소묘素描 … 196
090 달나라의 장난 … 198
1960
091 피안감성彼岸感性 … 200
1961
092 어떤 개인 날 … 202
1962
093 춘향春香이 마음 … 204
1963
094 아사녀阿斯女 … 206
1969
095 십이음계十二音階 … 208

黃土

001

오뇌의 무도

懊惱의 舞蹈

김억(1896~미상)
광익서관, 1921.3.20.
13.3×19.8cm
장정 유방 김찬영

안서 김억은 1918년 『태서문예신보』에 프랑스 상징주의 시를 번역 소개함으로써 문단에 등장하여 『창조』(1919)와 『폐허』(1920) 동인으로 활동하며 시 번역과 시 창작을 병행했다. 『오뇌의 무도』(1921)는 이 시기에 번역된 프랑스 상징주의 시들을 묶은 한국근대문학사상 최초의 시집이며, 오선지 위에 꽃들이 음표처럼 그려진 표지는 김찬영의 그림으로 근대출판사상 장정가가 밝혀진 최초의 단행본이기도 하다. 이 『오뇌의 무도』로부터 한국시집과 근대출판 장정의 역사가 비롯되는 셈이다. 또한 『오뇌의 무도』 개정판(1923)도 발행됨으로써 초판을 증보한 첫 작품집이라는 의의까지 지닌다. 김억은 1920년대에 『기탄자리』(1923), 『잃어진 진주』(1924), 『신월』(1924), 『원정』(1924) 등 서구의 근대시나 타고르의 영시를 번역하다가 『망우초』(1934) 이후로는 『동심초』(1943), 『꽃다발』(1944), 『지나명시선』 제2집(1944), 『야광주』(1944), 『금잔듸』(1947), 『옥잠화』(1940) 등의 한시 번역에 집중했다.

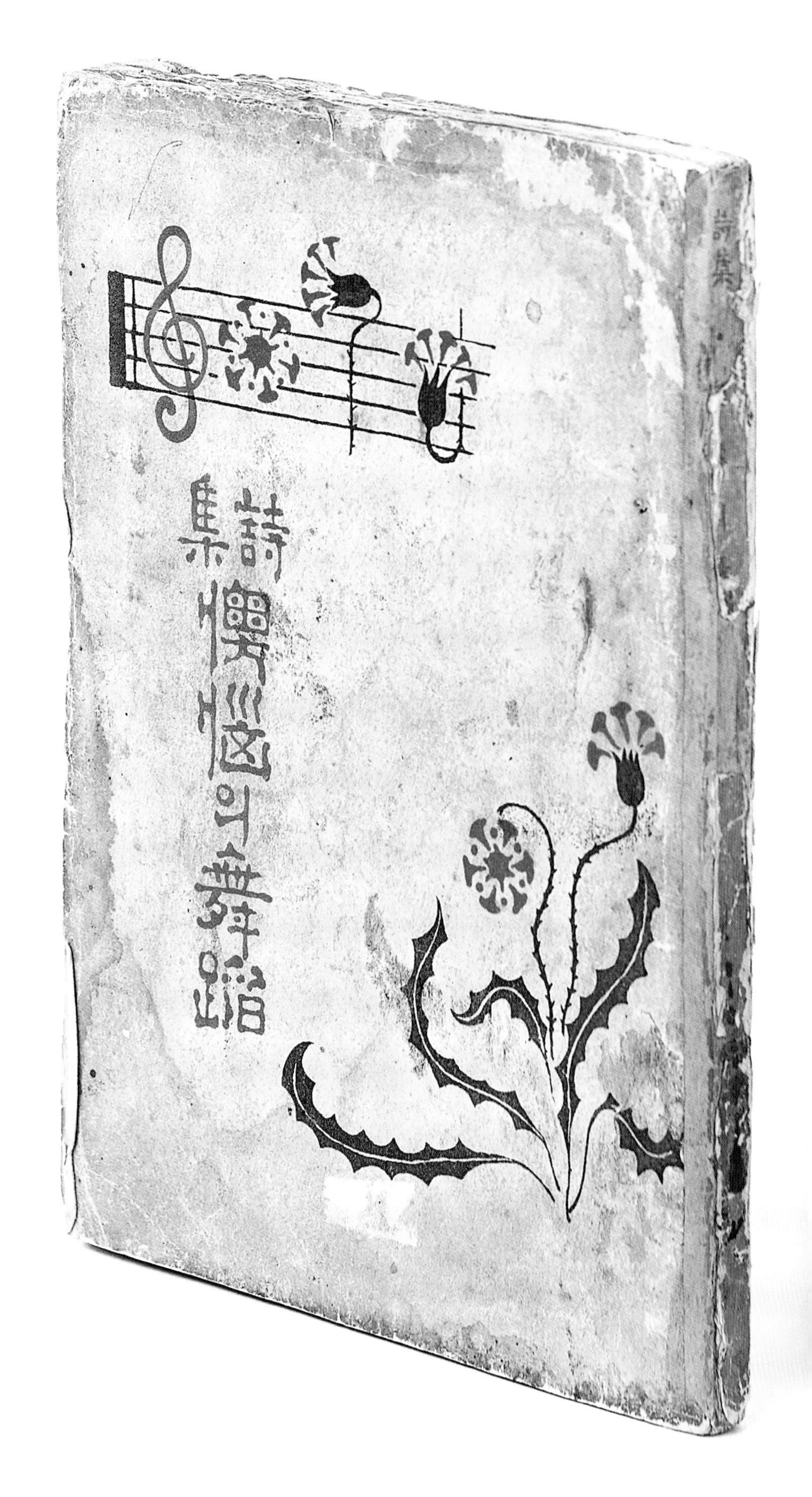

앞표지(장정 김찬영)

속표지

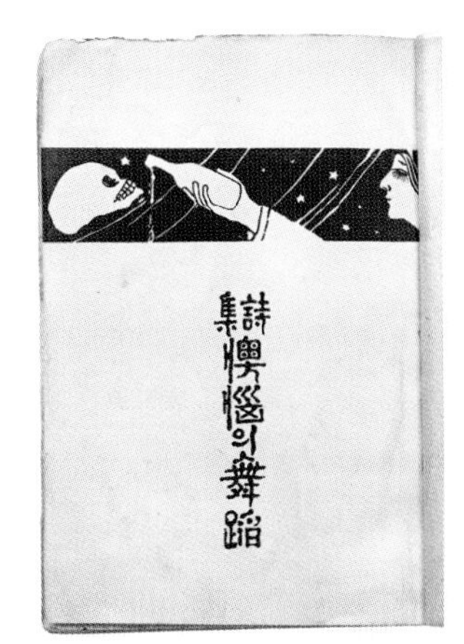

판권

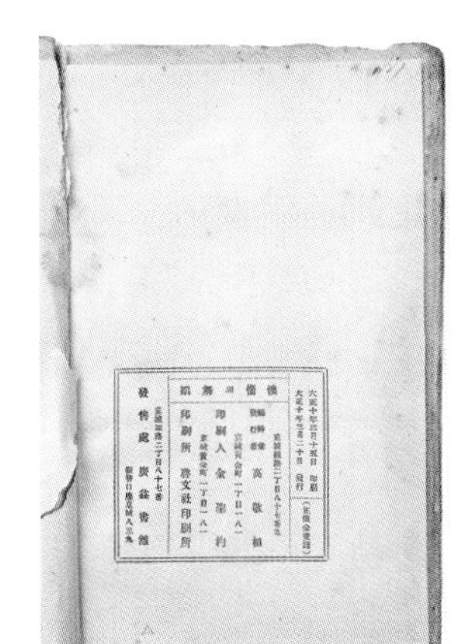

서문 장정 등 표기

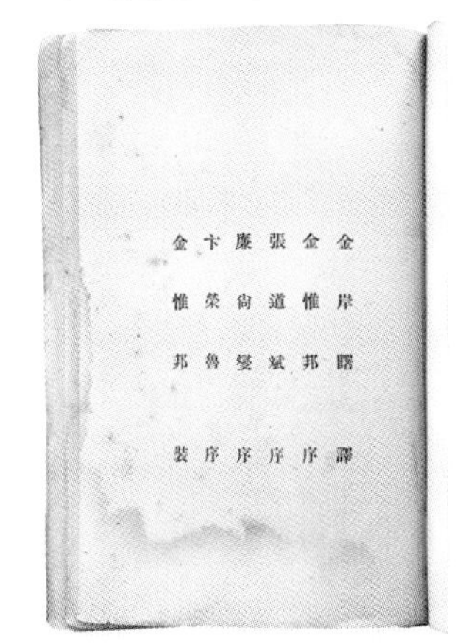

개판본(1923) 앞표지

개판본(1923) 판권

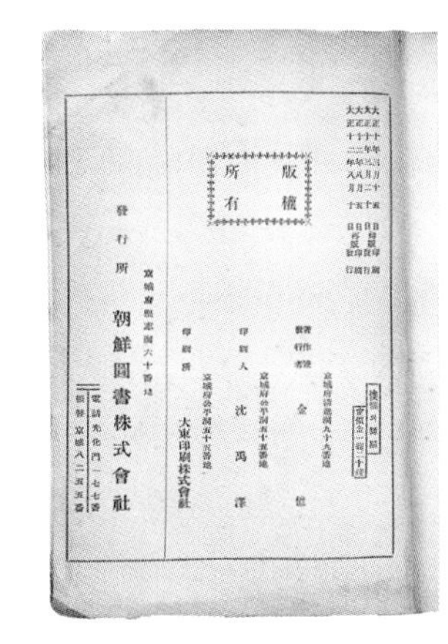

『기탄자리』(1923) 앞표지

『기탄자리』(1923) 속표지

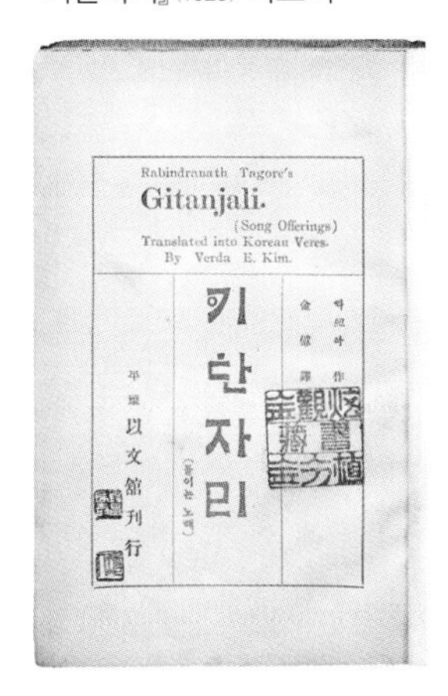

『고통의 속박』(기탄자리 개제, 1927) 속표지

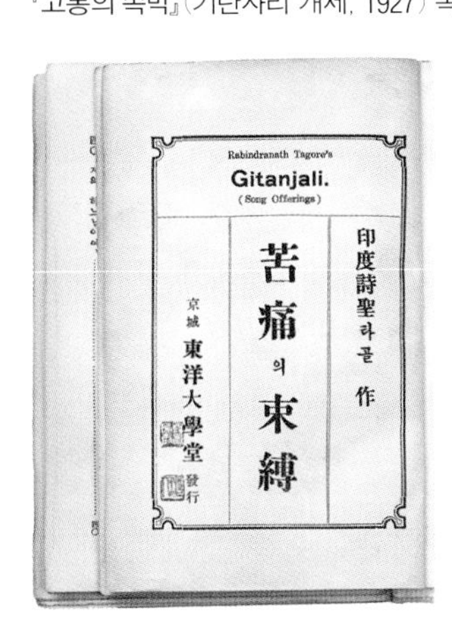

『잃어진 진주』(1924) 앞표지

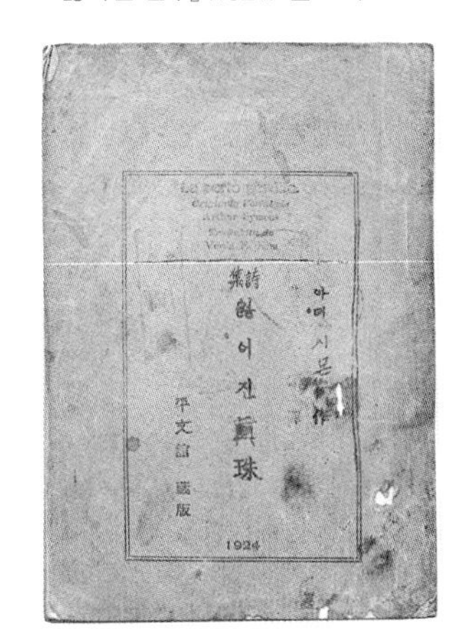

002

■

해파리의 노래

■

김억(1896~미상)
조선도서주식회사, 1923.6.30.
21.1×18.3cm

한국근대문학사상 최초의 시집인 『오뇌의 무도』(1921)를 펴낸 안서 김억은 근대 최초의 창작시집인 『해파리의 노래』(1923)도 간행했다. 이처럼 근대시집 출판의 출발은 김억에서 비롯된다. 춘원 이광수는 서문에서 이천만 흰옷 입은 사람들의 회포를 대신 읊조렸다는 점에서 안서를 '해파리'에 비유하며, 해파리는 지금도 이후에도 삼천리 어둠침침한 바다 위로 떠돌아다니면서 견딜 수 없는 아픔과 설움을 한없이 노래할 것이라고 전망함으로써 『해파리의 노래』를 민족 정서의 산물로 평가했다. 『해파리의 노래』 이후 김억은 『금모래』(1924), 『봄의 노래』(1925), 『안서시집』(1929), 『안서시초』(1941), 『먼동 틀 제』(1947), 『민요시집』(1948) 등의 창작시집을 펴냈다.

앞표지

속표지

판권

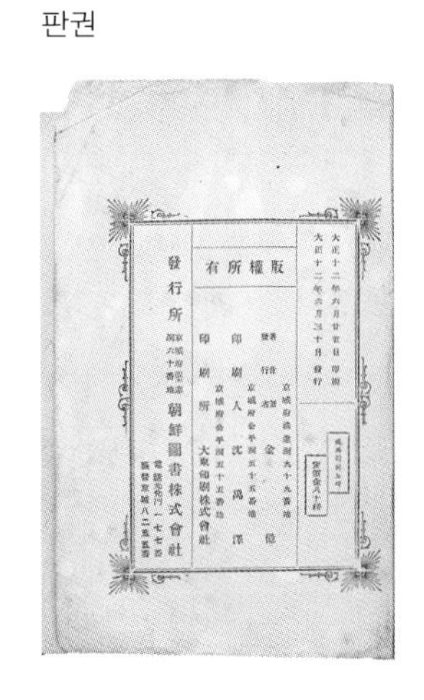

저자 소묘

『안서시집』(1929) 앞표지

『안서시집』(1929) 판권

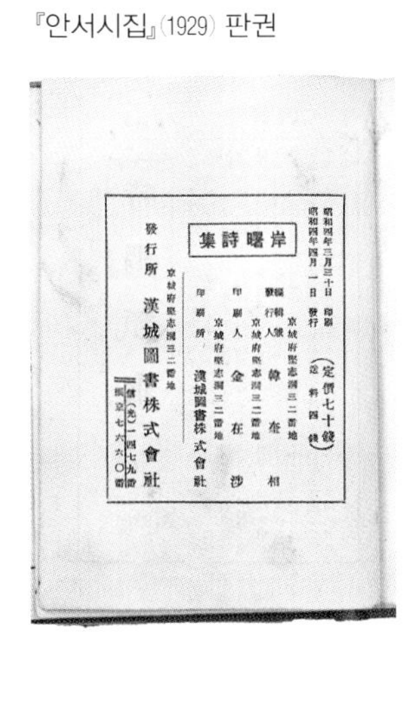

『안서시집』(1929) 저자 서명

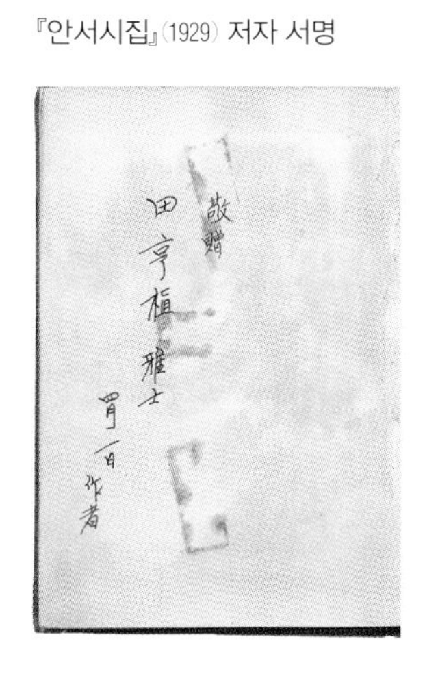

『안서시집』(1929) 후면 시집 광고

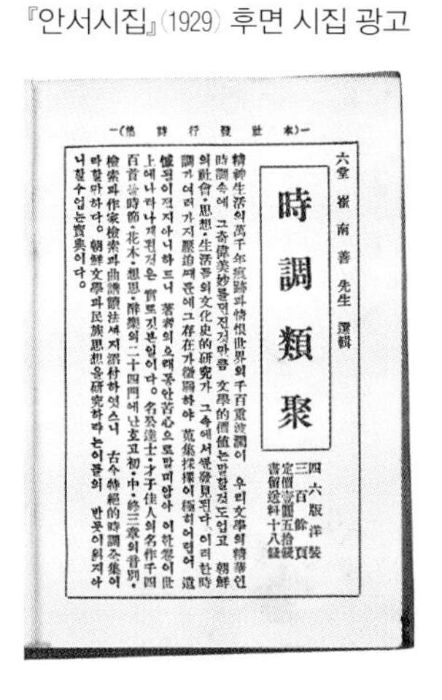

『안서시집』(1929) 후면 시집 광고

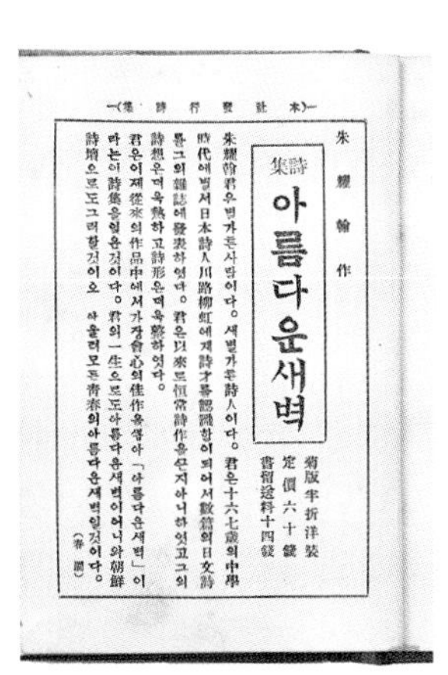

『안서시집』(1929) 후면 시집 광고

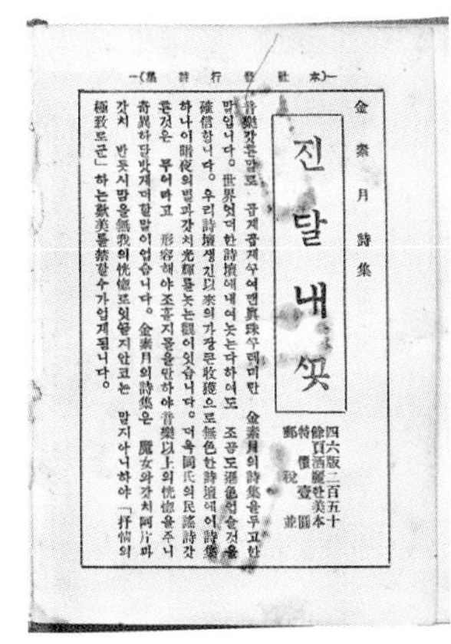

『민요시집』(1948) 앞표지

003

■

봄 잔듸밧 위에

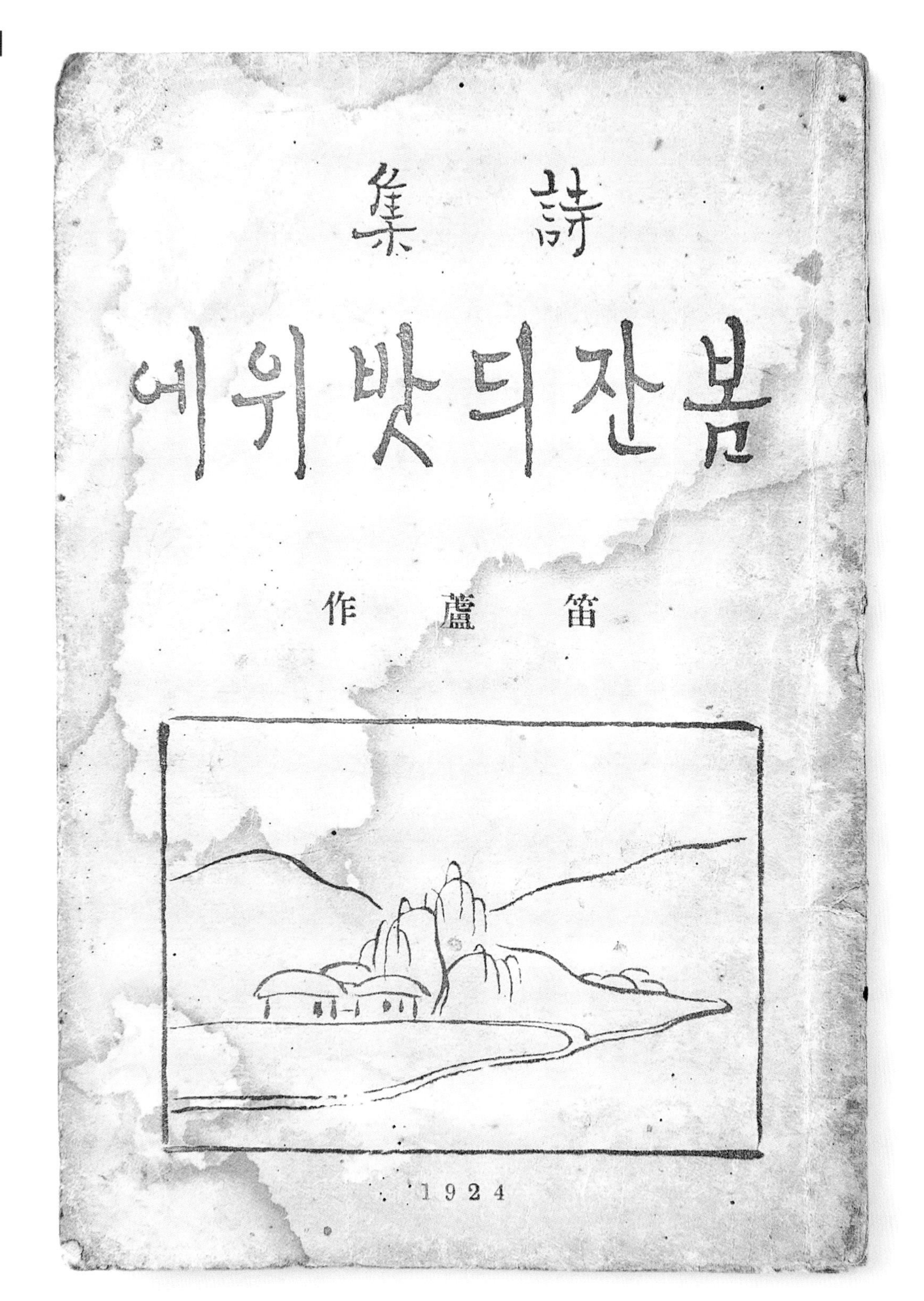

■

조명희(1894~1938)
춘추각, 1924.6.15.
12.3×17.8cm

포석 조명희는 시집 『봄 잔디밭 위에』(1924) 외에 희곡집 『김영일의 사』(1923)과 소설집 『낙동강』(1928)을 펴내는 등 다방면에서 활동했다. 『봄 잔디밭 위에』에는 주로 동경 유학 시절의 습작들과 『개벽』에 발표한 시들이 묶였는데, 주된 정조는 고독감과 방랑 의식 또는 고통스러운 자기의식 등이다. 앞표지에 표기된 '적로'는 조명희의 필명이다. 조명희는 카프 결성에 참여했으며, 1928년에는 소련으로 망명해 1934년부터 소련작가동맹원으로 활동했다. 하지만 1937년 KGB에 의해 간첩 혐의로 체포돼 1938년 총살되는 비운을 겪었다. 18년 후인 1956년에 복권되었으며, 구소련 동방도서출판사에서 처남 황동민에 의해 『조명희 선집』(1959)이 출간되었다.

■

속표지

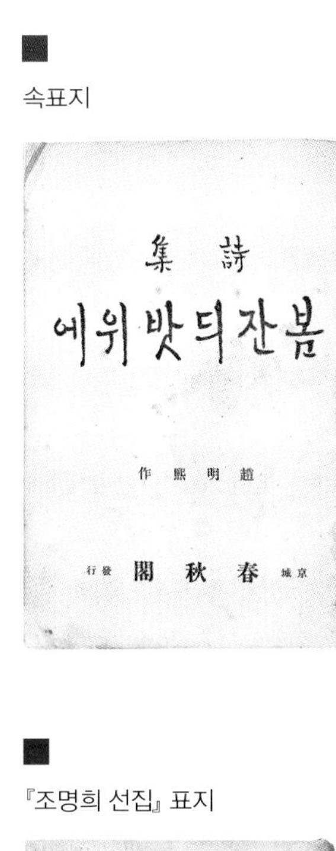

■

판권

大正十三年六月十二日 印刷
大正十三年六月十五日 發行
(定價七十錢)
編輯兼發行人 京城府松峴洞三九番地 [illegible]宗錫
印刷者 京城府堅志洞三十二番地 [illegible]
印刷所 京城府堅志洞三十二番地 漢城圖書株式會社
發行所 京城府[illegible]洞一五三番地 春秋閣
振替京城一二八三七番

■

『조명희 선집』 표지

■

『조명희 선집』 속표지

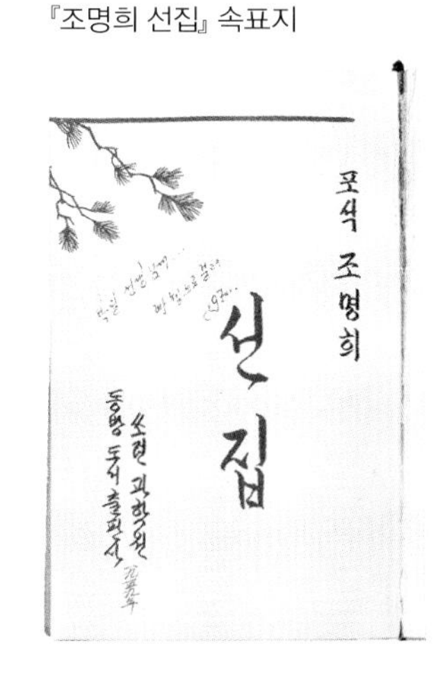

■

『조명희 선집』 판권

ТЕ МЕН ХИ
ИЗБРАННЫЕ ПРОИЗВЕДЕНИЯ
(на корейском языке)
Редактор издательства А. И. Хан
Художник В. Н. Ан
Технический редактор С. В. [illegible]
Корректор В. Ким
Издательство восточной литературы
Москва, Центр, Армянский пер., 2
Москва, Арбат, пер. Аксакова, 13

■

『조명희 선집』 저자 사진

004

흑방비곡

黑房秘曲

박종화(1901~1981)
조선도서주식회사,
1924.6.25.
12.6×18.8cm

朴月灘 作

詩集

黑房秘曲

朝鮮圖書株式會社 發行

월탄 박종화는 『장미촌』(1921)과 『백조』(1922) 동인으로 문단 활동을 시작했다. 『흑방비곡』(1924)에는 이 시기에 발표된 작품들이 주로 수록되었는데, "미가 아니면 진리가 아니다"라는 낭만주의 예술관이 주조를 이루고 있다. 부록으로 실린 「죽음보다 아프다」는 우리 문단사상 처음으로 시도된 시극이라는 점에서 의미가 있다. 제2시집 『청자부』(1946)를 펴내기는 했지만, 『흑방비곡』 이후 박종화는 「금삼의 피」(1936), 「대춘부」(1937), 「다정불심」(1940) 등 역사소설 창작에 주력했다.

■

속표지

詩集 黑房秘曲

朴月灘 作

朝鮮圖書株式會社 發行

■

판권

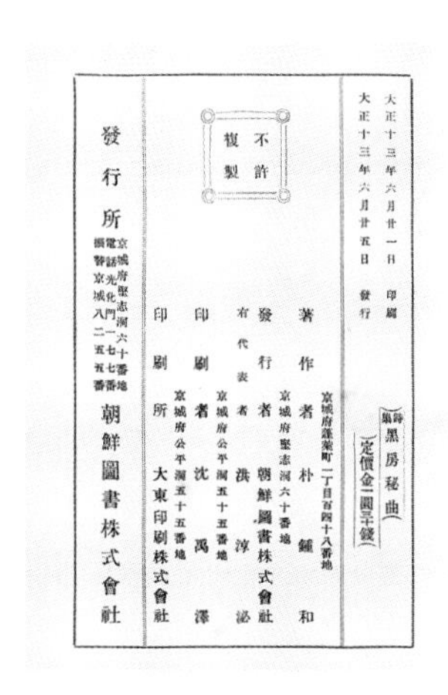

大正十三年六月廿一日 印刷
大正十三年六月廿五日 發行

詩集 黑房秘曲 定價金一圓二十錢

不許複製

著作者 京城府蓮建町一丁目百四十八番地 朴鍾和
發行者 京城府堅志洞六十番地 朝鮮圖書株式會社
代表者 洪淳泌
印刷者 京城府公平洞五十五番地 沈禹澤
印刷所 京城府公平洞五十五番地 大東印刷株式會社

發行所 京城府堅志洞六十番地 電話光化門一七七番 振替京城二一五五番 朝鮮圖書株式會社

■

『월탄시선』(1961) 앞표지와 책등, 뒤표지

005

조선의 마음

朝鮮의 마음

변영로(1897~1961)
평문관. 1924.8.22.
10.5×14.8cm

수주 변영로는 『폐허』(1920)와 『장미촌』(1921) 동인으로 활동하며 상징주의 계열의 시를 주로 창작하면서도 민족 정서와 민요적 율격이 잘 반영된 『조선의 마음』(1924)을 펴냈다. 민족의 비애를 정면으로 다룬 "조선의 마음을 어디 가서 찾을까 / 조선의 마음을 어디 가서 찾을까 / 굴속을 엿볼까, 바다 밑을 뒤져 볼까 / 빽빽한 버들가지 틈을 헤쳐 볼까 / 아득한 하늘 가나 바라다볼까 / 아, 조선의 마음을 어디 가서 찾아볼까 / 조선의 마음은 지향할 수 없는 마음, 설운 마음!"(「조선의 마음」)이란 표제시를 시집 제목으로 삼았다. 발행 직후 조선총독부의 검열에 걸려 압수되는 바람에 현전하는 수효는 매우 적다. 『조선의 마음』에 "거룩한 분노는 / 종교보다도 깊고 / 불붙는 정열은 / 사랑보다도 강하다. / 아, 강낭콩 꽃보다도 더 푸른 / 그 물결 우에 / 양귀비꽃보다도 더 붉은 / 그 마음 흘러라"(「논개」)가 수록됨으로써 변영로는 민족주의 시인으로 평가받게 된다.

■ 앞표지

■ 속표지

■ 판권

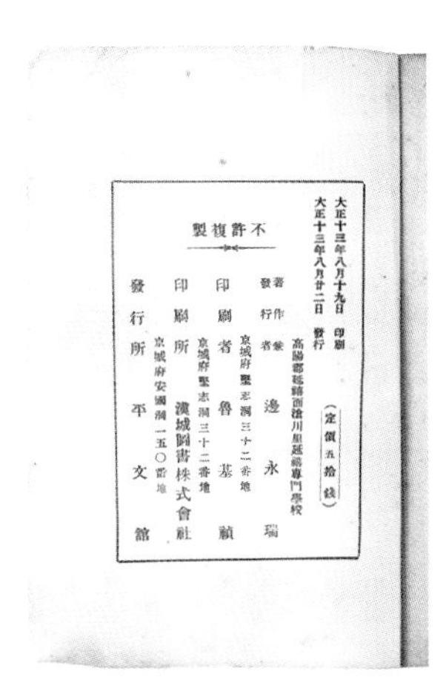
大正十三年八月十九日 印刷
大正十三年八月廿二日 發行
(定價五拾錢)

不許複製

著作兼發行者 高陽郡延禧面滄川里延禧專門學校 邊永瑞
印刷者 京城府堅志洞三十二番地 魯基禎
印刷所 京城府堅志洞三十二番地 漢城圖書株式會社
發行所 京城府安國洞一五〇番地 平文館

■ 『수주시문선』(1959) 앞표지와 책등, 뒤표지

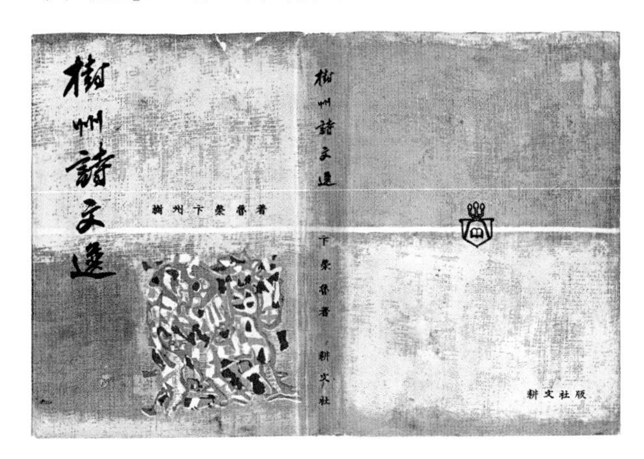

006

■

아름다운 새벽

■

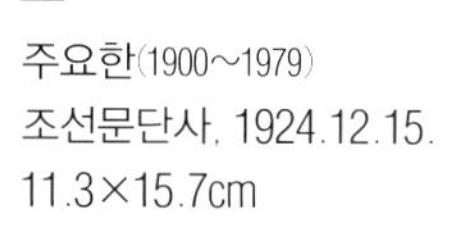
주요한(1900~1979)
조선문단사. 1924.12.15.
11.3×15.7cm

송아 주요한은 『창조』(1919), 『개벽』(1920), 『폐허 이후』(1924), 『영대』(1924), 『조선문단』(1924) 등에 발표한 시를 모아 『아름다운 새벽』(1924)을 발행했다. 이 시집의 의의는 “아아 날이 저문다. 서편 하늘에 외로운 강물 위에, 쓰러져가는 분홍빛 놀 (…) 오늘은 사월이라 파일날 큰길을 물밀어가는 사람 소리는 듣기만 해도 흥성스러운 것을 왜 나만 혼자 가슴에 눈물을 참을 수 없는고?”(「불놀이」)가 실린 점이다. 「불놀이」는 집단에서 독립된 근대적 개인의 감정을 반영한 본격적인 자유시 작품으로 평가된다. 주요한은 이후 이광수, 김동환과 함께 합동시집 『시가집』(1929)을 펴냈으며, 『봉사꽃』(1930)을 발행했다.

앞표지와 책등, 뒷표지

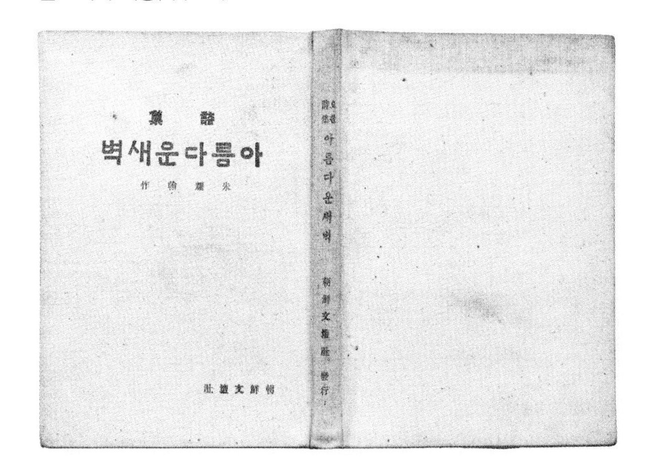

속표지

판권

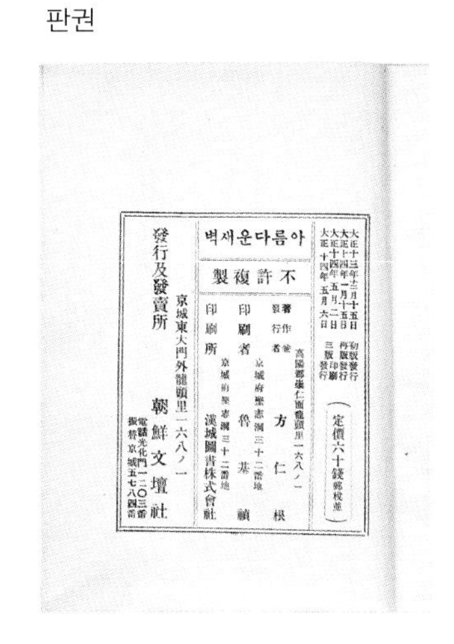
大正十三年十二月十五日 初版發行
大正十四年一月十五日 再版發行
大正十四年五月二日 三版印刷
大正十四年五月六日 三版發行

定價六十錢

아름다운새벽

不許複製

著作兼發行者 高陽郡崇仁面龍頭里一六八ノ一 方仁根
印刷者 京城府堅志洞三十二番地 魯基禎
印刷所 京城府堅志洞三十二番地 漢城圖書株式會社

發行及發賣所 京城東大門外龍頭里一六八ノ一 朝鮮文壇社
電話光化門一二〇三番 振替京城五七八四番

007

국경의 밤

國境의 밤

김동환(1901~미상)
한성도서주식회사, 1925.3.20.
11.3×15.4㎝

파인 김동환은 『금성』(1924) 동인으로 문단에 나와 『국경의 밤』(1925)과 『승천하는 청춘』(1925)을 연이어 간행했다. 『국경의 밤』에는 「북청 물장수」 등 단형 서정시 14수와 근대 최초의 장편서사시 「국경의 밤」 1·2·3부가 수록되었고, 『승천하는 청춘』은 시집 전체가 장편서사시로 구성되었다. 따라서 『국경의 밤』은 최초의 장편서사시가 수록된 시집으로, 『승천하는 청춘』은 근대 최초의 장편서사시집으로 재규정되어야 한다. 김동환은 이후 이광수, 주요한과 함께 합동시집 『시가집』(1929)을 펴냈으며, 『해당화』(1942)를 발행하는 한편 일제강점기에 가장 성공한 대중잡지인 『삼천리』(1929)의 편집인·발행인으로 활동했다.

앞표지

속표지

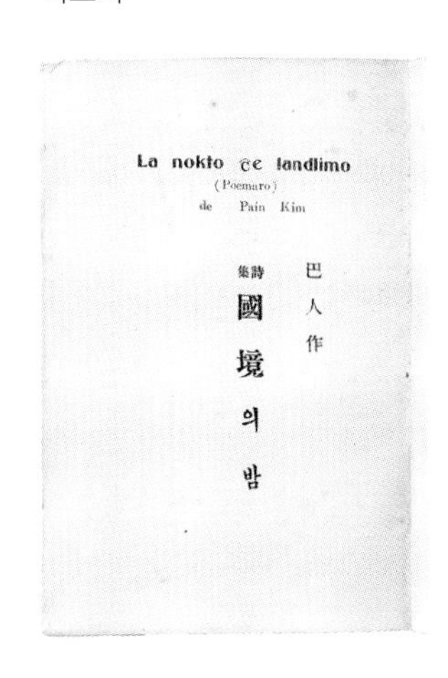

판권

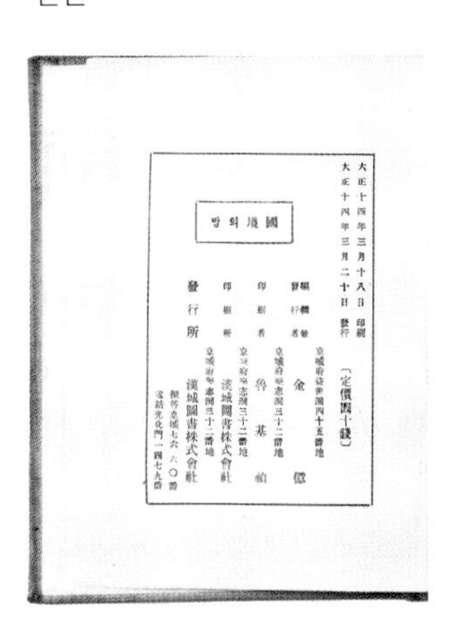

『승천하는 청춘』(1925) 앞표지

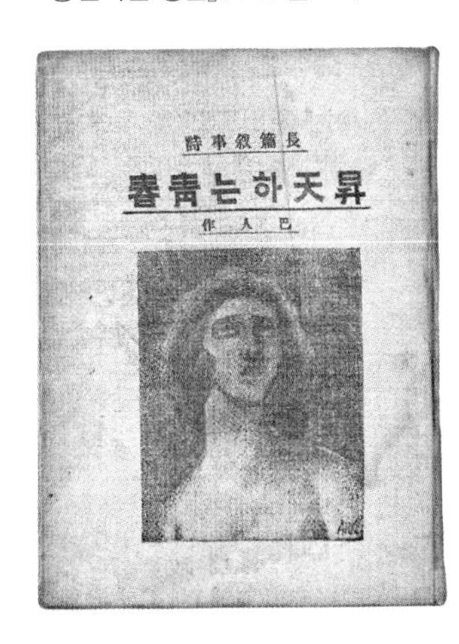

『해당화』(1942, 대동아사판) 앞표지와 책등, 뒤표지

008

처녀의 화환

處女의 花環

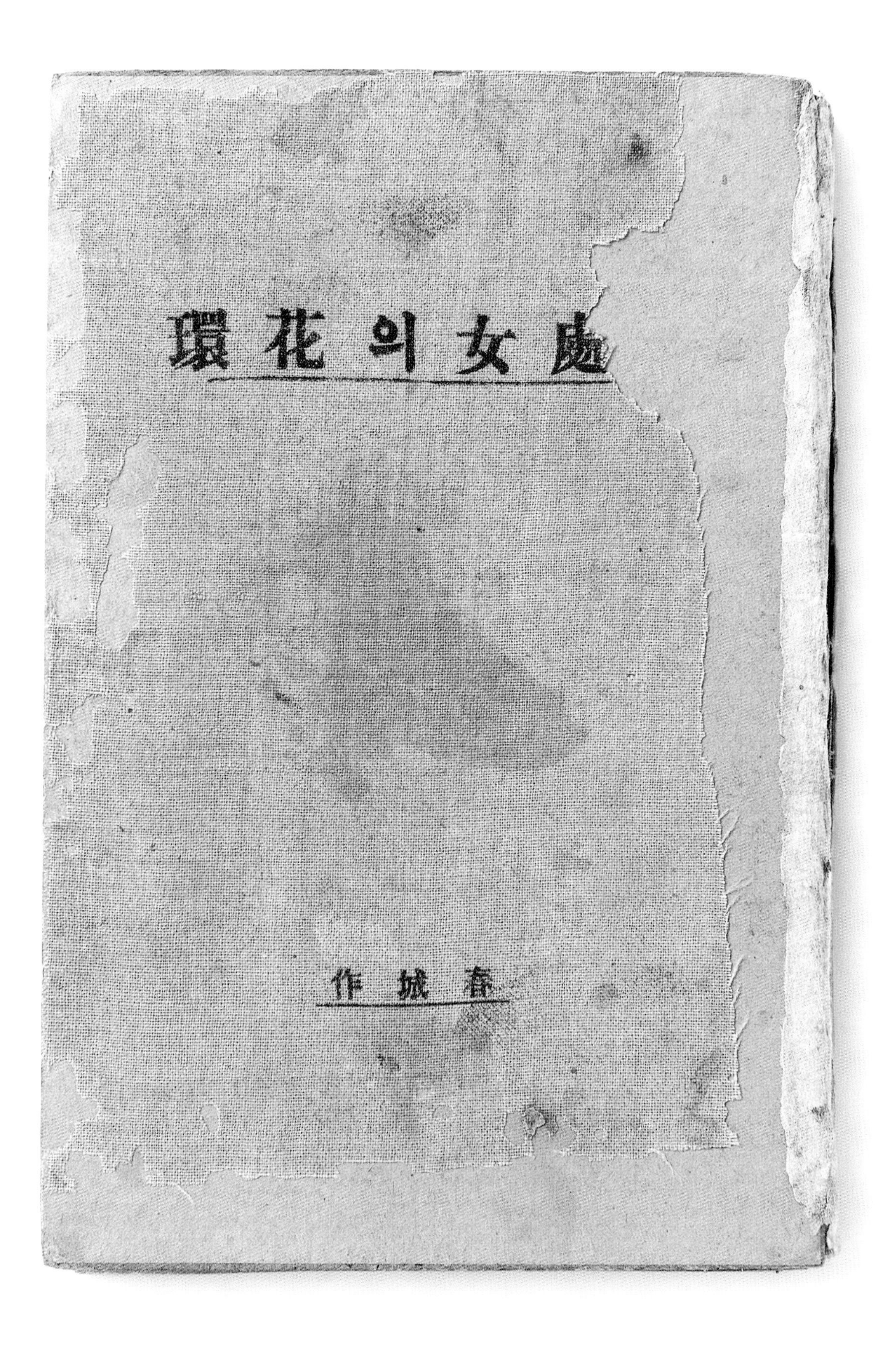

노자영(1901~1940)
창문당서점.
1925.3.25.
11.8×17.5cm

춘성 노자영은 시집 『처녀의 화환』(1925), 『내 혼이 불탈 때』(1928), 『백공작』(1928) 이외에도 서간문집 『사랑의 불꽃』(1923)과 『청춘의 광야』(1924), 『표박의 비탄』(1925) 등의 문집을 연달아 펴낸 근대문학사상 최초의 베스트셀러 작가이다. “장미 난 송이의 고은 화환은 / 성공자의 머리를 지키려니와 / 천사의 혼인 처녀의 화환은 / 뉘 마음을 지키려는가? / 밤이 깊어 사람은 가나니 / 성공자여 화환을 들고 / 승리의 남으로 돌아가라! / 그러나 남아 있는 처녀의 화환은 뉘가 안고 어디로 가려나!”(「처녀의 화환」)처럼 고독과 비애, 소녀 취향의 감상으로 독자층을 파고든 것이 특징이다.

속표지

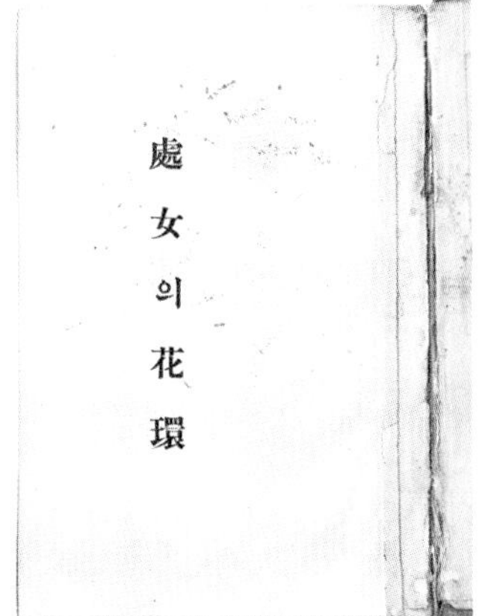

판권

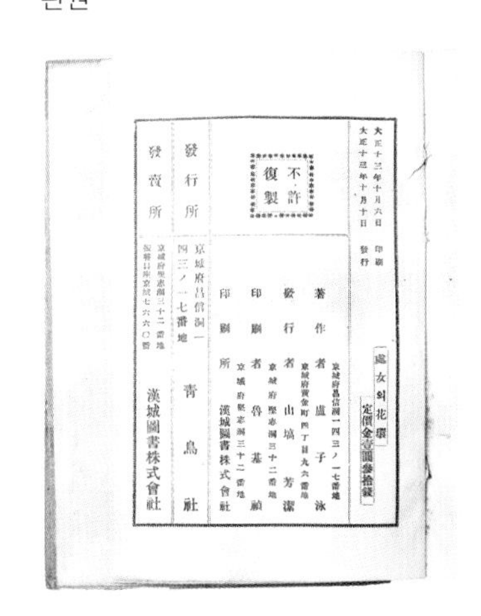
大正十三年十月六日 印刷
大正十三年十月十日 發行

處女의花環 定價金壹圓參拾錢

不許複製

著作者 盧子泳 京城府昌信洞一四三ノ一七番地
發行者 山埼芳潔 京城府黃金町四丁目九六番地
印刷者 [illegible]基禎 京城府堅志洞三十二番地
印刷所 漢城圖書株式會社 京城府堅志洞三十二番地

發行所 京城府昌信洞一四三ノ一七番地 靑鳥社
發賣所 京城府堅志洞三十二番地 振替口座京城七六六〇番 漢城圖書株式會社

『내 혼이 불탈 때』(1928) 앞표지

『백공작』(1938) 앞표지

009

생명의 과실

生命의 果實

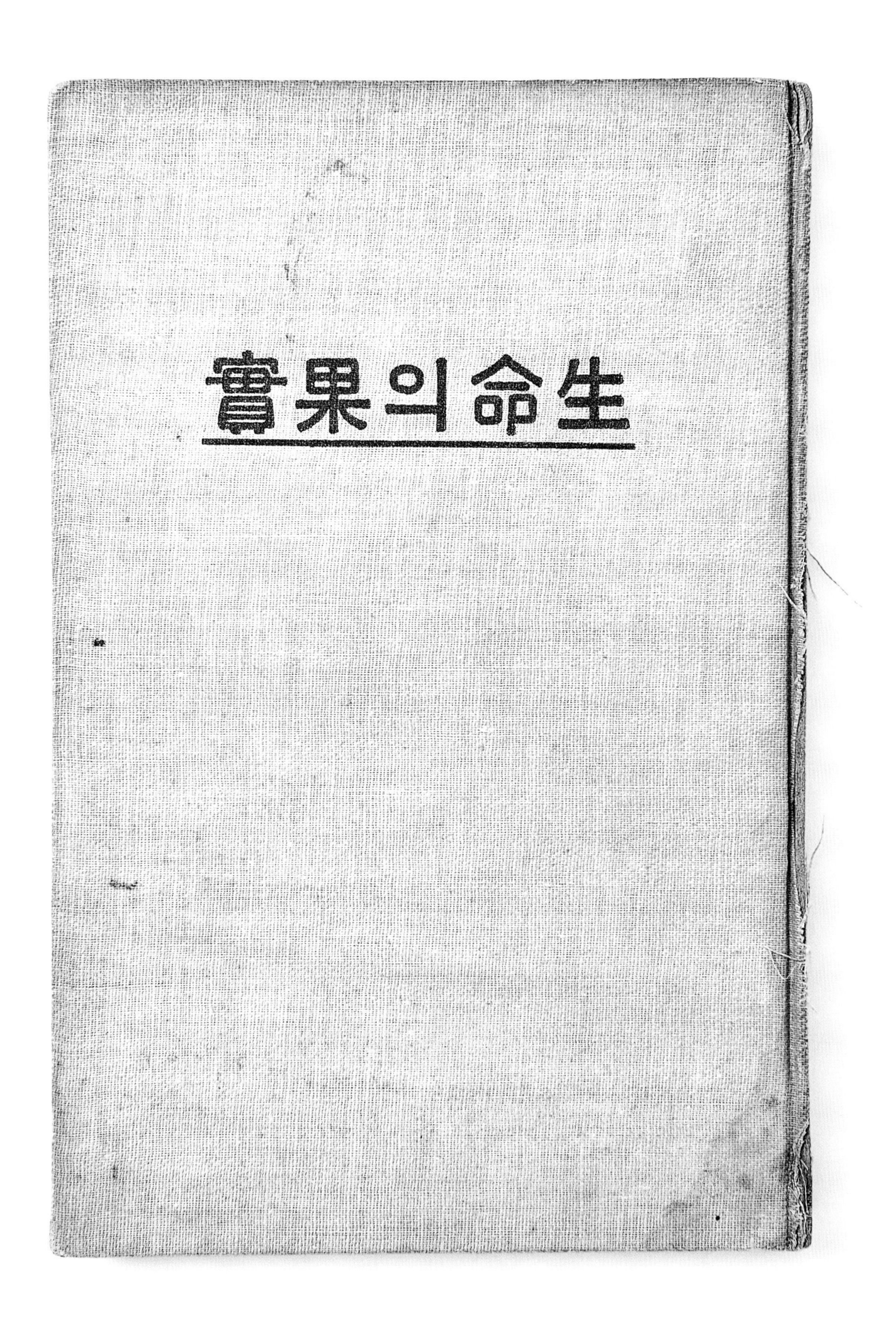

김명순(1896~1951)
한성도서주식회사,
1925.4.5.
12.8×19.3cm

“조선의 유일한 여류작가로 여러 사람의 많은 기대를 받던 김명순 여사의 저서이다. 많은 문제의 주인공으로서 그의 생활과 사색을 미묘한 문장과 치밀한 필치로 그린 창작집이니 시와 소설은 물론이고 그 외에도 수 편의 아름다운 상화도 있다”(『개벽』 59호, 1925)라는 광고처럼 『생명의 과실』은 단독 시집이 아닌 시와 소설, 수상 등이 망라된 문집이다. 탄실 김명순의 『생명의 과실』은 근대문학사상 여성 문인 최초의 작품집으로 평가되며, 또 다른 작품집인 『애인의 선물』(1928년 추정)도 학계의 주목을 받고 있다.

■

속표지

■

판권

■

『애인의 선물』(1930) 앞표지

■

『애인의 선물』(1930) 속표지

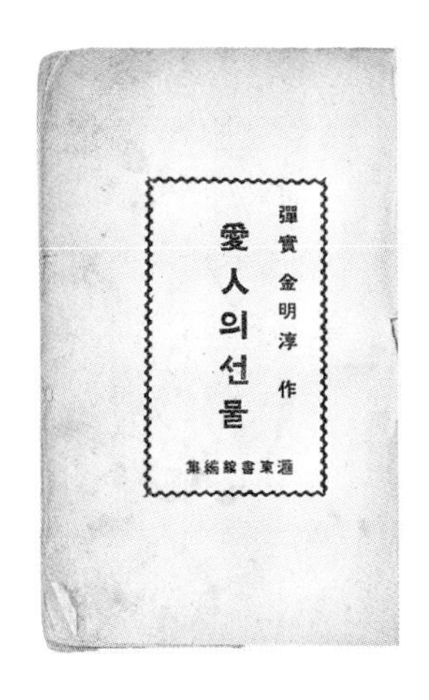

■

『애인의 선물』(1930) 저자 사진

010

진달내꽃/진달내쏫

김소월(1902~1934)
매문사, 1925.12.26.
10.5×14.9cm 외

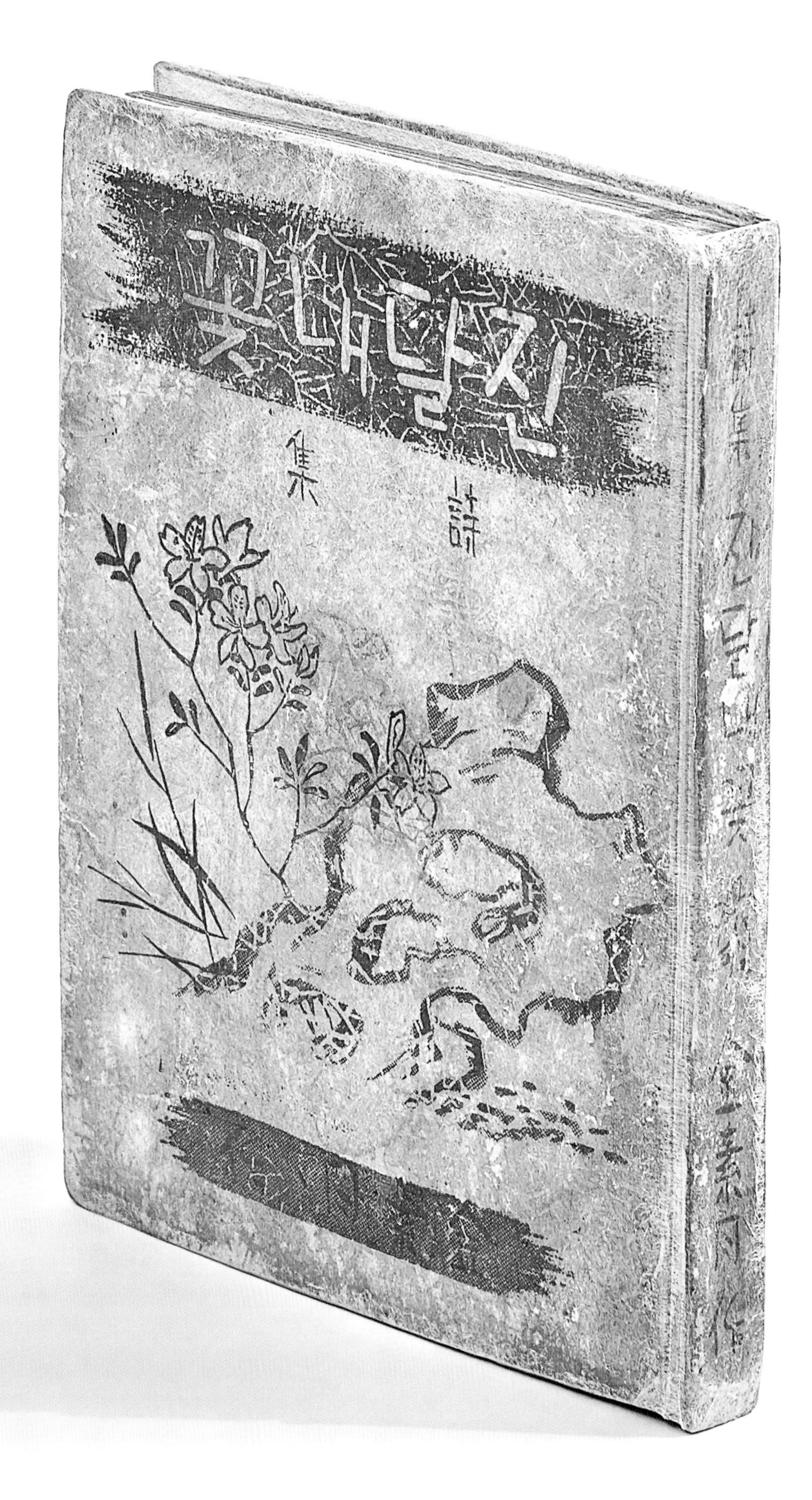

소월 김정식의 『진달래꽃』(1925)은 정서의 스밈과 리듬에 대한 탐색을 통해 근대시의 새 장을 연 시집이다. 김소월은 2007년 한국시인협회가 선정한 ‘한국 현대시 10대 시인’ 중 1위에, 『진달래꽃』은 2012년 평론가들이 선정한 ’한국현대문학사 대표시집 10권‘ 중 1위에, 「진달래꽃」은 2008년 KBS TV가 실시한 ’국민들이 가장 좋아하는 애송시‘ 중 1위에 뽑힌 것만 보아도 김소월과 『진달래꽃』을 뺀 한국근대시사는 상상조차 하기 어렵다. 그런데 『진달래꽃』 초간본은 3종의 이본이 전해지고 있어서 그 출판 경위나 이본 간의 판차 등아 근대문학 서지 연구의 난제로 남아 있다. 이들 3종(한성도서A본, 한성도서B본, 중앙서림본)의 이본 양상은 책 표지, 책등, 속표지, 목차와 본문, 판권지 등 책의 물질성 전반에 걸쳐 확인된다.

한성도서A본 앞표지

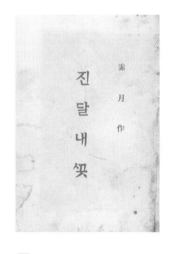

한성도서A본 속표지

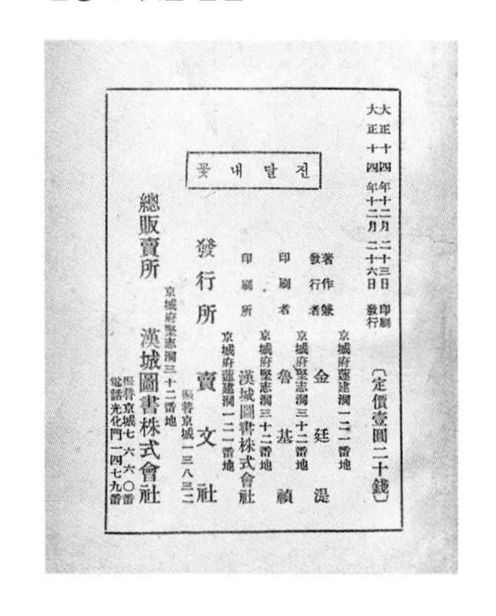

大正十四年十二月二十三日 印刷
大正十四年十二月二十六日 發行

진달내꽃

〔定價壹圓二十錢〕

著作兼發行者 京城府蓮建洞一二一番地 金廷湜
印刷者 京城府堅志洞三十二番地 魯基禎
印刷所 京城府堅志洞三十二番地 漢城圖書株式會社
發行所 京城府蓮建洞一二一番地 賣文社 振替京城一三八三三
總販賣所 京城府堅志洞三十二番地 漢城圖書株式會社 振替京城七六六〇番 電話光化門一四七九番

한성도서A본 판권

한성도서B본 앞표지

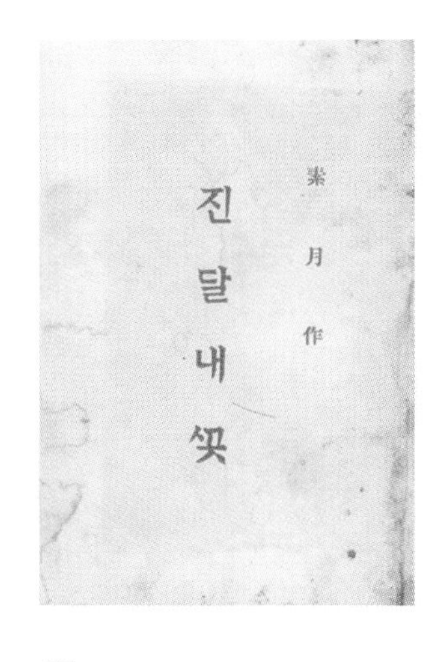

한성도서B본 속표지

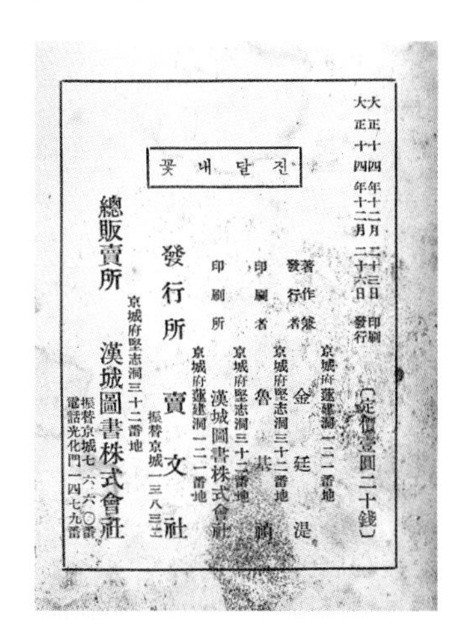

大正十四年十二月二十三日 印刷
大正十四年十二月二十六日 發行

진달내꽃

〔定價壹圓二十錢〕

著作兼發行者 京城府蓮建洞一二一番地 金廷湜
印刷者 京城府堅志洞三十二番地 魯基禎
印刷所 京城府堅志洞三十二番地 漢城圖書株式會社
發行所 京城府蓮建洞一二一番地 賣文社 振替京城一三八三三
總販賣所 京城府堅志洞三十二番地 漢城圖書株式會社 振替京城七六六〇番 電話光化門一四七九番

한성도서B본 판권

중앙서림본 앞표지

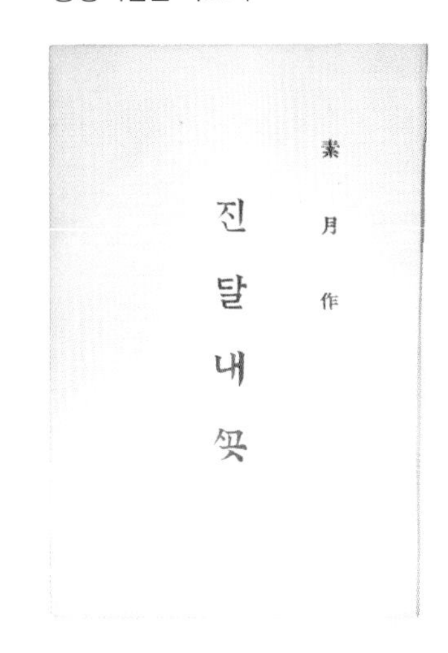

중앙서림본 속표지

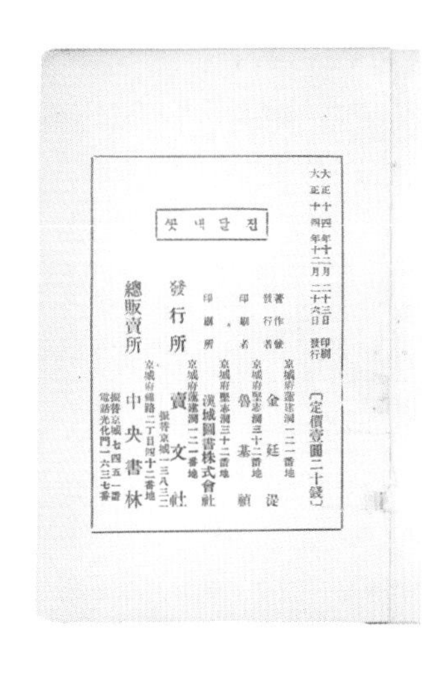

大正十四年十二月二十三日 印刷
大正十四年十二月二十六日 發行

진달내꼿

〔定價壹圓二十錢〕

著作兼發行者 京城府蓮建洞一二一番地 金廷湜
印刷者 京城府堅志洞三十二番地 魯基禎
印刷所 京城府堅志洞三十二番地 漢城圖書株式會社
發行所 京城府蓮建洞一二一番地 賣文社 振替京城一三八三三
總販賣所 京城府鍾路二丁目四十二番地 中央書林 振替京城七四五一番 電話光化門一六三七番

중앙서림본 판권

011

님의 침묵

님의 沈默

한용운(1879~1944)
회동서관, 1926.5.20.
12.9×19.3cm

만해 한용운은 『님의 침묵』(1926) 발행 이전, 『조선불교유신론』(1913), 『불교대전』(1914), 『정선강의 채근담』(1916)을 연이어 간행하고, 잡지 『유심』(1918)을 펴냄으로써 불교의 대중화와 혁신운동에 앞장섰다. 그리고 『님의 침묵』을 통해 한국 근대시에 철학적, 정신사적 의미를 부여함으로써 김소월의 『진달래꽃』과 함께 1920년대 시사의 중심축을 이뤘다. 『님의 침묵』은 시집 전편이 이별-갈등-희망-만남이라는 구조로 연결되어 소멸-갈등-생성의 변증법적 지향을 향해 나아가고 있다. 즉 '님'이 부재하는 시대에 '님'과의 합일을 꿈꾸는 끝없는 구도와 견인의 자세를 제시한 점이 특징이다. 출판사를 달리하여 한성도서주식회사에서 재판(1934)이 간행되기도 했다.

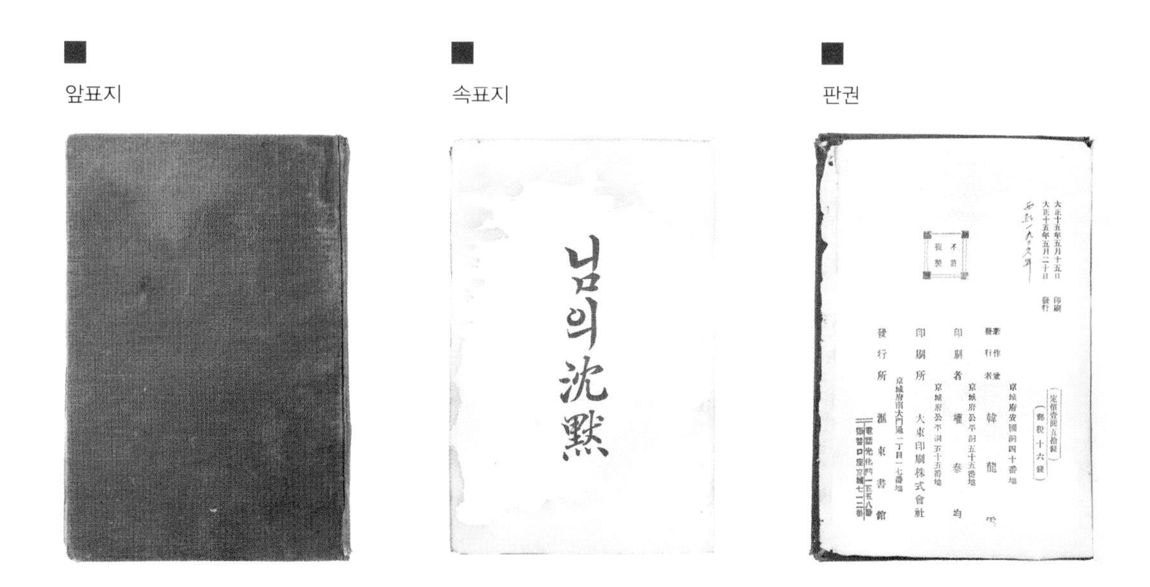

앞표지 / 속표지 / 판권

012

백팔번뇌

百八煩惱

최남선(1890~1957)
동광사. 1926.12.1.
11×15.5cm
장정 노수현

육당 최남선은 신문관을 설립해 『소년』(1908), 『붉은 저고리』(1912), 『아이들보이』(1913), 『청춘』(1914) 등의 잡지를 발행하여 신문화운동에 앞장섰으며, 최초의 신체시 「해에게서 소년에게」(1908)를 통해 근대시의 방향성을 정립하는 데도 기여했다. 또한 「조선 국민문학으로서의 시조」(1926)를 발표하여 시조부흥운동을 전개했고, 최초의 근대 시조집 『백팔번뇌』(1926)를 펴냈다. 표지와 면지의 장정은 노수현이 담당했다. 표지의 경우 우측 부분의 단풍잎과 포도송이 장식 그림을 백박으로 압인했는데, 그 배경을 군청색과 적색으로 물들인 두 종류의 장정이 전해진다. 고전적인 아치를 풍기는 표지와는 달리 주황색 바탕에 강가 풍경을 그린 면화는 현대적이면서도 화려한 느낌을 준다.

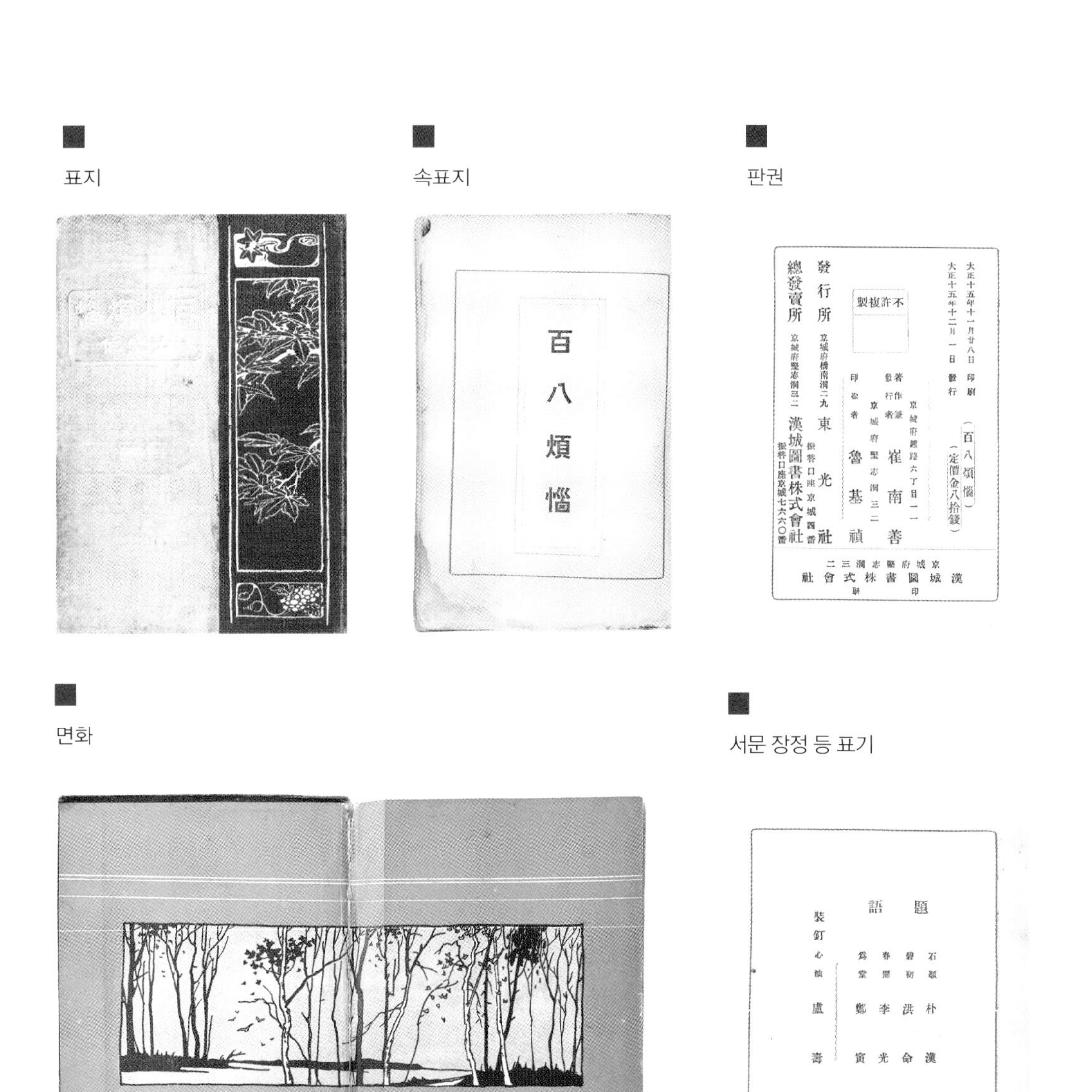

표지

속표지

판권

면화

서문 장정 등 표기

013

■

시가집

詩歌集

■

이광수 주요한 김동환
삼천리사, 1929.10.30.
12.9×18.6cm
장정 안석영
특제본

『시가집』(1929)은 춘원 이광수, 송아 주요한, 파인 김동환의 합동시집으로 춘원의 시 작품 56편, 송아의 시 작품 46편, 파인의 시 작품 67편을 합하여 총 169편이 수록되었다. 재판(1930)과 3판(1934)도 발행되었는데, 모두 안석영이 표지를 꾸몄지만 그 장정 양상은 상이하다. 초판과 재판의 표지화는 일곱 사람이 일렬횡대로 서서 곡괭이로 땅을 내려찍으려는 모습을 형상화했다. 이러한 소재는 당시 카프에서 활동했던 안석영의 이념적 지향을 드러낸 것으로 볼 수 있다. 책의 편차는 이광수, 주요한, 김동환의 순으로 시인의 사진, 목차, 삽화를 제시한 후, 시편들이 소개되고 있다. 춘원 편의 삽화는 이상범이, 송아와 파인 편의 삽화는 안석영이 그렸는데, 이 중 파인 편의 삽화가 3판의 표지화로 활용되었다. 아마도 초판과 재판의 표지화가 문제가 된듯 싶다. 실제로 『시가집』은 출간된 지 10년이 지난 1939년 8월 21일 치안상의 이유로 발매 금지되었다.

초판/재판(1930) 앞표지(장정 안석영)

초판/재판(1930) 속표지

李光洙
朱耀翰
金東煥
詩歌集
京城 永昌書館 發行

재판(1930) 판권

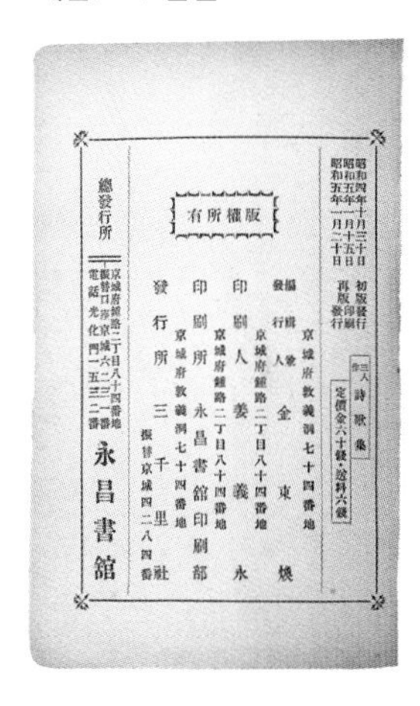
昭和四年十月三十日 初版發行
昭和五年一月十五日 再版印刷
昭和五年一月二十日 再版發行

三人作 詩歌集
定價金六十錢・送料六錢

版權所有

編輯兼發行人 京城府敎義洞七十四番地 金東煥
印刷人 京城府鍾路二丁目八十四番地 姜義永
印刷所 京城府鍾路二丁目八十四番地 永昌書館印刷部
發行所 京城府敎義洞七十四番地 三千里社 振替京城四二八四番

總發行所 京城府鍾路二丁目八十四番地 振替口座京城六二三一番 電話光化門一五三二番 永昌書館

이광수 사진

李光洙詩篇

주요한 사진

朱耀翰詩篇

김동환 사진

金東煥詩篇

삼판(1934) 앞표지(장정 안석영)

삼판(1934) 판권

昭和四年十月三十日 初版發行
昭和五年一月二十日 再版發行
昭和九年三月二十日 三版印刷
昭和九年三月廿六日 三版發行

三人作 詩歌集
定價金六拾錢
(送料六錢)

版權所有

編輯兼發行人 京城府鍾路二丁目六番地 金東煥
印刷者 京城府鍾路二丁目八十四番地 姜義永
印刷所 京城府鍾路二丁目八十四番地 永昌書館印刷部

發行所 京城府鍾路二丁目六番地 振替京城四二八四番 三千里社
總發行所 京城府鍾路二丁目八四番地 振替京城六二三一番 電話(光)一五三二番 永昌書館

014

자연송

自然頌

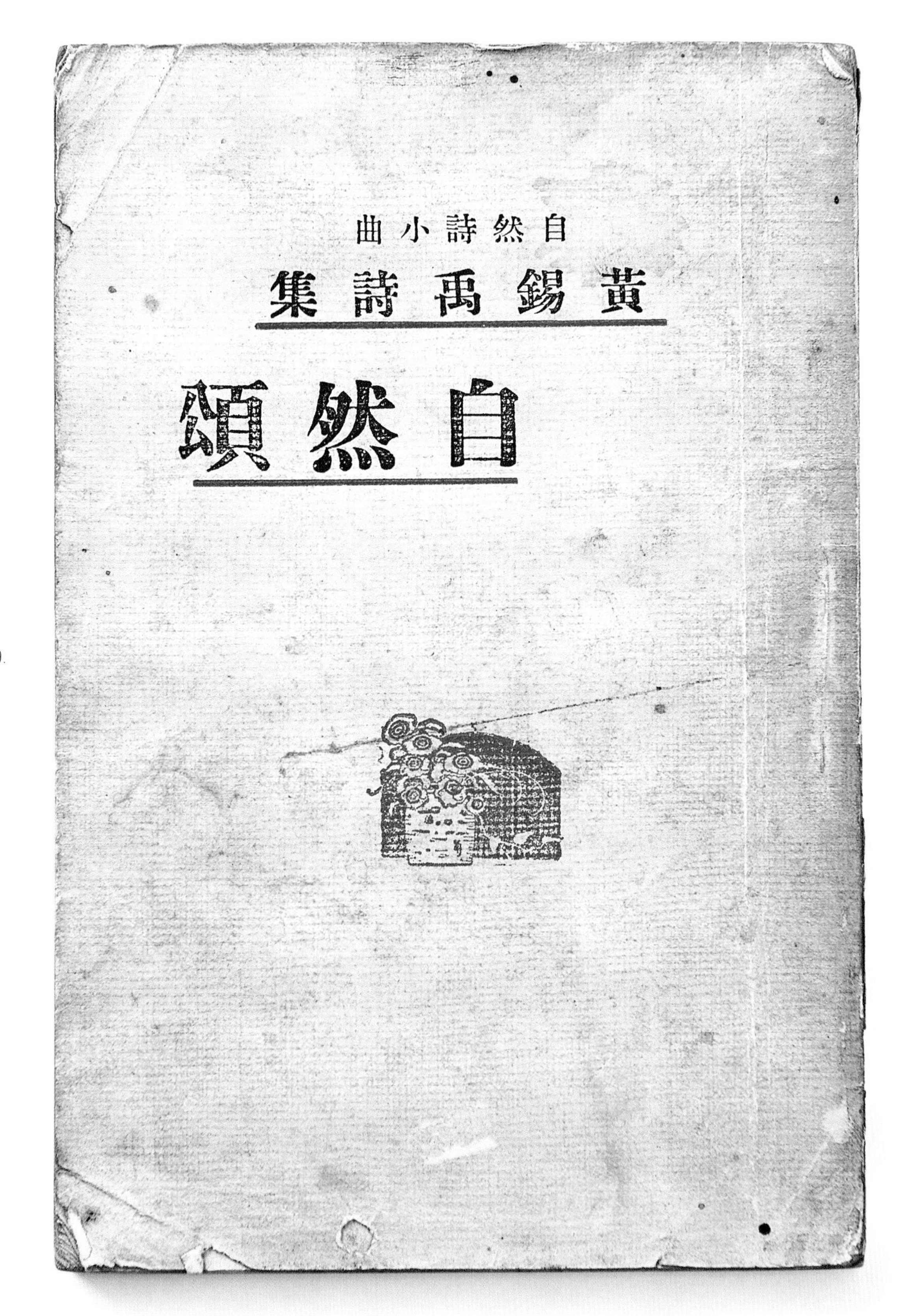

황석우(1895~1960)
조선시단사. 1929.11.19.
12×18.7cm

상아탑 황석우의 문단 활동은 『태서문예신보』(1918), 『삼광』(1919), 『폐허』(1920), 『장미촌』(1921) 등을 통해 이루어졌는데, 이들 잡지와 동인지가 창간된 데는 황석우의 역할이 컸다. 또한 황석우는 『조선시단』(1928)을 발행하여 신진 시인들의 등단을 도모하는 한편 『자연송』(1929)를 펴냈다. 시집 제목 상단에 부기한 것처럼 황석우는 『자연송』의 시적 경향을 '자연시소곡'으로 규정했다. 이 점은 헌사 앞쪽에 제시된 "자연을 사랑하라. 자연을 사랑하지 못하는 자는 사람도 사랑할 참된 길을 알지 못한다. 사랑을 배우는 세례는 자연을 사랑하는 광야 우에서 받아라"라는 경구에서도 확인된다. 재판(1930)과 3판(1931)이 발행된 『자연송』은 일어 창작시가 수록된 최초의 시집이기도 하다.

■

판권

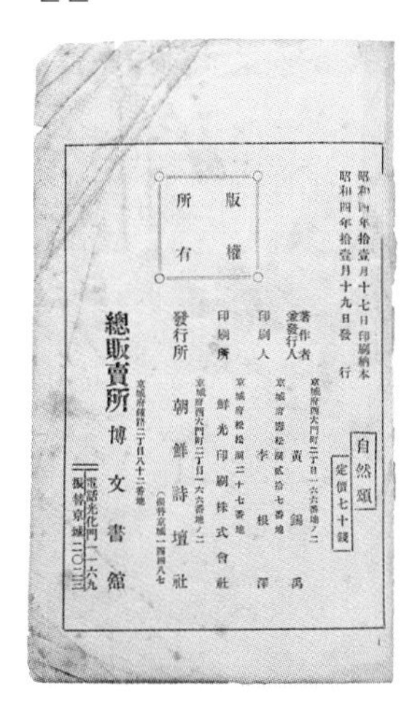
昭和四年拾壹月十七日印刷納本
昭和四年拾壹月十九日發行

自然頌 定價七十錢

著作者兼發行人 京城府西大門町二丁目一六六番地ノ二 黃錫禹
印刷人 李根澤
印刷所 鮮光印刷株式會社
發行所 京城府西大門町二丁目一六六番地ノ二 朝鮮詩壇社

總販賣所 京城府鐘路二丁目八十二番地 博文書館
電話光化門一一六九

版權所有

■

『조선시단』 창간호 앞표지

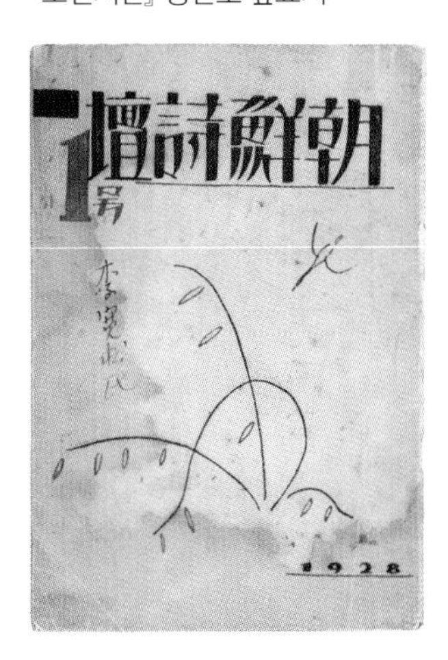

015

조선의 맥박

朝鮮의 脈搏

양주동(1903~1977)
문예공론사, 1932.2.26.
12.3×19cm
장정 임용련
특제본

『금성』(1923) 동인으로 문단 활동을 시작한 무애 양주동은 평양 숭실전문학교 교수로 재직 중 『문예공론』(1929)을 발행하여 시작과 평론 활동을 이어갔다. 하지만 『문예공론』은 당대의 시국 상황과 이분화된 문단의 대립 속에서 1930년 1월 제3호로 종간되고 만다. 양주동도 『문예공론』의 폐간 이후 10년 동안의 시작 활동을 정리한 『조선의 맥박』(1932)을 간행하는데, 이 시집을 끝으로 그는 문인에서 고전문학 연구자로 변모하게 된다. 저자는 『조선의 맥박』의 1부는 '청춘기의 정애를 주제로 한 것', 2부는 '사상적이고 주지적인 것', 3부는 '사색적 · 반성적인 경향을 띤 것'이라고 설명했다. 장정은 임용련이, 삽화는 그의 부인인 백남순이, 면화의 도안은 저자인 양주동이 맡았다.

■

속표지

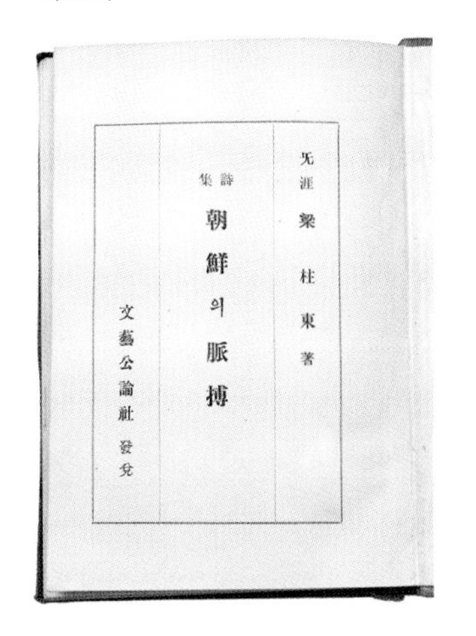
无涯 梁柱東 著

詩集 朝鮮의 脈搏

文藝公論社 發兌

■

판권

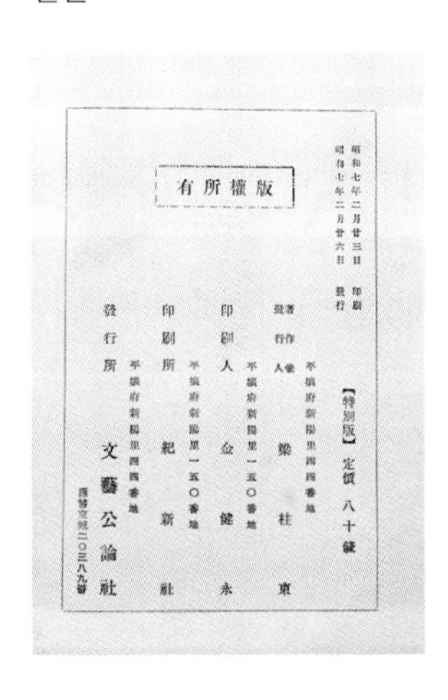
昭和七年二月廿三日 印刷
昭和七年二月廿六日 發行

【特別版】 定價 八十錢

版權所有

著作兼發行人 平壤府新陽里四四番地 梁柱東

印刷人 平壤府新陽里一五〇番地 金健永

印刷所 平壤府新陽里一五〇番地 紀新社

發行所 平壤府新陽里四四番地 文藝公論社

振替京城二〇三八九番

■

저자 사진

■

면화(양주동 도안)

016

노산시조집

鷺山時調集

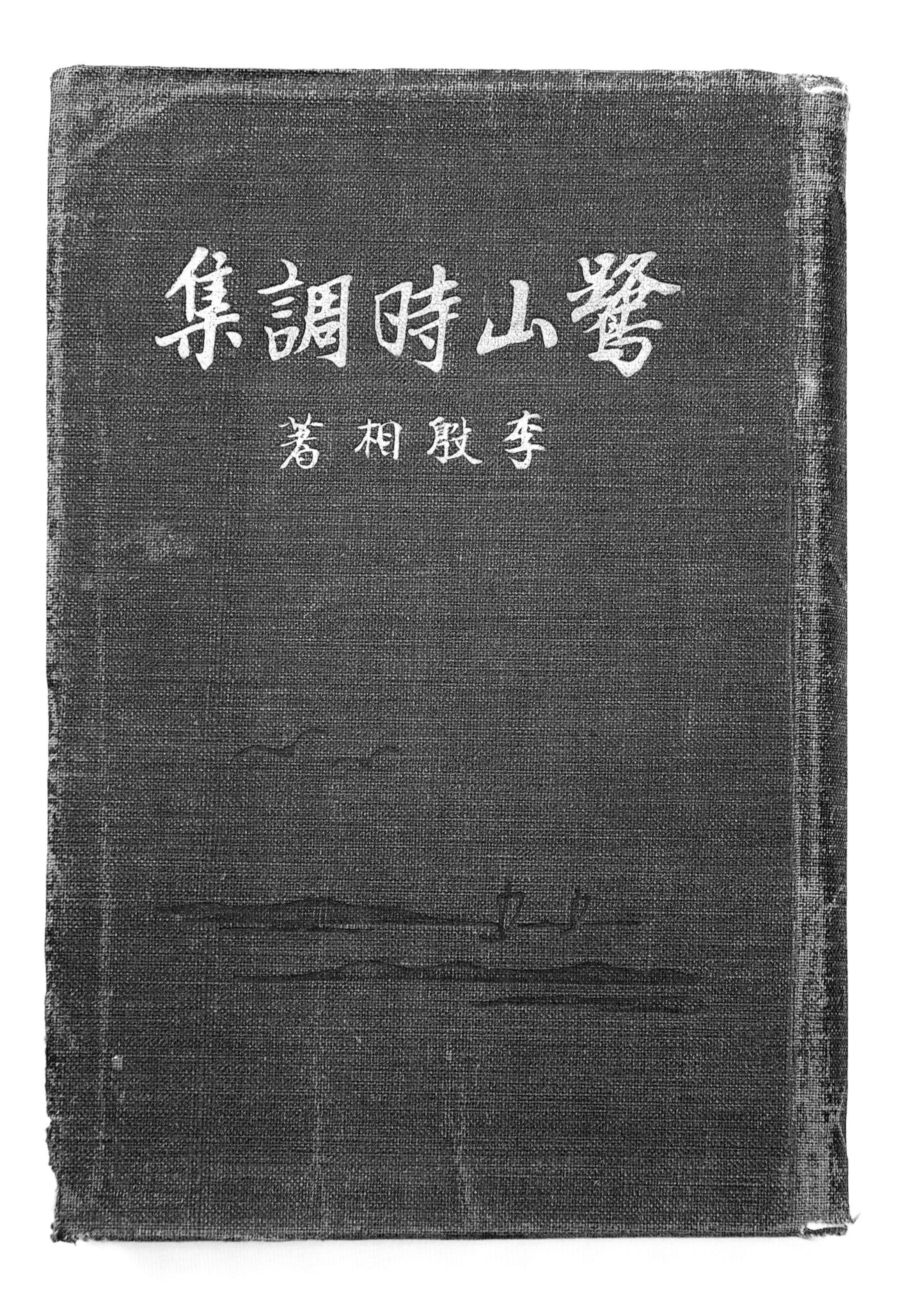

이은상(1903~1982)
한성도서주식회사,
1932.4.18.
13×18.8cm
장정 이상범,
제자 서항석

노산 이은상은 1926년 이후 전개된 시조부흥운동의 영향을 받아 우리말의 아름다움과 리듬을 잘 살린 시조를 창작하여 『노산시조집』(1932)으로 갈무리했다. 그의 시조에는 조국과 국토 산하에 대한 예찬, 전통적 동양 정서, 불교적 무상관 등이 얽혀 있다. 그 대표적인 작품은 가곡으로도 널리 알려진 "내 고향 남쪽 바다 그 파란 물이 눈에 보이네 / 꿈엔들 잊으리오 그 잔잔한 고향 바다 / 지금도 그 물새들 날으리 가고파라 가고파"(「가고파」)이다. 장정은 이상범이 맡았는데, 갈매기가 바다 위를 나는 표지화는 시조 「가고파」를 형상화한 듯하다.

면화(이상범)

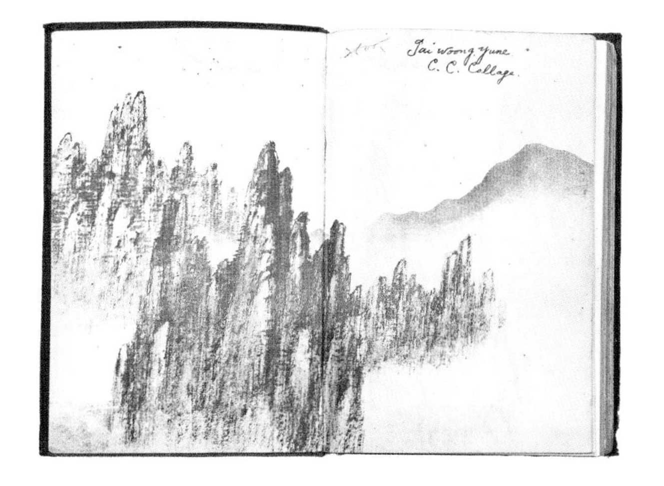

판권

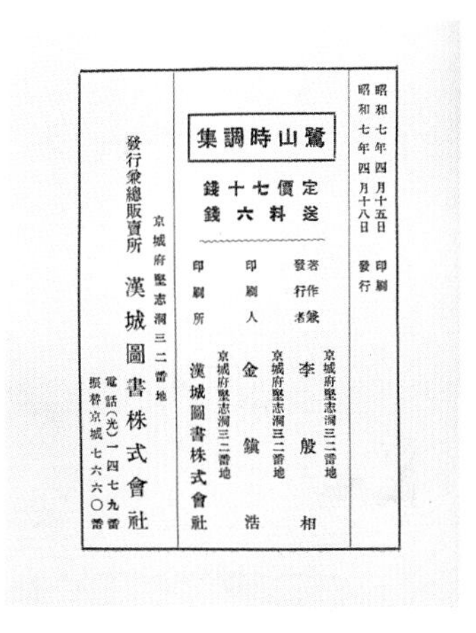

昭和七年四月十五日 印刷
昭和七年四月十八日 發行

鷺山時調集

定價七十錢
送料六錢

著作兼發行者 京城府堅志洞三二番地 李殷相
印刷人 京城府堅志洞三二番地 金鎭浩
印刷所 京城府堅志洞三二番地 漢城圖書株式會社

發行兼總販賣所 京城府堅志洞三二番地 漢城圖書株式會社
電話(光)一四七九番
振替京城七六六〇番

017

윤석중동요집

尹石重童謠集

윤석중(1911~2003)
신구서림, 1933.10.15.
15.1×20cm

근대 최초의 창작동요집인 석동 윤석중의 『윤석중동요집』(1932)에는 '우리가 크거들랑', '도리도리 짝짜궁', '낮에 나온 반달', '휘파람'의 4부에 각 10편씩 모두 40편이 수록될 예정이었는데, 「우리가 크거들랑」 등 5편이 검열로 삭제되어 결과적으로 35편만이 실렸다. 수록된 동요 35편 중 30편에는 악보가 붙어 있으며, 나머지 동요에는 삽화가 그려져 있다. 윤극영, 박태준, 정순철, 현제명, 홍난파 등이 곡을 붙였고, 이승만, 이상범, 김규택, 전봉제 등이 삽화를 그렸다. 운율 면에서 대부분의 수록 동요가 7·5조의 전형적 음수율을 취하고 있지만, 「맴맴」, 「퐁당퐁당」, 「밤 한톨이 떽떼굴」, 「저녁놀」, 「우리집 콩나물죽」, 「도리도리 짝짜궁」과 같은 작품에서는 4·4조, 6·5조, 8·5조 등 다양한 음수율이 시도되었다. 정형률을 탈피하려는 이와 같은 노력은 이듬해에 간행된 동시집 『잃어버린 댕기』(1933)에 이르러 결실을 맺었다.

속표지

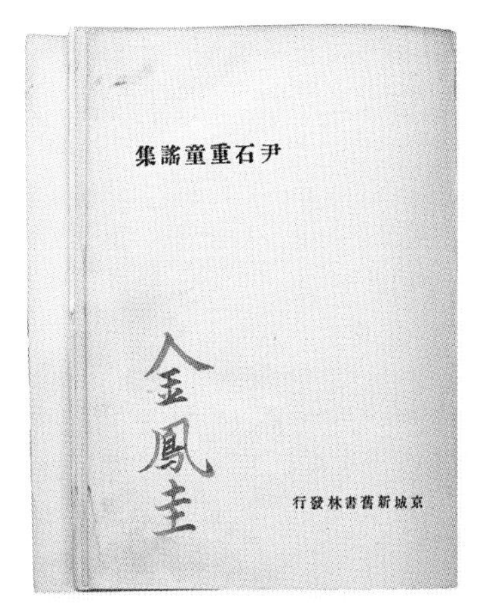

판권

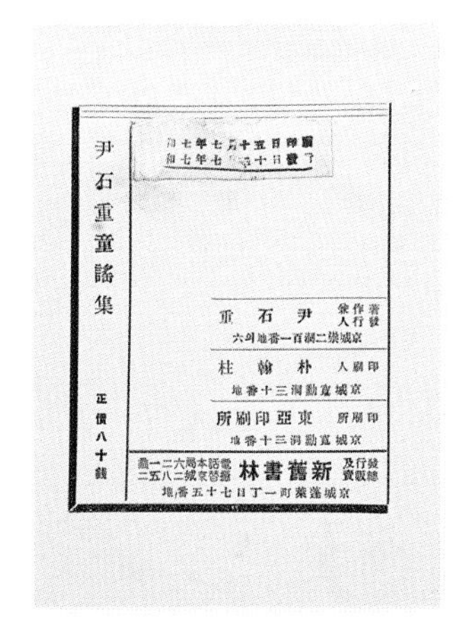

저자 사진

서문 삽화 작곡 등 표기

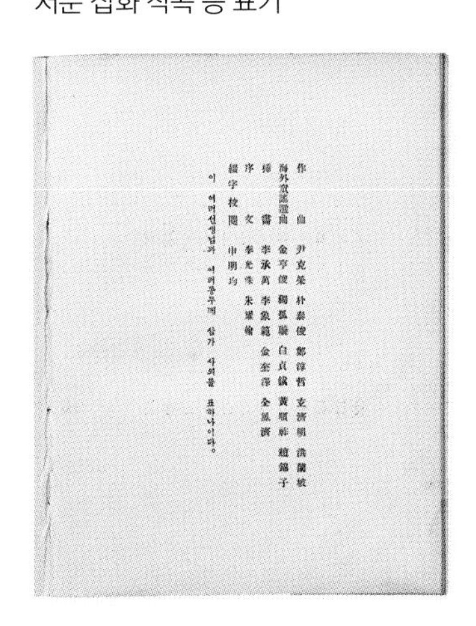

『잃어버린 댕기』(1933) 앞표지

018

빛나는 지역

빛나는 地域

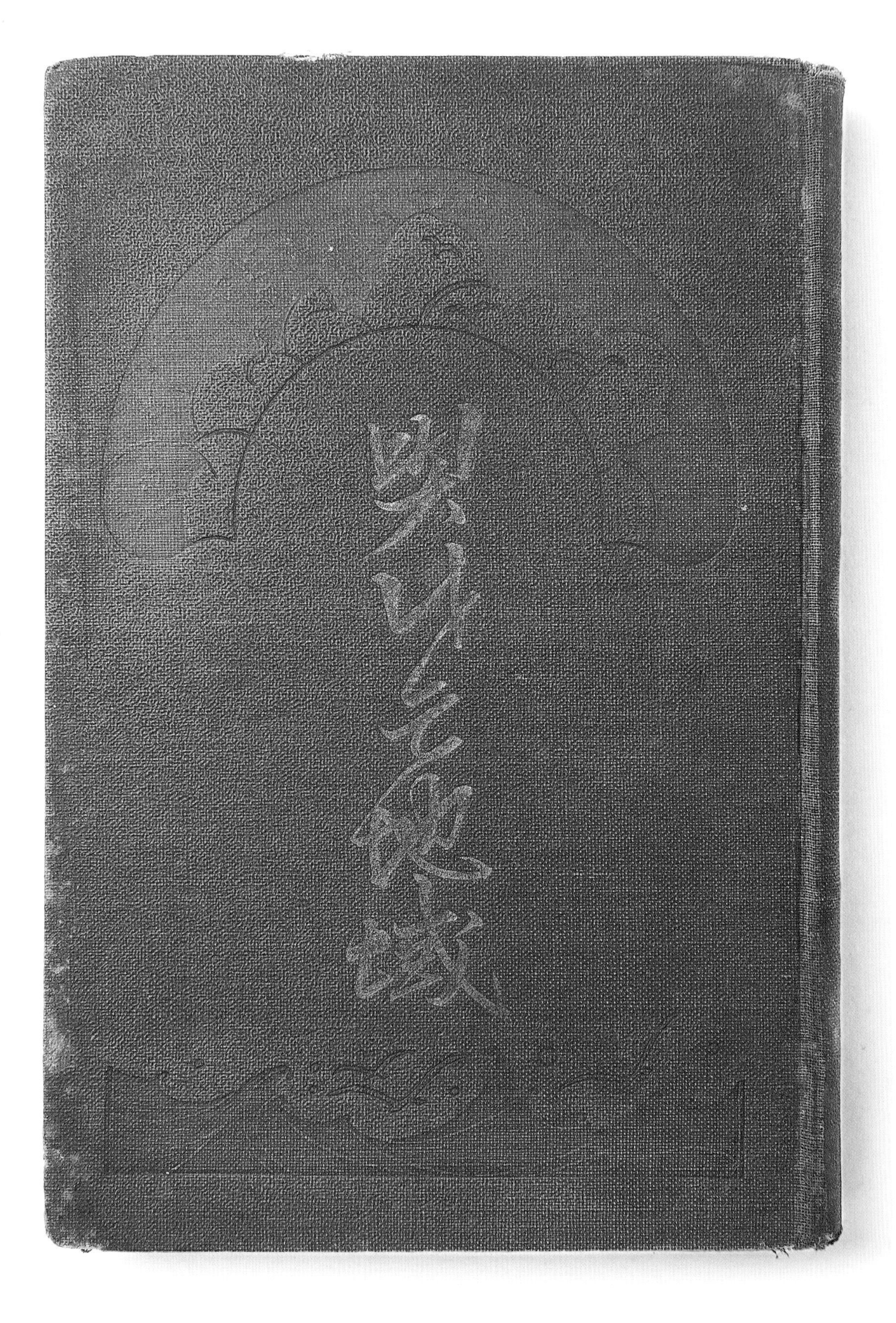

모윤숙(1910~1990)
조선창문사, 1933.10.15.
13.5×19.8cm
장정 취운몽인

영운 모윤숙의 첫 시집 『빛나는 지역』(1933)은 "저는 생명의 닻줄을 조선이란 외로운 땅에 던져 놓고 운명의 전주곡을 타보았으면 하는 자입니다"라는 서문의 구절처럼 민족적 열정의 시학이 담긴 시집이다. 이러한 시 정신은 『옥비녀』(1947)와 『풍랑』(1951)에도 변함없이 이어졌다. 『빛나는 지역』은 취운몽인의 호화로운 장정이 돋보이는 시집이다. 1930년대에는 극예술연구회와 『시원』 동인으로 문단 활동을 이어갔으며, 산문시 형식의 수상록 『렌의 애가』(1937)를 출간하여 대중적인 명성을 높였다.

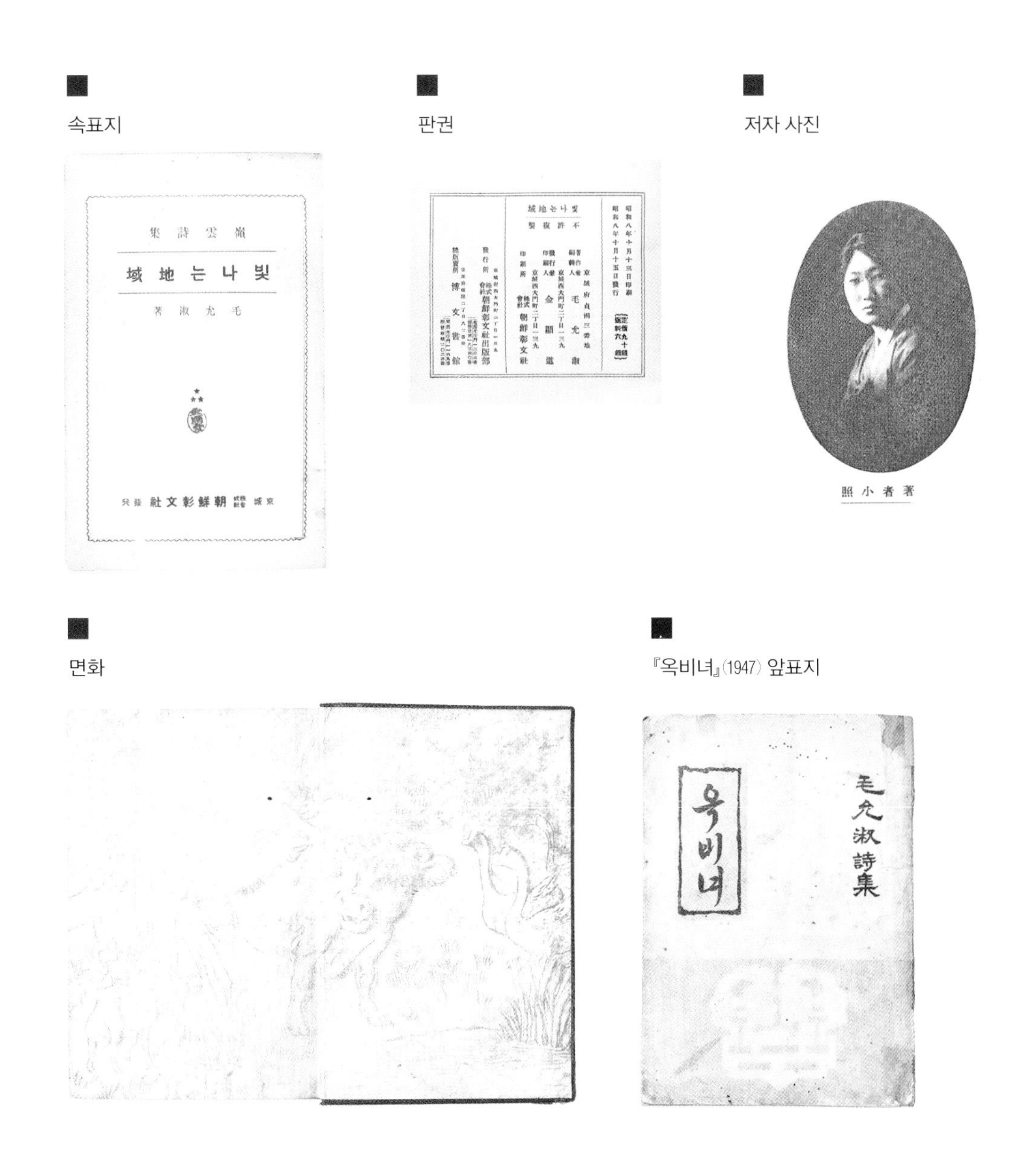

속표지

판권

저자 사진

면화

『옥비녀』(1947) 앞표지

019

방가

放歌

황순원(1915~2000)
동경학생예술좌,
1934.11.25.
14×19cm

1930년부터 시작 활동을 전개한 황순원은 일본 유학 시절 동경학생예술좌에 참여하여 『방가』(1934)와 『골동품』(1936) 등 2권의 시집을 펴냈다. 『방가』에는 소박한 서정성이, 『골동품』에는 지적 위트가 반영되었는데 이 두 가지 요소는 황순원 문학의 근간으로 평가된다. 『삼사문학』과 『단층』 동인으로 활동하는 한편 『창작』 제3집(1936)에 「거리의 부사」를 게재하면서부터 소설에 관심을 두었으며, 『황순원단편집』(1940)을 간행한 이후로는 소설 창작에만 전념하게 된다.

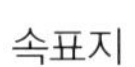

속표지

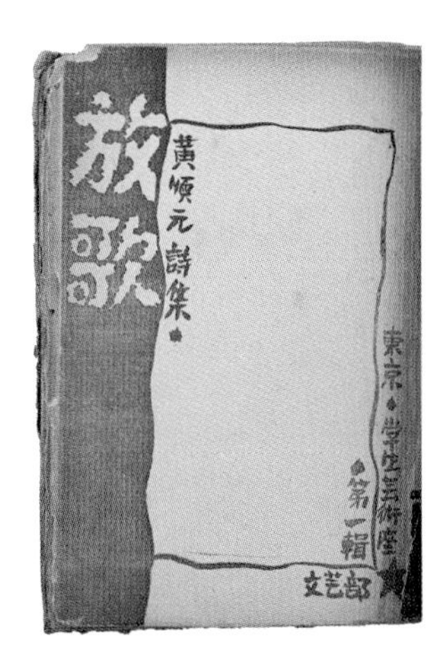

판권

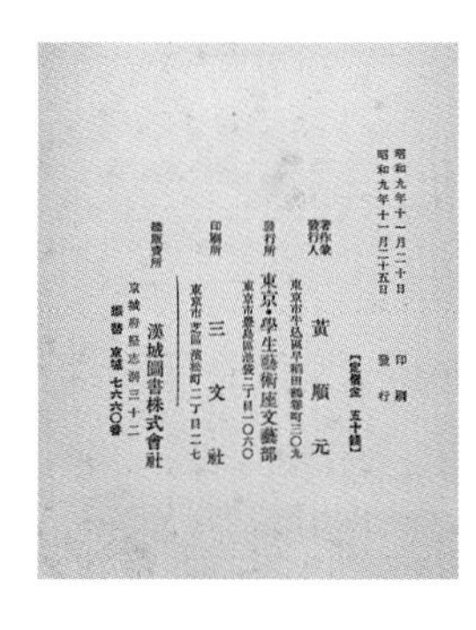

昭和九年十一月二十日 印刷
昭和九年十一月二十五日 發行
【定價金 五十錢】
著作兼發行人 黃順元
東京市牛込區早稻田鶴巻町三〇九
發行所 東京・學生藝術座文藝部
東京市豊島區池袋二丁目一〇六〇
印刷所 三文社
東京市芝區濱松町二丁目二七
總販賣所 漢城圖書株式會社
京城府堅志洞三十二
振替 京城 七六六〇番

면화

『골동품』(1936) 북케이스

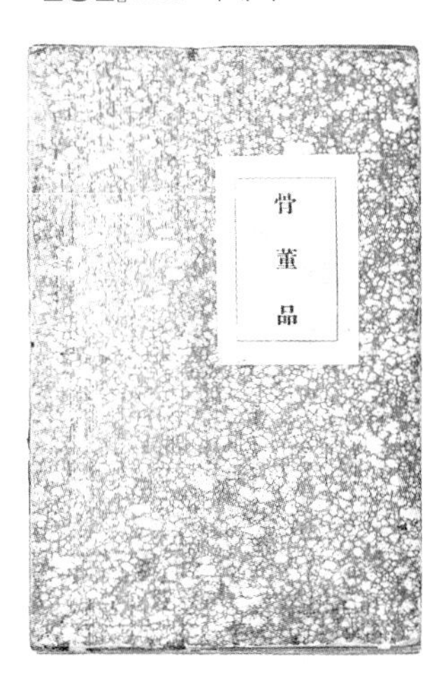

『골동품』(1936) 앞표지와 책등, 뒤표지

020

■

정지용시집

鄭芝溶詩集

■

정지용(1902~미상)
시문학사, 1935.10.27.
12.4×19cm

정지용은 1918년 휘문고보에 입학해 박팔양과 함께 시를 습작했으며, 1920년대에는 『학조』, 『조선지광』, 『신민』 등에 다수의 시를 발표했다. 이어 박용철, 김영랑 등과 『시문학』(1930) 동인으로 활동하며 절제된 언어 구사에 바탕한 감각적 이미지즘 기법의 시를 발표하여 시단의 관심을 불러일으켰다. "우리 시에 현대의 호흡과 맥박을 불어넣은 최초의 시인"이라는 정지용에 대한 김기림의 평가처럼 「카페 프란스」 이후에 쓴 「바다1」, 「바다2」, 「유리창」 등이 수록된 『정지용시집』(1935)은 언어와 감각에 대한 새로운 인식을 보여준, 1930년대 우리 시문학의 절정에 해당한다. 박용철의 시문학사에서 간행된 『정지용시집』의 책가위는 정지용의 신앙을 염두에 두었는지 프라 안젤리코의 〈수태고지〉로 꾸며졌으며, 해방 이후 장정을 달리한 재판(1946)이 발행되기도 했다.

■

북재킷

■

앞표지와 책등, 뒤표지

■

판권

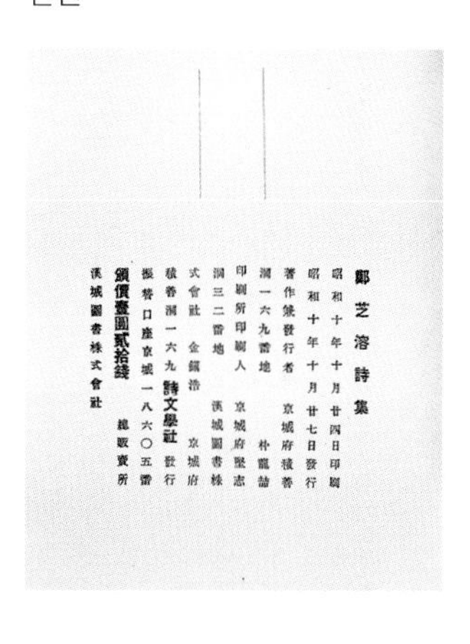
鄭芝溶詩集
昭和十年十月廿四日印刷
昭和十年十月廿七日發行
著作兼發行者 京城府積善
洞一六九番地 朴龍喆
印刷所印刷人 京城府堅志
洞三二番地 漢城圖書株
式會社 金鎭浩 京城府
積善洞一六九 詩文學社 發行
振替口座京城一八六〇五番
頒價壹圓貳拾錢 總販賣所
漢城圖書株式會社

021

영랑시집

永郎詩集

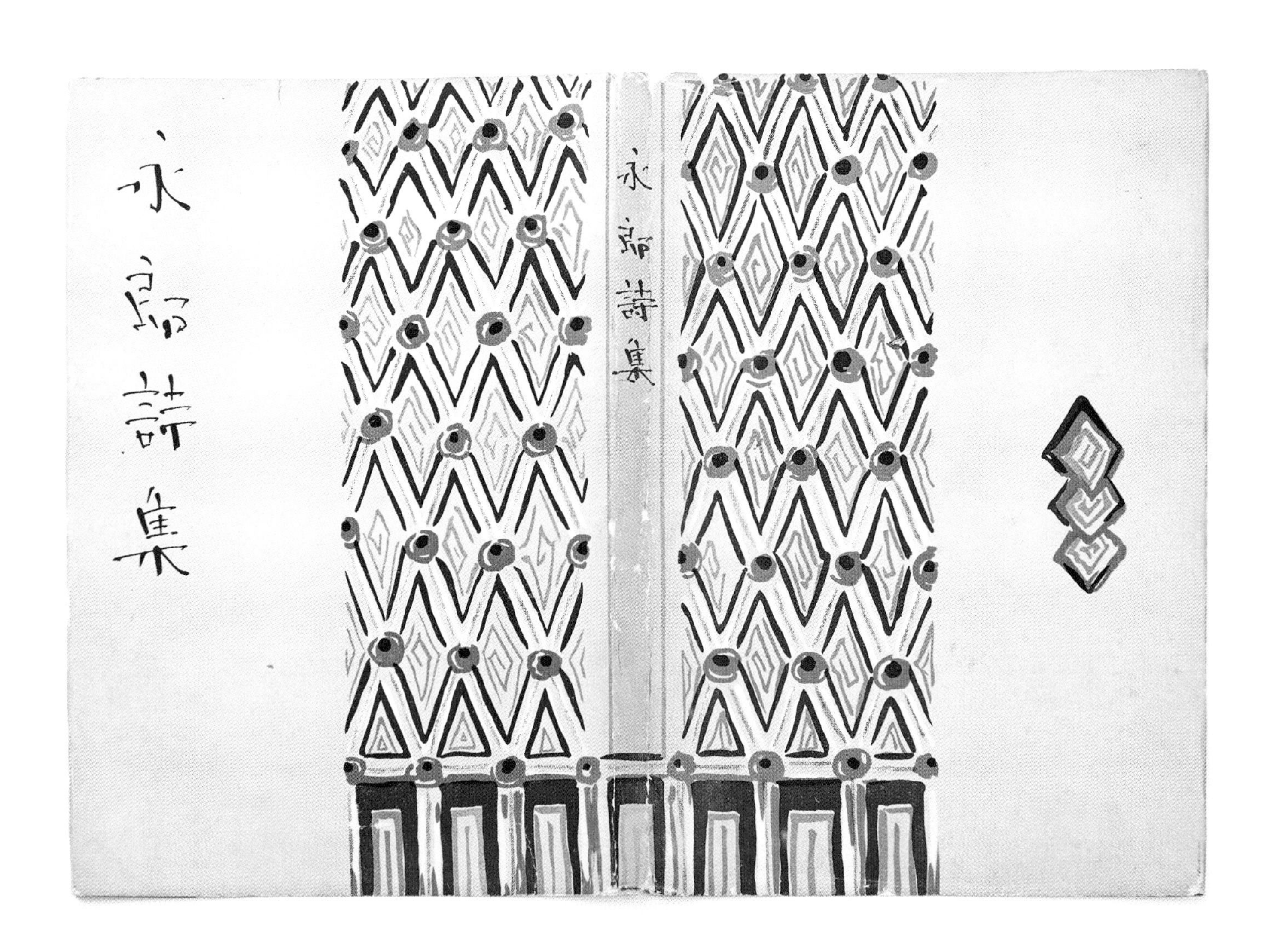

김영랑(1903~1950)
시문학사, 1935.11.5.
12.2×19mm

박용철, 정지용과 함께 『시문학』(1930) 동인으로 활동하며 본격적인 시작 활동을 시작한 영랑 김윤식은 『시문학』, 『문예월간』(1931), 『문학』(1933) 등에 발표한 시들을 엮어 『영랑시집』(1935)을 간행했다. 처음 발표될 때와 달리 제목은 붙이지 않고 일련번호로 대체했으며, 책가위는 손글씨의 제자와 비구상의 그림으로 꾸며졌다. 『영랑시집』의 시편들은 한마디로 '내 마음'의 시학으로 압축되는데, '내 마음'의 세계는 순수서정의 극점에 해당한다. 김영랑은 남도 방언을 포함하여 우리말을 능숙하게 구사함으로써 '남도의 소월'이라 불리기도 한다.

앞표지와 책등, 뒤표지

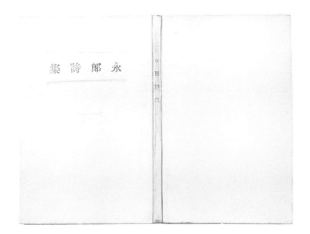

판권

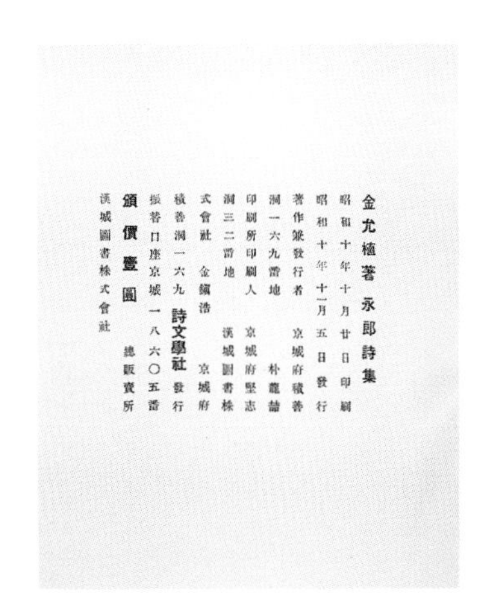
金允植著 永郎詩集
昭和十年十月廿日印刷
昭和十年十一月五日發行
著作兼發行者 京城府積善洞一六九番地 朴龍喆
印刷所印刷人 京城府堅志洞三二番地 漢城圖書株式會社 金鎭浩
京城府積善洞一六九 詩文學社 發行
振替口座京城一八六〇五番
頒價壹圓
總販賣所 漢城圖書株式會社

022

■

사슴

■

백석(1912~1996)
자가본, 1936.1.20.
16.8×21.1cm
100부 한정본

본명이 백기행인 백석은 1935년 「정주성」, 「여우난 곬족」을 발표하며 본격적인 시작 활동을 펼쳤는데, 불과 1년 만에 100부 한정본 『사슴』(1936)을 자가 출판했다. 해방 이후 「남신의주 유동 박시봉방」(1948)을 마지막으로 더이상 남한 매체에 작품을 발표하지 않고 북한에 머물렀기 때문에 백석은 한동안 잊힌 시인일 수밖에 없었다. 하지만 1988년 월북 및 재북 문인에 대한 해금 조치 이후 백석의 『사슴』은 전통과 현대, 토속성과 근대성이 공존할 수 있음을 보여준 탁월한 시집으로 평가받고 있다. 『사슴』에는 평북 정주 지역의 방언을 통해 낯선 북방의 감각과 풍속을 보여주는 시들, 이미지즘을 통해 인간과 자연이 공존하는 인상적인 풍경을 보여주는 시들, 가난하고 외로운 이들의 모습을 통해 일제강점기의 현실을 보여주는 시들이 다채롭게 수록되어 있다.

앞표지와 책등, 뒤표지

속표지

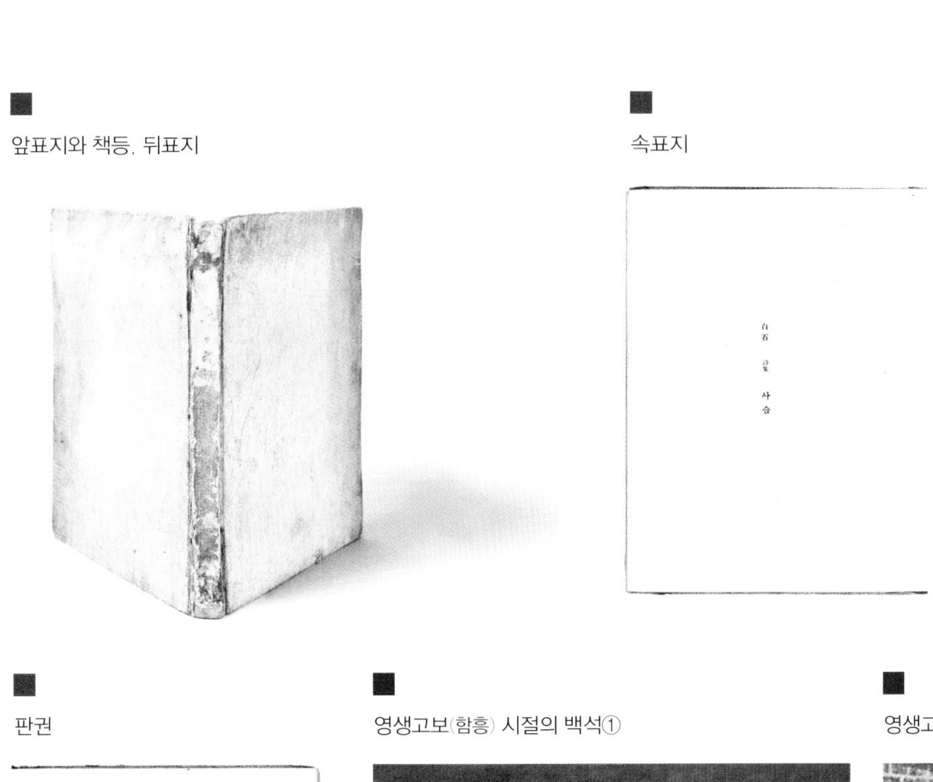

판권

영생고보(함흥) 시절의 백석①

영생고보(함흥) 시절의 백석②

023

기상도

氣象圖

김기림(1908~미상)
자가본, 1936.7.8.
14.2×21.3cm
장정 이상
200부 한정본

편석촌 김기림은 구인회 활동을 전후하여 박용철, 임화 등과 기교주의 논쟁을 펼치는 한편 「오전의 시론」(1935) 등을 통해 모더니즘 시론을 문단에 제공하는 선도 역할을 담당했다. 그의 시집 『기상도』(1936)과 『태양의 풍속』(1939)은 시의 근대성을 마련하려는 그 노력의 산물인 셈이다. 『기상도』의 장정은 시인 이상이 맡아 검은색 앞, 뒤표지에 각각 두 줄의 은회색 세로띠로 도안하여 밤하늘의 은하수를 형상화했다. 표제인 기상도(氣象圖)를 활자 크기를 달리해 연달아 3장에 걸쳐 제시한 내제지의 구성도 특기할 만하다. 재판(1948)은 김경린의 장정으로 장만영의 산호장에서 발행되었다.

속표지① 속표지② 속표지③

판권

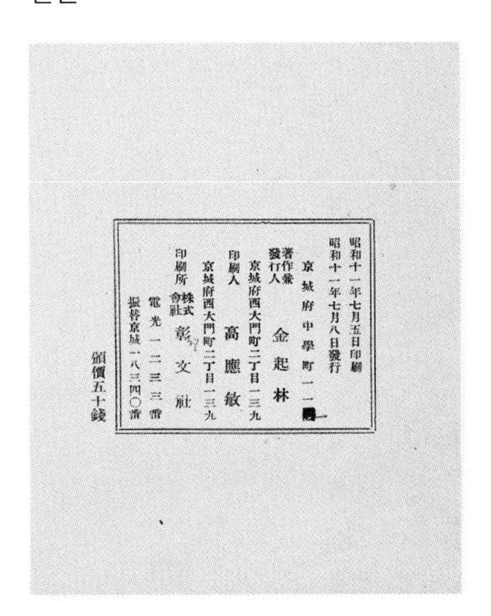

昭和十一年七月五日印刷
昭和十一年七月八日發行

著作兼發行人　京城府中學町一一■　金起林
印刷人　京城府西大門町二丁目一三九　高應敏
印刷所　京城府西大門町二丁目一三九　株式會社　彰文社
電光一二三三番
振替京城一八三四〇番

頒價五十錢

024

■

회월시초

懷月詩抄

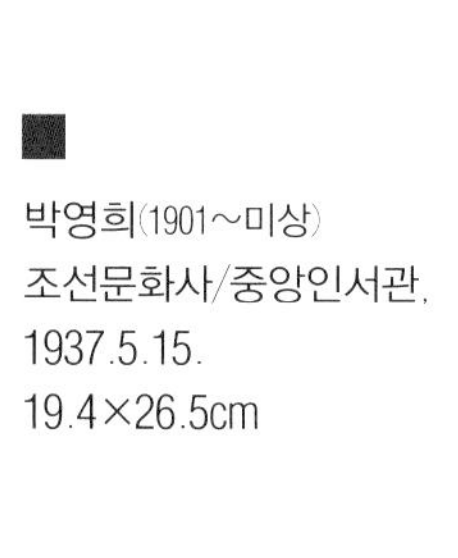

■

박영희(1901~미상)
조선문화사/중앙인서관,
1937.5.15.
19.4×26.5cm

『백조』(1922) 등에서 활동했던 회월 박영희의 초기 시편을 모은 『회월시초』(1937)의 기본적인 정조는 신비주의와 낭만주의이다. 대표작으로 일컬어지는 「유령의 나라로」나 「월광으로 짠 병실」에는 감상성을 극복하지 못한 직정적인 감정 노출이 자주 나타난다. 『백조』 이후 박영희는 1927년 '운동으로서의 문학'이라는 개념을 끌어들여 카프의 제1차 방향 전환을 주도했으나, 1929년 임화 등에 밀려 주도권을 상실했고, 1933년에는 "얻은 것은 이데올로기요 잃은 것은 예술"이란 말을 남기며 카프를 탈퇴했다. 『회월시초』는 일제강점기에 간행된 시집 중 판형이 가장 크다.

북케이스

앞표지와 책등, 뒤표지

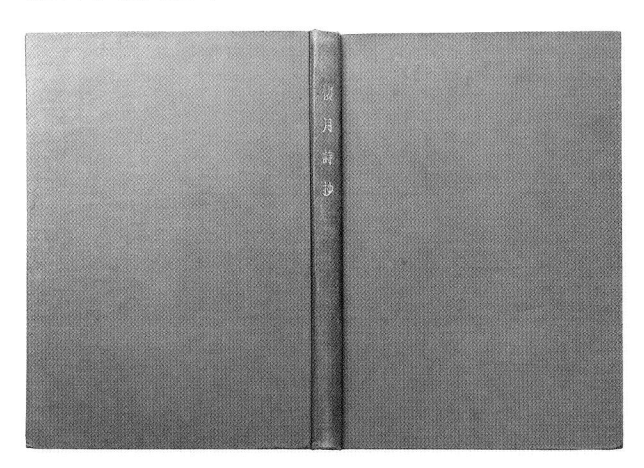

속표지

판권

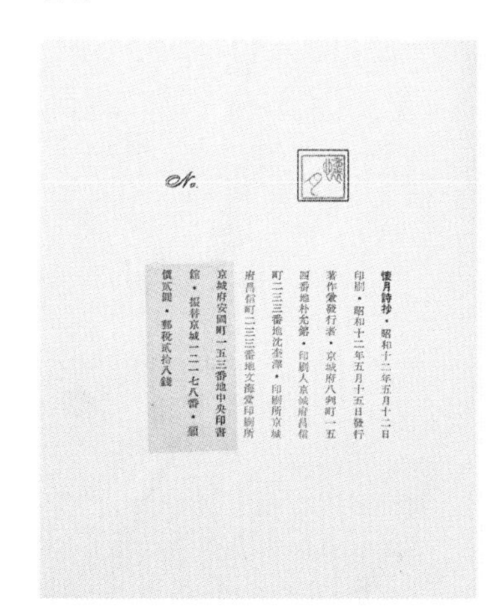
No.

懷月詩抄・昭和十二年五月十二日
印刷・昭和十二年五月十五日發行
著作兼發行者・京城府八判町一五
四番地朴英熙・印刷人京城府昌信
町二三三番地沈奎澤・印刷所京城
府昌信町二三三番地文海堂印刷所
京城府安國町一五三番地中央印書
館・振替京城一二一七八番・頒
價貳圓・郵稅貳拾八錢

025

석류

石榴

임학수(1911~1982)
자가본, 1937.8.10.
13×19.8cm

임학수는 경성제국대학 법문학부에 입학한 때인 1931년부터 문단 활동을 시작하여 『석류』(1937), 『팔도풍물시집』(1938), 『후조』(1939), 『전선시집』(1939) 등의 창작시집을 꾸준히 간행하는 한편 번역시집 『현대영미시선』(1939)을 펴내기도 했다. 『석류』에는 서정시 「석류」 등과 서사시 「견우」가 수록되었는데, 그의 서정시는 순수서정을 다루면서도 간간이 민족의식을 담아내는 경향을 띤다. 하지만 황군 위문사로 북지전선을 방문한 경험을 바탕으로 쓴 『전선시집』 이후로는 조선문인보국회에 관여하며 친일 활동에 가담했다. 해방 이후에는 시집 『필부의 노래』(1948)를 출간했다.

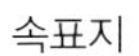

속표지

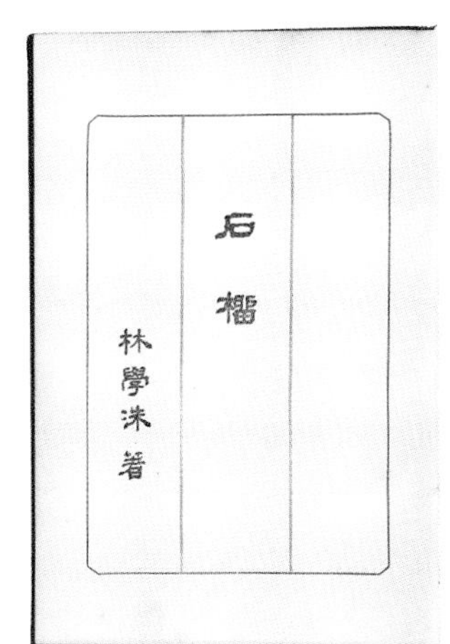

판권

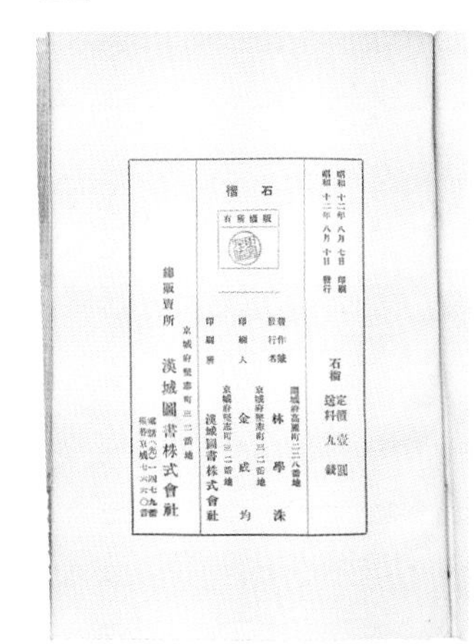

昭和十三年八月七日 印刷
昭和十三年八月十日 發行

石榴 定價壹圓 送料九錢

石榴

版權所有

著作兼發行者 開城府高麗町三三八番地 林學洙

印刷人 京城府堅志町三二番地 金成均

印刷所 京城府堅志町三二番地 漢城圖書株式會社

總販賣所 京城府堅志町三二番地 漢城圖書株式會社

내재화(이한복)

『팔도풍물시집』(1938) 앞표지

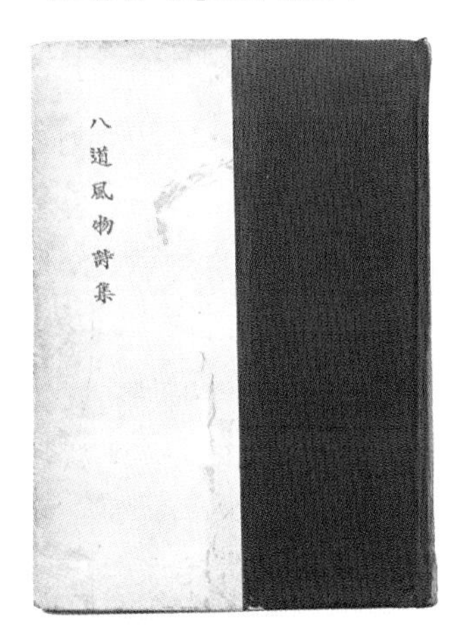

『후조』(1939) 앞표지

『전선시집』(1939) 앞표지

『필부의 노래』(1948) 앞표지

026

■

대망

待望

■

이찬(1910~1974)
중앙인서관/풍림사,
1937.11.30.
20×22cm

이찬은 1930년대 전반부터 카프에 가담하여 시작 활동을 펼쳤는데, 이때의 초기 시편을 묶은 시집이 『대망』(1937)이다. 일제 식민지 치하에서 압박 받는 민중의 수난과 고통을 포착하거나 광복에 대한 신념을 노래한 작품들로 꾸려졌다. 이후 근대적인 것, 새로운 것에 대한 지향과 소망 의식을 담은 『분향』(1938)과 생생한 리얼리즘의 성취를 형상화한 『망양』(1940)을 발간했다. 해방 이후에는 북한에서 활동하며 혁명시인의 지위에까지 올랐다.

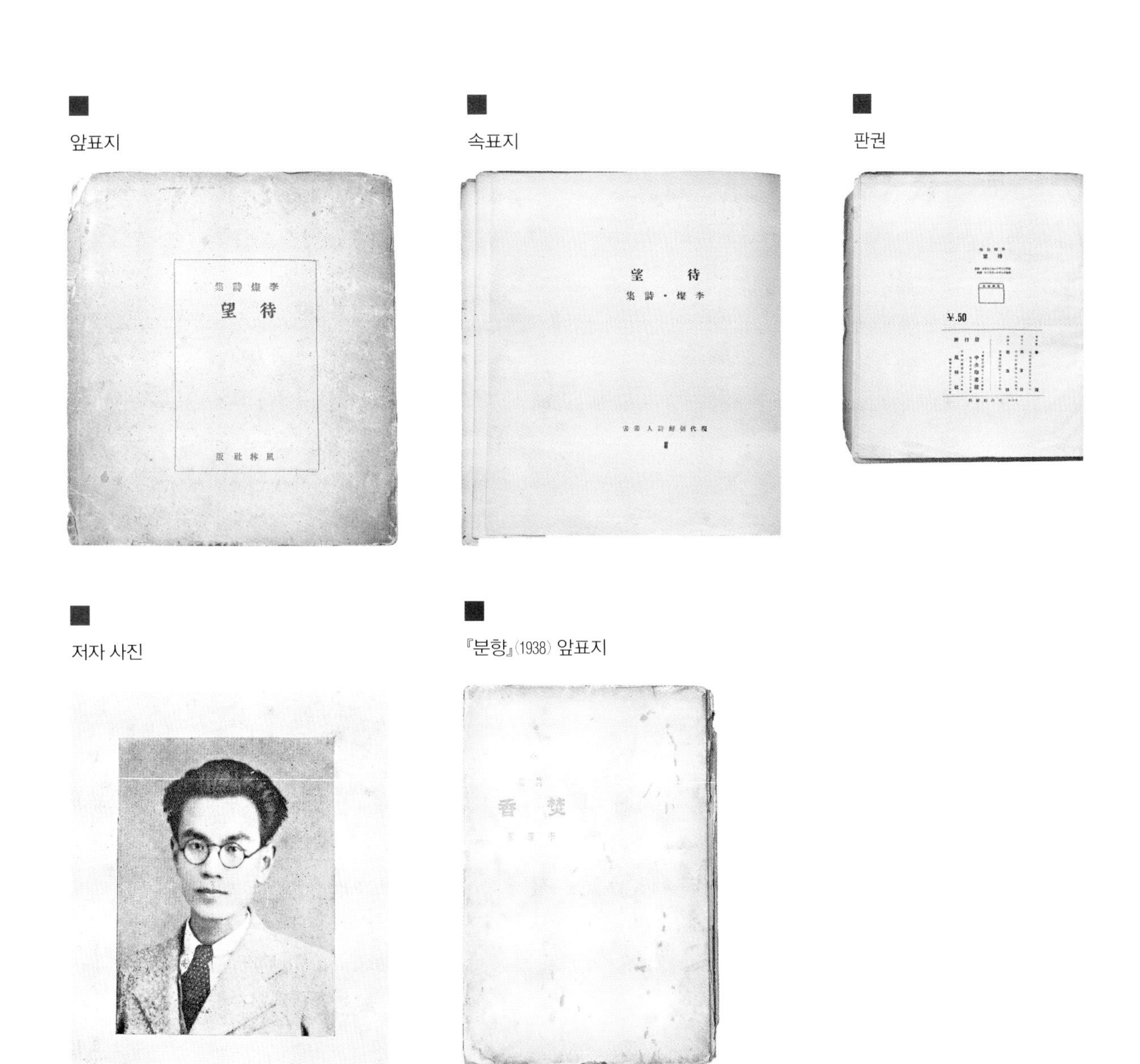

앞표지

속표지

판권

저자 사진

『분향』(1938) 앞표지

027

■

양

羊

■

장만영(1914~1975)
자가본, 1937.12.30.
17.2×21.2cm
100부 한정본

장만영은 김억의 추천에 의해 「봄노래」(1932)를 발표하여 정식 등단했는데, 이를 계기로 김억과는 사제의 관계를 맺었다. 흔히 그는 신석정과 김광균의 특성을 고루 갖춘 시인으로 평가된다. 전원적 감수성을 지닌 점에서는 신석정과, 대상을 이미지화한 점에서는 김광균과 맥을 같이한다. 100부 한정본으로 발행된 『양』(1937)에는 신선한 모더니즘의 감각을 풍기는 작품들이 수록되었고, 『축제』(1938)와 『유년송』(1948)의 시편에는 각박한 현실 체험에 바탕을 둔 지적 고뇌와 표박의식이 드러나 있다.

속표지

판권

羊
百部限定
(No.)
(非賣品)
著作兼發行者 張萬榮
印刷人 金成均
印刷所 漢城圖書株式會社

『축제』(1938) 앞표지와 책등 부분

028

산호림

珊瑚林

노천명(1911~1957)
자가본, 1939.1.1.
12.5×19cm

노천명의 『산호림』(1938)은 섬세한 감성으로 토속적인 세계를 그리면서도 고독한 자아의 모습을 내밀하게 담아내어 간행 당시부터 큰 호평을 받았다. “어찌할 수 없는 향수에 / 슬픈 모가지를 하고 먼 데 산을 바라”(「사슴」)보는 사슴은 시인의 자화상으로 슬픈 운명을 마주하는 ‘자제’의 정신이 잘 표현되어 있다. 해방 직전에는 친일시가 담긴 『창변』(1945)을 펴냈으며, 한국전쟁 중에는 부역 혐의로 수감되었던 체험을 바탕으로 『별을 노래하며』(1953)를 발간했다. 그리고 사망 1주기를 맞아 유고시집 『사슴의 노래』(1958)가 꾸려지기도 했다.

■

속표지

■

판권

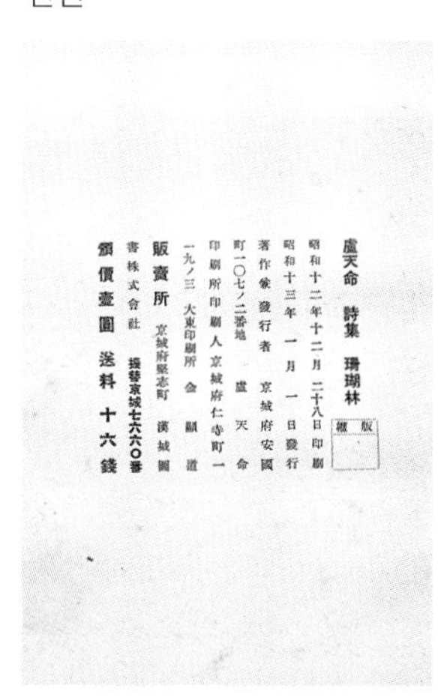
版權

盧天命 詩集 珊瑚林
昭和十二年十二月二十八日印刷
昭和十三年一月一日發行
著作兼發行者 京城府安國町一〇七ノ二番地 盧天命
印刷人 京城府仁寺町一一九ノ三 大東印刷所 金顯道
販賣所 京城府堅志町 漢城圖書株式會社 振替京城七六六〇番
頒價壹圓 送料十六錢

■

저자 사진

■

『창변』(1945) 앞표지

■

『별을 쳐다보며』(1953 김환기 장정) 앞표지와 책등, 뒤표지

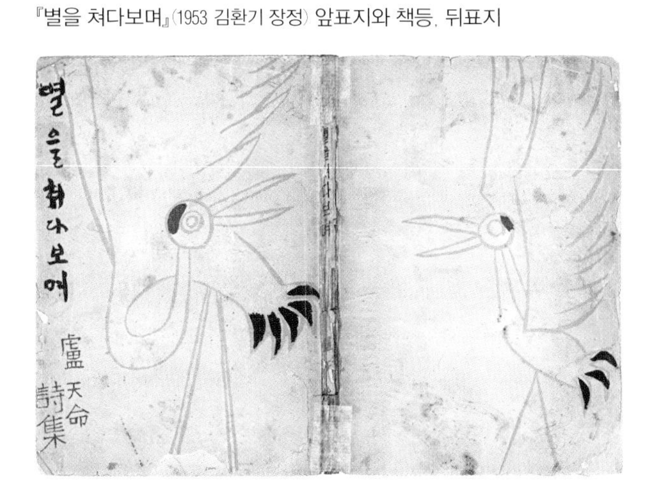

029

파초

芭蕉

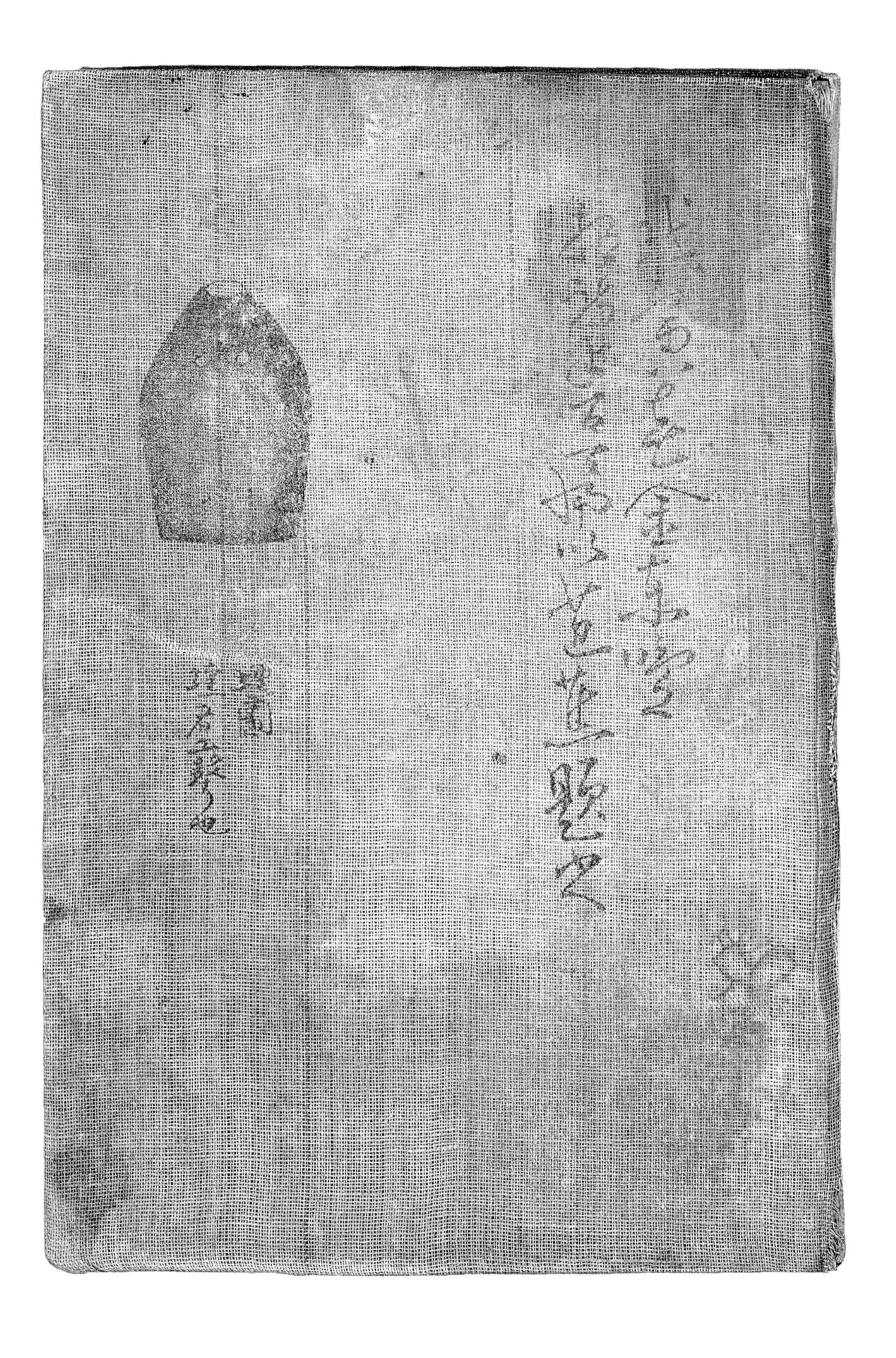

김동명(1900~1968)
자가본, 1938.2.3.
12.5×18.7cm
장정 백석
제자 김동명

초허 김동명은 보들레르의 영향을 받아 퇴폐적이고 감상적인 경향이 농후했던 첫 시집 『나의 거문고』(1930) 이후 민족적 비애와 역사적 고뇌가 짙게 밴 전원시의 경지를 개척했다. '남국을 향한 불타는 향수'(「파초」)를 노래한 『파초』(1938)와 『하늘』(1948)에 이러한 시풍이 잘 나타난다. 해방 이후에는 사회시를 주로 썼는데, 『진주만』(1954)은 태평양전쟁을 소재로 일본이 저지른 전쟁의 죄악과 그 인과 응보적인 멸망을 다뤘으며, 『삼팔선』(1947)은 작자가 삼팔선을 넘기 전까지 북한에서 겪었던 참상을 형상화했다. 『파초』의 장정은 영생고보 동료 교사인 백석이 담당했으며, 표지의 제자는 저자인 김동명이 썼다.

앞표지와 책등, 뒤표지(장정 백석)

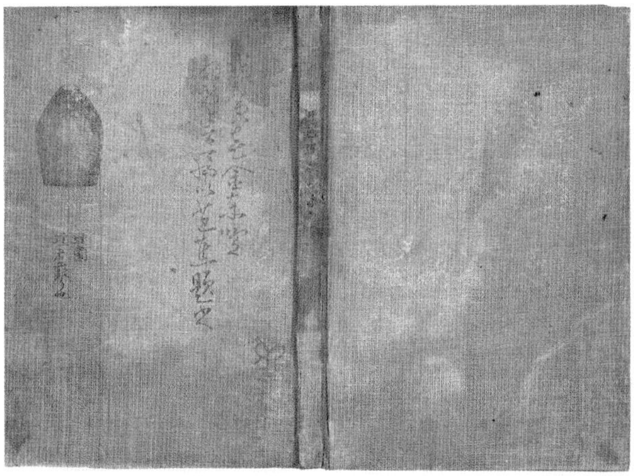

속표지와 장정 표기

판권

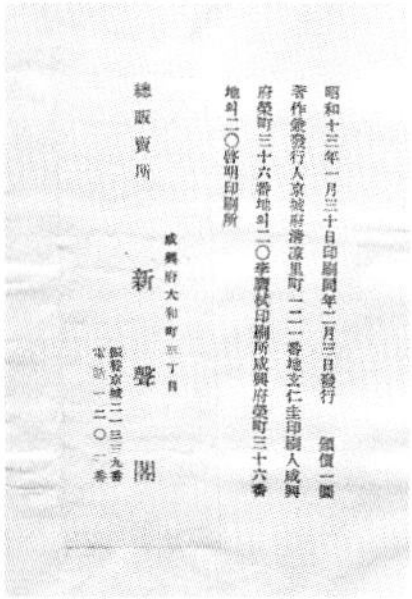

『나의 거문고』(1930) 앞표지

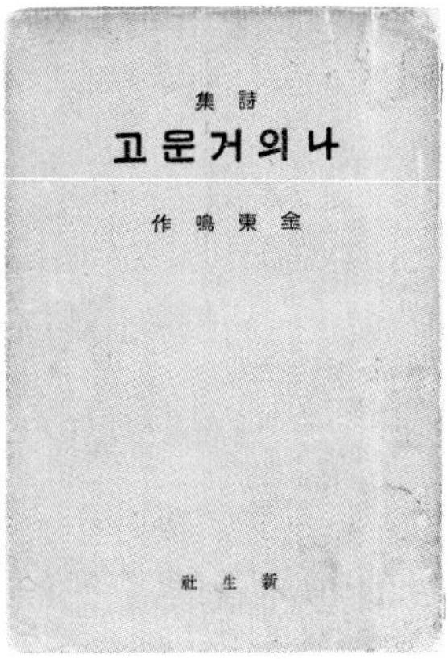

『나의 거문고』(1930) 속표지

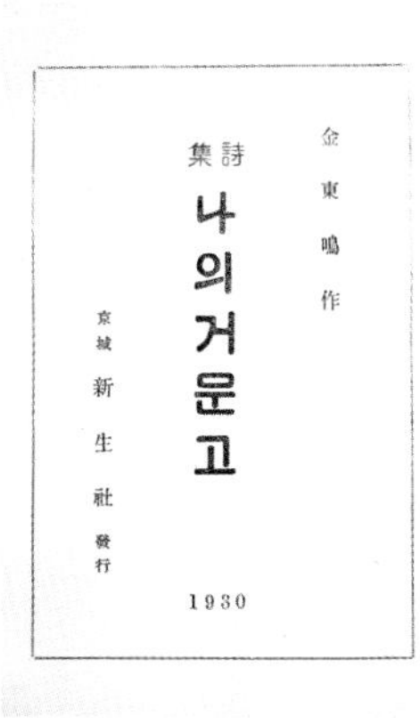

『삼팔선』(1947) 앞표지

『하늘』(1948) 앞표지

030

현해탄

玄海灘

임화(1908~1953)
동광당서점.
1938.2.29.
13.5×19.4cm
장정 구본웅

1929년 「네거리의 순이」와 「우리 오빠와 화로」 등 단편 서사시를 발표하며 카프의 대표적인 시인으로 떠오른 임화는 1932년 카프의 서기장까지 역임했다. 임화는 「후서」에서 "이때까지 발표한 내 작품의 거의 대부분이 수록"되었다고 밝혔지만, 『현해탄』(1938)에 수록된 작품들은 「네거리의 순이」 외에는 카프 해산 이후의 것들로 채워졌다. 「다시 네거리에서」 등과 같이 카프 해산 이후의 패배 의식을 딛고 일어서려는 힘겨운 의지를 표현한 시들이 대종을 이룬다. 슬립케이스를 따로 하고, 시집의 내용과 정세의 악화에 따른 임화의 심정을 대변하는 듯한 구본웅의 장정이 잘 어울려 호화롭게 제작되었다. 재판(1939)은 아무런 꾸밈새 없이 간행되었고, 해방 이후 『현해탄』에서 24편을 골라낸 『회상시집』(1947)이 재간되기도 했다.

북케이스

시집 전면

앞표지와 책등, 뒤표지(장정 구본웅)

속표지

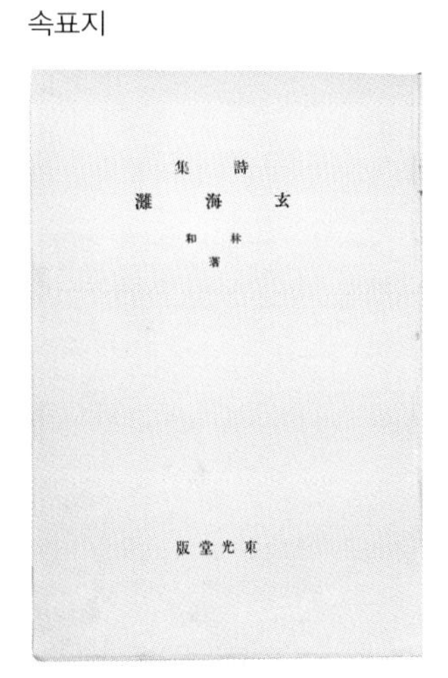

판권

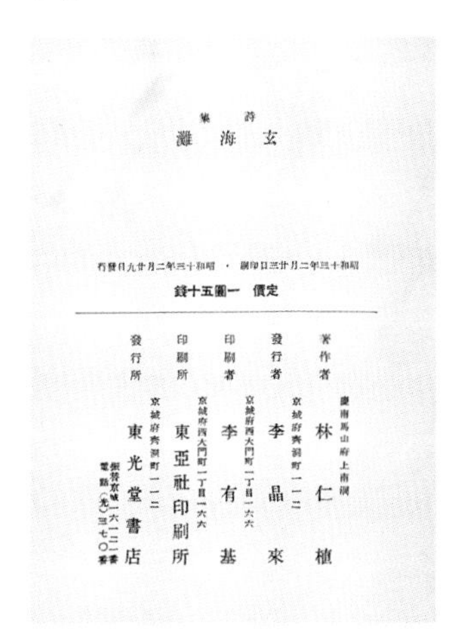

詩集
玄海灘

昭和十三年二月廿三日印刷・昭和十三年二月廿九日發行

定價 一圓五十錢

著作者 慶南馬山府上南洞 林仁植
發行者 京城府齋洞町一一二 李晶來
印刷者 京城府西大門町一丁目一六六 李有基
印刷所 京城府西大門町一丁目一六六 東亞社印刷所
發行所 京城府齋洞町一一二 東光堂書店 振替京城一六一二一番 電話(光)三七〇番

저자 서명(회월 박영희)

재판(1939) 앞표지

『회상시집』(『현해탄』 일부, 1947) 앞표지

031

향수

鄕愁

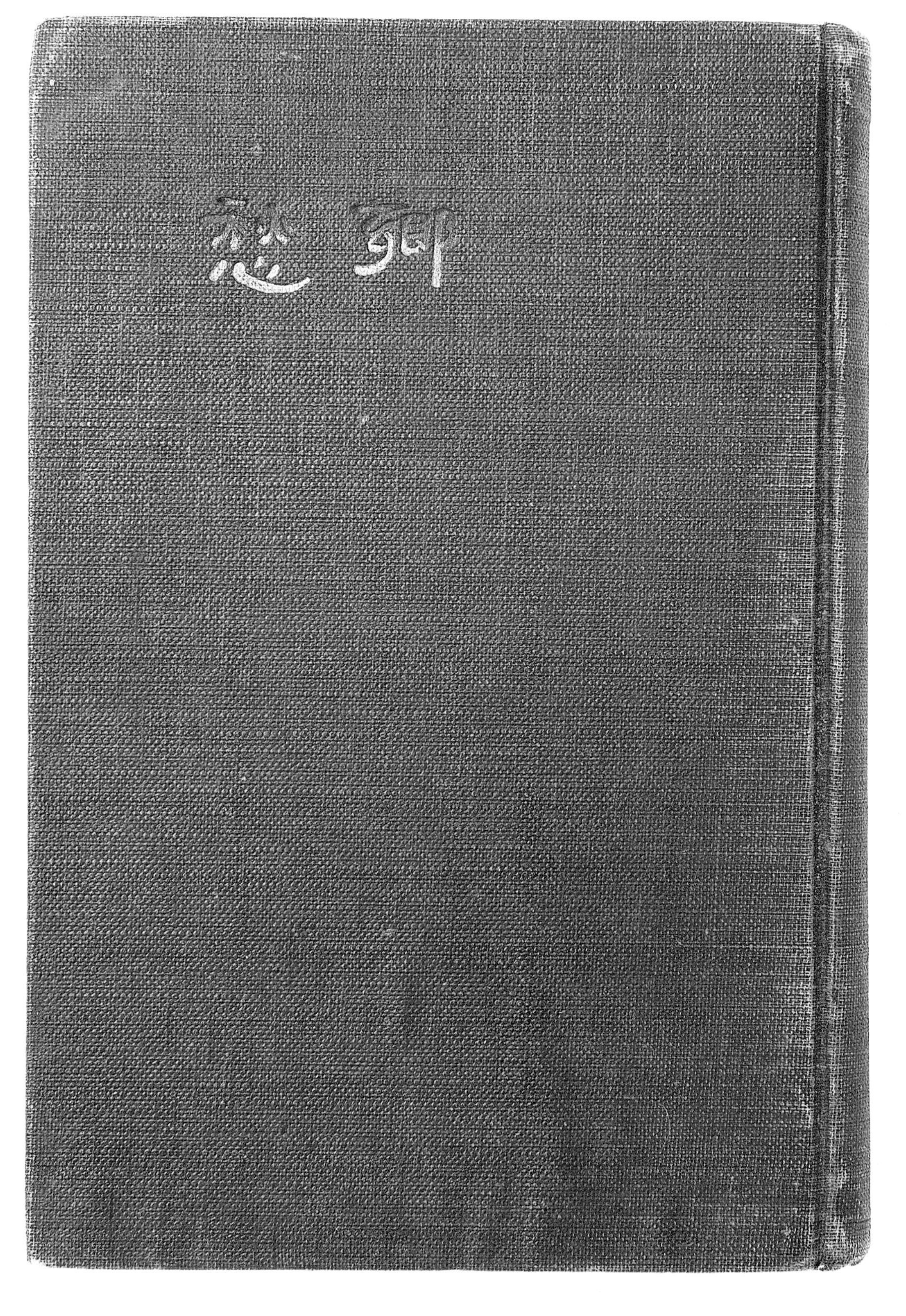

조중흡
(조벽암, 1908~1985)
이문당서점, 1938.3.1.
13.6×19.8cm
장정 구본웅

벽암 조중흡의 회고에 따르면 그는 숙부인 조명희의 영향뿐만 아니라 이기영으로부터는 소설을, 정지용으로부터는 시를 배우며 탄탄한 문학적 기틀을 마련한 것으로 보인다. 경성제국대학 법문학부에 재학하던 1931년 대표작 「향수」를 발표한 이후 주로 농민시 및 지식인이 현실에서 느끼는 우수와 권태, 비통과 증오의 감상이 담긴 시편을 써서 『향수』(1938)에 한데 묶었다. 『향수』는 특제본과 병제본의 2종이 따로 나왔는데, 구본웅이 그린 특제본의 내재화가 병제본의 표지화로 활용되었다.

■ 특제본 속표지

■ 특제본 내재화(구본웅)

■ 특제본 판권

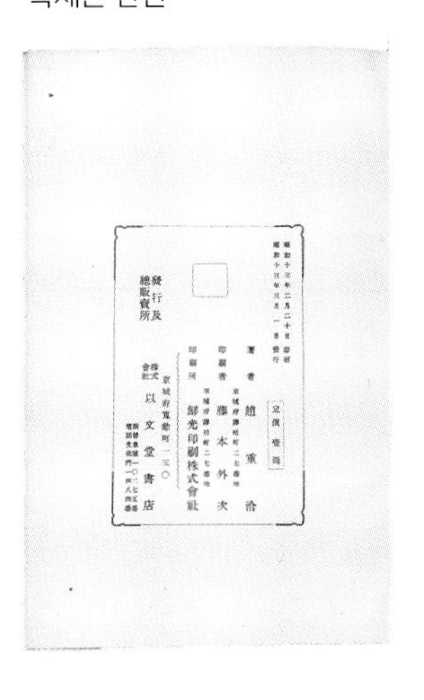

■ 병제본 앞표지(장정 구본웅)

032

산제비

山제비

박세영(1902~1989)
중앙인서관, 1938.5.23.
12.7×19.2
장정 임학선

카프 초기부터 활동한 박세영은 『산제비』(1938)를 통해 10여 년이 넘는 작품 활동을 갈무리했다. 박세영은 서문에서 시집의 구성이 초기작과 1938년 즈음의 시편으로 이루어져 정작 카프 시절의 시를 수록하지 못한 것에 대한 아쉬움을 밝혔다. 그럼에도 불구하고 이기영이 서문을 쓰고, 임화가 발문을 쓴 것만 보아도 카프 내에서의 박세영의 위상을 짐작할 만하다. 표제시의 '산제비'는 현실적 억압을 넘어서려는 시인의 소망을 상징하는데, 이러한 표상은 임학선의 간결한 장정에서도 잘 나타난다. 『산제비』는 슬립케이스가 따로 제작된 호화본이며, 해방 이후 장정을 달리하여 재판(1946)이 발행되었다.

북케이스

앞표지(장정 임학선)

속표지

판권

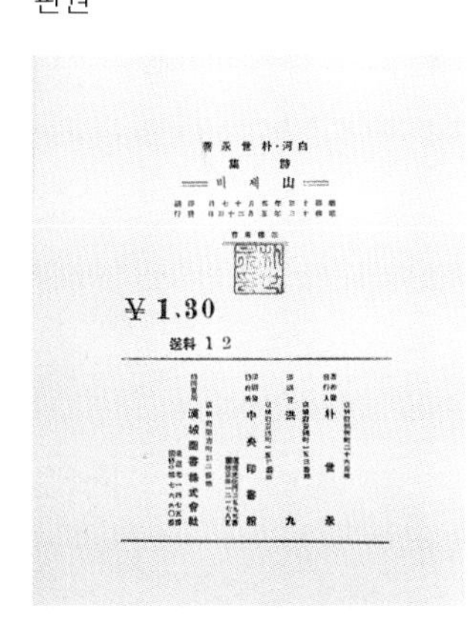

저자 서명(회월 박영희)

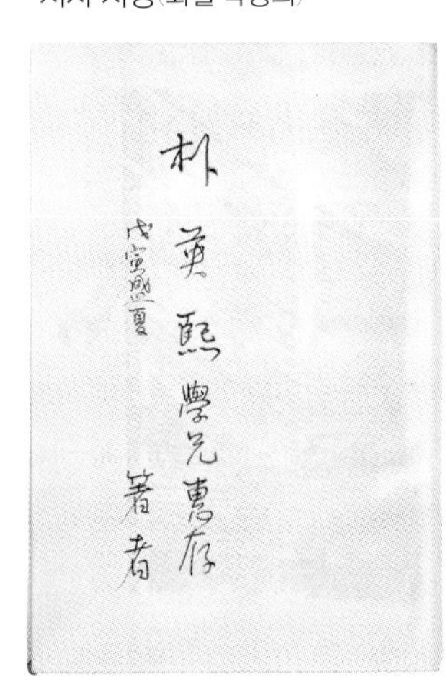

『산제비』 재판(1946) 앞표지(이주홍 그림)

033

만가

晩歌

윤곤강(1911~1950)
자가본, 1938.6.10.
15.2×19.2cm

윤곤강의 시 세계는 『대지』(1937)와 『만가』(1938)의 제1기, 『동물시집』(1939)과 『빙화』(1940)의 제2기, 『피리』(1948)와 『살어리』(1948)의 제3기로 구분된다. 특히 『만가』는 윤곤강의 문학적 존재성을 선명히 한 시집이다. '만가'라는 시집명처럼 실의와 번민, 비탄과 절망이 전면화되기는 했지만, 그 격정은 소멸과 생성의 변증을 지향하기 때문이다. 『만가』는 슬립케이스를 따로 만들고, 4장의 내재 판화를 부착하는 등 호화롭게 제작되었다.

북케이스

앞표지와 책등

속표지

판권

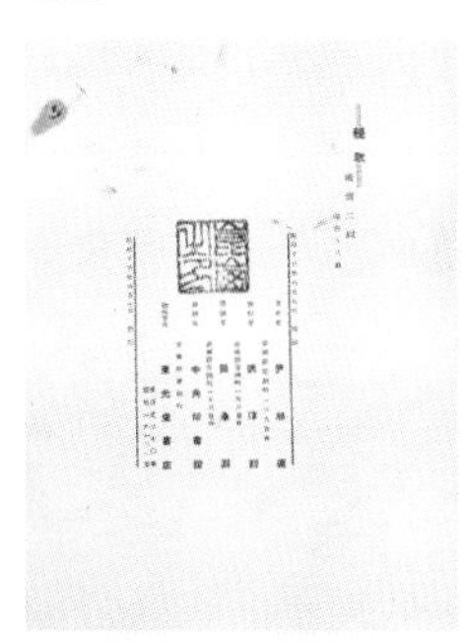

저자 사진

저자 서명

내재 판화①

내재 판화②

내재 판화③

내재 판화④

『빙화』(1940) 앞표지

『살어리』(1948) 앞표지

『살어리』(1948) 면화

『피리』(1948) 앞표지와 책등, 뒤표지

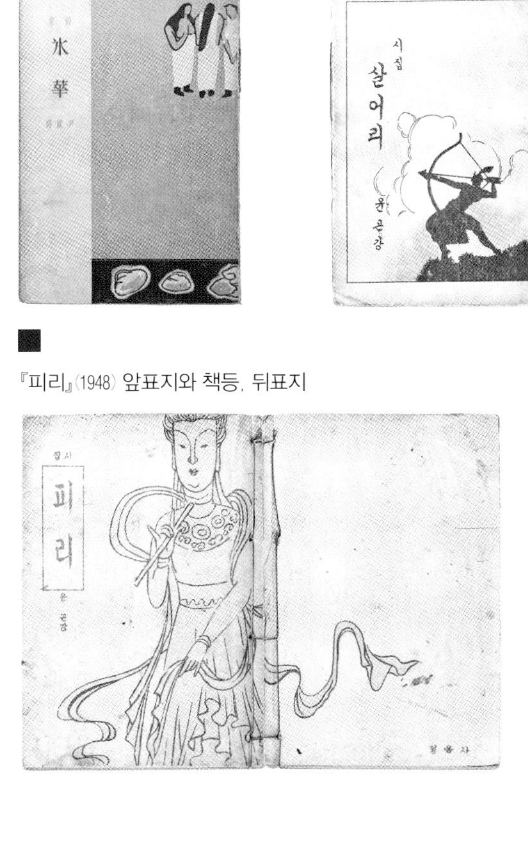

034

동경

憧憬

■

김광섭(1905~1977)
자가본, 1938.7.5.
15.3×20cm
1000부 한정본

이산 김광섭은 『시원』(1935)에 「고독」을 발표한 이후, 본격적인 시작 활동의 결과물로 식민지 지성인의 우수를 포착한 『동경』(1938)을 내놓았다. 1,000부 한정본으로 간행된 『동경』은 음악과 회화로서의 시를 거부하고 사념과 직관의 세계를 지향함으로써 고뇌와 동경의 내성을 제시한 점이 특징이다. 김광섭의 시 세계는 내면적인 고독과 이상을 다룬 『동경』(1938)에서 시작하여 민족의 현실을 직시한 『마음』(1949)과 『해바라기』(1957)를 거쳐 산업사회에 대한 비판과 인생에 대한 통찰을 서정적으로 심화시킨 『성북동 비둘기』(1969)와 『반응』(1971)으로 이어졌다.

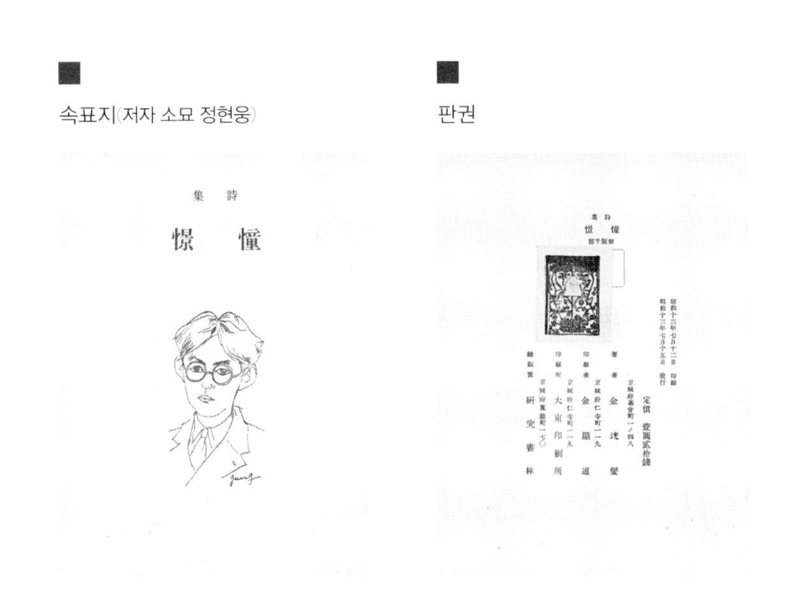

속표지(저자 소묘 정현웅)

판권

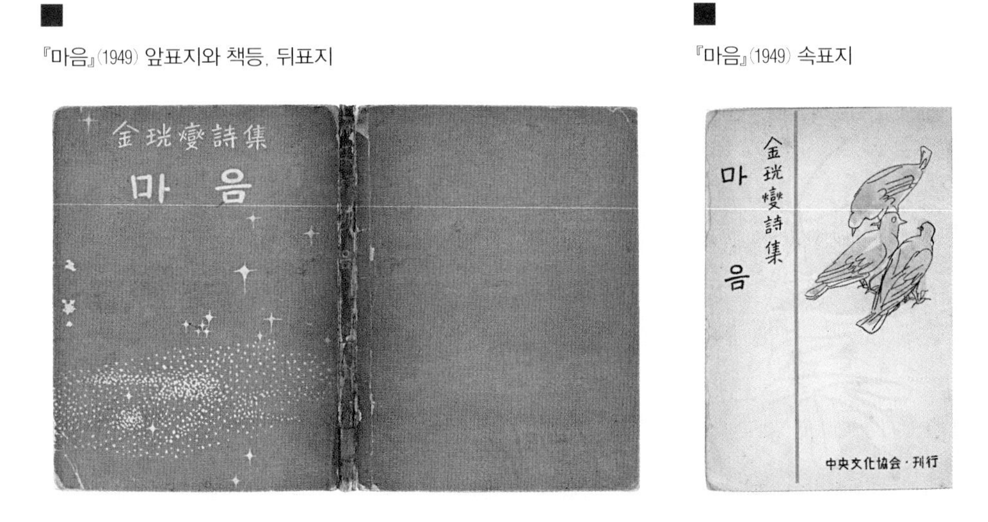

『마음』(1949) 앞표지와 책등, 뒤표지

『마음』(1949) 속표지

035

■

낡은 집

■

이용악(1914~1971)
자가본, 1938.11.10.
12.8×19cm
420부 한정본

이용악은 일본 유학 시절 『분수령』(1937)과 『낡은 집』(1938)을 연달아 간행하여 시단의 큰 주목을 끌었다. 『낡은 집』의 시편들이 『분수령』보다 정서적이고 잘 다듬어졌다는 평가를 받지만, 두 시집은 식민지 치하 피폐한 농촌 현실과 곤궁하게 살아가는 유이민들의 비애를 형상화한 점에서 동일한 주제 의식을 공유한다. 또한 이용악의 시에는 가족 이야기 또는 신변 체험을 바탕으로 한 서사 지향성이 자주 나타난다. 고향을 버릴 수밖에 없는 털보 일가의 사건을 기술한 「낡은 집」은 일제강점기 유랑 농민의 현실을 섬세한 언어와 밀도 있는 서사적 짜임으로 형상화한 점에서 이용악 시의 정점을 이룬다. 두 시집 모두 동경 삼문사에 인쇄된 자가본이며, 『낡은 집』은 420부 한정본으로 간행되었다.

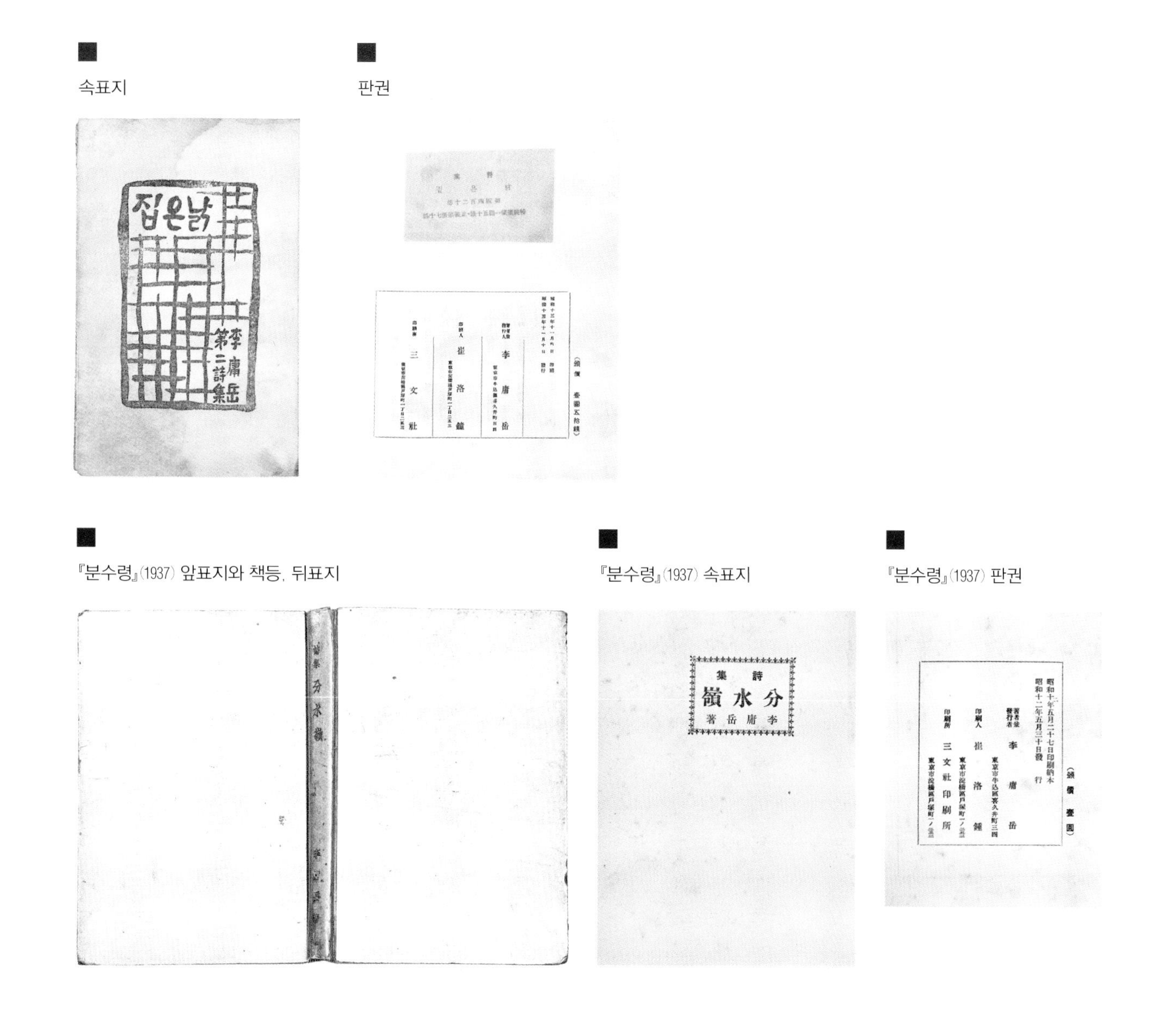

속표지

판권

『분수령』(1937) 앞표지와 책등, 뒤표지

『분수령』(1937) 속표지

『분수령』(1937) 판권

036

■

물네방아

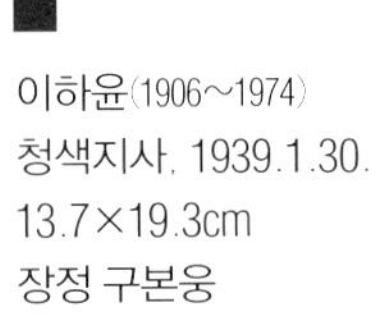

■

이하윤(1906~1974)
청색지사, 1939.1.30.
13.7×19.3cm
장정 구본웅

『해외문학』(1927)과 시문학파 동인으로 활동한 연포 이하윤의 첫 시집 『물레방아』(1939)에는 서정시 외에 42편의 '가요시초'가 수록되어 이채롭다. 또한 수록 시편의 양상이 정형에 가까운 리듬으로 전통적인 서정성을 노래한 것이 대부분인 점까지 감안하면, 이하윤은 시의 음악적 측면에 남다른 관심이 있었던 것으로 보인다. 그러나 실제로는 7 · 5조나 7 · 7조의 정형에서 벗어나지 못했으며, 시의 내용도 고독과 애수가 주조를 이루기 때문에 전체적으로 단조롭고 평면적인 느낌을 준다. 구본웅의 장정으로 청색지사에서 간행되었다. 이하윤은 시문학파 동인 시절, 원전에 충실하면서도 예술적 수준도 확보한 번역시집 『실향의 화원』(1933)을 펴낸 바 있다.

판권

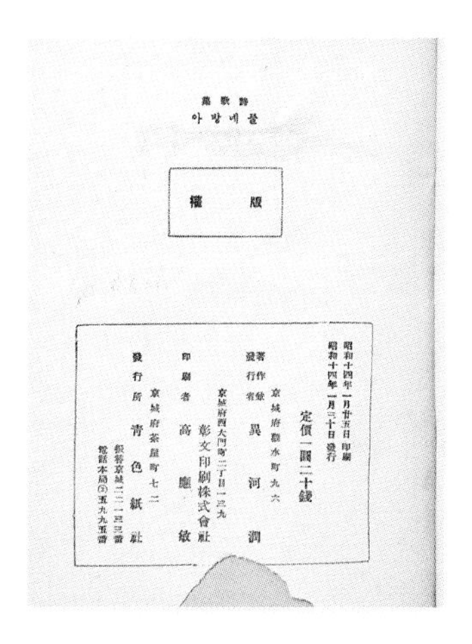
詩歌集
물레방아

版權

昭和十四年一月廿五日印刷
昭和十四年一月三十日發行
定價一圓二十錢

著作兼發行者 京城府觀水町九六 異河潤
印刷者 京城府西大門町二丁目一三九 高應敏
彰文印刷株式會社
發行所 京城府茶屋町七二 靑色紙社
振替京城二二一三三番
電話本局(2)五九九五番

저자 사진

037

■

망향

望鄕

■

김상용(1902~1951)
문장사, 1939.5.1.
14×21.2cm
장정 길진섭
제자 저자 육필

월파 김상용의 첫 시집 『망향』은 간행 즉시 「남으로 창을 내겠오」 등의 작품으로 문단의 호평을 받았다. 1930년대 후반에 들어 시의 언어가 남용되는 현상에 대한 비판적인 목소리가 커졌는데, 『망향』에 수록된 시편은 의식적으로 감정을 절제하고 인생사를 평정한 마음으로 바라보려는 자세가 두드러졌기 때문이다. 길진섭 장정에, 제목은 저자가 일일이 육필로 써서 간행되었다.

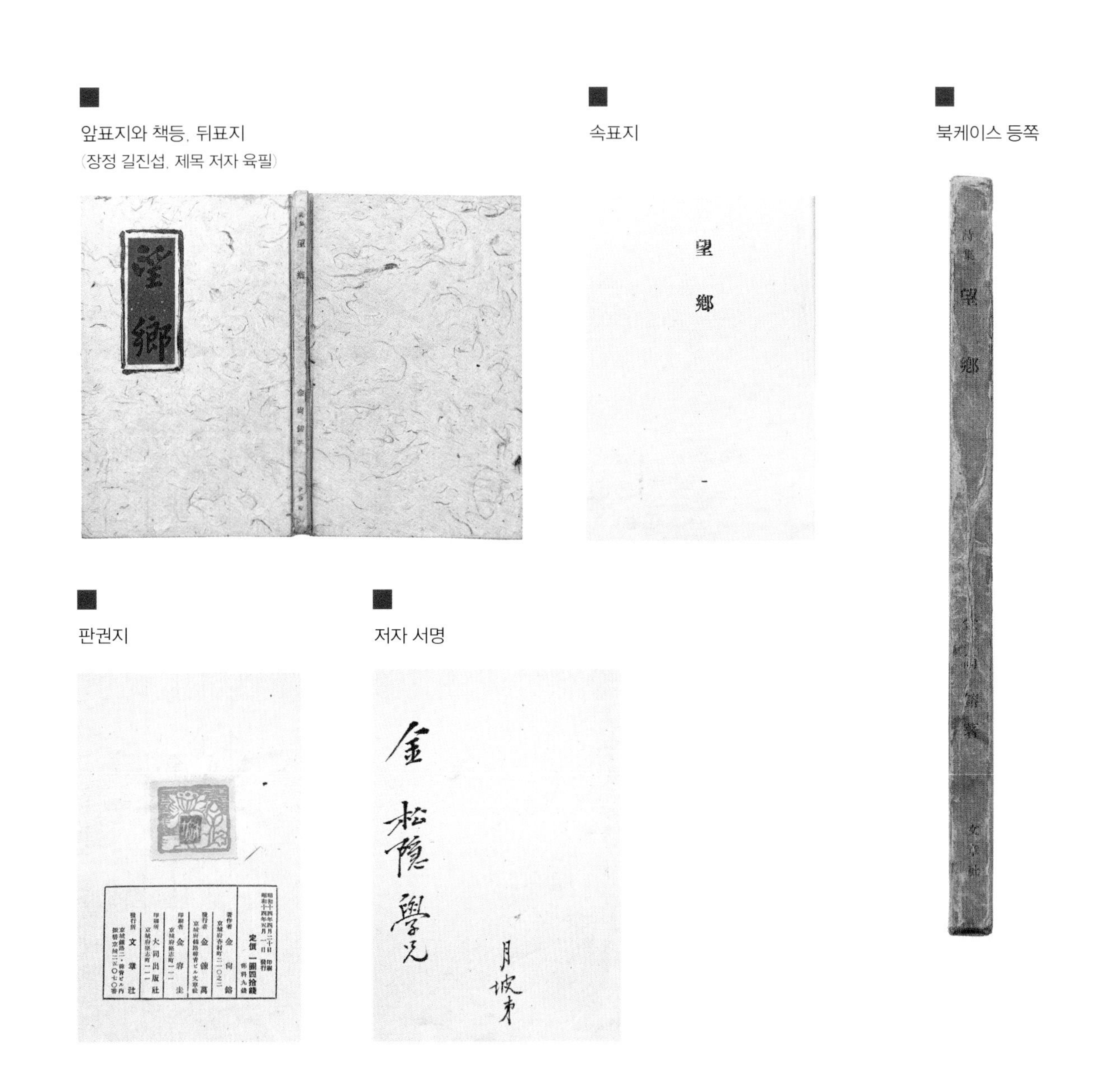

앞표지와 책등, 뒤표지
(장정 길진섭, 제목 저자 육필)

속표지

북케이스 등쪽

판권지

저자 서명

038

박용철전집 I : 시집

朴龍喆全集 I : 詩集

박용철(1904~1938)
자가본, 1939.5.5.
14×21.2cm

용아 박용철은 순수시론을 정립하고 그 창작 방법을 제시하기 위해 『시문학』(1930~1931), 『문예월간』(1931~1932), 『문학』(1933~1934) 등 10권의 동인지 및 문예지를 발행했다. 또한 시문학파 동인들인 이하윤의 번역시집 『실향의 화원』(1933) 및 정지용과 김영랑의 창작시집 『정지용시집』(1935)과 『영랑시집』(1935)을 출판했다. 그러나 정작 박용철은 자신의 시집 간행을 고사했기 때문에 그의 시집은 생전에 나오지 못하고, 작고 후 미망인에 의해 유고 전집인 『박용철전집 제1권 시집』(1939)과 『박용철전집 제2권 평론집』(1940)으로 꾸려졌다. 『박용철전집』은 근대문학 최초의 개인 전집이라는 점에 의의가 있다.

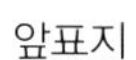

앞표지

朴龍喆全集
詩集

속표지

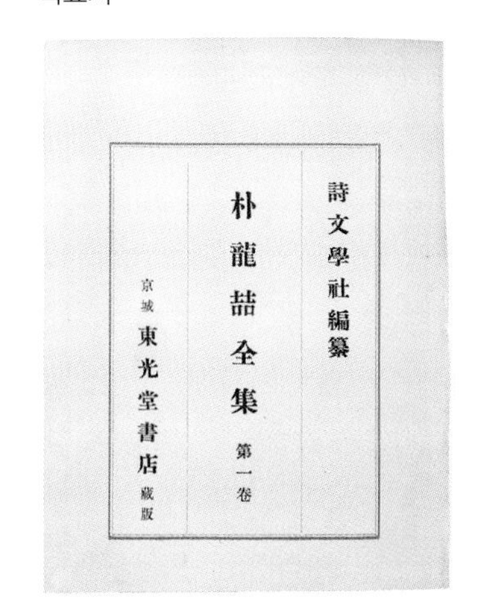

詩文學社編纂
朴龍喆全集 第一卷
京城 東光堂書店 藏版

판권지

定價 貳圓五拾錢

저자 사진

저자 서명(회월 박영희)

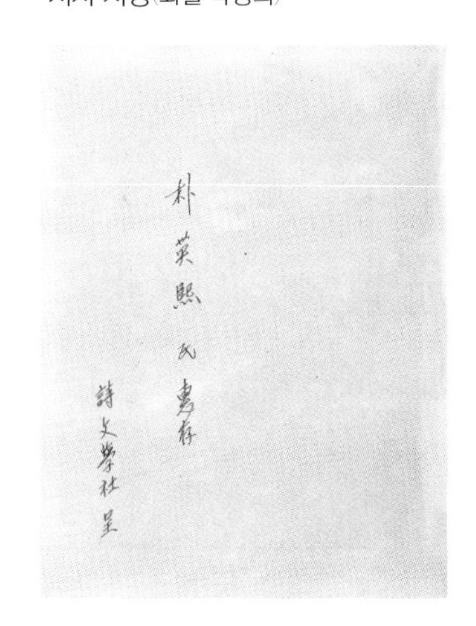

039

헌사

獻詞

오장환(1918~미상)
남만서방. 1939.7.20.
13.8×20.1cm
80부 한정본

오장환의 시 세계는 세 시기로 구분된다. 제1기는 『성벽』(1937)과 『헌사』(1939)로 대변되는 모더니즘 지향의 단계이고, 제2기는 『나 사는 곳』(1947)에 묶인 시편들에서 발견되는 향토적 삶과 귀향 의지를 그린 단계이며, 제3기는 『병든 서울』(1946)에 나타나는 계급의식 표출의 단계이다. 『성벽』과 『헌사』는 낡은 인습에서 벗어나 새로운 세계를 방랑하는 화자를 등장시켜 근대에 대한 비판적 인식을 명확히 하는 일정한 성과를 거두고 있다. 한편 오장환은 남만서방에서 완성도가 빼어난 창작시집 3책을 출판했다. 오장환의 『헌사』(1939), 김광균의 『와사등』(1939), 서정주의 『화사집』(1941)이 그것인데, 이 시집들은 문학적 성과는 물론이거니와 회화적 요소를 극대화한 출판물로도 손꼽힌다. 이 중 『헌사』와 『화사집』은 그 특제본이 각각 80부와 100부 한정본으로 제작되었다.

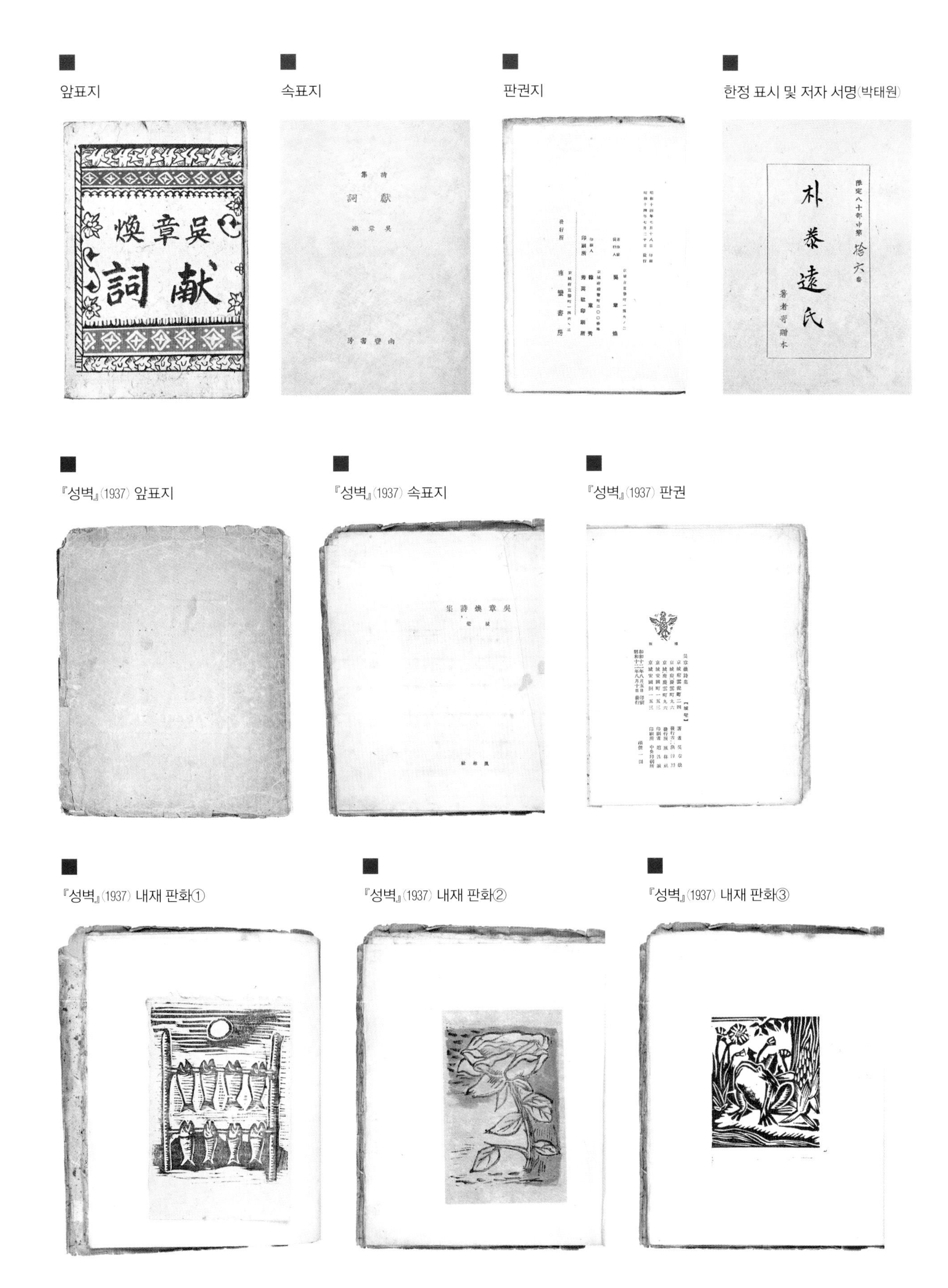

앞표지

속표지

판권지

한정 표시 및 저자 서명(박태원)

『성벽』(1937) 앞표지

『성벽』(1937) 속표지

『성벽』(1937) 판권

『성벽』(1937) 내재 판화①

『성벽』(1937) 내재 판화②

『성벽』(1937) 내재 판화③

040

와사등

瓦斯燈

■

김광균(1914~1993)
남만서점, 1939.8.1.
13×19.3cm
장정 김만형

정지용, 김기림, 이상과 더불어 1930년대 모더니즘 시를 대표하는 우두 김광균은 『와사등』(1939)과 『기항지』(1947) 등을 통해 도시적 감각을 세련된 이미지로 표현하였다. 특히 『와사등』에 수록된 「외인촌」, 「와사등」, 「설야」 등은 감각적 이미지와 신선한 비유를 활용하여 도시 공간과 내면의 비애를 탁월하게 결합시킴으로써 1930년대 모더니즘 시운동의 주요한 성과로 꼽힌다. 시집 장정은 김만형이 맡았다.

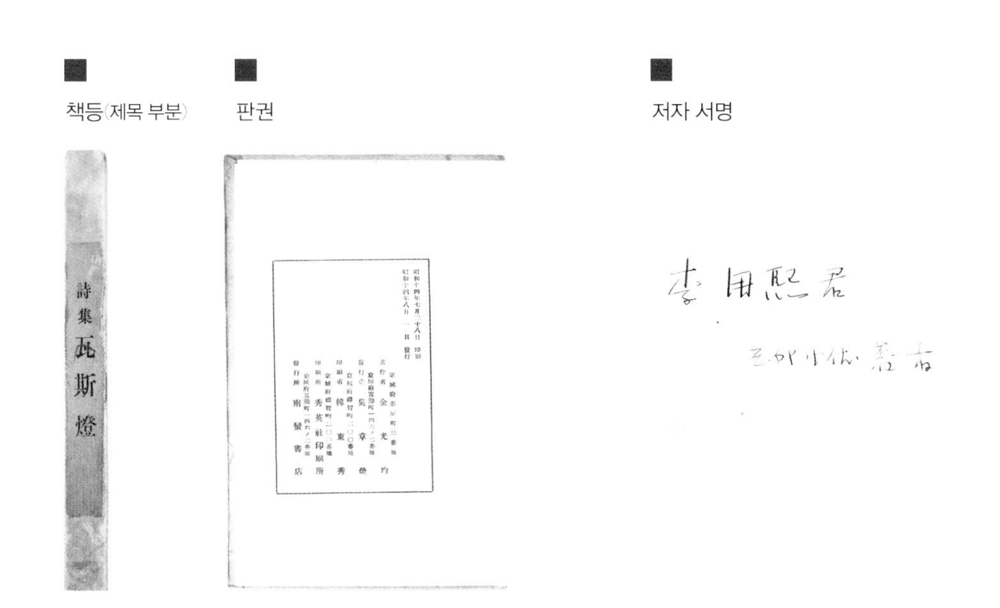

昭和十四年七月二十八日 印刷
昭和十四年八月 一 日 發行

著作者 京城府茶屋町三番地 金光均
發行者 京城府寬勳町一四六ノ二番地 吳章煥
印刷者 京城府禮智町二〇〇番地 韓東秀
印刷所 京城府禮智町二〇〇番地 秀英社印刷所
發行所 京城府寬勳町一四六ノ二番地 南蠻書店

책등(제목 부분)

판권

저자 서명

041

■

가람시조집

嘉藍時調集

■

이병기(1891~1968)
문장사, 1939.8.15.
14.9×20.2cm
장정 저자
300부 한정본

가람 이병기는 1920년대 중반부터 시조부흥운동에 가담하여 실감 실정의 표현, 연작 형태의 지향 등을 주장하며 현대시조의 새로운 경지를 개척하는 데 기여했다. 『가람시조집』(1939)은 그 실천의 결과물로서, 고시조의 진부하고 관념적인 소재와 상투적인 한문구를 사용하지 않은 점, 실제 생활에서 얻은 진솔한 느낌을 색채 이미지를 사용하여 감각적으로 표현한 점, 고유어와 사투리 등을 활용하여 우리말의 미감을 구현한 점 등에서 높은 평가를 받는다. 저자가 선장본으로 장정했으며, 300부 한정본으로 간행되었다. 해방 이후 장정을 달리하여 재판(1947)이 간행되기도 했다.

■

속표지

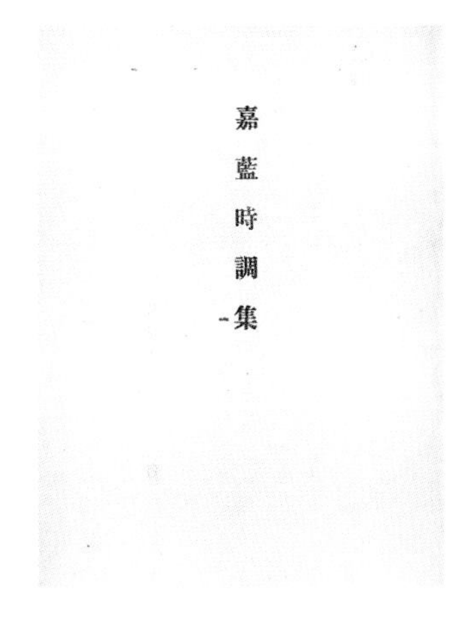
嘉藍時調集

■

판권

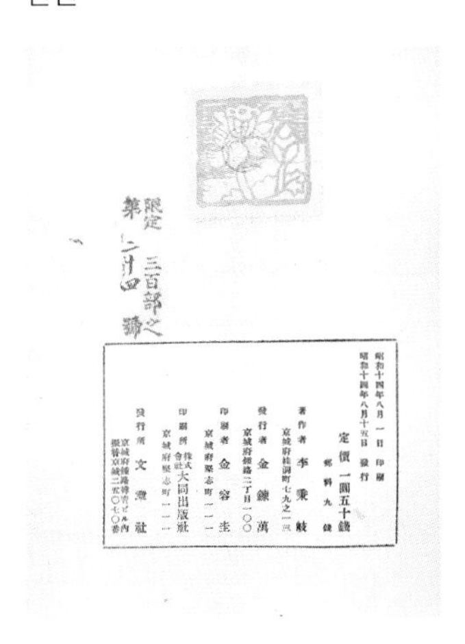
昭和十四年八月一日 印刷
昭和十四年八月十五日 發行
定價 一圓五十錢
郵料九錢
著作者 李秉岐
發行者 金鍊萬
京城府鍾路二丁目一〇〇
印刷者 金容圭
京城府堅志町一一一
印刷所 株式會社大同出版社
京城府堅志町一一一
發行所 文章社
京城府鍾路韓靑ビル內 振替京城二七〇七〇番

■

『가람시조집』 재판(1947 장정 배정국) 앞표지

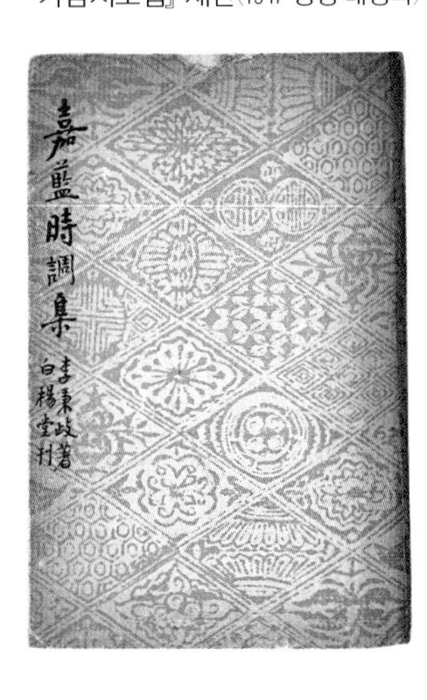
嘉藍時調集
李秉岐書

■

『가람시조집』 재판(1947) 판권

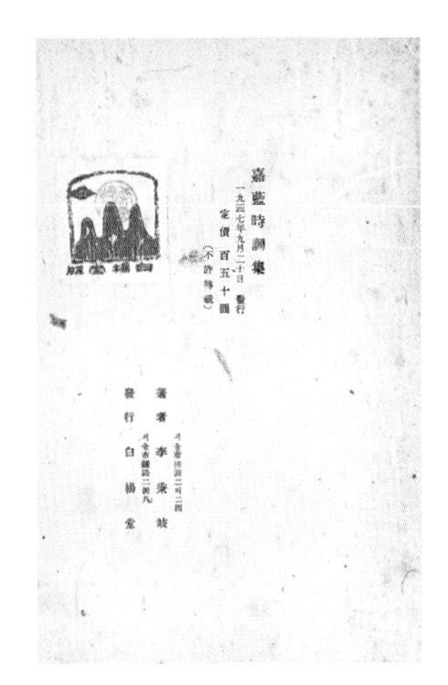
嘉藍時調集
一九四七年九月二十日 發行
定價 百五十圓
(不許轉載)
著者 李秉岐
發行 白楊堂

042

■

촛불

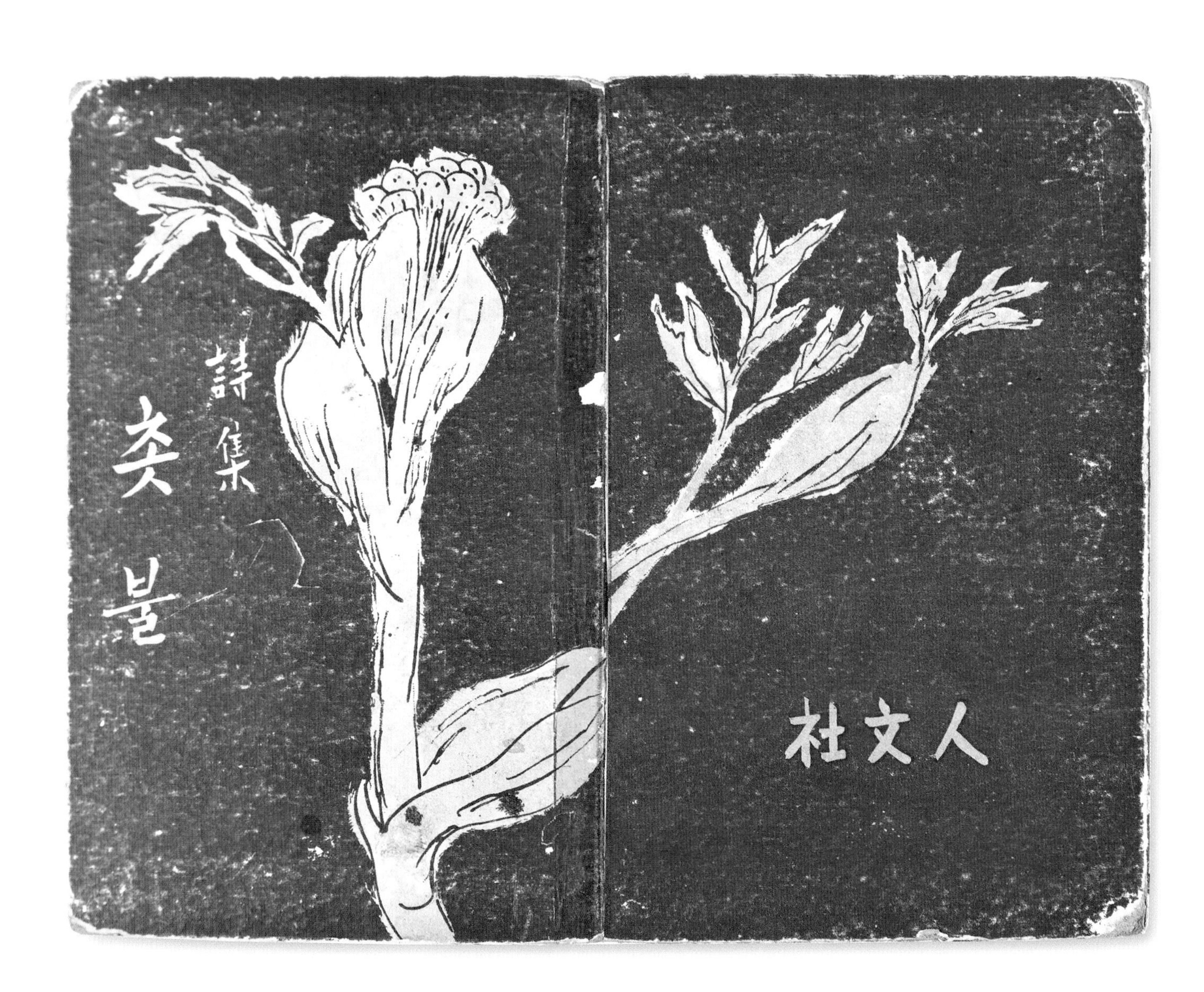

■

신석정(1907~1974)
인문사. 1939.11.28.
12.4×18.5cm
장정 김만형

시문학파 동인인 신석정은 『촛불』(1939)을 통해 탈속적인 자연에서 이상향을 유추하는 작법을 선보임으로써 절제된 언어와 감각적 이미지즘을 구사한 정지용이나 순수서정을 추구한 김영랑과는 또 다른 시적 성취를 이루었다. 그중 「그 먼 나라를 알으십니까?」는 평화롭고 순결한 삶에 대한 지극한 동경이 잘 드러나며, 「아직 촛불을 켤 때가 아닙니다」는 고요한 전원의 모습을 포착한 섬세한 언어 감각이 돋보이는 작품으로 평가받는다. 장정은 김만형이 맡았으며, 1950년대 들어 재판(1952)과 중판이 여러 차례 간행되었다.

속표지

판권

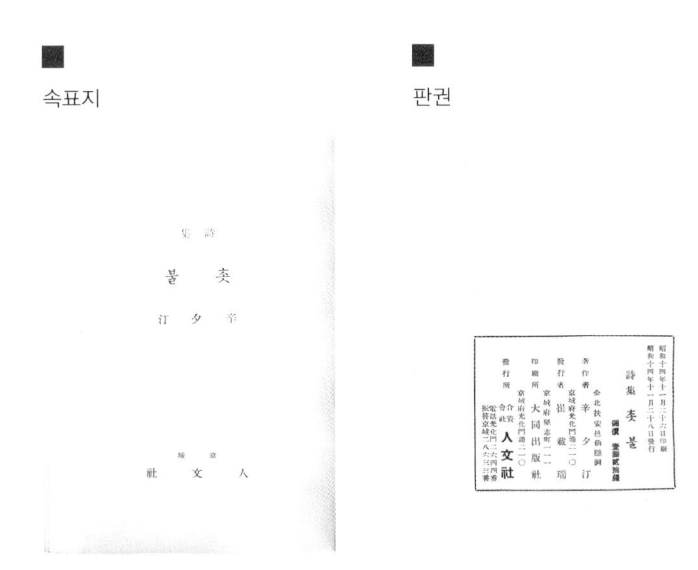

詩集
촛불
辛夕汀
京城
人文社

昭和十四年十一月二十六日印刷
昭和十四年十一月二十八日發行
詩集 촛불
定價 壹圓貳拾錢
著作者 全北扶安邑仙隱洞 辛夕汀
發行者 京城府光化門通二一〇 崔載瑞
印刷所 京城府堅志町一一一 大同出版社
發行所 京城府光化門通二一〇 合資會社 人文社 電話光化門二六四四番 振替京城二八六三三番

『촛불』(1956) 앞표지

『촛불』(1960) 앞표지

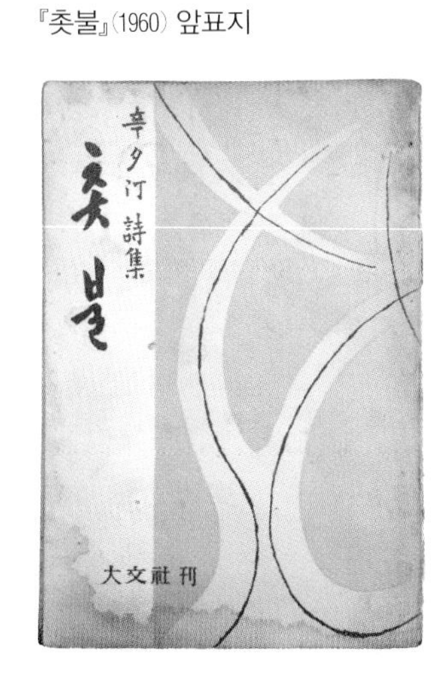

043

청마시초

青馬詩鈔

■

유치환(1908~1967)
청색지사, 1939.12.20.
15.4×21.7cm
장정 구본웅

청마 유치환은 모더니즘 시의 한계를 인식하고, 인생과 자연을 관조하는 한편 인간의 원초적인 생명 의식을 추구한 시인이다. 때문에 그의 시들에는 의지의 표상들이 자주 등장한다. 첫 시집 『청마시초』(1939)에는 이러한 시적 경향이 충실하게 반영되어 있다. 『청마시초』의 시편에는 이상에 대한 강렬한 지향 의지와 그것에 대립되는 억압적 현실을 성찰하는 과정이 어김없이 나타난다. "이것은 소리 없는 아우성"의 역설로 시작되는 「깃발」은 이상 추구와 그 좌절의 과정을 보여주는 대표작이다. 장정은 구본웅이 맡았는데, 단순하지만 대담한 필치로, 표제와 시집 내용에 걸맞는 역동적인 청마의 모습을 형상화한 책가위가 인상적이다.

■

북재킷(장정 구본웅)

■

앞표지

■

판권

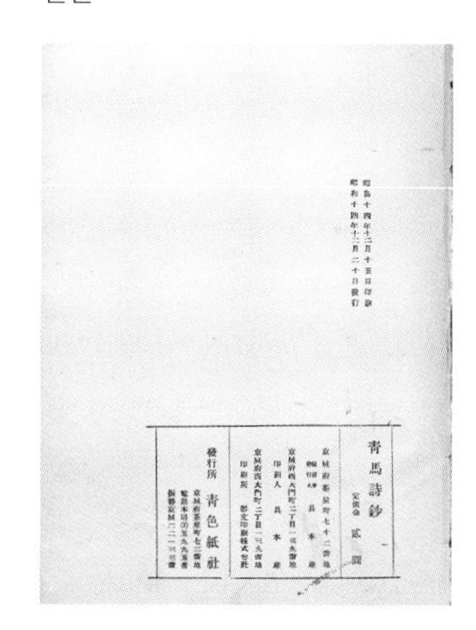
昭和十四年十二月十五日印刷
昭和十四年十二月二十日發行

青馬詩鈔 定價金 貳圓

京城府茶屋町七十二番地
編輯兼發行人 具本雄
京城府西大門町二丁目一三九番地
印刷人 具本雄
京城府西大門町二丁目一三九番地
印刷所 彰文印刷株式會社

發行所 青色紙社
京城府茶屋町七二番地

044

■

초롱불

■

박남수(1918~1994)
자가본, 1940.2.5.
12.3×19cm

박남수는 1939년 김종한의 권유로 『문장』에 투고한 「초롱불」 등이 정지용에게 추천되어 등단했는데, 첫 시집 『초롱불』(1940)은 그 추천작들을 중심으로 엮은 시집이다. 민요적 리듬에 바탕을 둔 전통적 서정의 세계와 모더니즘 기법을 조화시키려는 노력이 엿보이며, 모더니즘에 내재된 도시화, 비인간화 경향에는 반발하는 특성이 발견된다. 이러한 초기 시편의 경향은 정지용의 영향 때문인 것으로 보인다. 감각과 인식의 적절한 조화로 언어의 자각에 관심을 기울이며, 사물이 지닌 미적 질감을 넘어 그 존재의 이원성을 탐색하는 박남수의 시 세계는 『갈매기 소묘』(1958)에 이르러 확고해진다.

속표지

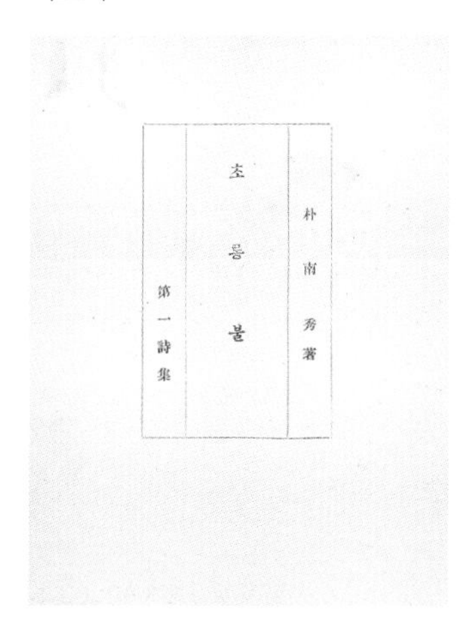

판권

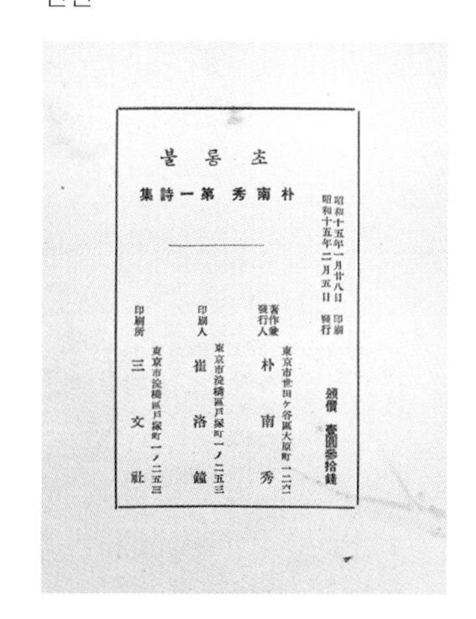
초롱불

朴南秀 第一詩集

昭和十五年一月廿八日 印刷
昭和十五年二月五日 發行

定價 壹圓參拾錢

著作兼發行人 東京市世田ケ谷區大原町一一二六 朴南秀
印刷人 東京市淀橋區戸塚町一ノ二五三 崔洛鐘
印刷所 東京市淀橋區戸塚町一ノ二五三 三文社

『갈매기 소묘』(1958) 북케이스와 앞표지

『신의 쓰레기』(1965) 앞표지

045

춘원시가집

春園詩歌集

이광수(1892~1950)
박문서관, 1940.2.5.
15.5×19.3cm
500부 한정본

춘원 이광수는 『무정』(1918), 『시가집』(1929), 『금강산유기』(1924), 『신생활론』(1926) 등의 저서에서 확인되는 것처럼 소설, 시, 수필, 평론 등 모든 문학 분야에서 전방위적인 활동을 벌인 최초의 문인이다. 『춘원시가집』(1940)은 이러한 이광수의 문단 생활 30년을 기념하여 기획된 시집이다. 박문서관 노성석 사장이 직접 일본에 가서 종이를 구해 와서 호화특제 양장본으로 500부 한정 발행했다. 북케이스는 정현웅이 장정했으며, 책마다 저자 사진과 육필이 실려 있다. "나는 내가 시인인지 아닌지 모릅니다. 그러나 나는 나같이 비속한 인물이 시인될 수는 없다고 늘 생각합니다. 청정하고 순수한 혼의 소유자가 아니고서 어떻게 시인이 될 수 있겠습니까?"(「서문」의 일부)

앞표지와 책등, 뒤표지

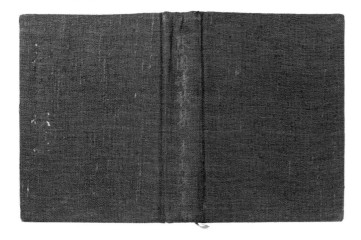

속표지

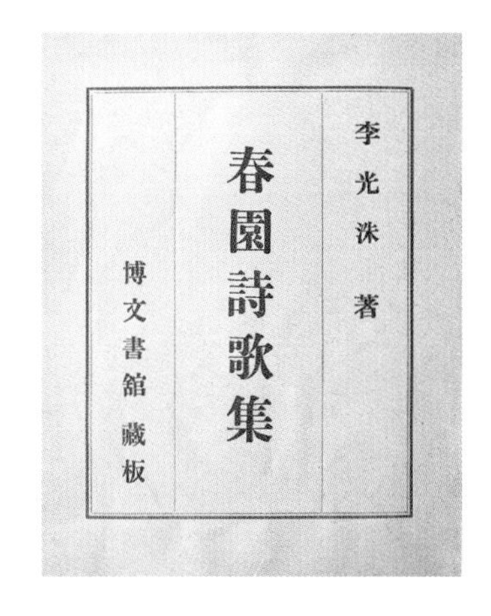

판권 및 한정 표시

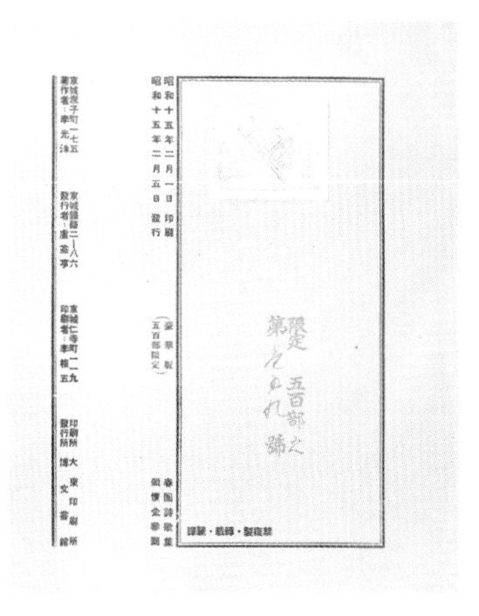

저자 필적(心念佛時 是心是佛)과 사진

046

■

여수시초

麗水詩抄

■

박팔양(1905~1988)
박문서관, 1940.3.30.
10.7×15.2
100부 한정본

여수 박팔양은 1920년대에는 카프에서, 1930년대에는 '구인회'에서 활동했다. 이러한 사실은 그가 시의 현실성과 예술성을 모두 중시했음을 암시한다. 등단 20여 만에 간행된 『여수시초』(1940)에도 사회적 현실에 대한 시편과 자연이나 생명을 예찬하는 시편들이 함께 수록되어 있다. 일제강점기 문고본 출판의 쌍벽을 이룬 출판사는 박문문고를 낸 박문서관과 조선문고를 낸 학예사를 들 수 있다. 그중 조선문고의 『태양의 풍속』과 박문문고의 『여수시초』는 문고본 이외에 4·6판의 양장 단행본이 따로 발행되었다. 두 시집 모두 문고본이 먼저 출간되고, 양장 단행본이 그 뒤를 이었다. 『태양의 풍속』은 문고본이 1939년 9월 6일에, 양장 단행본이 1939년 9월 25일에 출간되었고, 『여수시초』는 문고본이 1940년 3월 30일에, 양장 단행본이 1940년 6월 15일에 100부 한정판으로 간행되었다.

양장 단행본(100부 한정본) 판권

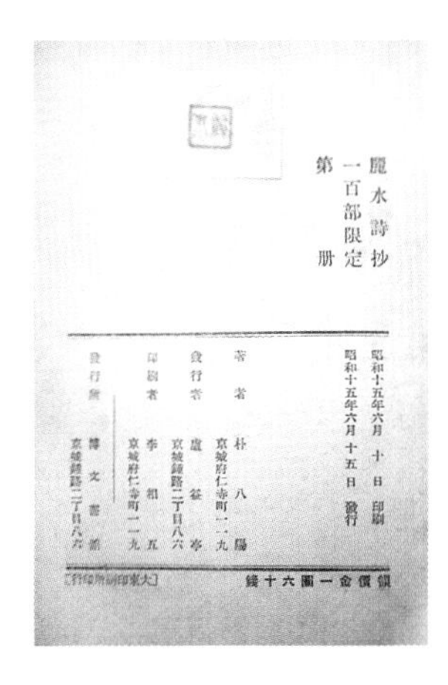
麗水詩抄
第一百部限定冊

昭和十五年六月 十日 印刷
昭和十五年六月十五日 發行

著者 朴八陽 京城府仁寺町一一九
發行者 盧益亨 京城鍾路二丁目八六
印刷者 李相五 京城府仁寺町一一九
發行所 博文書館 京城鍾路二丁目八六

領價金一圓六十錢

[大東印刷所印行]

박문문고본 앞표지

박문문고본 속표지

박문문고본 판권

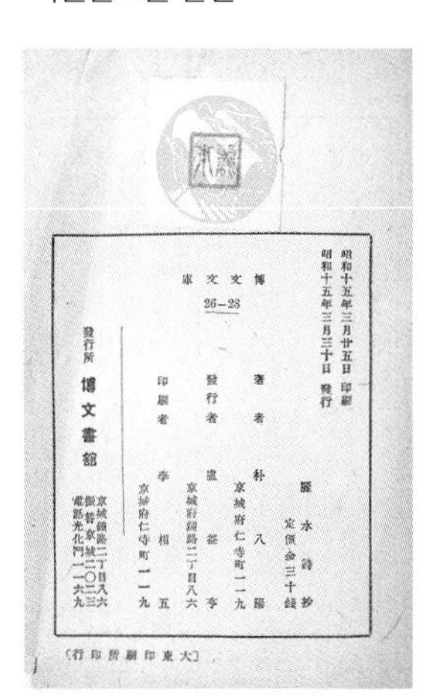
昭和十五年三月廿五日 印刷
昭和十五年三月三十日 發行

麗水詩抄
定價金三十錢

博文文庫
26–28

著者 朴八陽 京城府仁寺町一一九
發行者 盧益亨 京城府鍾路二丁目八六
印刷者 李相五 京城府仁寺町一一九

發行所 博文書館
京城鍾路二丁目八六
振替京城二〇三三
電話光化門一一六九

[大東印刷所印行]

047

청시

青柿

김달진(1907~1989)
청색지사. 1940.9.28.
12.7×18.6cm

『청시』(1940)는 월하 김달진이 유점사의 승려로 있으면서 『시원』(1935)과 『시인부락』(1936) 동인으로 활동하며 지은 시들을 모은 시집이다. 이 시집의 시편에서는 일제강점기라는 현실 인식은 거의 발견되지 않으며, 대부분 내면 성찰의 기록으로 구성되었다. 즉 '눈', '샘물', '우물', '거울', '하늘' 등의 매개물을 통해 끊임없이 세계의 본질에 닿으려는 나르시시즘의 시학이 주조를 이루고 있다. 사물의 성숙 과정을 통해 존재하는 모든 것들의 완성을 순간순간 포착하고 있다는 점에서 내면 탐구에 주력한 김달진 초기시의 특징이 잘 드러난다.

■

속표지

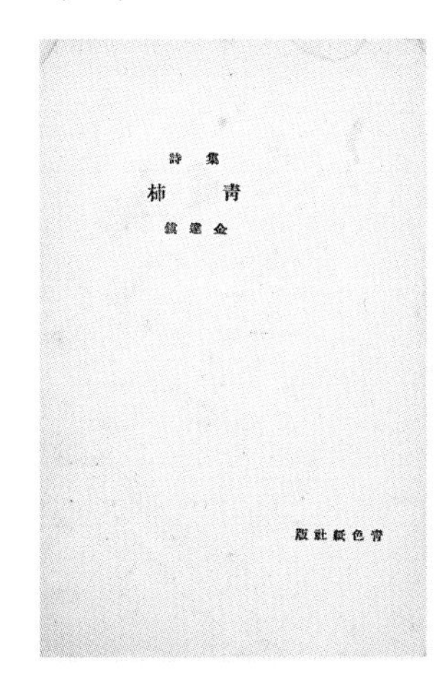

■

판권

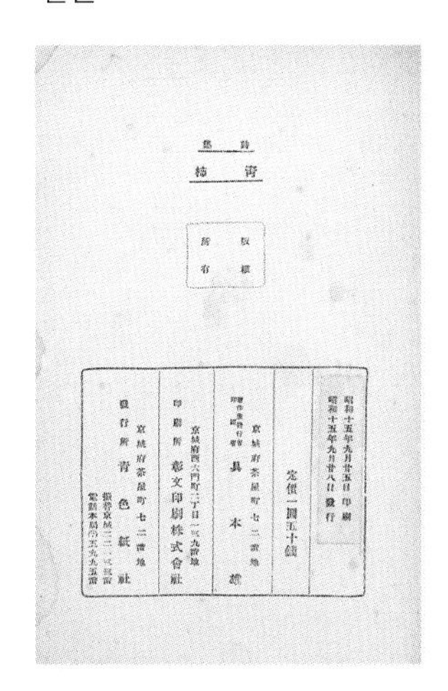
詩集
青柿

版權
所有

昭和十五年九月廿五日印刷
昭和十五年九月廿八日發行

定價一圓五十錢

著作兼發行者 京城府茶屋町七二番地 具本雄

印刷所 京城府西大門町二丁目一四九番地 彰文印刷株式會社

發行所 京城府茶屋町七二番地 青色紙社

■

「戀慕에 지쳐」 外 2편이 수록된 『시원』 3호(1935.5) 앞표지

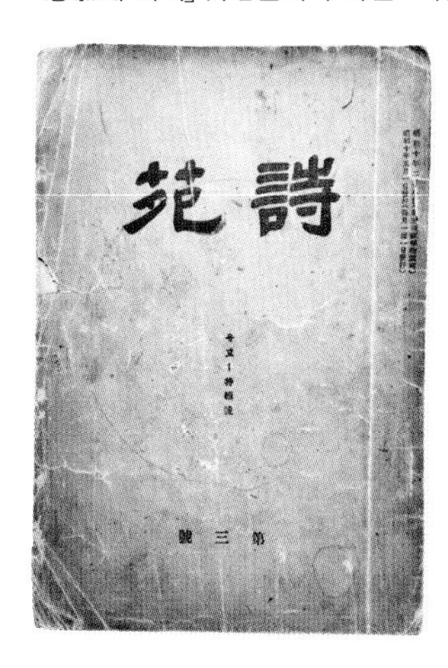

048

화사집

花蛇集

서정주(1915~2000)
남만서고, 1941.2.7.
100부 한정본
(1~15번 저자기증본,
16~50번 특제본,
51~90번 병제본,
91~100번 인행자기증본)
14.5×20.9cm
보급본 14.6×21.3cm

미당 서정주의 『화사집』(1941)은 강렬한 원초적 생명력과 관능성으로 요약되는 초기시를 모은 시집이다. 「자화상」, 「화사」, 「문둥이」 등은 토속적인 소재와 정서를 바탕으로 원초적 생명력에 대한 강한 매혹과 끌림을 드러낸 것으로 평가된다. 특히 "스물세 해 동안 나를 키운 건 팔할이 바람이다 / 세상은 가도 가도 부끄럽기만 하더라 / 어떤 이는 내 눈에서 죄인을 읽고 가고 / 어떤 이는 내 입에서 천치를 읽고 가나 / 나는 아무것도 뉘우치지 않을란다"(「자화상」)라는 선언은 그 격렬성으로 1930년대 시단에 적잖은 충격을 주었다. 100부 한정본은 1~15번 저자 기증본, 16~50번 특제본, 51~90번 병제본, 91~100번 인행자 기증본으로 구별되며, 이외에 보급본도 함께 발행되었다.

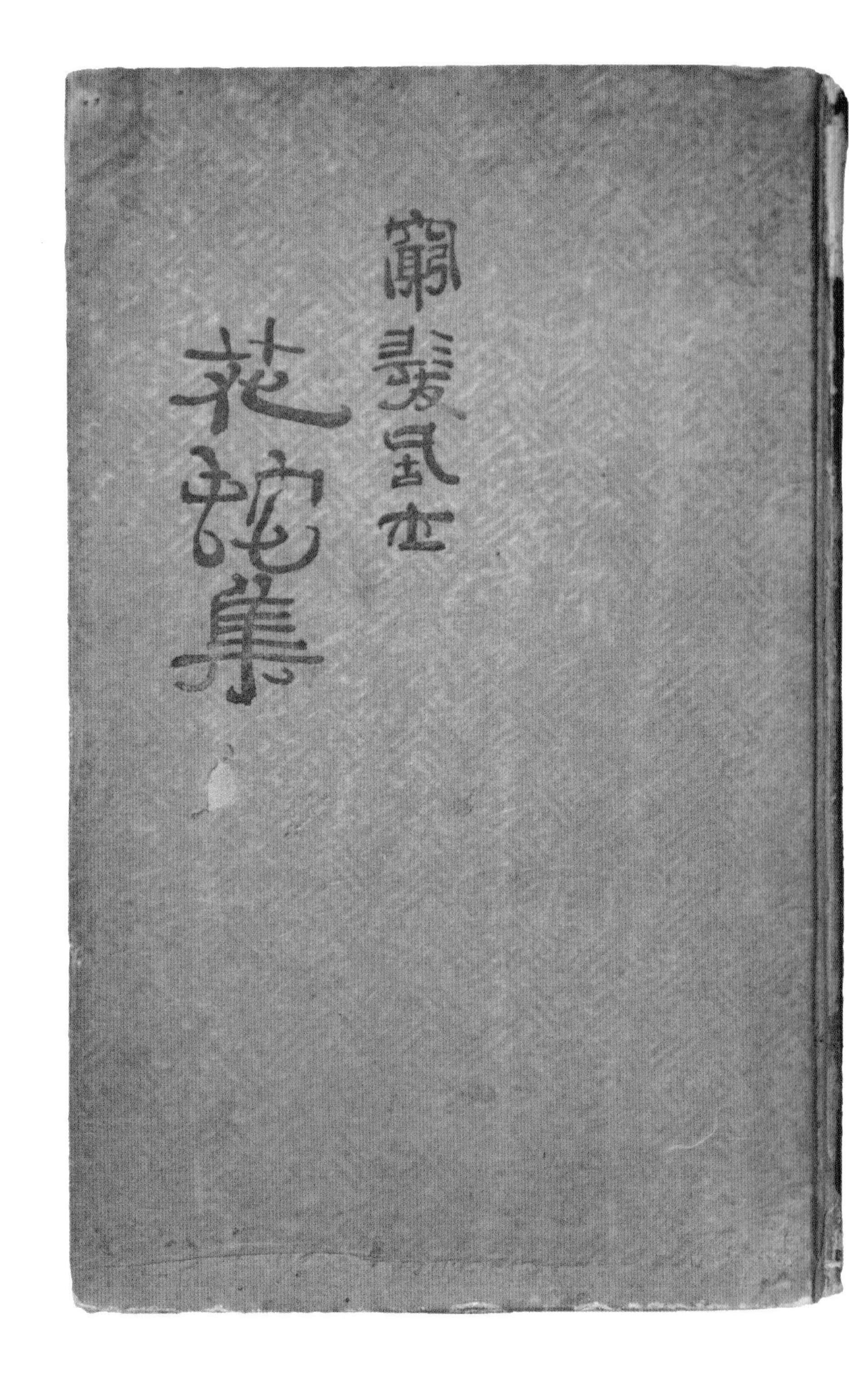

100부 한정 저자기증본 속표지

100부 한정 저자기증본 판권

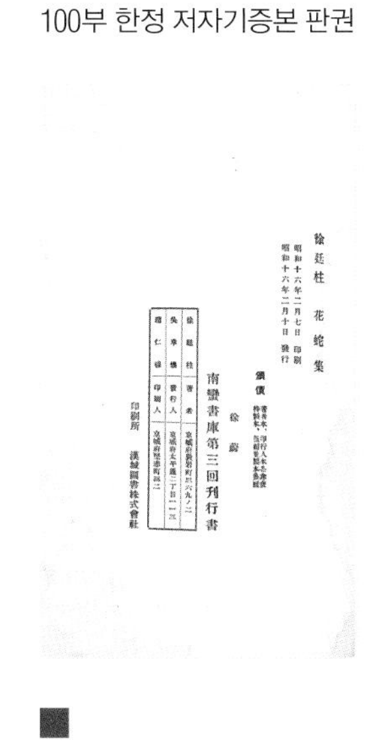

100부 한정 저자기증본 면화(김용준)

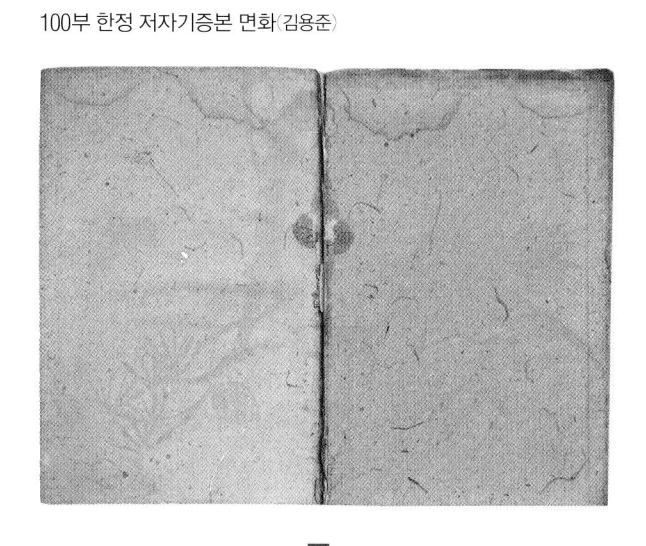

100부 한정 저자기증본 내재판화

100부 한정 특제본 앞표지와 책등, 뒤표지

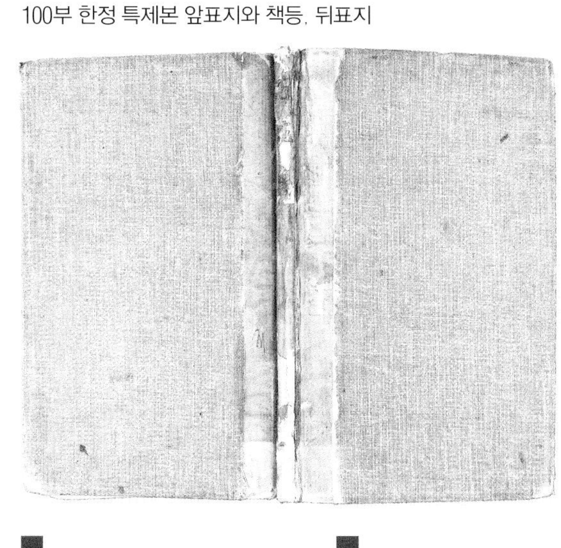

100부 한정 특제본 면화(김용준)와 저자 서명

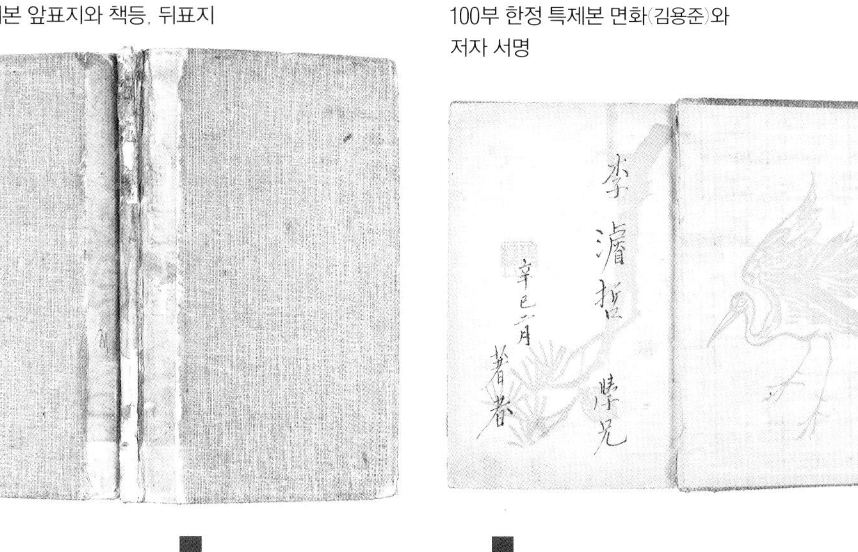

보급본 앞표지

보급본 속표지

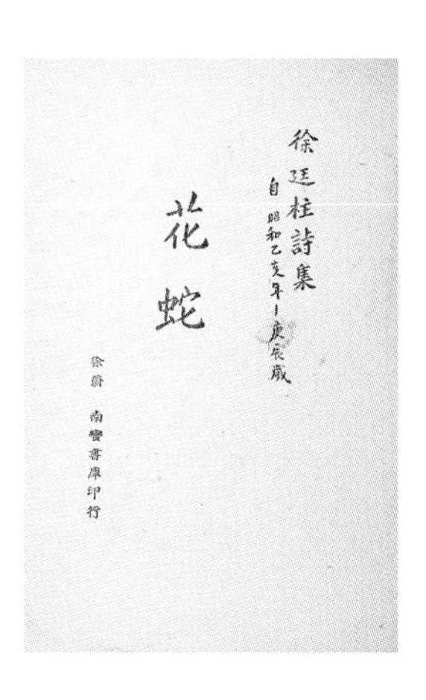

보급본 판권

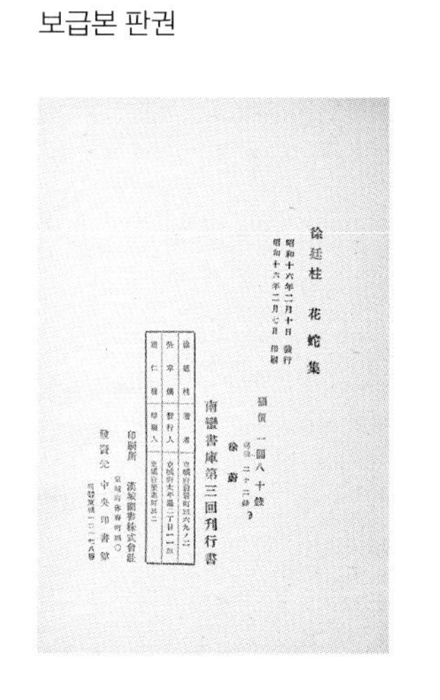

보급본 내재판화

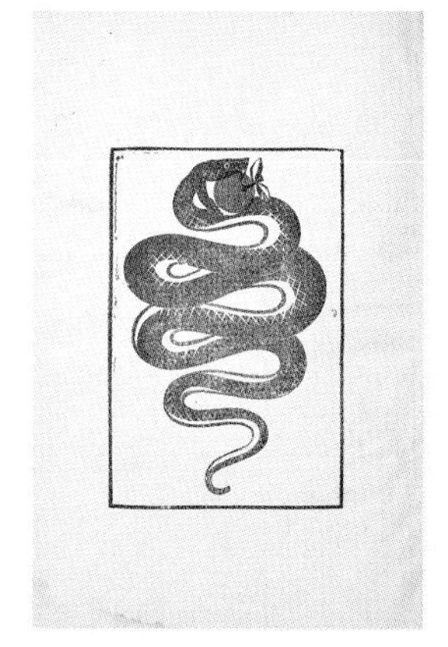

049

백록담

白鹿潭

정지용(1902~미상)
문장사, 1941.9.15.
12.8×18.8cm
장정 길진섭

『정지용시집』(1935)이 절제된 언어 구사와 감각적 이미지즘 기법을 토대한 한 시집이라면, 『백록담』(1941)은 1930년대 후반 『문장』에 참여한 이후 반근대와 조선주의에 바탕을 둔 정지용의 시 세계가 응축된 시집이다. '백록담'은 현실 공간과의 끊임없는 갈등에서 생성된 자연의 정적인 공간이며, 이러한 자연에 대한 동화 욕구는 근대적인 힘이 지배하는 현실 공간을 넘어서려는 정신주의의 산물일 수밖에 없다. 나무, 나비, 사슴으로 구성된 길진섭의 장정은 『백록담』이 추구하는 전통주의와 그 맥을 같이한다. 재판(1946)은 장정을 달리하여 나왔고, 3판(1950)은 초판과 동일한 장정으로 간행되었다.

■

앞표지와 뒤표지(장정 길진섭)

■

속표지

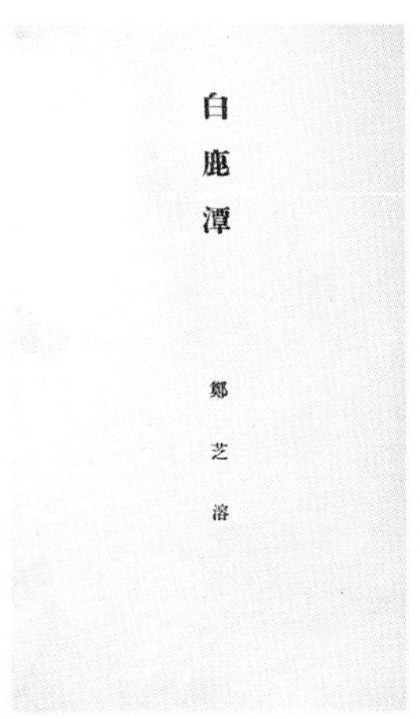

■

판권

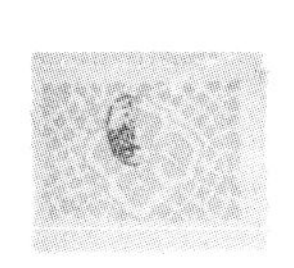

昭和十六年九月十三日 印刷
昭和十六年九月十五日 發行
定價 一圓八十錢
郵料十二錢

著者 鄭芝溶
京城府花洞町一ノ六四

著作兼發行者 金鍊萬
京城府鐘路二丁目一〇〇

印刷者 李相五
京城府仁寺町一一九

印刷所 大東印刷所
京城府仁寺町一一九

發行所 文章社
京城府鐘路二・韓靑ビル內
振替京城二五〇七〇番

■

『백록담』 재판(1946) 앞표지

050

■

자화상

自畵像

■

권환(1903~1954)
조선출판사, 1943.8.15.
12.6×18.7cm

본명이 권경완인 권환은 카프 해체 이후, 결핵을 앓아 요양 생활을 하던 중 카프 시기의 정치적 신념들이 내면화되는 과정을 겪게 된다. 이러한 양상의 시편이 담긴 시집이 『자화상』(1943)과 『윤리』(1944)이다. "거울을 무서워하는 나는 / 아침마다 하얀 벽바닥에 / 얼굴을 대보았다 // 그러나 얼굴은 영영 안보였다"(「자화상」)와 같은 구절에는 자기 성찰에 대한 두려움과 분열되는 자의식에 대한 무력감이 그대로 비춰지고 있다.

■

속표지

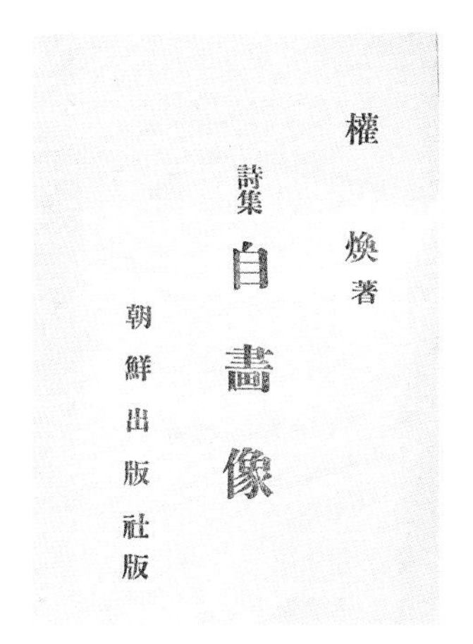
權煥 著

詩集 自畵像

朝鮮出版社版

■

판권

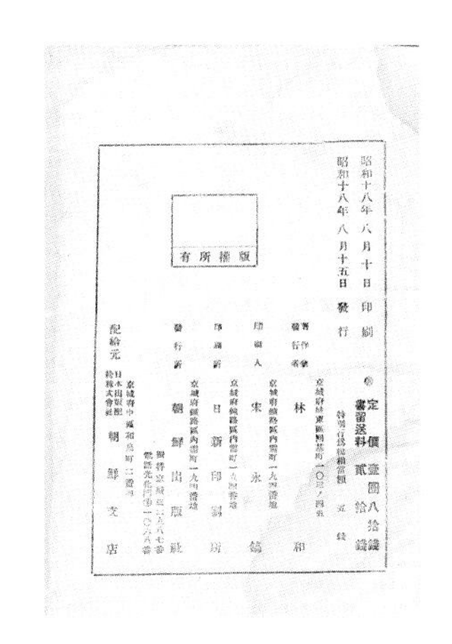
昭和十八年 八月十日 印刷
昭和十八年 八月十五日 發行

定價 壹圓八拾錢
書留送料 貳拾錢

版權所有

著作兼發行者 林和
印刷人 宋永鎬
印刷所 日新印刷所
發行所 朝鮮出版社
配給元 日本出版配給株式會社 朝鮮支店

■

『윤리』(1944) 앞표지와 책등, 뒤표지

051

해방기념시집

解放記念詩集

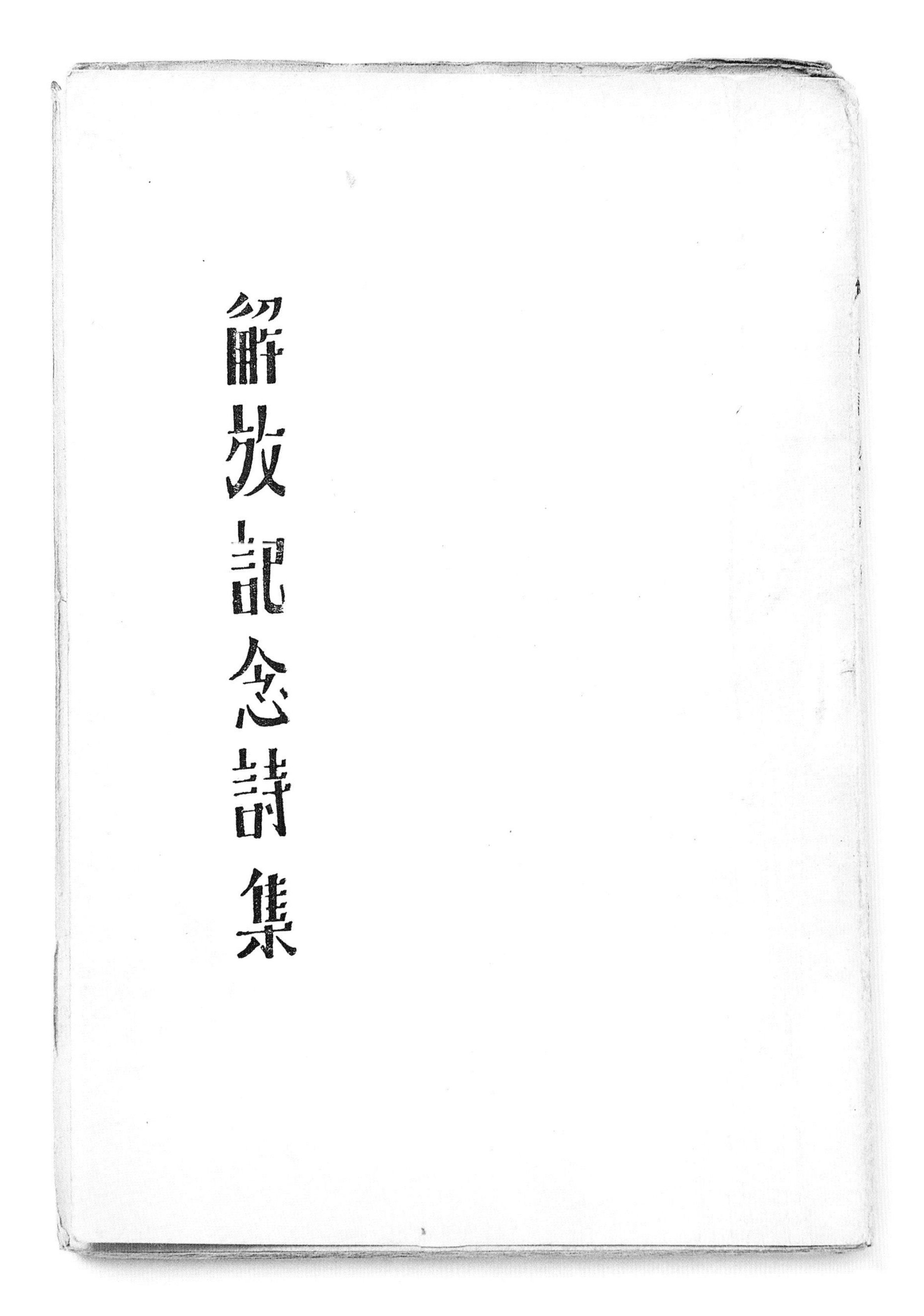

중앙문화협회 편
중앙문화협회,
1945.12.12.
13.5×19.6cm
장정 김환기

『해방기념시집』(1945)은 해방 직후 혼란 속에서 나온 첫 번째 합동 시집이다. 중앙문화협회가 편집, 발행하였으나 좌우익이 모두 참여했다는 점에서 의미가 크다. 일제 말기 '침묵함으로써 웅변 이상으로 우리 시가와 민족의 정신을 지켜온 영광의 전사'들이 한 목소리로 해방의 기쁨을 노래하였다. 장정은 김환기가 맡았다.

■
속표지

解放記念詩集

中央文化協會

■
판권

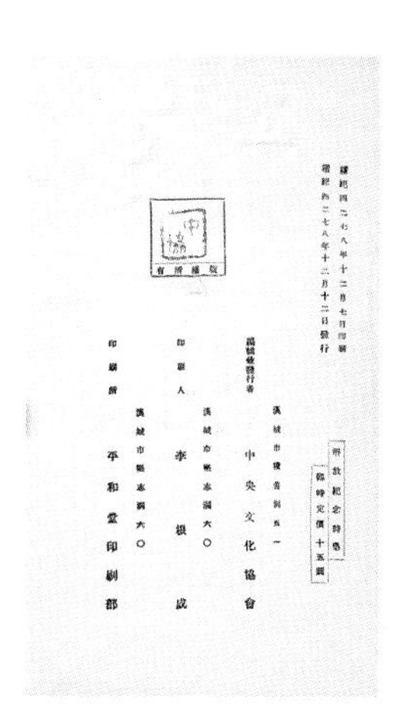
檀紀四二七八年十二月七日印刷
檀紀四二七八年十二月十二日發行

版權所有

解放紀念詩集
臨時定價十五圓

編輯兼發行者 中央文化協會

印刷人 李 成

印刷所 平和堂印刷部

052

삼일기념시집

三一紀念詩集

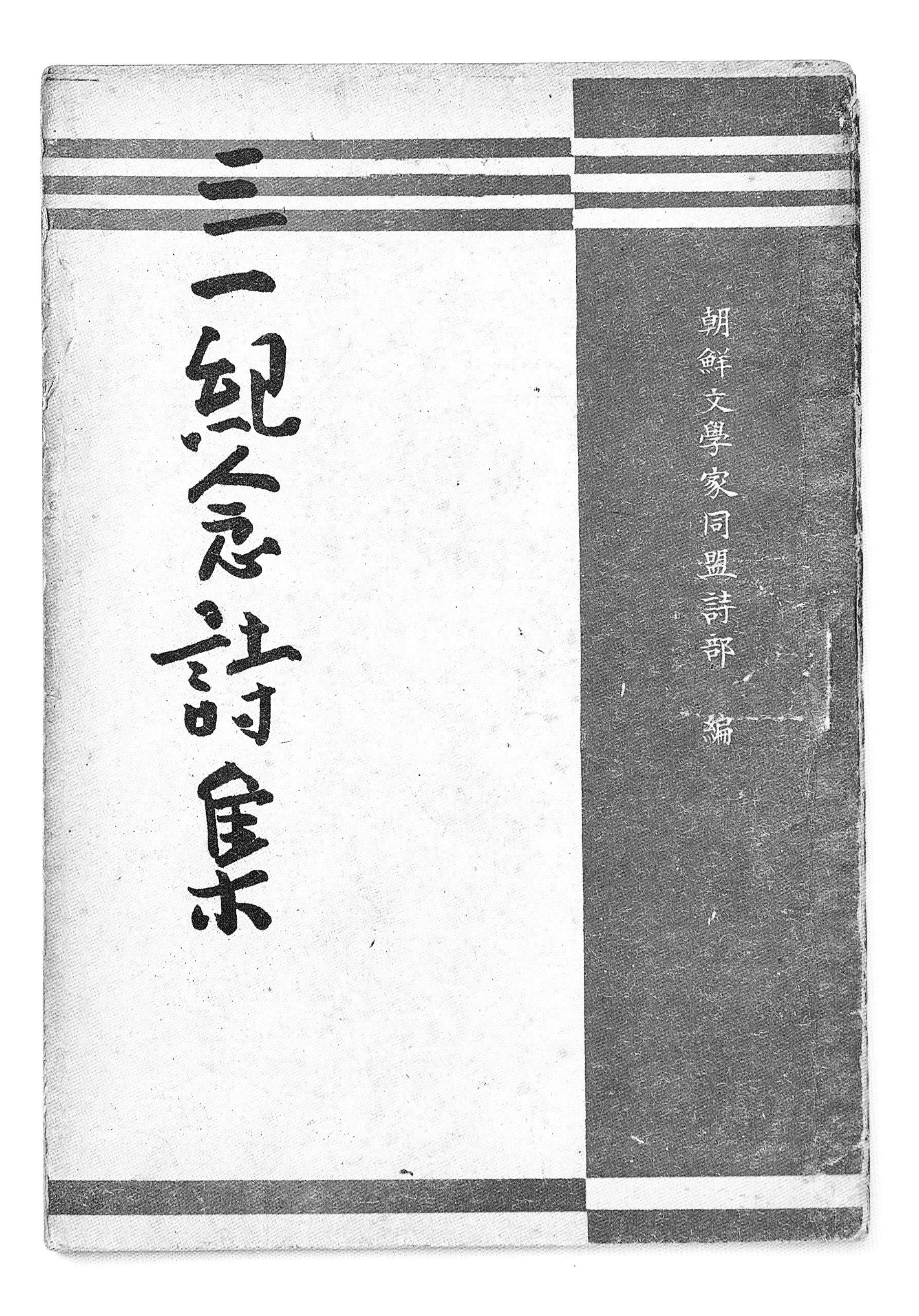

조선문학가동맹 시부 편
건설출판사, 1946.3.1.
13.2×18.4cm

『삼일기념시집』은 해방 후 첫 번째 삼일절을 맞이하여 조선문학가동맹 소속 시인들을 중심으로 간행된 기념시집이다. 김기림, 임화, 오장환 등이 중심이 되었지만 서정주, 김광균, 신석정도 함께 하였다. 해방된 조선에서 '봄보다 먼저 찾아오는 3월 1일'을 맞이한 기쁨과 슬픔, 반성이 혼재되어 있다. 조벽암이 운영한 건설출판사에서 발행되었다.

속표지

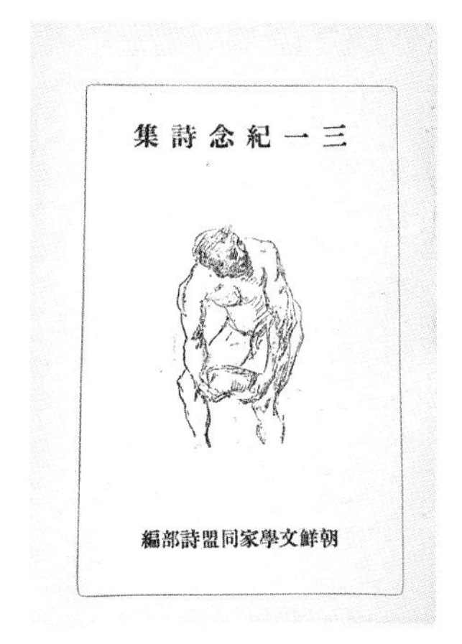

판권

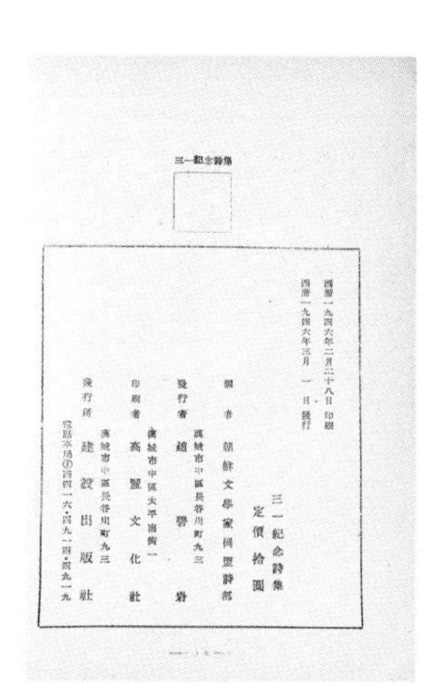
三一紀念詩集

三一紀念詩集
定價 拾圓

西曆一九四六年二月二十八日 印刷
西曆一九四六年三月 一 日 發行

編 者 朝鮮文學家同盟詩部
發行者 趙 碧 岩
京城市中區長谷川町九三
印刷者 高 麗 文 化 社
京城市中區太平通一
發行所 建 設 出 版 社
京城市中區長谷川町九三

053

횃불

박세영 외
우리문학사,
1946.4.20.
12.5×18cm
3,000부 한정본
표지 이주홍

시집 『횃불』(1946)에는 '해방기념시집'이라는 부제가 붙어 있다. 1945년 12월에 중앙문화협회에서 좌우익이 함께 참여한 『해방기념시집』이 나온 바 있지만 좌익계열 시인들은 만족할 수 없었던 것 같다. 시집에서는 '조선문학가동맹'이란 기록을 찾을 수 없지만 조선문학가동맹 서울시지부 기관지인 『우리문학』을 출판하던 우리문학사에서 초판 3천부를 발행한 것으로 보아 조선문학가동맹에서 낸 것이 틀림없다. 12명 시인의 36작품이 수록되었는데 해방의 기쁨과 함께 민족국가 건설에 대한 강한 목소리를 담고 있는 것이 특징이다.

■

속표지

■

판권

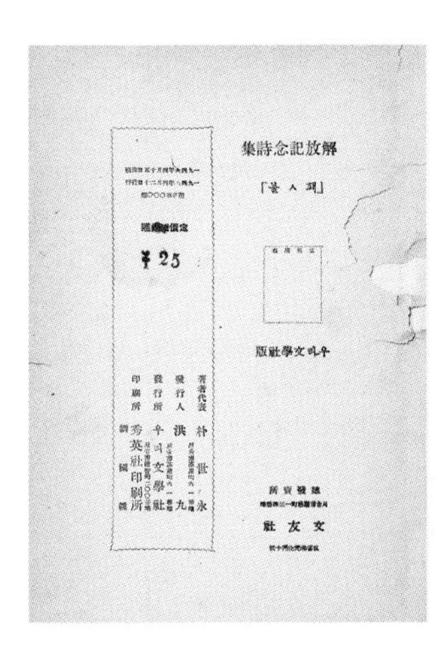
解放記念詩集

「횃ㅅ불」

우리文學社版

¥25

著者代表 朴世永

發行人 洪九

發行所 우리文學社

印刷所 秀英社印刷所

總發賣所

文友社

054

바다와 나비

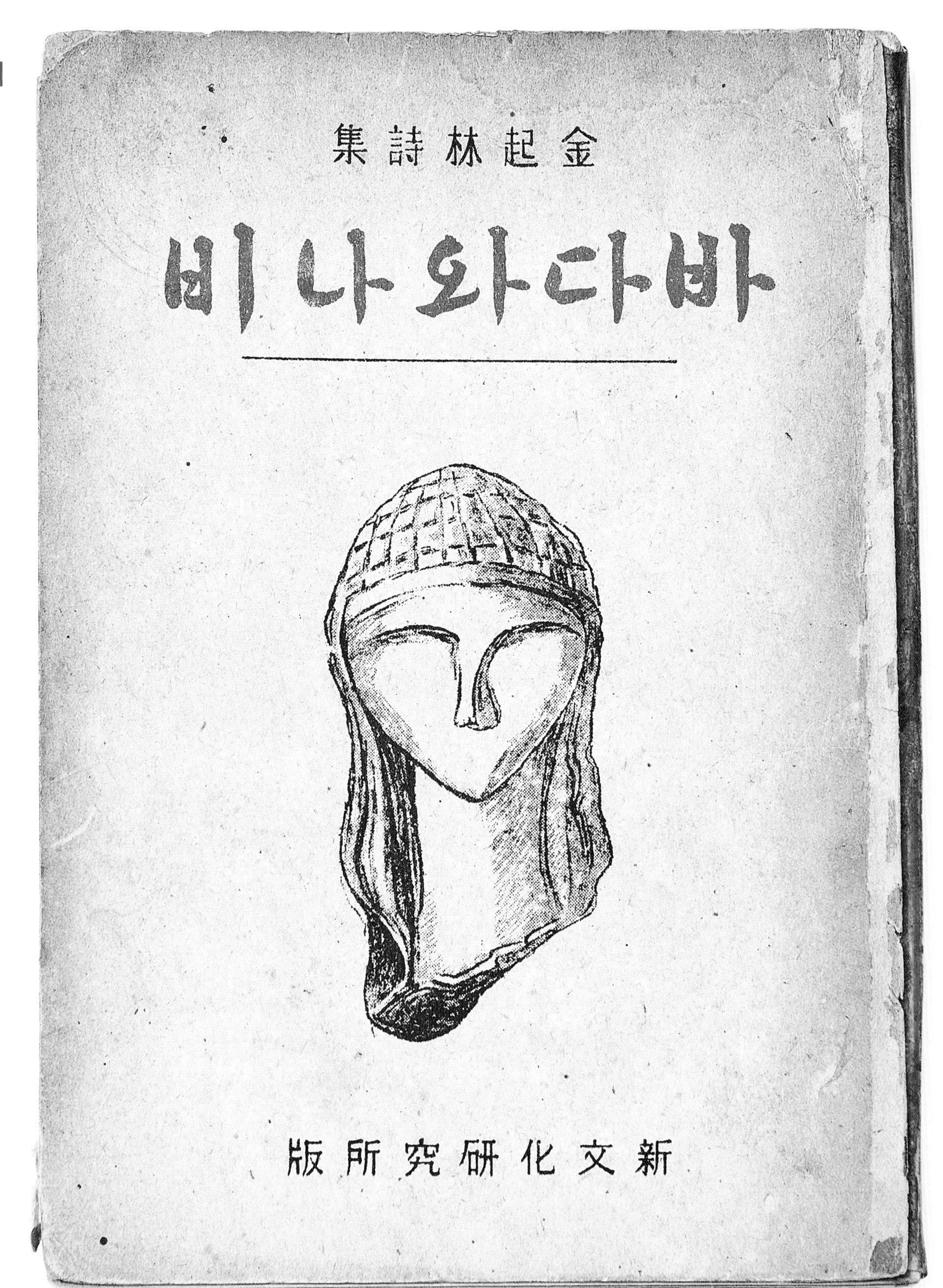

김기림(1908~미상)
신문화연구소,
1946.4.20.
15.6×21.2cm
장정 한상진

『기상도』(1936)와 『태양의 풍속』(1939)이 감상주의를 비판하고 주지주의적 태도로 새로움을 추구하는 김기림의 모습을 보여주었다면, 『바다와 나비』(1946)는 知와 情의 조화를 통해 전체시론으로 나아가는 시적 변모를 보여준 시집으로 평가된다. 기교주의 논쟁을 거치며 자신의 문학적 관점을 비판적으로 점검하고 세계 정세의 불안을 통해 근대의 허상을 깨달은 김기림은, 지성과 감성의 조화를 중시하는 시대정신을 추구하는 방향으로 변모하게 된다. 이후 김기림은 시는 민족이라는 공동체의 염원과 희망을 담아야 한다는 공동체의식에 입각하여 『새노래』(1948)의 세계로 나아갔다.

속표지

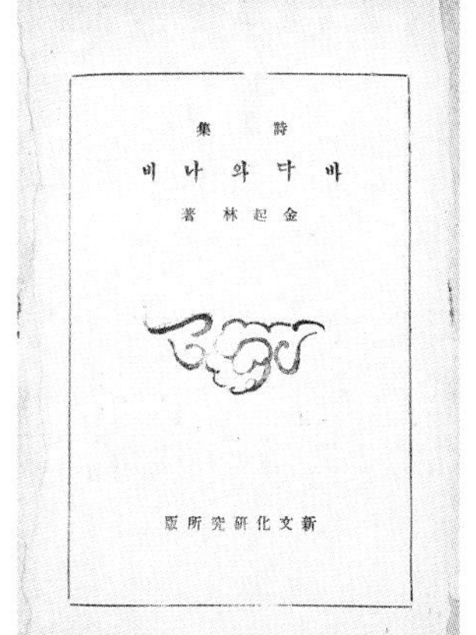
詩集
바다와나비
金起林著
新文化研究所版

판권

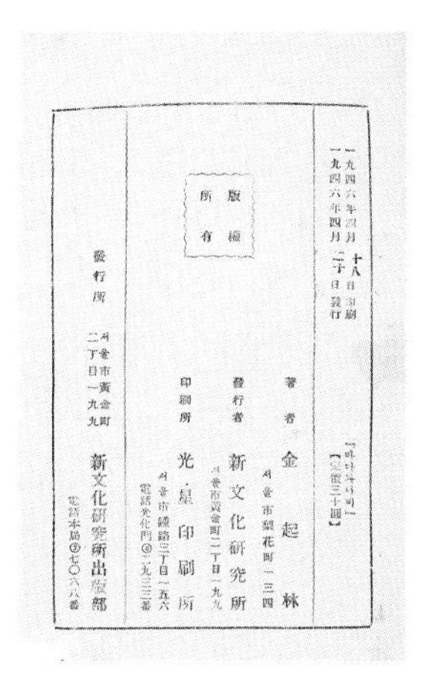
一九四六年四月十八日印刷
一九四六年四月二十日發行
【바다와나비】【定價三十圓】
版權所有
著者 金起林
發行者 新文化研究所
印刷所 光星印刷所
發行所 新文化研究所出版部

『새노래』(1948) 앞표지

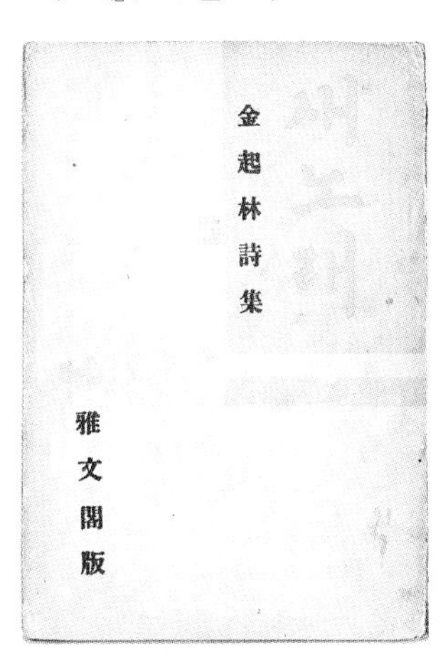

055

■

청록집

靑鹿集

■

박목월 조지훈 박두진
을유문화사. 1946.6.6.
15×20.9㎝
장정 김용준

『청록집』(1946)은 박목월, 조지훈, 박두진의 합동시집이다. 당시 이 시집은 자연을 현대시의 주요 대상으로 재현시킨 독자적인 성취로 주목받으며, 세칭 '청록파'의 출현을 알렸다. 박목월은 「청노루」와 「나그네」 등을 통해 시인의 인생관이나 태도가 반영된 이상적 자연을 추구했으며, 조지훈은 「낙화」 등에서 생성과 소멸을 동시에 구현하는 생명 시학을 제시하였고, 박두진은 「묘지송」과 「향현」 등을 통해 생명력의 원천으로서의 자연을 노래하고 있다. 이후 청록파의 활동은 박목월의 『산도화』(1955), 조지훈의 『풀잎 단장』(1952), 박두진의 『해』(1949)를 통해 각각 구체화되었다.

앞표지

앞표지와 책등, 뒤표지(장정 김용준)

속표지

詩集
青鹿集
朴木月 趙芝薰 朴斗鎭
乙酉文化社版

판권

一九四六年六月六日發行
著者代表 朴斗鎭
發行所 乙酉文化社

내제화(김용준)

박목월 소묘(김의환)

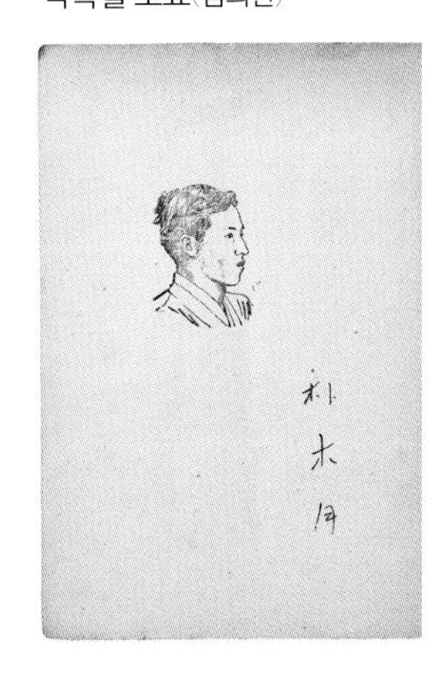

조지훈 소묘(김의환)

박두진 소묘(김의환)

재판(1949) 앞표지(장정 김용준)

056

■

석초시집

石艸詩集

■

신응식(1909~1975)
을유문화사,
1946.6.30.
15×21cm
장정 김용준

『석초시집』(1946)은 석초 신응식의 첫 시집으로 1933년부터 1938년까지 쓴 작품을 수록하였다. 노장과 불교 등의 동양사상과 발레리의 영향을 사상적 토대로 한 신석초의 시는 철학적 사유의 깊이, 대립 되는 자질들의 충돌에서 오는 긴장, 그리고 균제된 형식미를 특징으로 한다. 이러한 시적 개성은 인간과 예술, 성과 속, 정신과 육체, 동양과 서양, 고전과 현대 등 상반된 명제들 사이에서 터득한 균형 감각에서 말미암는다.

속표지

판권

著者 申應植
發行所 乙酉文化社
서울鍾路·永保빌딩
電話光化門三四九二
臨時定價 貳拾五圓
一九四六年六月三十日發行

『바라춤』(1959) 북재킷(천경자 장정)

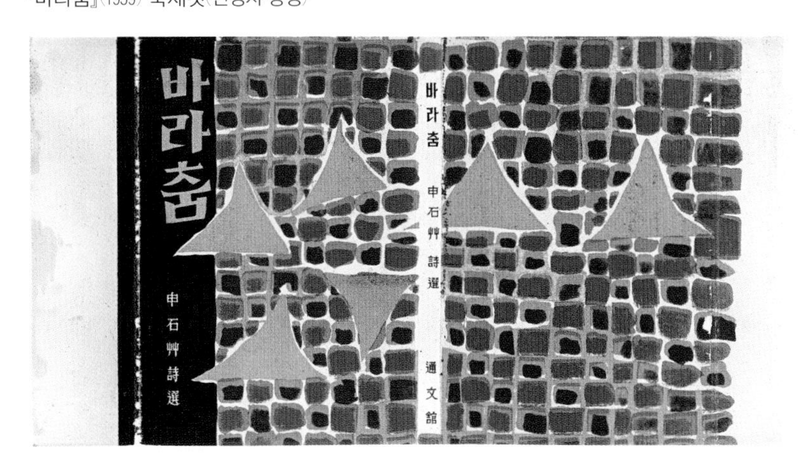

057

육사시집

陸史詩集

■

이육사(1904~1944)
서울출판사, 1946.10.20.
13.2×18.8cm
장정 길진섭

『육사시집』(1946)은 이육사가 1944년 타계한 후 해방이 되자 그의 아우인 비평가 이원조가 산재한 원고를 모아 펴낸 유고시집이다. 『육사시집』에 실린 "겨울은 강철로 된 무지갠가 보다"(「절정」)나 "차마 바람도 흔들진 못해라"(「교목」)와 같은 시편들은 우리 문학사가 보여준 저항정신의 원형에 해당한다. 이러한 저항성은 "다시 천고의 뒤에 / 백마를 타고 오는 초인이 있어 / 이 광야에서 목놓아 울게 하리라"(「광야」)는 당위적인 시간 구조를 통해 미래에 대한 낙관적인 전망으로 이어진다. 서문은 신석초, 김광균, 오장환이 썼으며, 장정을 맡은 길진섭은 「자야곡」의 한 대목을 캘리그래피로 장식했다.

■

앞표지와 뒤표지(장정 길진섭)

■ 속표지

■ 판권

■ 『육사시집』(1956) 앞표지(장정 장석수)

058

■

전위시인집

前衛詩人集

■

김광현 김상훈 이병철
박산운 유진오
노농사, 1946.12.20.
12.3×18.7cm
장정 이주홍

『전위시인집』(1946)은 김광현, 김상훈, 이병철, 박산운, 유진오 다섯 시인의 합동 시집으로 1946년 12월 노농사에서 발행되었다. "여기 다섯 시인의 詩가 보이는 生理는 분명히 시대의 거센 기류의 모든 징후를 濃淡의 차는 있을망정 모두가 받아가지고 또 그들에게 벅차게 다가오는 새 시대라고 하는 것을 애를 써서 가슴을 벌려 그대로 껴안으려 한다"(김기림), "새로운 詩는 침략자와 반동에 대한 타협 없는 싸움과 조국의 자유와 인민의 행복에 대한 뜨거운 애정 가운데서 발전하는 것이다."(임화), "시단의 決死隊, 이런 말을 할 수 있다면 여기에 나온 시인들이 바로 결사대의 대원들이다."(오장환) 이상의 서문과 발문에서 보듯이 선배 시인들의 찬사와 격려 속에서 나온 전위 시인들의 작품집이다. 당대 시단의 한 흐름을 극명하게 보여주는 시집이라 하겠다.

■

속표지

前衛詩人集
金光現
金尙勳
李秉哲
朴山雲
兪鎭五
序文 林和
金起林
跋文 吳章煥
裝幀 李周洪

■

판권

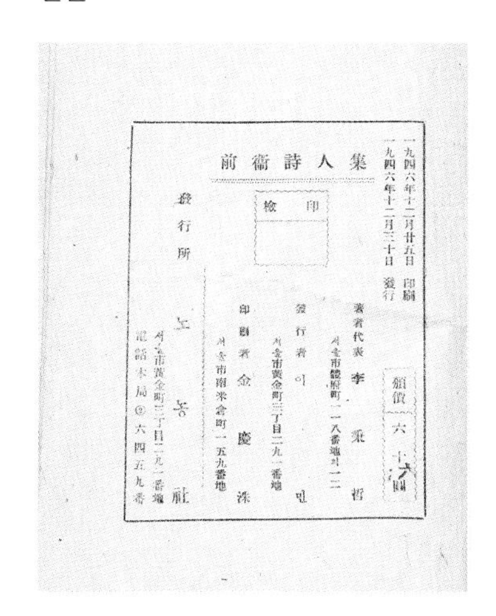
一九四六年十二月廿五日 印刷
一九四六年十二月三十日 發行
前衛詩人集
檢印
著者代表 李秉哲
서울市體府町一一八番地의二
發行者 이민
서울市黃金町三丁目二九一番地
印刷者 金慶洙
서울市南米倉町一五九番地
發行所 노농社
서울市黃金町三丁目二九一番地
電話本局② 六四五九番
定價 六十圓

059

■

병든 서울

病든 서울

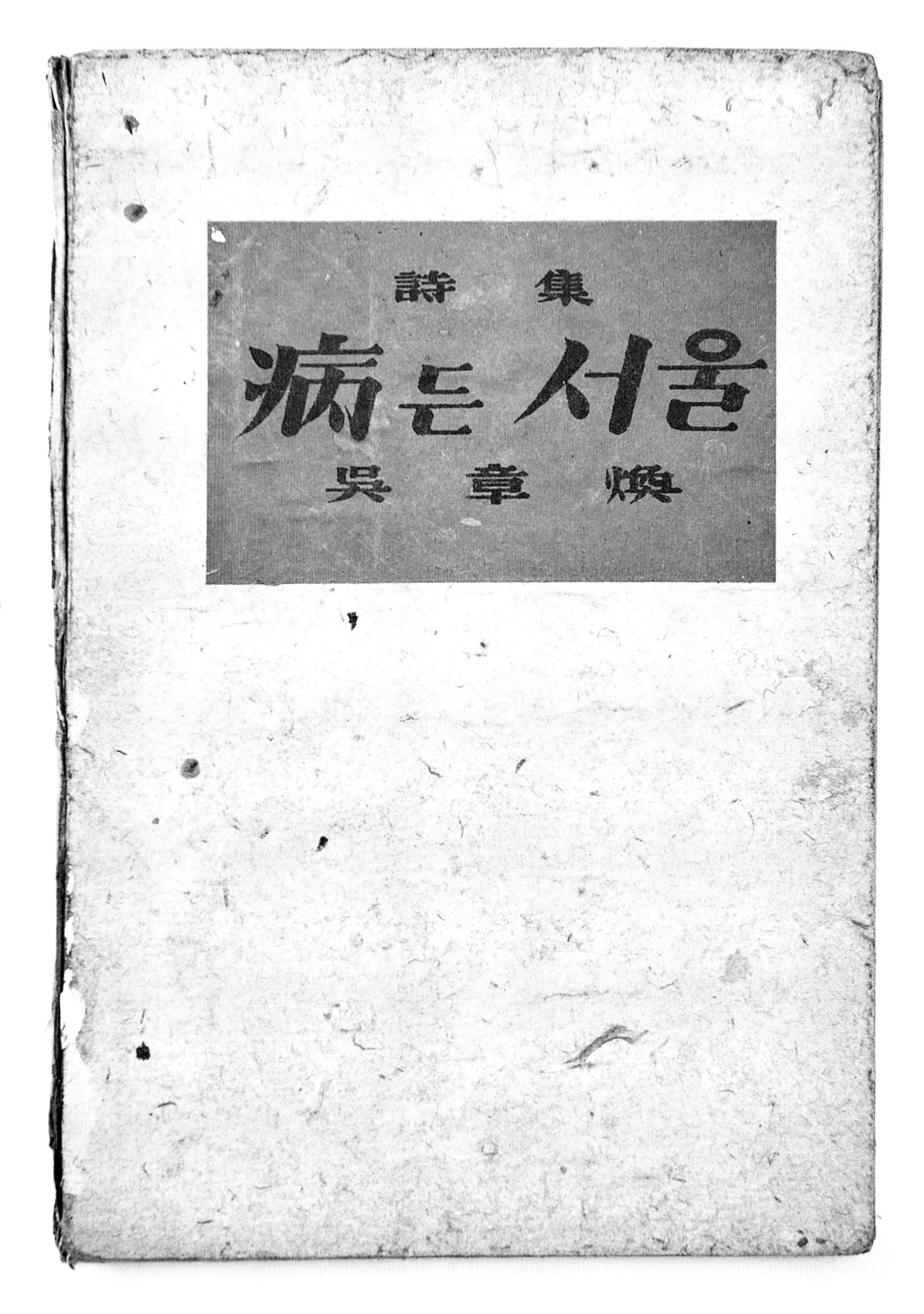

■

오장환(1918~미상)
정음사, 1946.
12×17.5cm
장정 이대원

『성벽』(1937)과 『헌사』(1939)가 비애와 퇴폐 정서에 바탕을 둔 1930년대 모더니즘의 결과물이었다면, 오장환은 제3시집 『병든 서울』(1946)을 통해 현실 참여를 전면화함으로써 모더니즘 시의 한계를 극복하려고 했다. 병실에서 이 시집의 서문을 쓰며 해방을 맞이한 오장환은 적극적인 자기 반성과 자기 갱신을 거쳐 시대현실에 적극적으로 대응하는 시인으로 거듭날 수 있었다. 정음사에서 이대원 장정으로 출판되었는데 김동석의 시집 『길』과 장정 구성이 같다.

속표지

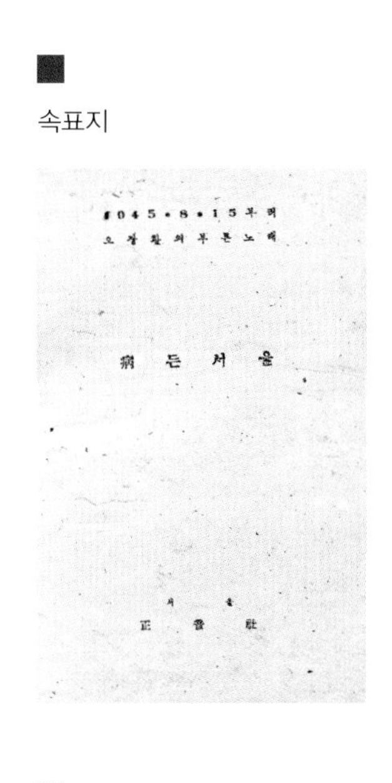

판권

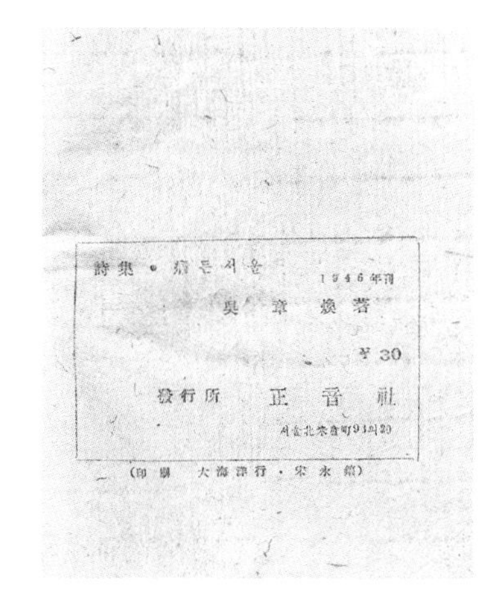

『에세닌시집』(1946) 표지

『에세닌시집』(1946) 저자 서명

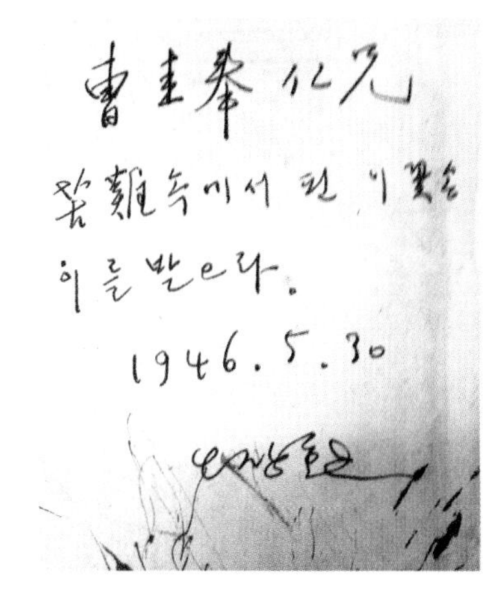

060

■

찬가

讚歌

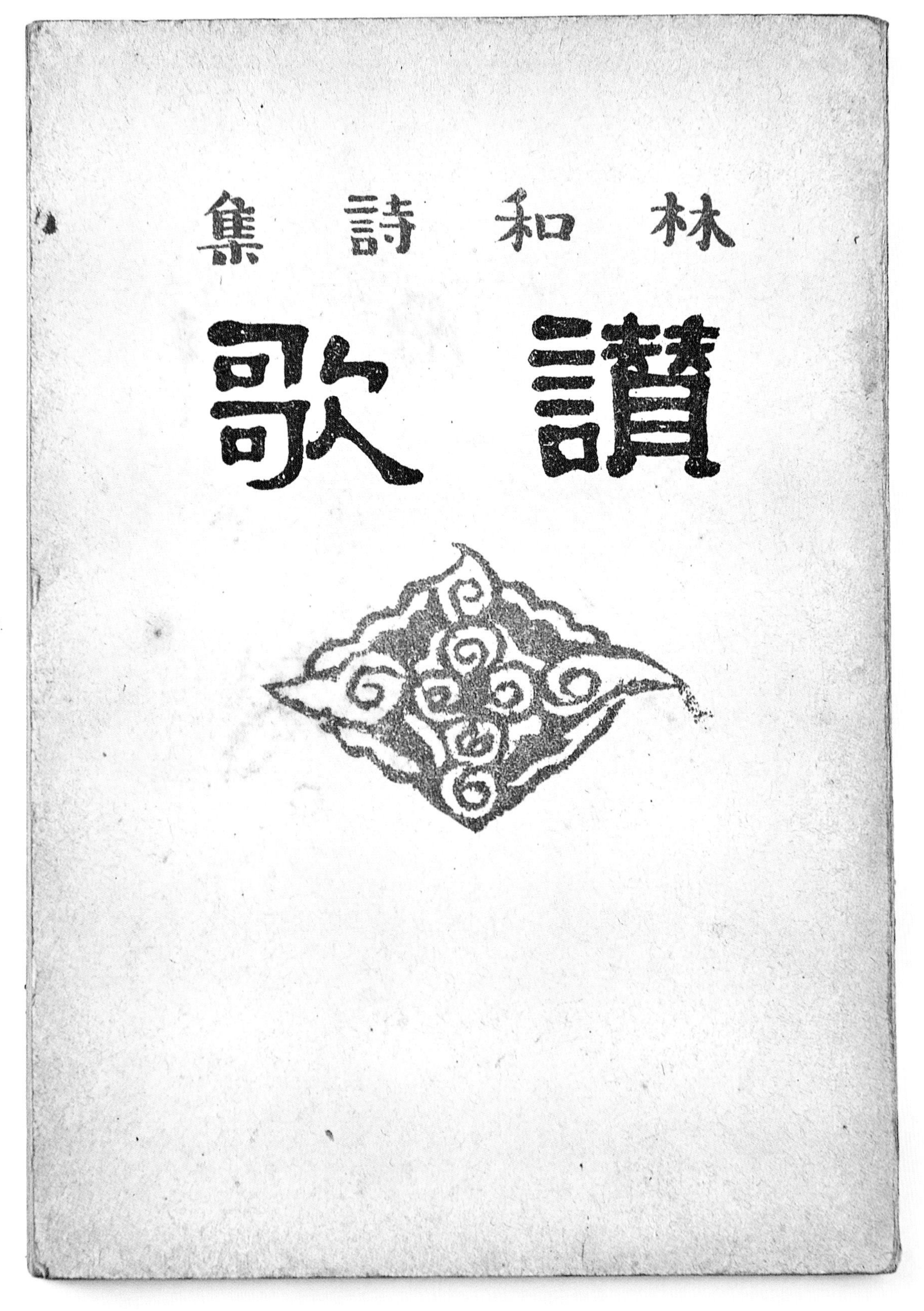

■

임화(1908~1953)
백양당, 1947.2.10.
12.7×18cm
장정 배정국

『찬가』(1947)는 『현해탄』(1938)에 이은 임화의 두 번째 시집이다. 제1부에 해방 이후 작품 15편을 넣고, 2부에는 해방 이전 작품 7편으로 꾸몄다. 출판 시기를 기준으로 삼으면 그 창작 시기는 1945년 8월부터 1946년 말까지로 볼 수 있는데, 1년 반 동안에 발표한 작품이 15편이라면 당시 상황에서 볼 때 결코 많은 숫자는 아니다. 내용면에서도 행사시로 볼 수 있는 작품들이 대부분이기 때문에 시세계와 연결시키기에 적합지 않다. 백양당 주인 배정국의 장정으로 5천 부를 발행하였는데, 3천5백 부가 팔린 1947년 5월 24일, 51쪽에 실린 「깃발을 내리자」가 문제가 되어 판매 중지되었고, 8월 10일에는 문제 되는 부분의 삭제를 조건으로 판매가 허락되었다고 한다.

■

속표지

■

판권

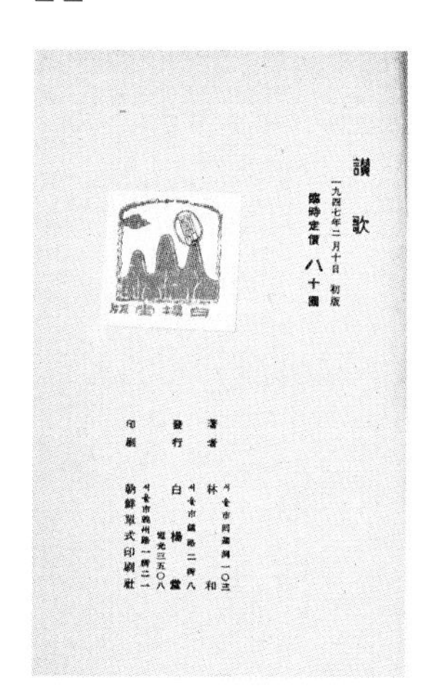
讚歌
一九四七年二月十日 初版
臨時定價 八十圓
著者 林和
發行 白楊堂
印刷 朝鮮單式印刷社

061

■

초적

草笛

■

김상옥(1920~2004)
수향서헌, 1947.4.15.
14×20.6cm
1,000부 한정본

『초적』(1947)은 김상옥의 첫 시조시집으로 1930년대 말부터 10여 년에 걸쳐 창작한 시조 40편이 수록되었다. 김상옥은 후기에서 일제강점기라는 비극적 상황에서 절통한 인욕의 날들을 견뎌내던 20대의 시절에, 이 겨레와 강토 및 글과 말에 대한 '염통에서 터져나온 피맺힌 사랑'으로 시조를 창작했음을 밝히고 있다. 조국과 민족에 대한 애정이 주조를 이루는 민족주의적 경향의 작품이 다수를 차지한다. 특히 일제강점기라는 특수한 시대적 상황에서 우리 민족의 자긍심을 북돋워 주는 문화재나 유적을 작품 소재로 삼아 민족문화 유산을 조명하려고 한 노력은 높이 평가된다. 이 시조집은 한국의 전통적 정서를 계승한 1940년대의 대표적인 시조집으로 자리매김되고 있다.

■

속표지

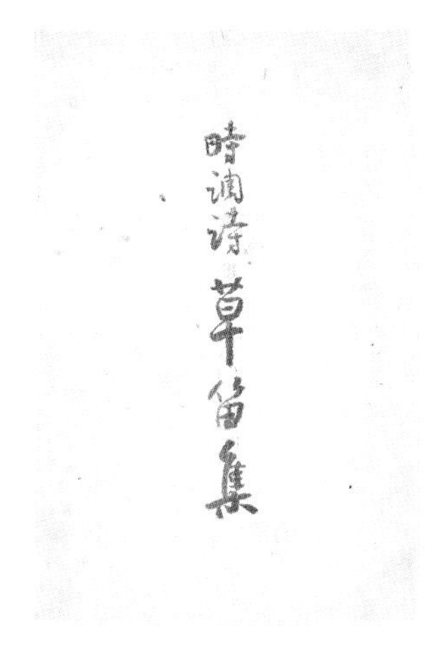

■

판권

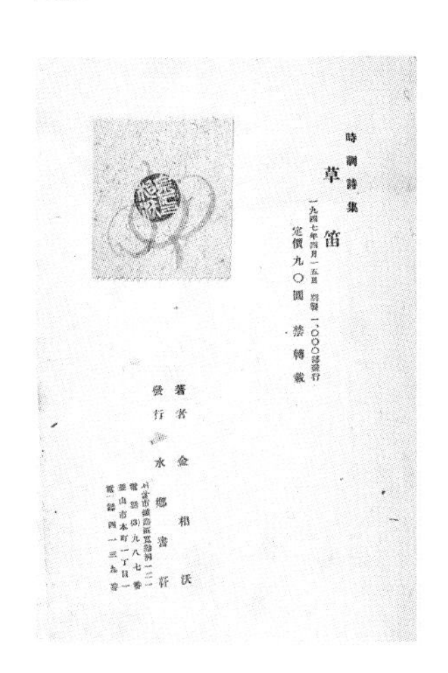
時調詩集
草笛
一九四七年四月一五日 印製 一,〇〇〇部發行
定價九〇圓 禁轉載
著者 金相沃
發行 水鄕書軒
서울市鍾路區寬勳洞一二一
電話(3)九八七番
釜山市本町一丁目一
電話西一三九番

062

■

오랑캐꽃

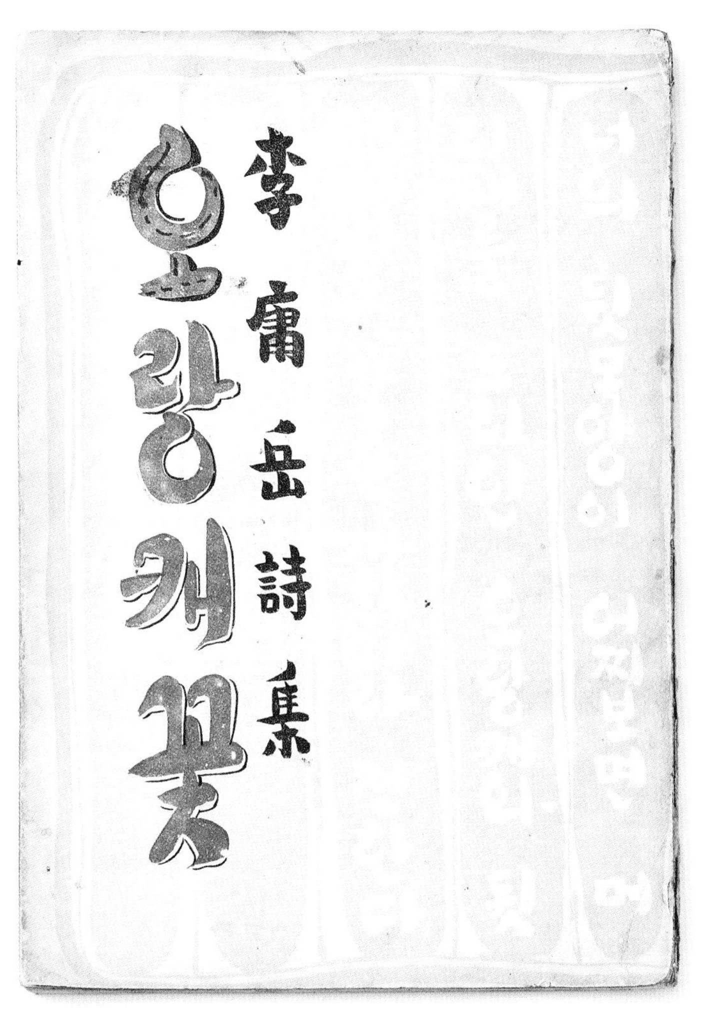

■

이용악(1914~1971)
아문각, 1947.4.20.
14.8×20.7cm
장정 김호현

이용악의 세 번째 시집 『오랑캐꽃』(1947)은 해방 후에 간행되었지만, 일제강점기 말기에 쓴 시편들을 묶은 것이다. 따라서 이 시기에 시인이 체험한 부끄러움과 슬픔 같은 내면 풍경이 여러 시편에 드러난다. 「전라도 가시내」와 「오랑캐꽃」 등은 이미 『분수령』(1937)과 『낡은 집』(1938)에서 제시한 바 있는 유이민의 비애를 한층 심화시켜 제시했으며, 「뒷길로 가자」, 「등을 동그리고」, 「죽음」 등에서는 암담한 현실 속에서 절망하며 부끄러움과 치욕을 느끼는 시적 주체가 등장하고 있다.

■
속표지

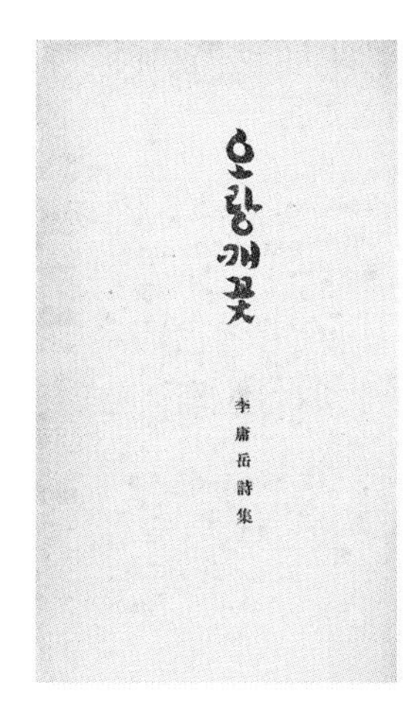

■
판권

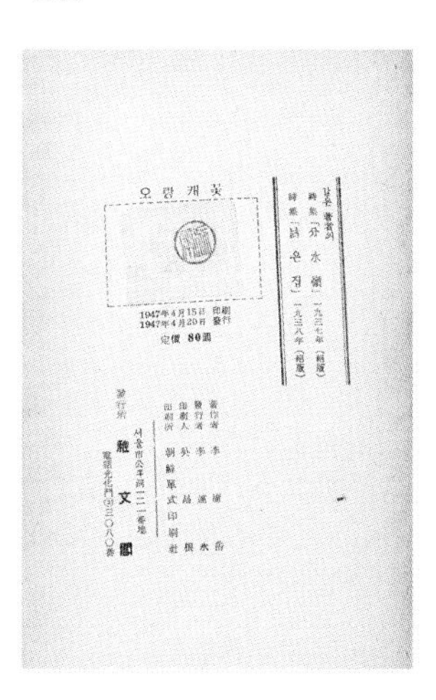

063

기항지

寄港地

김광균(1914~1993)
정음사, 1947.5.1.
12.6×18.3cm
장정 최재덕

김광균은 두 번째 시집 『기항지』(1947)를 통해 산뜻한 감각적 이미지와 신선한 비유를 활용하여 실존적 비애와 고독을 형상화함으로써 낭만적 이미지스트의 면모를 여실히 구축했다. “길은 한 줄기 구겨진 넥타이처럼 풀어져 / 일광의 폭포 속으로 사라지고”, “포플러나무의 근골 사이로 / 공장의 지붕은 흰 이빨을 드러낸 채 / 한 가닥 구부러진 철책이 바람에 나부끼고”(「추일서정」)에는 김광균의 시학이 잘 반영되어 있다.

속표지

詩集 寄港地

1947

서울 正音社 간행

판권

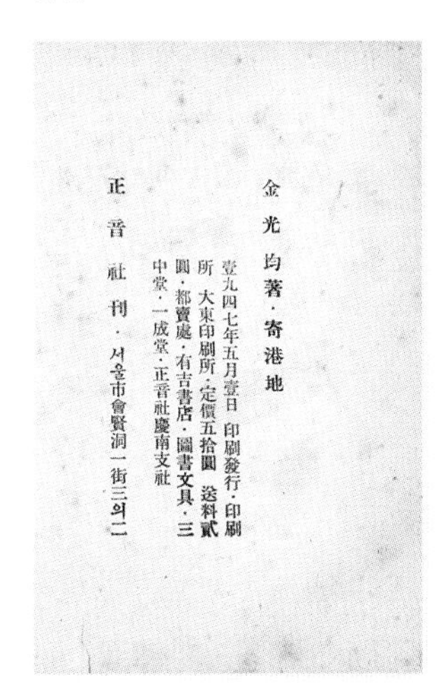
金光均著・寄港地

壹九四七年五月壹日 印刷發行・印刷所 大東印刷所・定價五拾圓 送料貳圓・都賣處・有吉書店・圖書文具・三中堂・一成堂・正音社慶南支社

正音社刊・서울市會賢洞一街三의二

『황혼가』(1957) 앞표지

064

조운시조집

曺雲時調集

조운(1900~미상)
조선사, 1947.5.5.
12.7×18.1cm
장정 이승만

조운은 3·1운동 가담 후 만주로 도피하여 후일 문단의 조력자이면서 매부가 된 최서해를 만났으며, 1924년부터 『조선문단』을 중심으로 『동아일보』 등에 시조를 본격적으로 발표했다. 조운은 시조의 형식면에서 새로움을 추구하여 자기화했으며, 내용면에서는 견고한 자기 세계를 바탕으로 전통적 심상을 변용하여 감정을 미묘하게 살려냈다. 윤곤강은 이러한 조운을 '현대 시조문학의 개척자로서 가장 빛나는 존재'라고 평가하였다. "투박한 나의 얼굴 / 두툴한 나의 입술 // 알알이 붉은 뜻을 / 내가 어이 이르리까 // 보소라 임아 보소라 / 빠개 젖힌 / 이 가슴"(「석류」 전문)

속표지

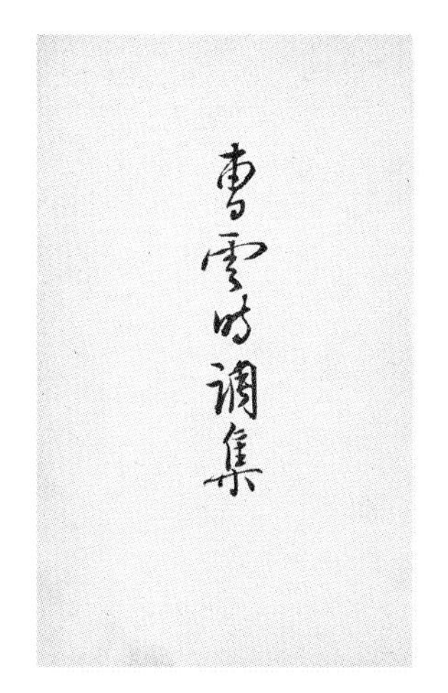

판권

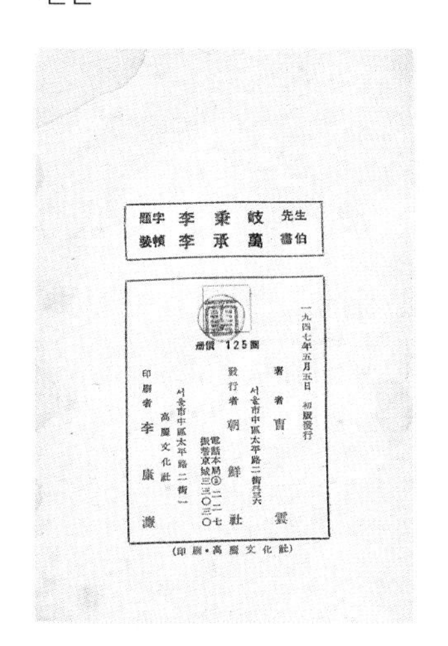

題字 李秉岐 先生
裝幀 李承萬 畫伯

一九四七年五月五日 初版發行
著者 曹雲
서울市中區太平路二街一三六
發行者 朝鮮社
電話本局② 二二二七
振替京城三三〇三〇
서울市中區太平路二街一
高麗文化社
印刷者 李康灝
冊價 125圓

(印刷·高麗文化社)

065

■

대열

隊列

■

김상훈(1919~1987)
백우서림, 1947.5.28.
14.1×18.6cm
장정 박문원

『대열』(1947)은 해방기의 전위시인인 김상훈이 낸 첫 시집이다. 초판은 백우서림에서 1947년 5월 28일에 출판되었는데, 시집의 원 제목은 '항쟁의 노래'였다. 추측건대 검열로 인해 개제한 듯하다. 그리고 1948년 6월 10일에는 장정을 달리하여 재판이 발행되었다. 임화의 「서문」과 유종대의 「후기」는 초, 재판이 동일하나 재판에는 저자의 서문이 추가되었다. 김상훈은 이 무렵의 전위시인 가운데에서도 가장 적극적이고 왕성한 활동을 펼친 시인이자 잡지편집인이며 번역문학자이다. "아아 언제나 樹林같이 젊고 씩씩한 노래를 지을 수 있을까요! 힘의 開花를 요구하는 인민의 손에 미숙한 과일을 쥐여주고 쓴웃음을 웃어야 하는 애교 없는 희극은 오늘 안으로 끝나야 할 것입니다……"(시인의 재판 서문)

■

앞표지(장정 박문원)

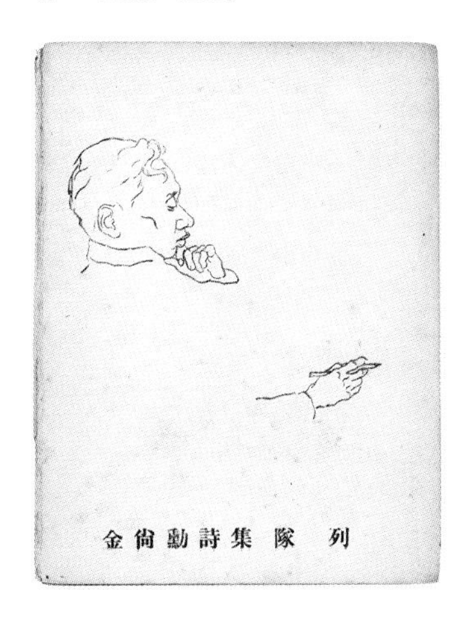

■

속표지

■

판권

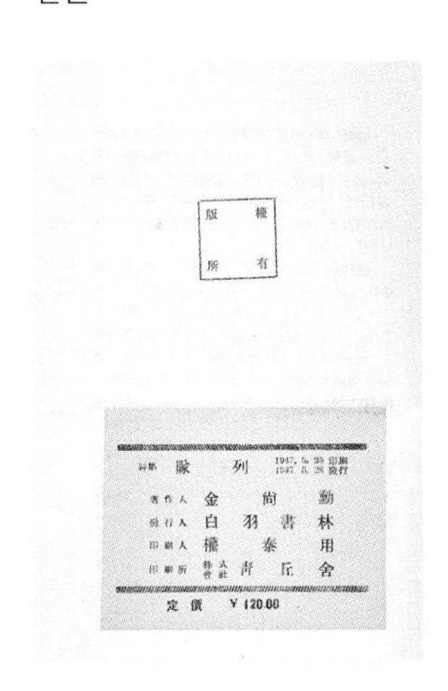
版權所有

詩集 隊 列 1947. 5. [illegible] 印刷 1947. 5. 28 發行

著作人	金 尙 勳
發行人	白 羽 書 林
印刷人	權 泰 用
印刷所	株式會社 靑 丘 舍

定價 ¥120.00

■

재판(1948) 앞표지(장정 박문원)

■

『가족』(1948) 앞표지

066

나 사는 곳

오장환(1918~미상)
헌문사, 1947.6.5.
14.8×20.2cm
장정 이수형,
표지판화 최은석,
내재화 이중섭

오장환의 네 번째 시집이지만 1939년부터 1945년까지의 작품들이 담겨 있어 창작 시기상 제3시집에 해당한다. 한마디로 1940년대 암흑기에 처한 오장환의 내면 기록인 것이다. 표제시의 「나 사는 곳」은 고향을 의미하는 것이 아니라 유랑의 삶을 살고 있는 현재적 장소로서 외로움과 눈물이 만연한 공간이다. 「나 사는 곳」(1947)은 『성벽』(1937)과 『헌사』(1939)에서 『병든 서울』(1946)이나 『붉은 기』(1950)로 이행되면서 발생하는 시 정신의 변화를 이해하는 단초를 제공한다. 큼지막한 본문 활자에 최은석의 판화 표지, 이중섭의 원색 내제화로 꾸며진 아름다운 시집이다.

속표지

판권

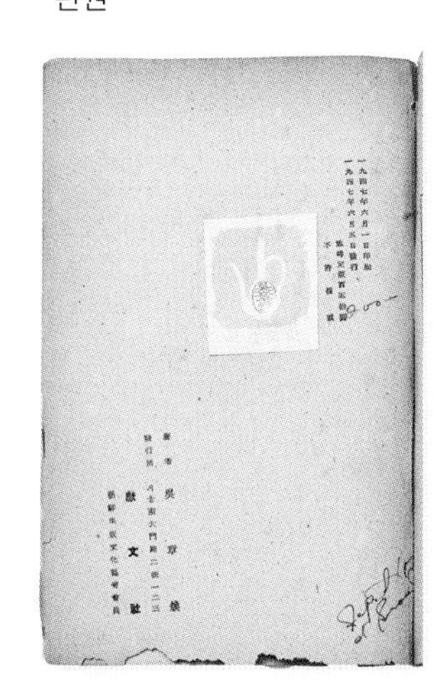

저자 서명

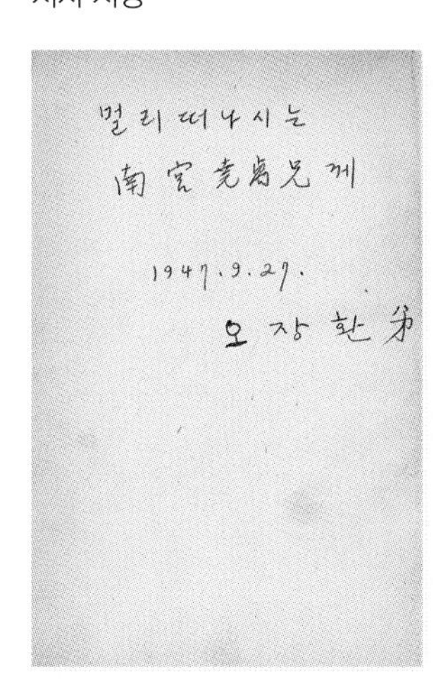

내재화(이중섭)

067

■

생명의 서

生命의 書

■

유치환(1908~1967)
행문사, 1947.6.20.
12.4×18.7cm

유치환의 두 번째 시집 『생명의 서』(1947)는 해방 후 간행되었지만, 일제강점기 말에 창작된 것들이 대종을 이룬다. 제1부는 주로 저자의 유년기 체험과 허무의식의 바탕 위에서 근원적인 생명의 의지를 노래한 작품들이고, 제2부는 1930년대 말에서 1940년대 초에 걸친 이른바 '북만주 체험'을 작품화한 것들이다. 저자는 서문에서 제2부에 수록된 북만주 체험의 시편들에 대하여 특별한 애착을 느낀다고 술회했지만, 제1부에도 「바위」와 「생명의 서」와 같은 대표작들이 실려 있다.

■

속표지

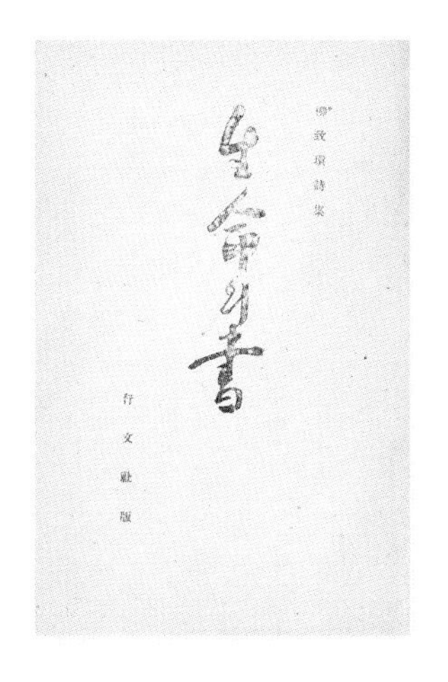

■

판권

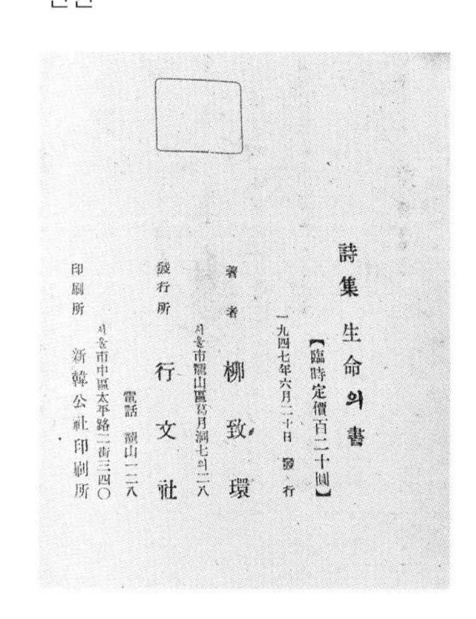
詩集 生命의 書
【臨時定價百二十圓】
一九四七年六月二十日 發行
著者 柳致環
서울市龍山區[illegible]月洞七의二八
發行所 行文社
電話 龍山一二八
서울市中區太平路二街三四〇
印刷所 新韓公社印刷所

■

『울릉도』(1948) 앞표지

■

『청령일기』(1949) 앞표지

068

■

슬픈 목가

슬픈 牧歌

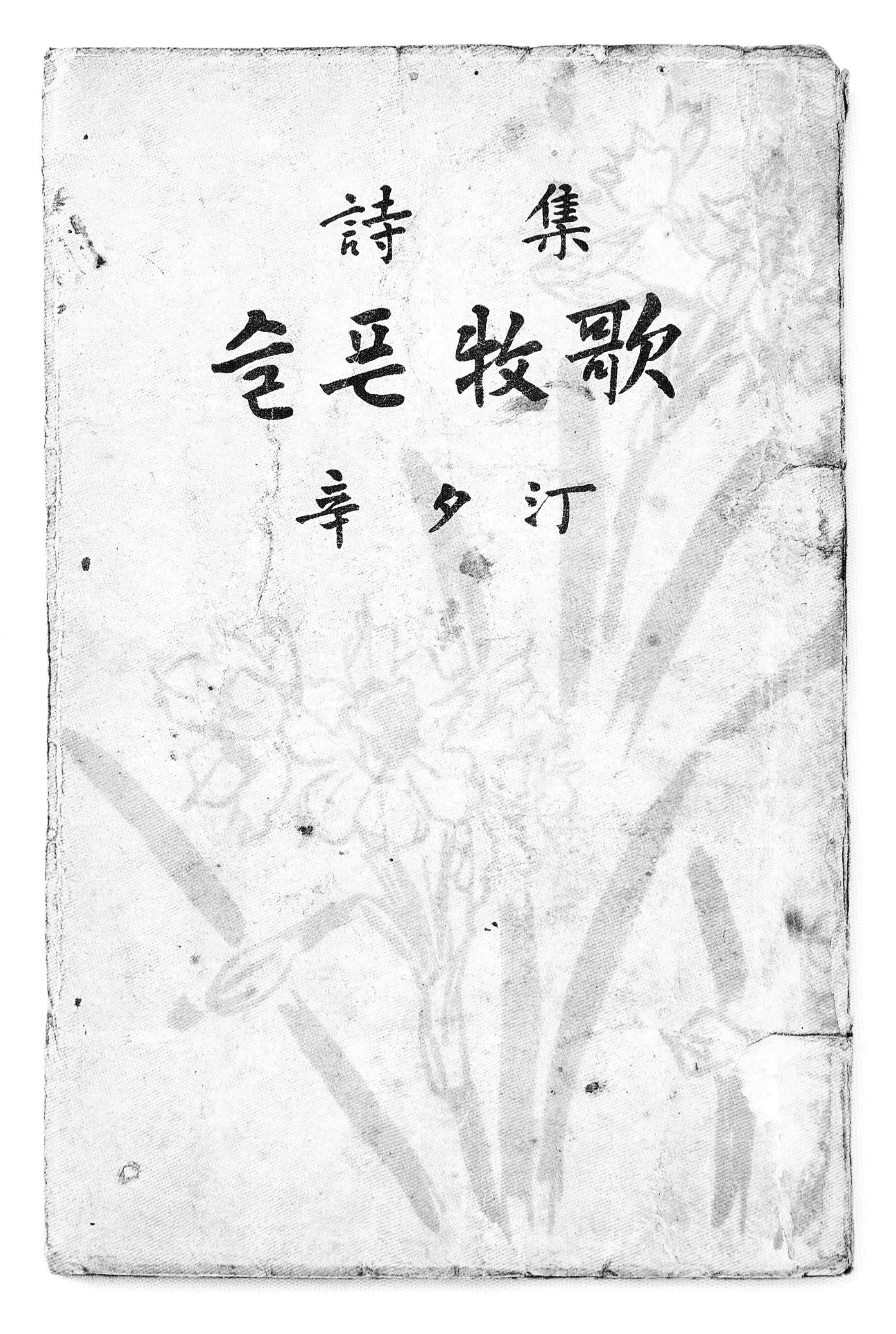

■

신석정(1907~1974)
낭주문화사, 1947.7.25.
12.4×18.7cm
장정 홍우백

신석정의 두 번째 시집 『슬픈 목가』(1947)는 해방 후에 간행되었지만, 수록된 시편들의 일제강점기 말에 창작된 것들이 대종을 이룬다. 초월적 유토피아를 갈망하던 시적 주체(『촛불』)가 현실을 수용하는 모습으로 변모해가는 과정을 확인할 수 있다. "꽃 한 송이 피어낼 지구도 없고 / 새 한 마리 울어줄 지구도 없고 / 노루새끼 한 마리 뛰어다닐 지구도 없"(「슬픈 구도」)기 때문에 시적 주체는 유토피아를 꿈꾸던 세계에서 물러나 절망적인 현실을 인식해야 하는 존재론적 비극성과 마주하게 된다.

■ 속표지

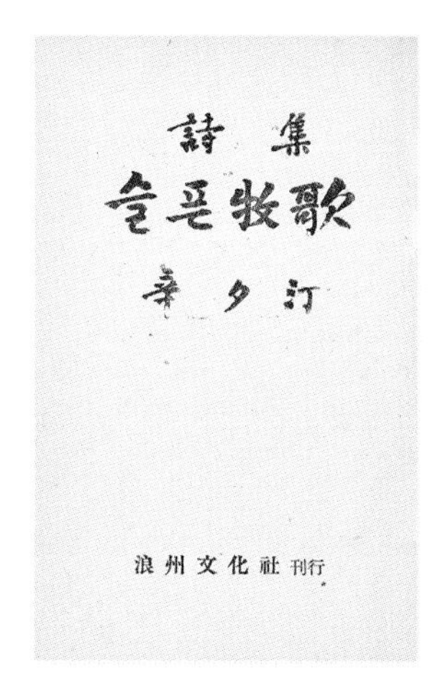
詩集
슬픈牧歌
辛夕汀
浪州文化社 刊行

■ 판권

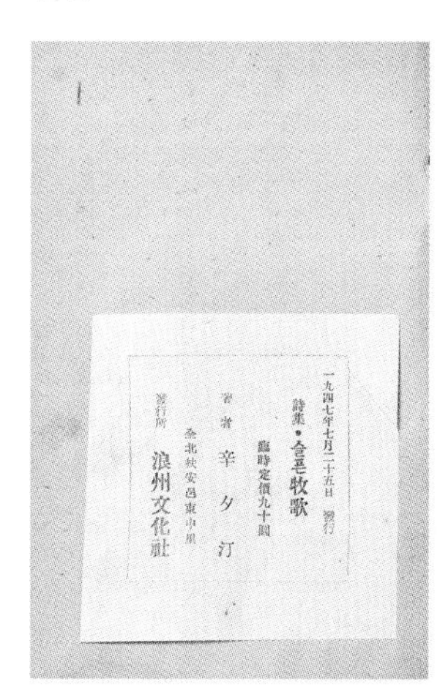
一九四七年七月二十五日 發行
詩集 · 슬픈牧歌
臨時定價九十圓
著者 辛夕汀
全北扶安邑東中里
發行所 浪州文化社

■ 『빙하』(1956) 앞표지

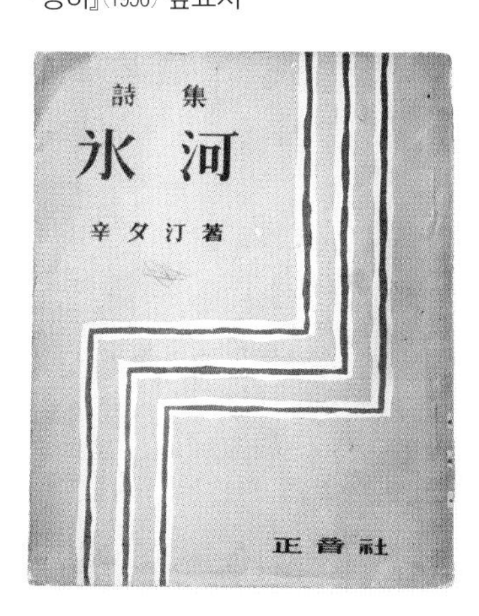

■ 『산의 서곡』(1967) 앞표지

069

창

窓

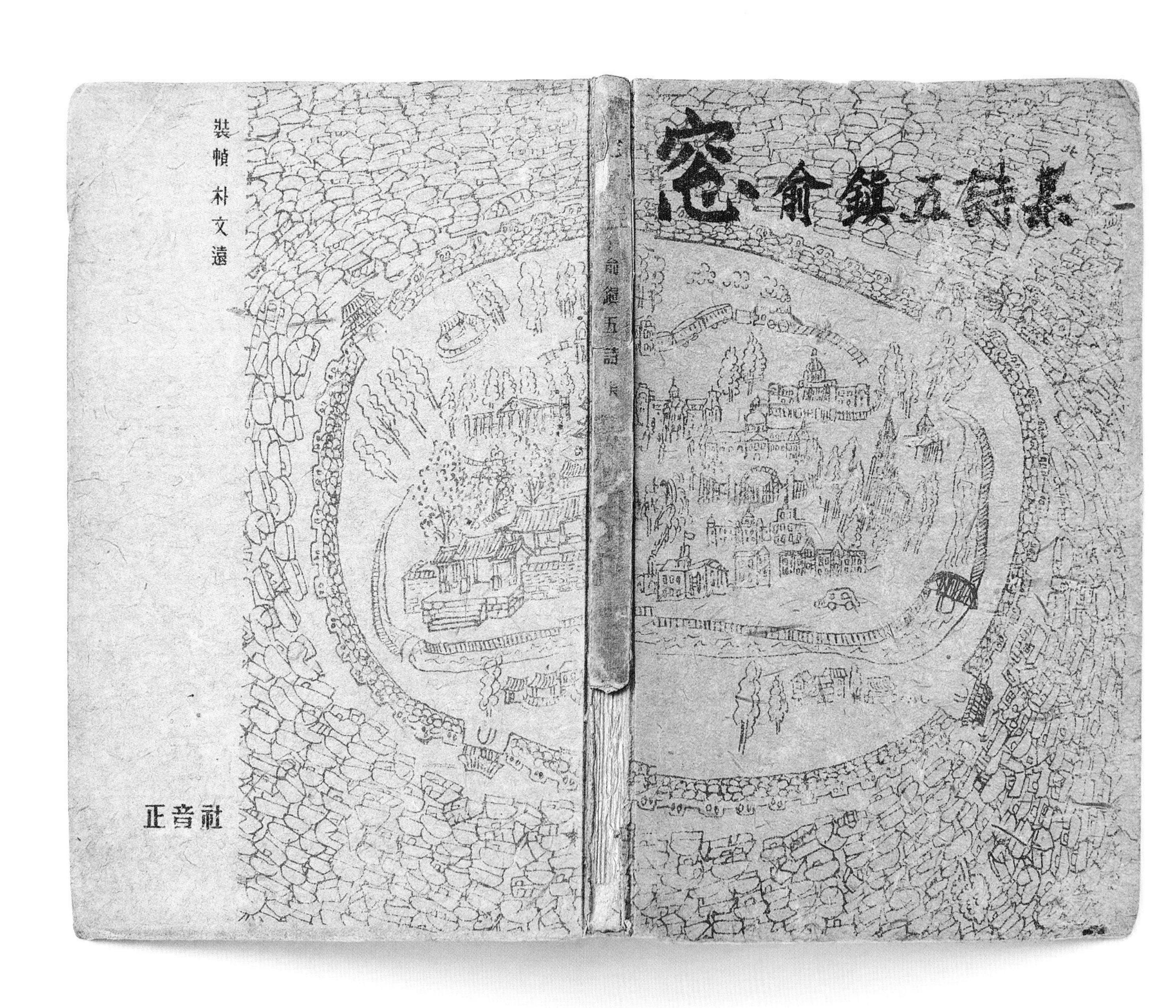

■

유진오(1922~1950)
정음사, 1948.1.30.
13×18.6cm
장정 박문원

김광현, 김상훈, 박산운, 이병철 등과 함께 합동시집 『전위시인집』(1946)을 간행하여 정치적, 문학적 전위를 형성한 유진오는 『창』(1948)을 통해 민족의식과 시적 주체의 서정을 통합시킨 시편을 선보임으로써 전위시인들 중 가장 독자적인 지위를 획득했다. 박문원의 장정이 돋보이는 이 시집의 발문에서 유진오는 "투철한 민주주의자가 된다는 것은 인민을 위한 전사가 되는 것이다. 나의 시다운 시는 금후의 과제다"라고 썼다. 이 발문대로 유진오는 1949년 남로당계 유격대 활동 중 체포되었고, 한국전쟁 발발과 함께 사형당하고 만다.

속표지

판권

070

■

하늘과 바람과 별과 시

하늘과 바람과 별과 詩

■

윤동주(1917~1945)
정음사, 1948.1.30.
12.5×18.7cm
장정 이정(이주순)

윤동주의 『하늘과 바람과 별과 시』(1948)는 유족과 친우 강처중이 유고를 모아 간행한 시집으로, 앞표지는 갈포로 꾸며졌고 그 위에 이정의 목판화를 인쇄한 재킷을 덧씌웠다. 「서시」에는 깊은 자아 성찰과 자아의 실존 의식이 담겨있고, 「자화상」에는 자기 확인-자기 혐오-자기 연민-자기 긍정의 동일화 과정이 나타나며, 「별 헤는 밤」에는 부끄럼을 자랑으로 바꾸는 전이 과정이 제시되었다. 『하늘과 바람과 별과 시』는 이러한 실존적 존재의 전이 양상을 구현한 시집이다.

앞표지와 책등

앞표지

속표지

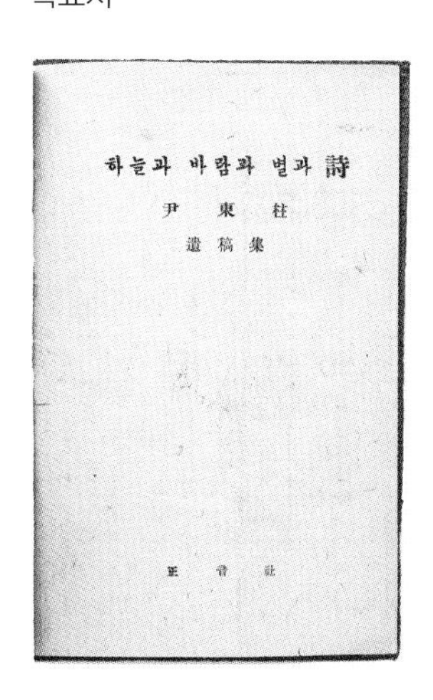
하늘과 바람과 별과 詩
尹 東 柱
遺 稿 集

판권

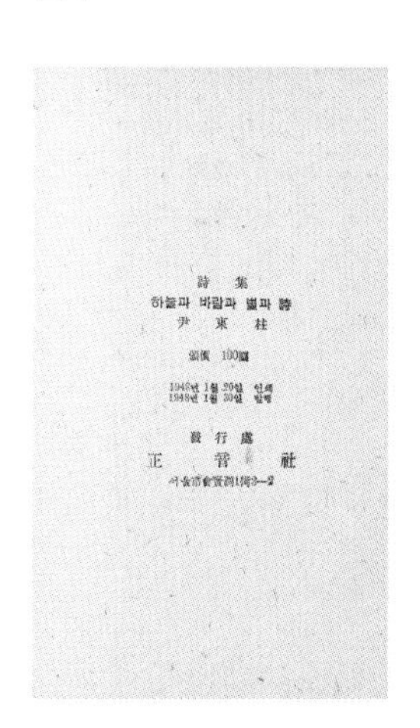
詩 集
하늘과 바람과 별과 詩
尹 東 柱
定價 100圓
1948년 1월 20일 인쇄
1948년 1월 30일 발행
發行處
正 音 社

071

■

귀촉도

歸蜀途

■

서정주(1915~2000)
선문사, 1948.4.1.
12.4×18.1cm
장정 김영주

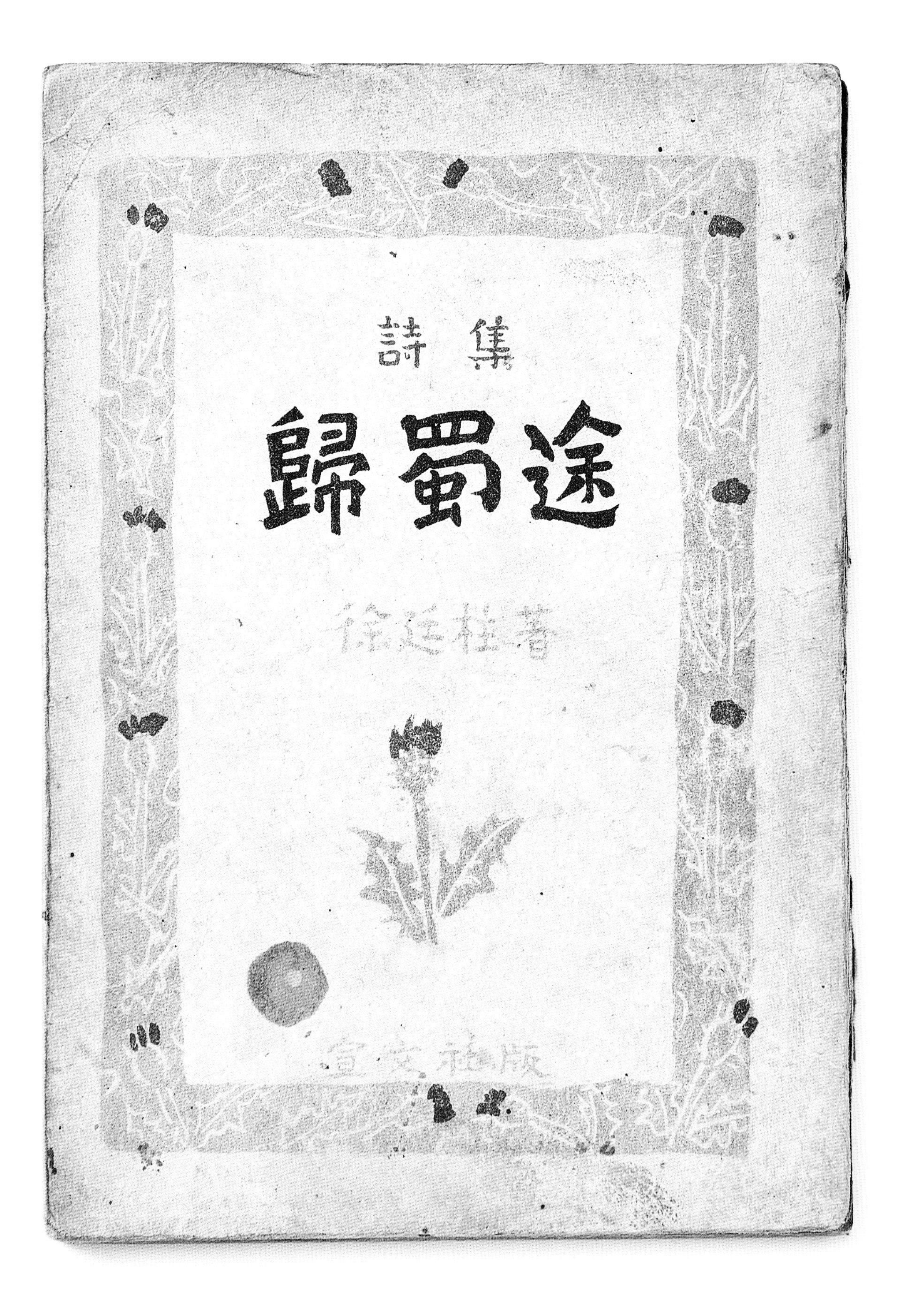

서정주의 두 번째 시집 『귀촉도』(1948)는 첫 시집 『화사집』(1941)에서 보여주었던 고열한 생명에의 탐구 정신에서 한발 물러나 찬찬히 자기 자리를 확인해보고 조용히 자기를 다스리는 자세를 내면화한 점이 특징적이다. 즉 서정주는 이 시집을 통해 원죄의 형벌에서 몰락하지 않고 다시 살아나는 재생의 노래를 부르고 있는 동시에, 한국적 정서의 원형 혹은 이상형을 찾는 노력을 기울이고 있다. 이러한 변화를 잘 보여주고 있는 작품으로 "차마 아니 솟는 가락 눈이 감겨서 / 제 피에 취한 새가 귀촉도 운다 / 그대 하늘 끝 호올로 가신 임아"(「귀촉도」)를 들 수 있다.

■

속표지

■

판권

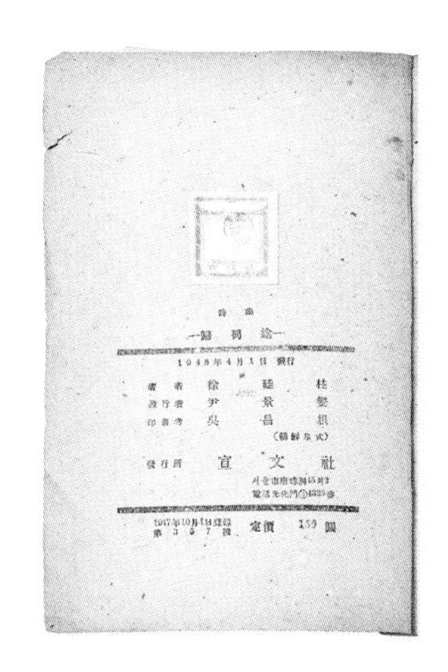
詩集
—歸蜀途—
1948年4月1日 發行
著者 徐廷柱
發行者 尹景燮
發行所 宣文社
定價 圓

■

『신라초』(1961) 앞표지

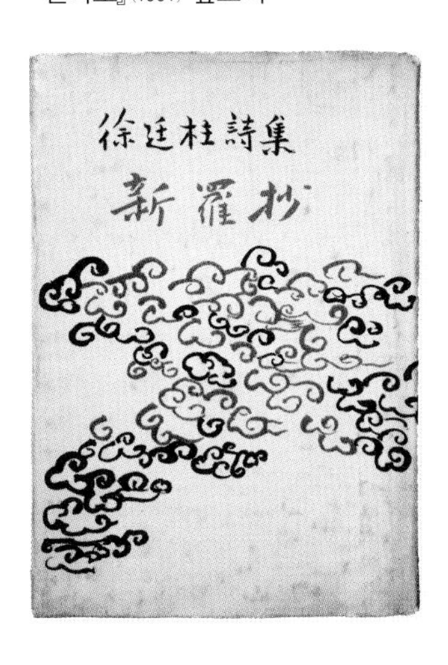

■

『동천』(1968) 앞표지

072

지열

地熱

조벽암(1908~1985)
아문각, 1948.7.25.
12.4×17.6cm
장정 김만형,
제자 배정국,
내제화 손영기

조벽암(본명 조중흡)은 포석 조명희의 조카로 경성제대에 진학하며 소설과 시를 발표하였다. 첫 시집 『향수(鄕愁)』(1938)의 세계를 '젊음의 방황과 자기 중심적 관념'이라고 한다면 제2시집 『지열』(1948)에서는 엄청난 변화를 보여 '인민적 진실과 조국적 진실이 한 덩어리가 되어가'는 양상을 형상화했다. 이 시집을 인민에게 다가가는 고백이라고 스스로 밝힌 것처럼, 시인에게 해방은 새로운 세계에 대한 전망을 가능하게 하는 동력으로 작용했을 것이다. 1949년 9월 월북했으며 1957년 『벽암시선』을 냈다.

■

속표지(내제화 손영기)

詩集

地熱

趙碧岩 著

■

판권

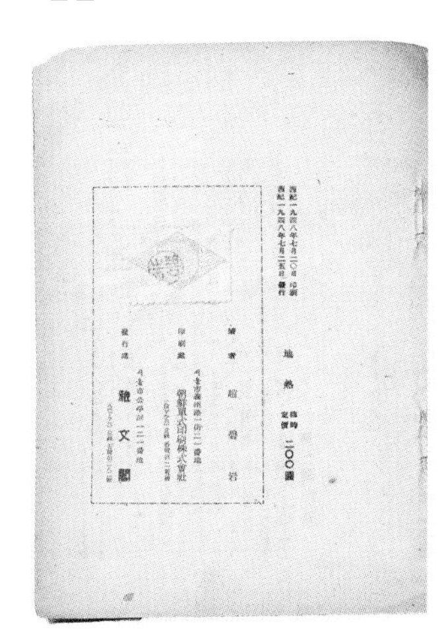

西紀一九四八年七月二〇日 印刷
西紀一九四八年七月二五日 發行

地熱 定價 二〇〇圓

著者 趙碧岩

印刷處

發行處 雅文閣

073

■

새벽길

■

최석두(1917~1951)
조선사, 1948.8.10.
12.7×18.8cm
표지 최은석

『새벽길』(1948)은 해방기 전위시인의 한 사람인 최석두의 유일한 시집이다. 시집의 장정을 맡은 최은석이 판화로 표지와 내제화를 구성했다. 최석두는 경성사범 시절 시집의 발문을 쓴 작곡가 김순남과 교유했다. 경기도 여주에서 교편을 잡았으나 독서회사건으로 투옥되기도 했다. 해방 후에는 사회주의 문학활동에 앞장섰으며, 조벽암과 김순남의 도움으로 첫 시집 『새벽길』을 냈다. 1949년 서대문형무소에 투옥되었으나 한국전쟁 발발로 풀려났다. 평양으로 올라간 뒤로는 문화선전성의 일을 보던 중 1951년 미군 목격으로 사망했다. 1957년 평양에서 같은 제목의 유고시집이 나왔다.

■

속표지

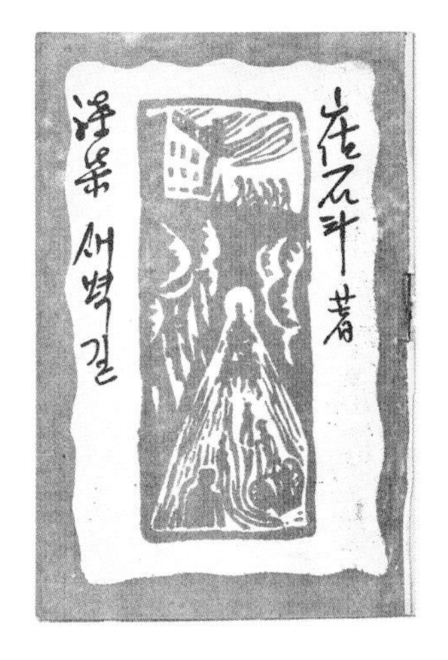

■

판권

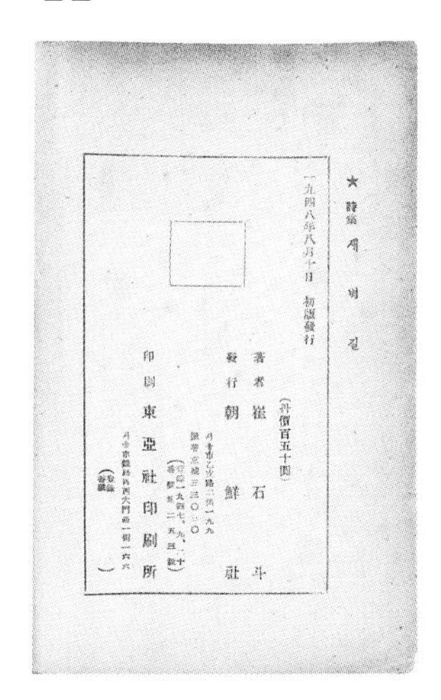
★ 詩集 새벽길

一九四八年八月十日 初版發行

(定價百五十圓)

著者 崔石斗

發行 朝鮮社

印刷 東亞社印刷所

074

옥문이 열리든 날

獄門이 열리든 날

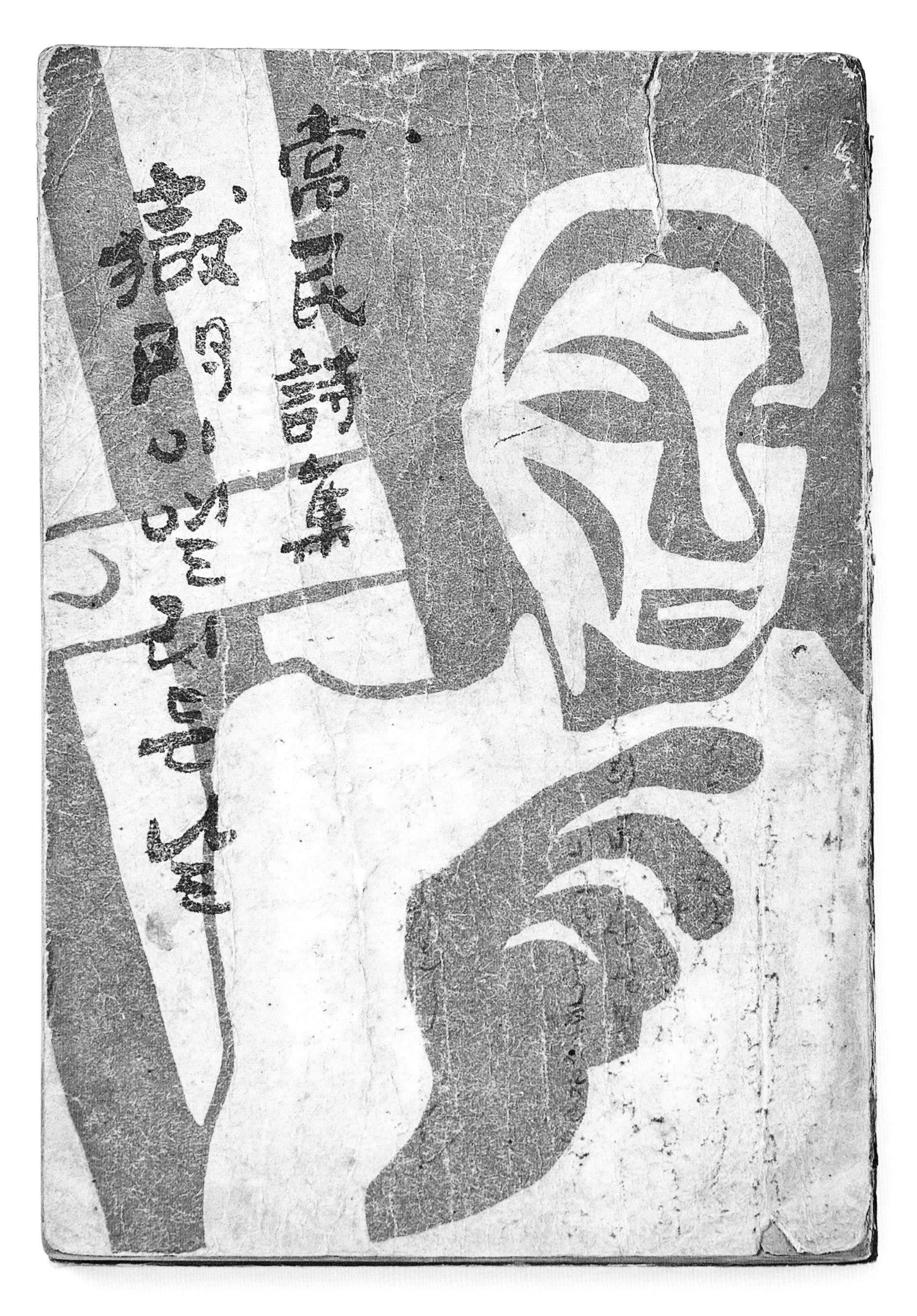

상민
(정기섭, 1921~미상)
신학사, 1948.9.10.
12.4×17.8cm
표지 최은석

『옥문이 열리든 날』(1948)은 해방기 전위시인 상민(본명 丁驥燮)의 유일한 시집이다. 휘문중학 시절 정지용에게 시를 익혔고, 가형 정준섭, 시인 김상훈 등과 항일운동을 하다가 구속되어 해방 후 풀려났다. 표제시 「옥문이 열리든 날」은 이 때의 이야기를 다룬 단형서사시이다. 이 시집에 실린 시들은 이러한 서사적 경향성을 띠면서 당대 삶을 제시하여 시적 리얼리즘을 성취하였다. 발문을 쓴 김상훈에 의하면 상민이 발군산 항일대 시절에도 왜적타도의 시를 써서 동료들에게 낭독해주는 모습을 보고 시가 혁명의 추친력이 되는 것을 확인하였다고 한다. 장정을 맡은 최은석의 표지화가 매우 인상적이다.

■

속표지

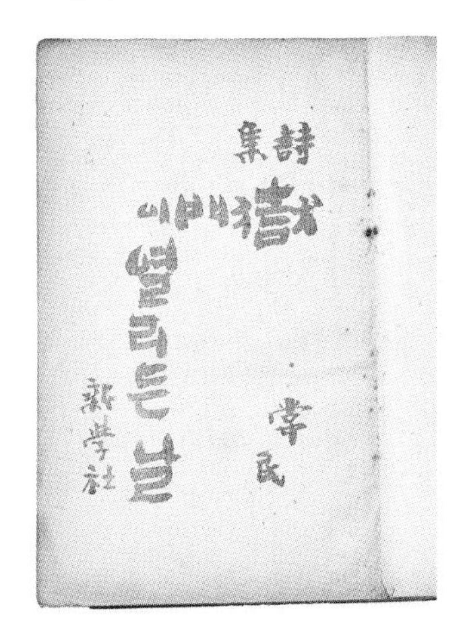

■

판권

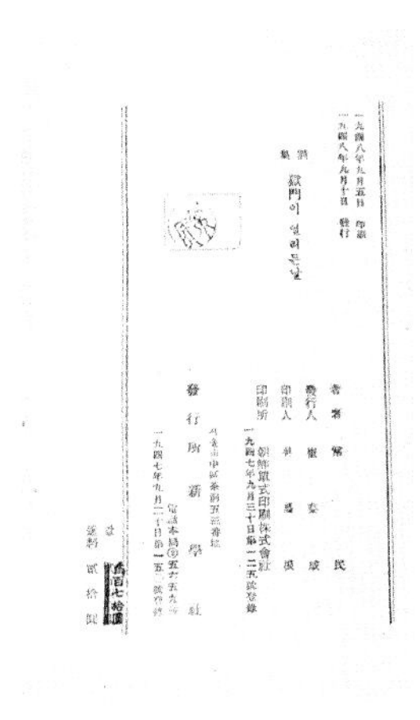

075

■

제신의 분노

諸神의 憤怒

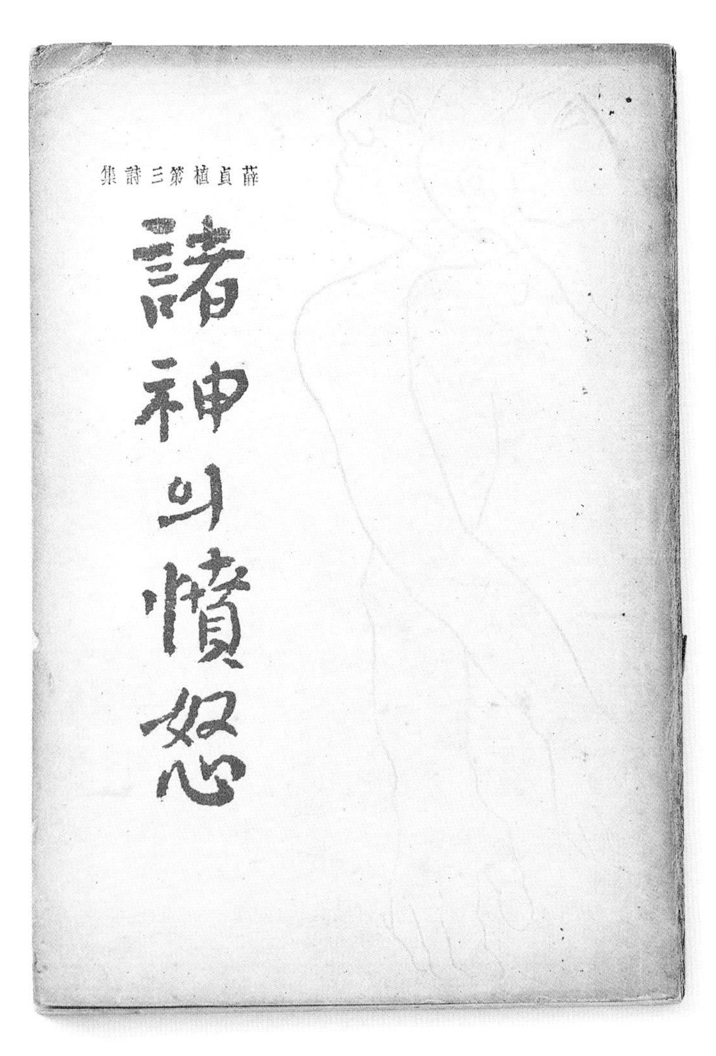

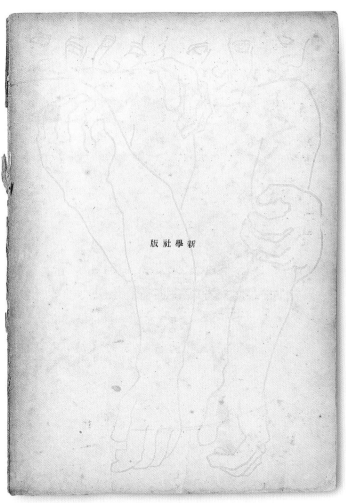

■

설정식(1912~1953)
신학사, 1948.11.18.
12.7×18.4cm
장정 박문원

설정식은 해방 이후 『종』(1947), 『포도』(1948), 『제신의 분노』(1948) 등 세 권의 시집을 잇달아 출간했다. 세 권 모두 독백조의 주관적이고 관념적인 목소리로 민족의 운명과 민족국가의 건설을 노래하고 있는데, 특히 『제신의 분노』에서는 예언자적 목소리를 들을 수 있다. 표제시 「제신의 분노」는 구약성서 아모스서 제5장 제2절을 인용하며 시작되는데, 성경의 알레고리를 빌려 해방기 현실에 대한 분노와 민족국가 수립의 과제를 예언자적 목소리로 전달한 설정식의 대표작이다.

■

속표지

諸神의 憤怒

■

내제판화

■

판권

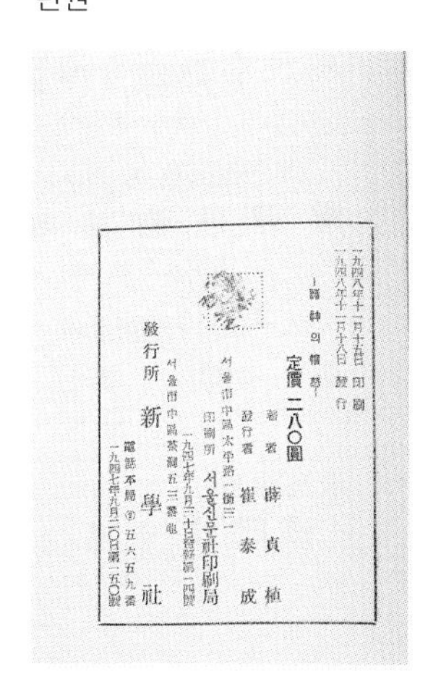
一九四八年十一月十五日 印刷
一九四八年十一月十八日 發行
—諸神의 憤怒—
定價 二八〇圓
著者 薛貞植
發行者 崔泰成
서울市中區太平路一街三一
印刷所 서울신문社印刷局
一九四七年九月三十日登錄第一四號
發行所 新學社
서울市中區茶洞五三番地
電話本局(2)五六五九番
一九四七年九月二〇日第一五〇號

■

『종』(1947) 앞표지

■

『종』(1947) 속표지

■

『포도』(1948) 앞표지

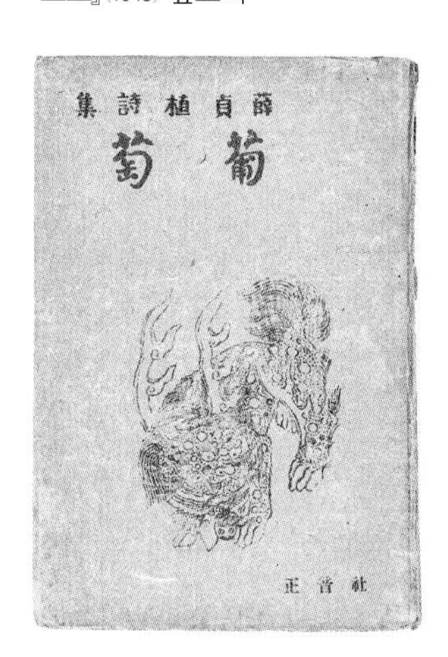

076

이상선집

李箱選集

이상(1910~1937)
백양당, 1949.3.31.
12.6×18.5cm
제자 조병준

이상(본명 김해경)은 김기림, 김광균 등과 1930년대 모더니즘 시운동을 주도했으나, 요절한 탓에 생전에 작품집을 남기지 못했다. 그런 점에서 김기림이 편집한 유고집 『이상선집』(1949)은 그의 첫 작품집이 된다. 살아서 이상은 김기림의 첫 시집 『기상도』(1936)의 장정을 담당했는데, 사후 십여 년이 지나고 나서 김기림으로부터 자신의 첫 작품집을 헌정받은 셈이다. 『이상선집』에는 「날개」와 「봉별기」 등 창작 3편, 「오감도」와 「거울」 등 시 9편, 「공포의 기록」과 「권태」 등 수상 6편이 수록되었다. 문학성만으로 본다면 마땅히 시집100년의 베스트10에 들어가야 하지만 작품집이 늦게 나와서인지 선정되지 못하였다. 1956년 고대문학회에서 『이상전집 1 창작집, 『이상전집 2 시집』, 『이상전집 3 수필집』이 편찬됨으로써 이상 문학은 사후 20년 만에 그 전체적인 규모를 갖출 수 있었다.

■
속표지

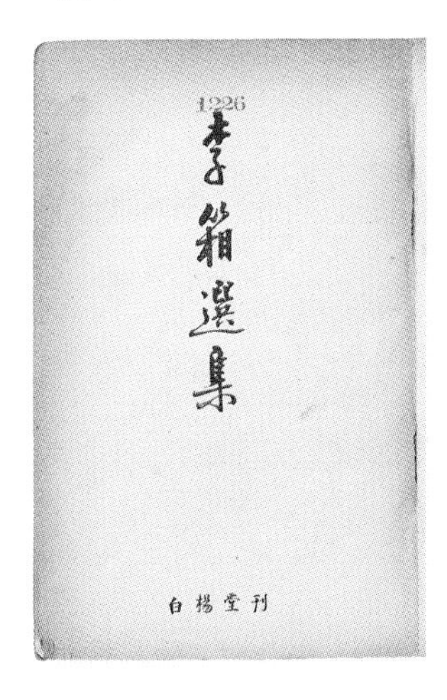

■
판권

■
저자 사진

077

새로운 도시와 시민들의 합창

새로운 都市와 市民들의 合唱

김경린 박인환 임호권
김수영 양병식
도시문화사, 1949.4.5.
15.3×21.7cm

해방 직후의 박목월, 조지훈, 박두진은 『청록집』(1946)을 통해 자연적 서정의 세계를 구축했으며, 김광현, 김상훈, 이병철, 박산운, 유진오는 『전위 시인집』(1946)을 펴내 인민 정서에 파고들었다. 이와는 별도로 김경린, 임호권, 박인환, 김수영, 양병식은 『새로운 도시와 시민들의 합창』(1949)을 새로운 도시적 감수성의 출발점으로 삼았다. "전환하는 역사의 움직임을 모더니즘을 통해 사고"할 목적으로 '매혹의 연대' 편에는 김경린의 시 5편, '잡초원' 편에는 임호권의 시 5편, '장미의 온도' 편에는 박인환의 시 5편, '명백한 노래' 편에는 김수영의 시 2편과 별도로 양병식의 번역시 3편을 실었다. 이들 중 박인환과 김수영은 『박인환선시집』(1955)과 『달나라의 장난』(1959)으로 1950년대 모더니즘 시운동을 이끌었다.

■

속표지

新詩論詩集

■

판권

新詩論詩集・새로운都市와市民들의合唱

4282年4月1日印刷
4282年4月5日發行 ・定價 350圓

著作代表 金璟麟
發行者 洪性晉
4282年2月14日登錄番號816號
서울市龍山區葛月洞8의12

都市文化社・刊行

印刷處 國立圖書館館友會出版處
4280年9月30日登錄番號151號

078

■

해

■

박두진(1916~1998)
청만사, 1949.5.15.
14.5×19.7cm
장정 김용준

박두진은 청록파 3인 가운데 가장 먼저 개인 시집인 『해』(1949)를 냈다. 표제시 「해」는 '어둠, 눈물, 달밤'을 지양하고 '해, 청산, 사슴'과 함께 하는 공존의 세계를 노래했는데, 이러한 '정신적 비약은 분명히 기독교적 메시아적 사상이 아닐 수 없다"(김동리 「跋」) 아울러 박두진의 시는 독특한 운율 구조를 갖추고 있어 리드미칼하면서 밝고 빛나는 분위기를 형성하고 있다. 김용준이 장정을 아름답고 꾸몄고, 겹장 방식으로 본문을 구성하여 청만사에서 간행되었다.

■

속표지

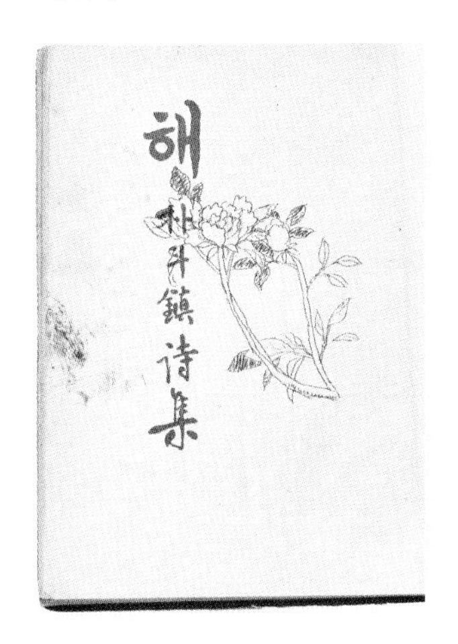

■

판권

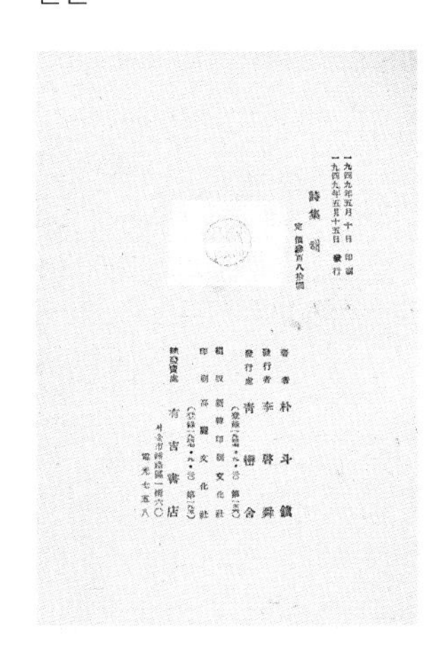
一九四九年五月十日 印刷
一九四九年五月十五日 發行
詩集 해
著者 朴斗鎭

■

저자 서명

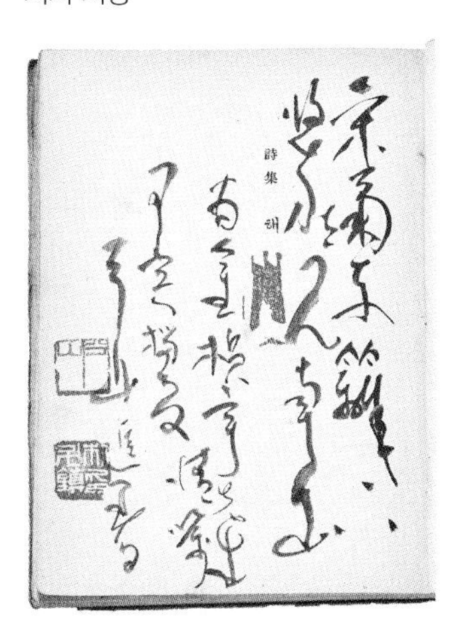

■

『오도』(1953) 앞표지(변종하 장정)

■

『박두진시선』(1956) 앞표지(변종하 장정)

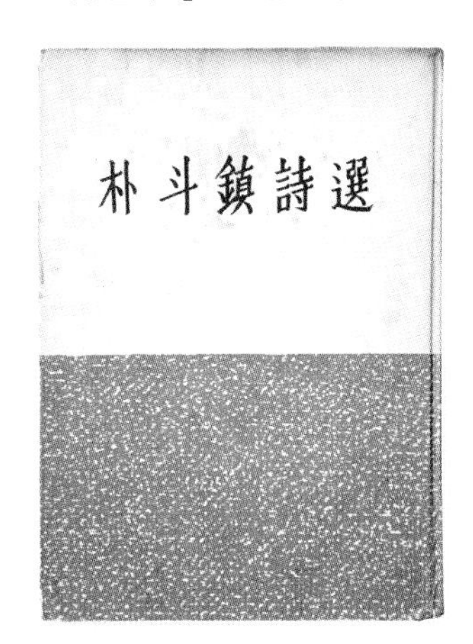

079

■

한하운시초

韓何雲詩抄

■

한하운(1920~1975)
이병철 편
정음사, 1949.5.30.
15.2×19.4cm
장정 정현웅

한하운의 『한하운시초』(1949)는 나병(문둥병)이라는 개인적 고통을 시의 소재로 삼은 독특한 시집이다. 하지만 자기 연민이나 감상에 빠지지 않고 절제된 언어와 서정성으로 고통을 극복하고자 하는 간절한 염원을 노래함으로써 수준 높은 시적 성취를 획득했다는 평가를 받는다. '소록도 가는 길'이란 부제가 붙은 "가도 가도 붉은 황톳길 / 숨막히는 더위 속으로 절름거리며 / 가는 길"(「전라도길」)은 나병 환자의 인생길에 대한 비유이며, 이 비유는 정현웅의 장정에서 그 구체성이 획득된다. 한편 면지에는 나병으로 손가락이 잘린 수인이 찍혀있어서 이 시집에 담긴 고통의 무게를 더한다. 『한하운시초』의 서정성은 『보리피리』(1955)로 확장되었다.

■

속표지

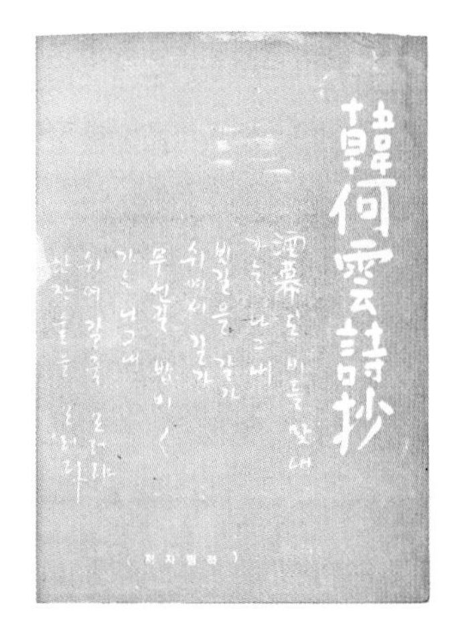

■

판권

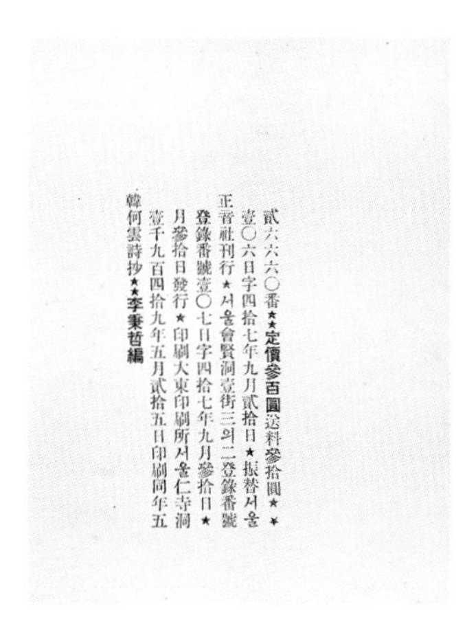

貳六六六〇番★★定價參百圓送料參拾圓★★
壹〇六日字四拾七年九月貳拾日★振替서울
正音社刊行★서울會賢洞壹街三의二登錄番號
登錄番號壹〇七日字四拾七年九月參拾日★
月參拾日發行★印刷大東印刷所서울仁寺洞
壹千九百四拾九年五月貳拾五日印刷同年五
韓何雲詩抄★★李秉哲編

■

면화

080

■

그날이 오면

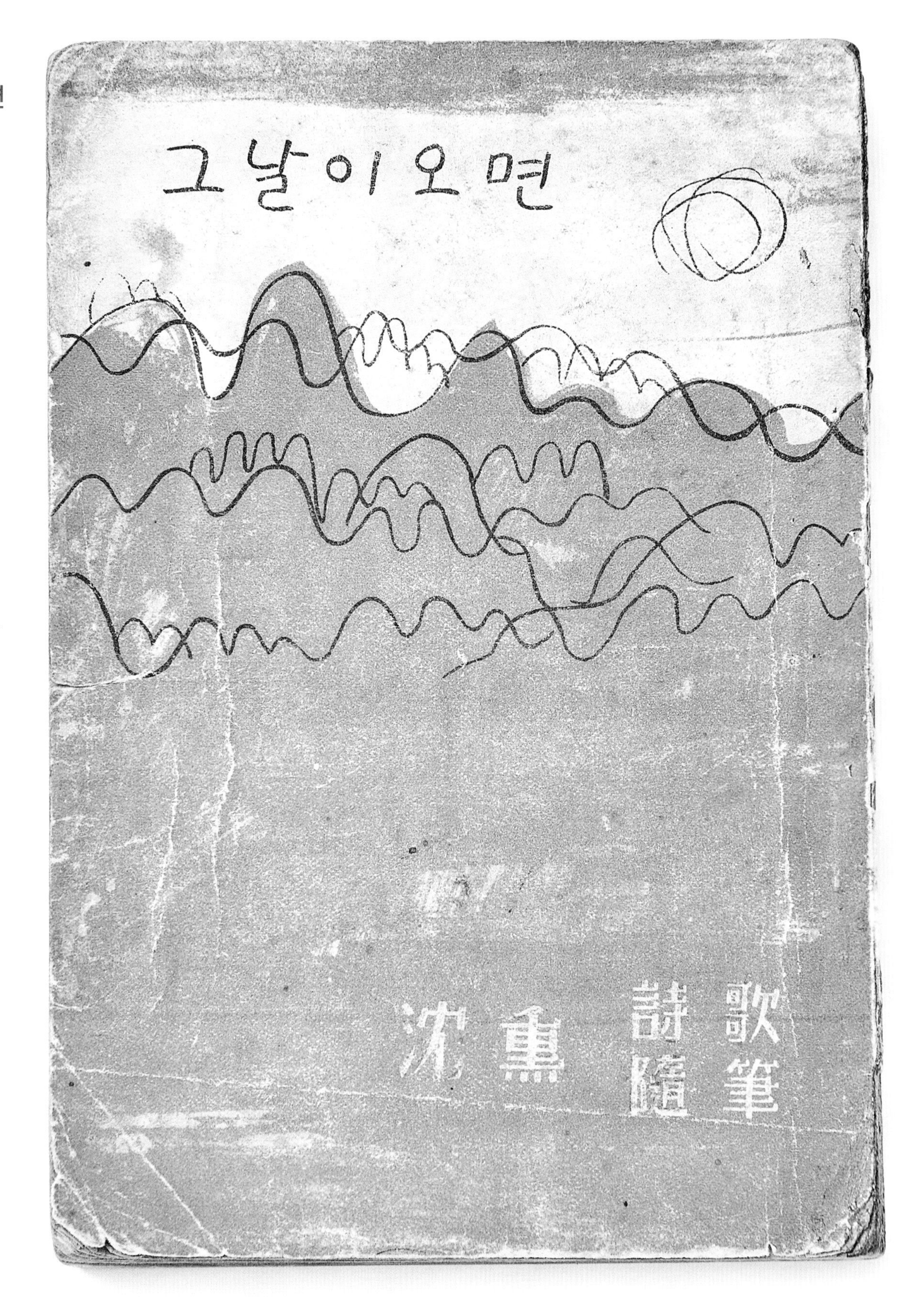

■

심훈(1901~1936)
한성도서주식회사,
1949.7.30.
12.6×17.9cm

『그날이 오면』(1949)은 심훈의 시가와 수필을 엮은 유고 작품집이다. 중형 심명섭의 서문에 의하면 1933년에 발간 검열을 신청하였으나 대부분이 삭제되어 출판이 어렵게 되자, 원고들을 숨겨 보관해왔다고 한다. 표제시 「그날이 오면」은 1930년 3월 1일에 삼일운동을 기념해 쓴 것인데, 제1고보 학생으로 삼일운동에 직접 참가하여 투옥되었던 저자의 경험이 바탕이 되었다. 국권 회복의 열망을 격정적으로 노래하여 저항문학의 표본으로 평가된다. 그밖에 작품들은 개인적 서정이나 사회적 사건에 대한 소회를 드러낸 것이 대부분이다.

■ 속표지

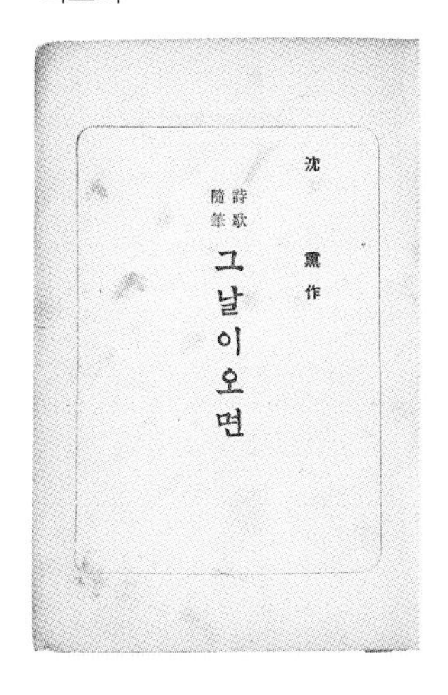

■ 판권

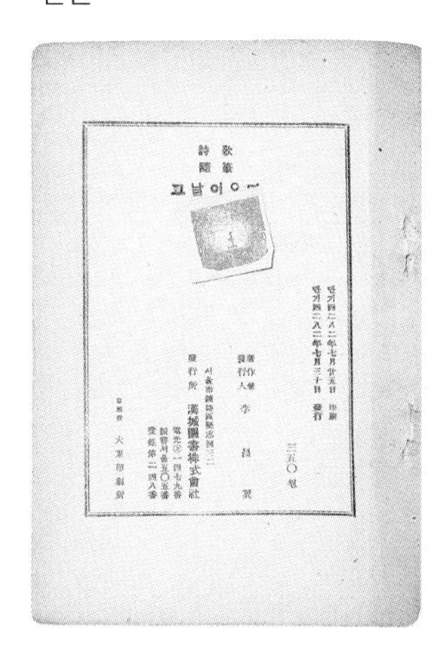

■ 저자 사진

■ 『그날이 오면』(5판, 1954) 앞표지

081

낙화집

落花集

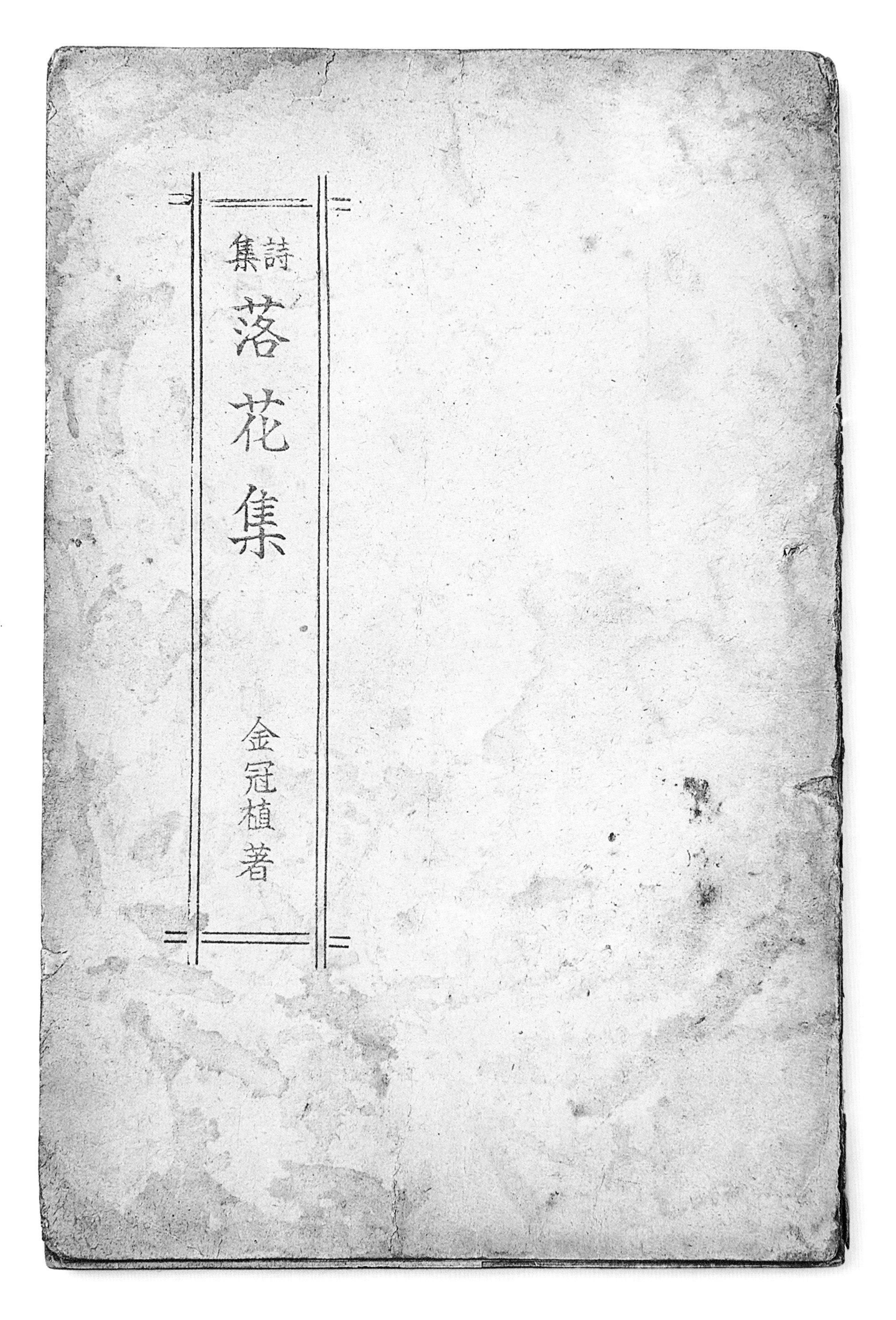

김관식(1934~1970)
창조사, 1952.8.15.
12.6×18.5cm
장정 장만영

김관식은 손위 동서인 서정주의 추천으로 『현대문학』(1955)을 통해 등단하기 3년 전에 이미 첫 시집을 펴낸 바 있다. 등단 이전 만 18세의 나이에 발행된 『낙화집』(1952)은 한국전쟁 중 작고한 김영랑의 권두시와 조지훈의 서문, 그리고 장만영의 장정으로 꾸려져 이채를 띤다. 1부 '서정소곡'에는 2연 2절(4행)의 단시들이 묶였고, 2부 '금중유수(琴中流水)'에는 한시 46수가 수록되었다. 동양적 사유 방식에 뿌리를 둔 그의 시 세계는 합동시집 『해 넘어가기 전의 기도』(1955)와 『김관식시선』(1956)으로 이어졌다. 숱한 기행을 뿌렸지만, 김관식은 "산에서도 오히려 산을 그리며 / 꿈 같은 산 정기를 그리며"(「거산호(居山好) II」) 살았던 오연한 시인으로 기억되고 있다.

■

속표지

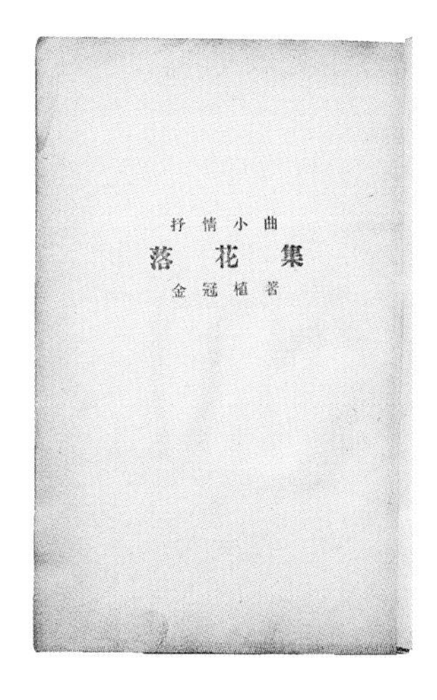

■

판권

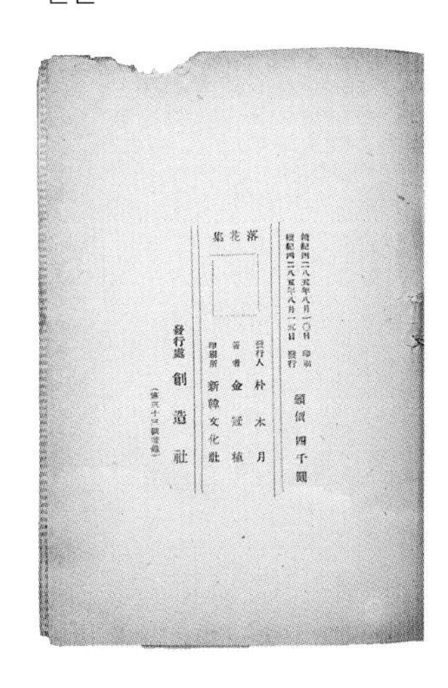

■

『해 넘어가기 전의 기도』(1955, 김관식外) 앞표지

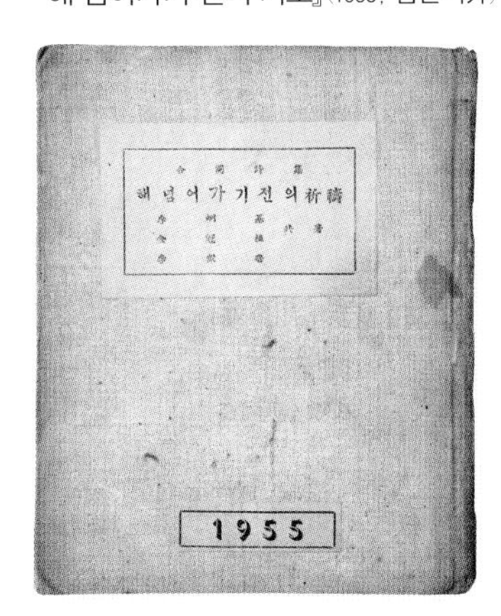

082

풀잎단장

풀잎斷章

■

조지훈(1920~1968)
창조사, 1952.11.1.
14.5×20.6cm
1,000부 한정본

본명이 동탁인 조지훈은 정지용의 추천으로 『문장』에 「승무」와 「봉황수」 등을 발표하며 등단했다. 해방 직후 박목월, 박두진과 함께 『청록집』(1946)을 펴내 자연을 현대시의 주류적 담론으로 자리매김했다는 평가를 받았다. 이후 "한 줄기 바람에 조찰히 씻기우는 풀잎"처럼 "때의 흐름이 조용히 물결치는 곳에 그윽이 피어오르는 한 떨기 영혼"(「풀잎 단장」)을 추구한 그의 생명적 자연관은 『풀잎 단장』(1952)과 『조지훈시선』(1956)으로 확장되었다. 그러나 『역사 앞에서』(1959) 이후에는 현실에 대한 분노와 저항을 표출하는 방향으로 시 세계의 전환이 이루어졌다. 그 연장선상에서 간행된 것이 수필집 『지조론』(1962)과 시집 『여운』(1964)이다.

■

속표지

■

판권

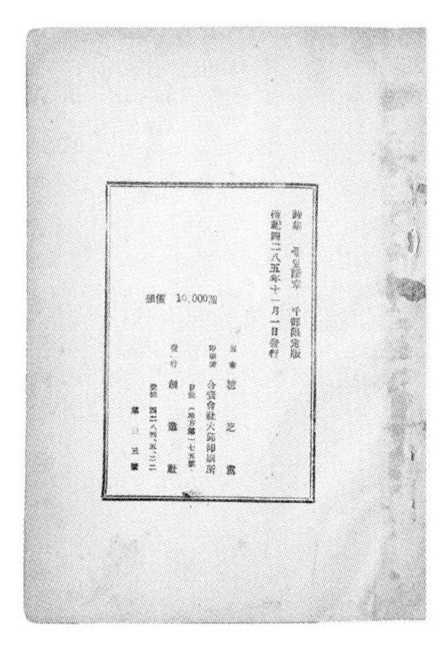
詩集 풀잎斷章 千部限定版
檀紀四二八五年十一月一日發行
10,000圜
著者 趙芝薰
印刷所 合資會社大邱印刷所
發行 創造社

■

면화

■

『역사 앞에서』(1959) 앞표지

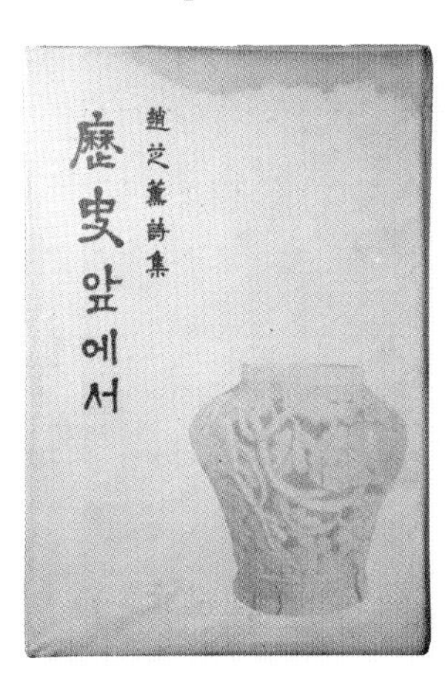

■

『여운』(1964) 앞표지

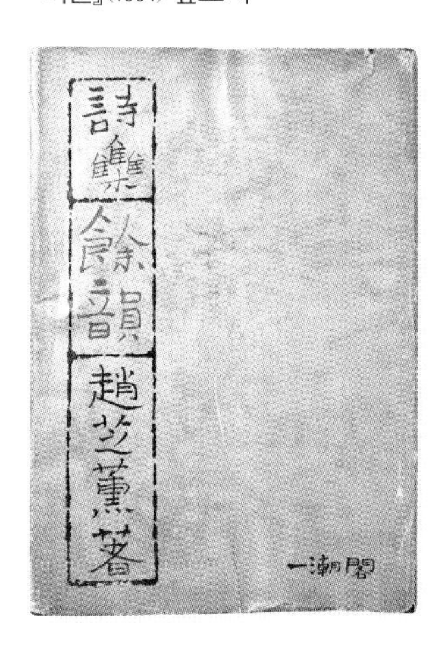

083

■

목숨

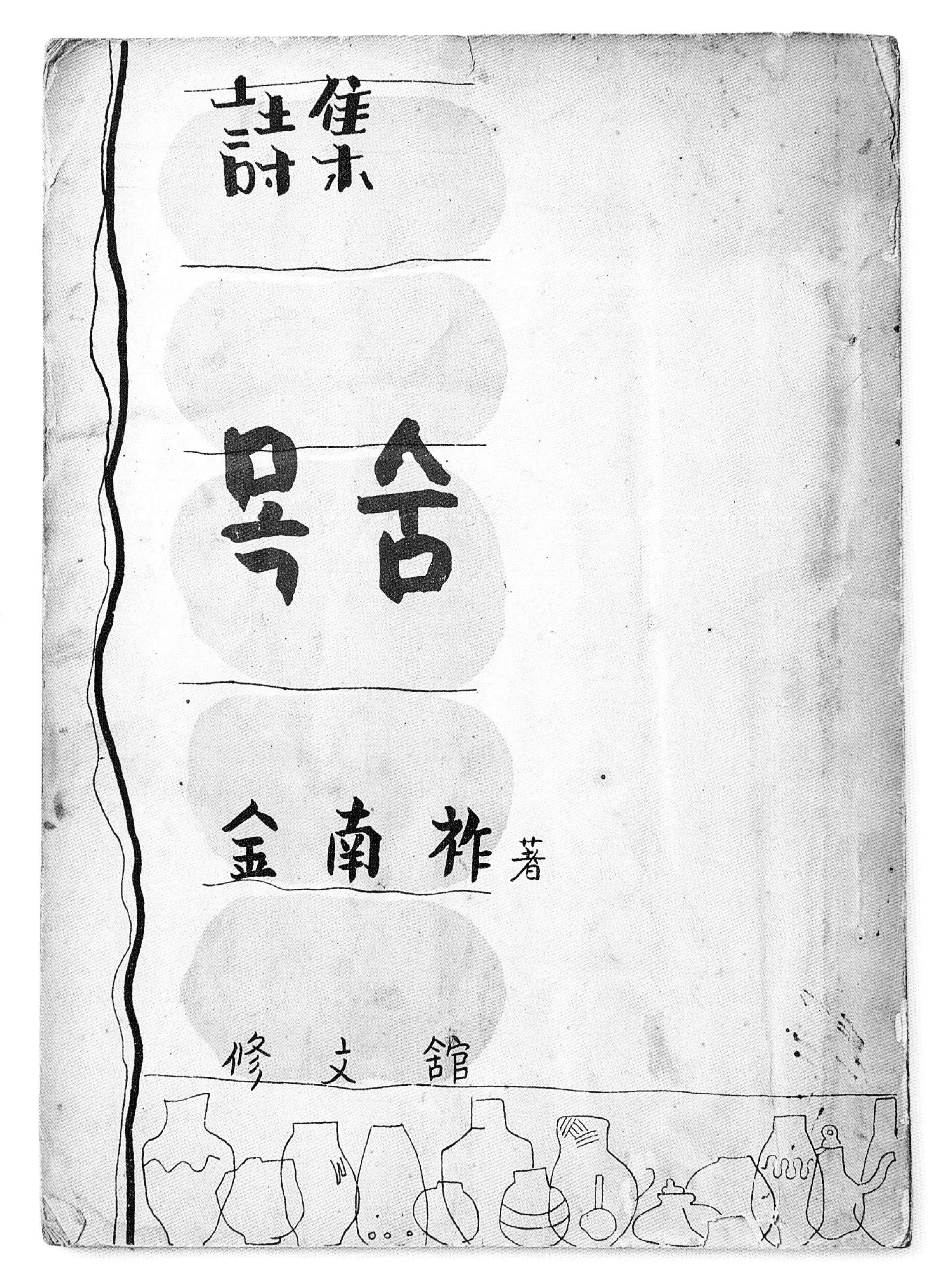

■

김남조(1927~)
수문관, 1953.1.25.
15×20.7cm
장정 조동화

김남조는 첫 시집 『목숨』(1953)을 발간하면서 본격적인 시작 활동을 시작했는데, 『나아드의 향유』(1955) 시기까지는 "돌멩이처럼 어느 산야에고 굴러 / 그래도 죽지만 않는 / 그러한 목숨이 갖고 싶"(「목숨」)다는 소망처럼 삶에 대한 긍정과 생명력에 대한 정열을 구현하려고 애썼다. 이후 『나무와 바람』(1958), 『정념의 기』(1960), 『풍림의 음악』(1963), 『겨울 바다』(1967), 『설일』(1971)에 이르기까지는 종교적 심연 안에서 절제와 인고를 통해 자아를 성찰하는 모습을 주로 형상화했다. 현재까지 간행된 창작시집만 30여 권이 넘을 정도로 김남조는 다작의 시인으로 손꼽힌다.

속표지

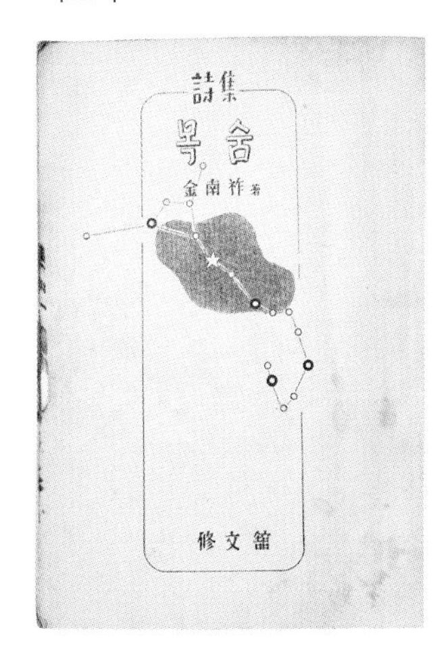

판권

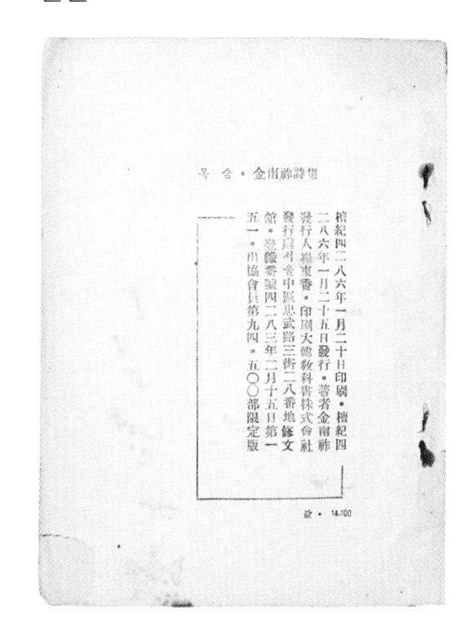
목숨・金南祚詩集

檀紀四二八六年一月二十日印刷・檀紀四二八六年一月二十五日發行・著者金南祚 發行人[illegible]・印刷大韓教科書株式會社 發行處서울中區忠武路三街二八番地修文館・登錄番號四二八三年二月十五日第一五一・出協會員第九四・五〇〇部限定版

값・14/00

『목숨 재판』(1954) 앞표지와 뒤표지(백영수 장정)

084

■

선시집

選詩集

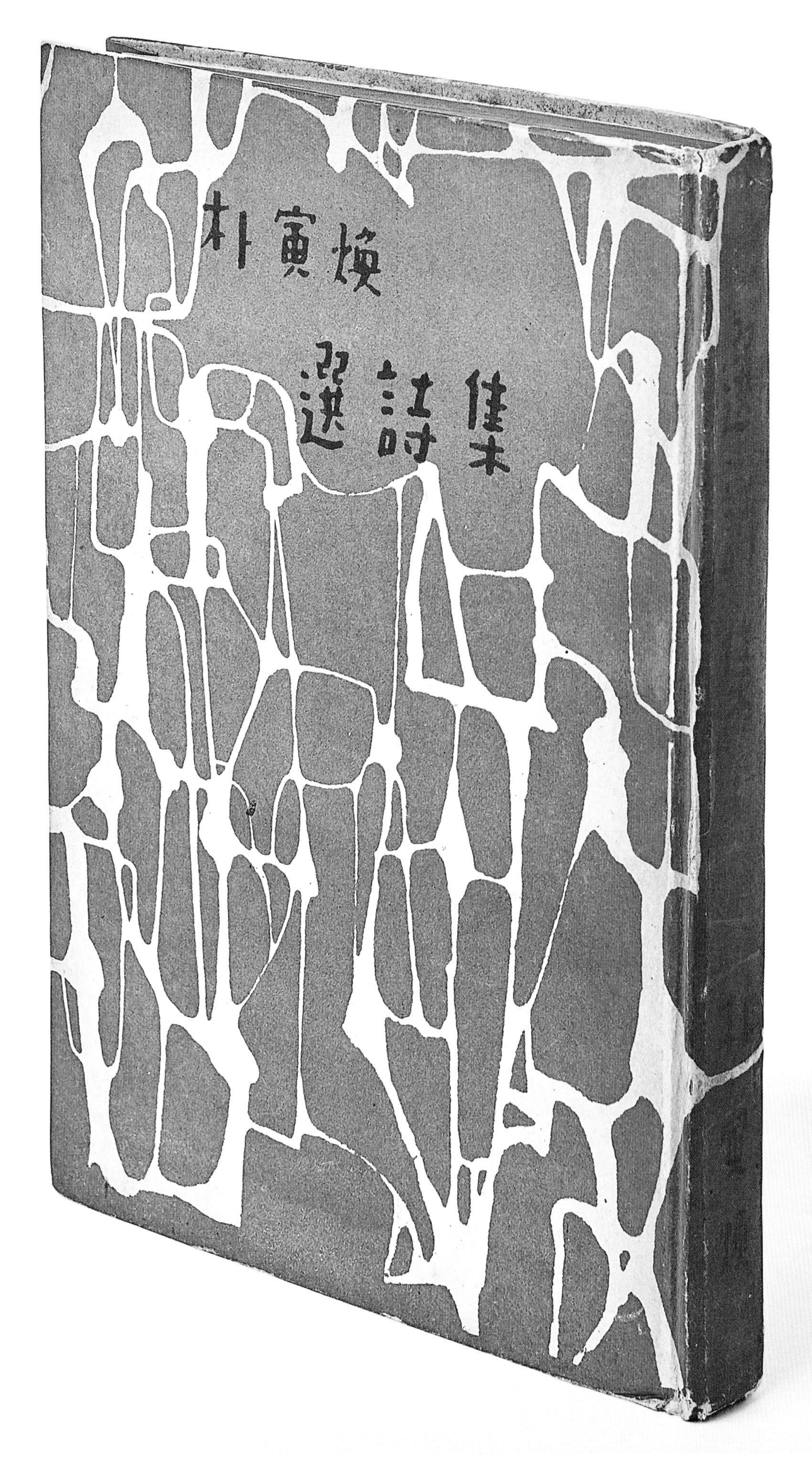

■

박인환(1926~1956)
산호장, 1955.10.15.
14.8×20.3cm

박인환은 1946년 조선청년문학가협회가 주최한 '예술의 밤' 행사의 낭독시집에 「단층」을 발표하며 문단에 등장했다. 해방기에는 '신시론' 동인으로 활동하며 문단의 주류로 자리잡은 청록파 시인들의 자연 서정시에 반발하여 도시 문명의 새로운 감수성을 선도하기 위해 합동시집 『새로운 도시와 시민들의 합창』(1949)을 펴냈다. 한국전쟁 중에는 '후반기' 동인에 참여하여 "술병에 별이 떨어진다 / 상심한 별은 내 가슴에 가벼웁게 부서진다"(「목마와 숙녀」)는 구절처럼 전쟁의 우울과 불안을 감상적인 시풍으로 노래해 주목을 끌었다. 하지만 『박인환 선시집』(1955)은 태생부터 불행한 운명을 짊어졌다. 1954년 『검은 준열의 시대』라는 제목으로 발행될 예정이던 것은 출판사 사정으로 무산되었고, 1955년 10월 시작사에서 출간하기로 한 『박인환 선시집』은 인쇄 직후 화재로 소실되었기 때문이다. 결국 『박인환 선시집』은 박인환의 문단 후원자였던 장만영에 의해 산호장에서 1956년 1월 새로 간행되는데, 이때 발행연월일을 변경하지 않고 1955년 10월 15일을 그대로 썼다. 박인환의 불운은 여기서 그치지 않고, 시집이 발행된 지 2달 후에 요절하고 만다.

특제본 앞표지

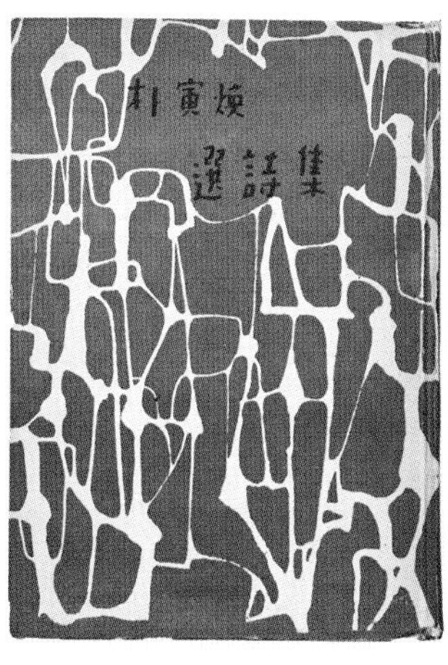

특제본 속표지

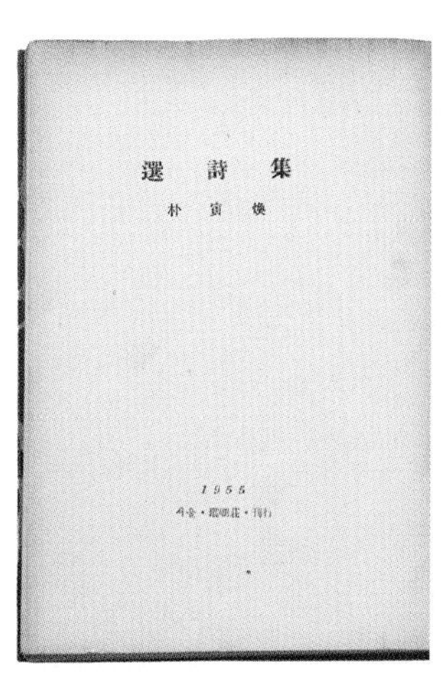

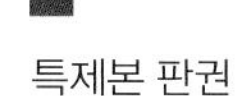

특제본 판권

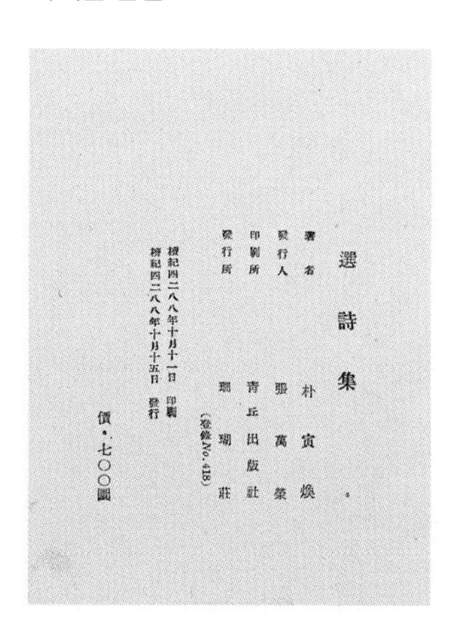

選詩集

著者 朴寅煥
發行人 張萬榮
印刷所 靑丘出版社
發行所 珊瑚莊 (登錄No.418)

檀紀四二八八年十月十一日 印刷
檀紀四二八八年十月十五日 發行

價・七〇〇圜

특제본 저자 서명(장만영)

085

산도화

山桃花

박목월(1915~1978)
영웅출판사,
1955.12.20.
13.2×18.7cm

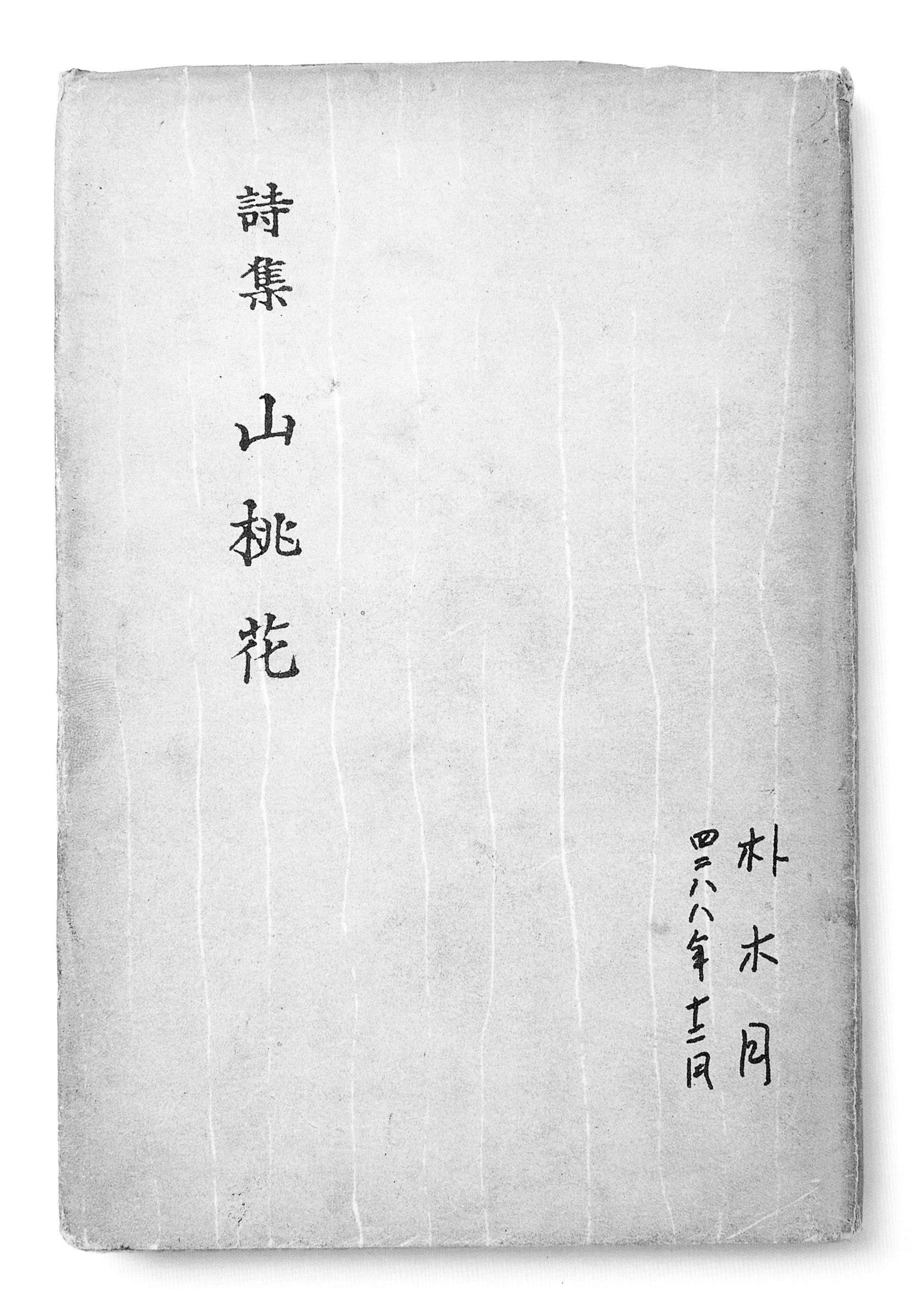

본명이 영종인 박목월은 정지용의 추천으로 『문장』을 통해 등단했다. 해방 직후 조지훈, 박두진과 함께 『청록집』(1946)을 펴내 자연을 현대시의 주요 대상으로 형상화하는 성취를 거뒀다. 『청록집』라는 제명은 박목월의 시 「청노루」에서 비롯했으며, 이것이 계기가 되어 이들 세 시인은 '청록파(靑鹿派)'라 불리게 되었다. '자하산 청운사'의 '청노루'(「청노루」)로 제시된 『청록집』의 이상적 자연관은 '보랏빛 구강산'의 '암사슴'(「산도화 1」)으로 변주되어 『산도화』(1955)의 전 시편에 그대로 재현되었다. 이후 박목월은 『난(蘭)·기타』(1959), 『청담』(1964), 『경상도의 가랑잎』(1968)에 이르기까지 인간의 운명이나 사물의 본성에 관한 깊은 통찰을 보이거나, 담담하고 소박한 어조로 생활의 제상을 읊는데 관심을 기울였다.

속표지

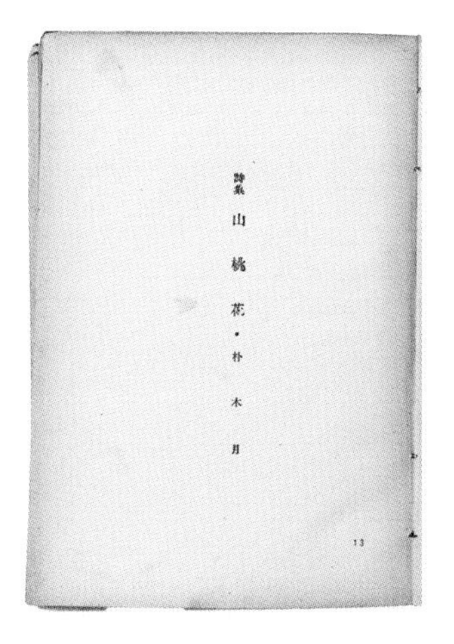

판권

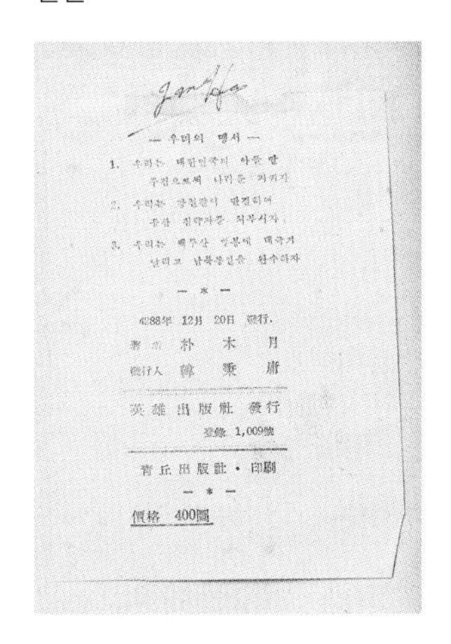
— 우리의 맹서 —

1. 우리는 대한민국의 아들 딸 죽엄으로써 나라를 지키자
2. 우리는 강철같이 단결하여 공산 침략자를 쳐부시자
3. 우리는 백두산 영봉에 태극기 날리고 남북통일을 완수하자

— ※ —

4288年 12月 20日 發行.

著者 朴 木 月

發行人 韓 秉 庸

英雄出版社 發行

登錄 1,009號

靑丘出版社・印刷

— ※ —

價格 400圜

『난 기타』(1959) 앞표지

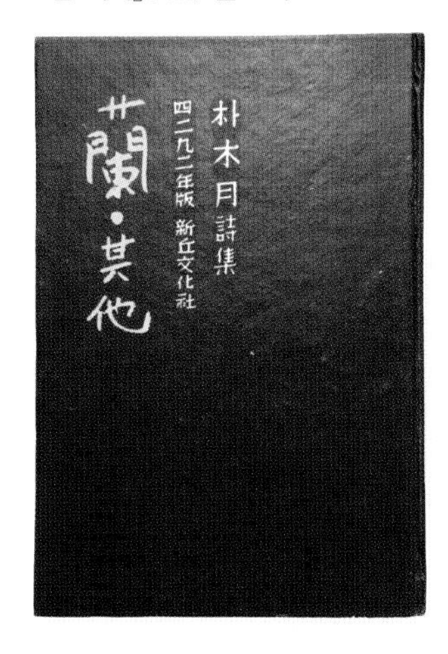

『경상도 가랑잎』(1968) 앞표지

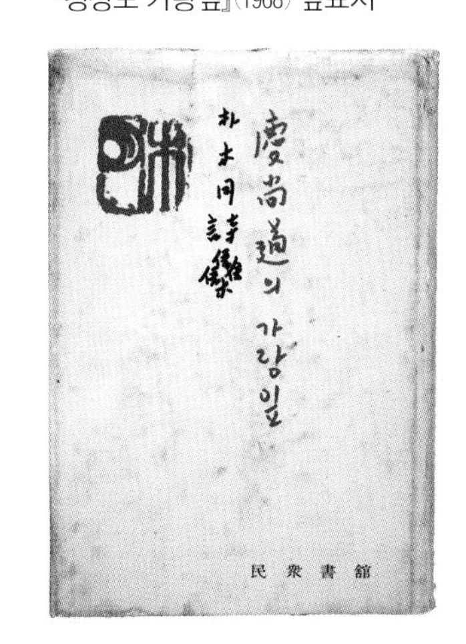

086

■

초토의 시

焦土의 詩

■

구상(1919~2004)
청구출판사,
1956.12.20.
15×21cm
장정 이중섭

본명이 상준인 구상은 1946년 동인지 『응향』을 통해 원산에서 작품 활동을 시작했지만, 필화사건으로 곧 월남하고 만다. 월남 이후 첫 시집 『시집 구상』(1951)을 펴내는 한편 한국전쟁기까지 『북한특보』, 『봉화』, 『승리』, 『승리일보』 등의 매체를 통해 대북 심리전에 참여했다. 한편 사회시평집 『민주고발』(1953)을 통해서는 이승만 정권을 비판하기도 했다. 이처럼 구상의 문학적 출발점은 이데올로기적 존재성에 노출되어 있는데, 그 초극은 『초토의 시』(1956)를 통해 이루어졌다. "살아서는 너희가 나와 / 미움으로 맺혔건만, / 이제는 오히려 너희의 / 풀지 못한 원한이 / 나의 바람 속에 깃들어 있"(「적군묘지 앞에서」)다는 성찰은 당대의 이분법적인 역사 인식을 넘어서고 있다.

속표지

판권

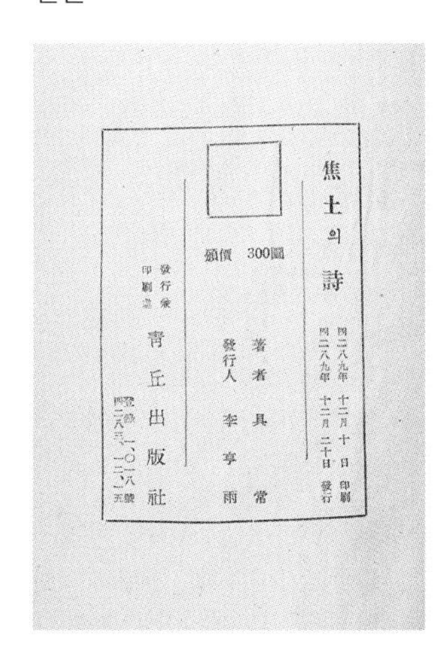
焦土의 詩

四二八九年 十二月 十日 印刷
四二八九年 十二月 二十日 發行

頒價 300圜

著者 具常
發行人 李亨雨

發行處 印刷處 靑丘出版社

저자 서명

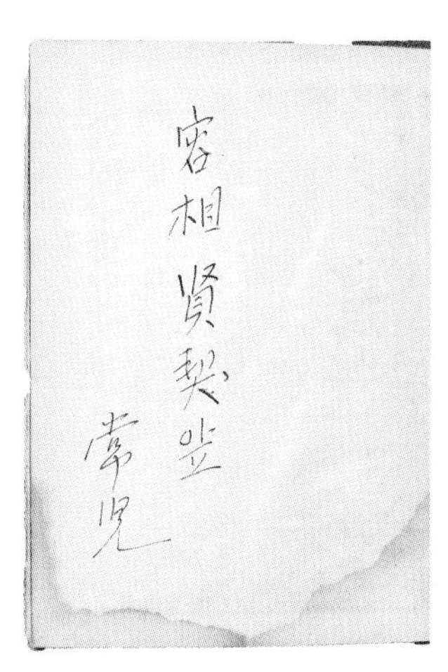

『시집구상』(1951) 앞표지와 뒤표지(이순석 장정)

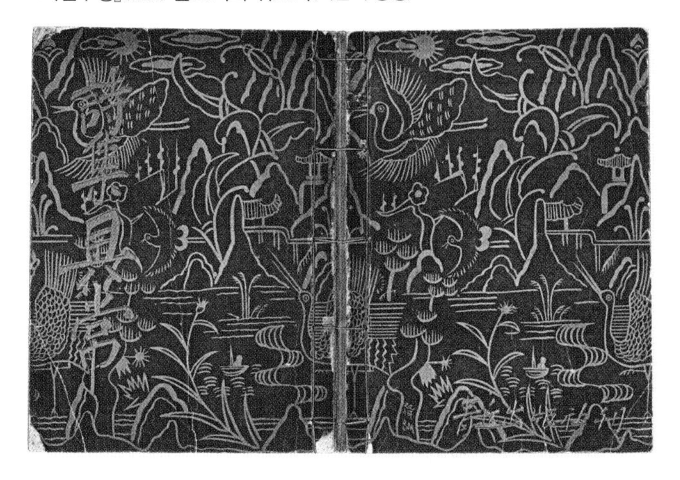

087

■

휴전선

休戰線

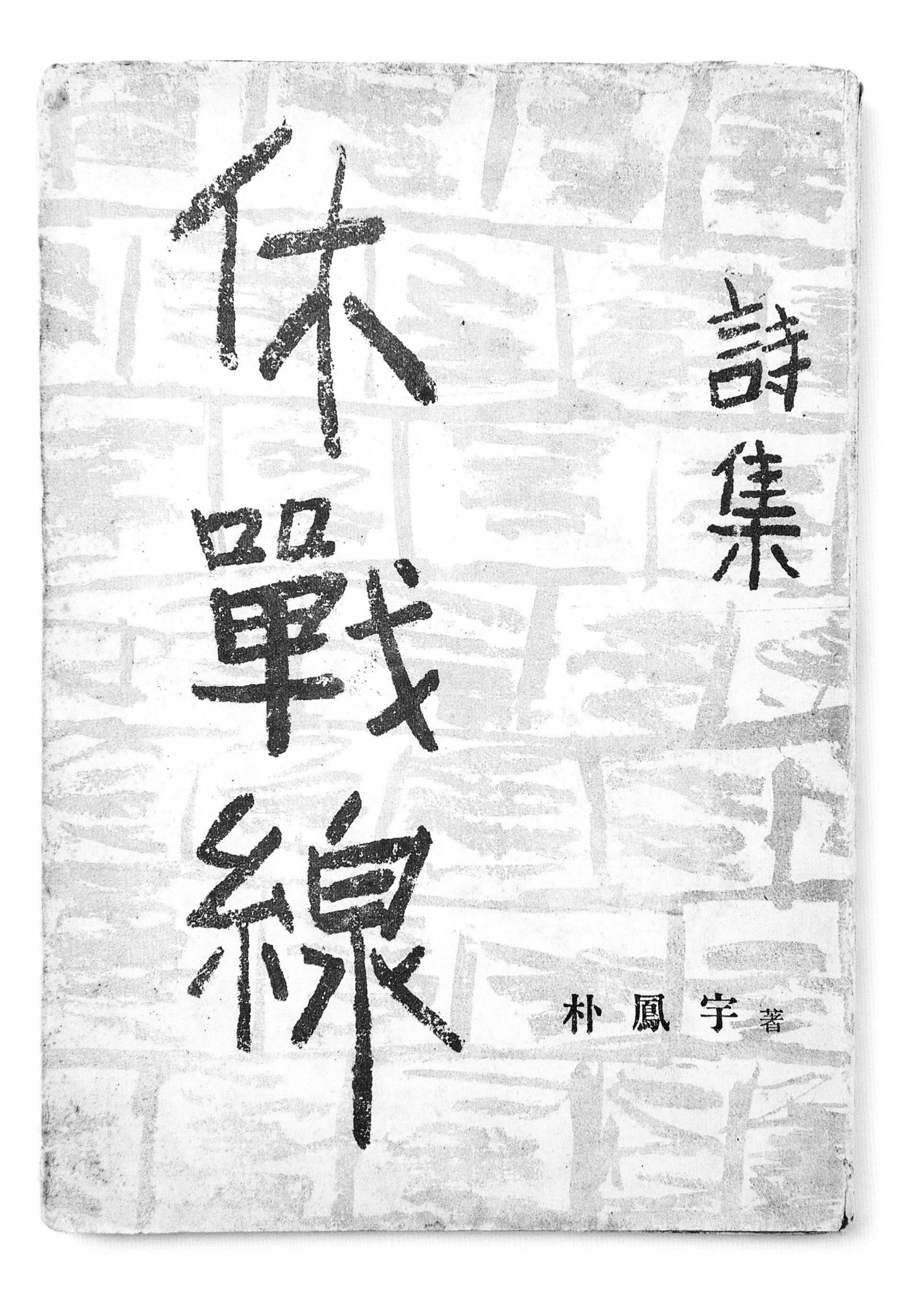

■

박봉우(1934~1990)
정음사, 1957.9.15.
15.5×21.4cm
장정 최영훈

동족 간에 총을 겨누었던 한국전쟁과 분단이 초래한 비극을 고발하고, 평화와 통일의 갈망하는 의지를 보여주는 박봉우의 『휴전선』(1957)은 전후문학과 분단문학을 대표하는 시집으로 평가된다. 표제시 「휴전선」은 "믿음이 없는 얼굴과 얼굴이 마주 향한" '쌀쌀한 풍경'으로 분단 현실을 포착한 후, "별들이 차지한 하늘은 끝끝내 하나"라는 인식을 통해 분단 극복의 의지를 다짐하는 박봉우의 대표작이다.

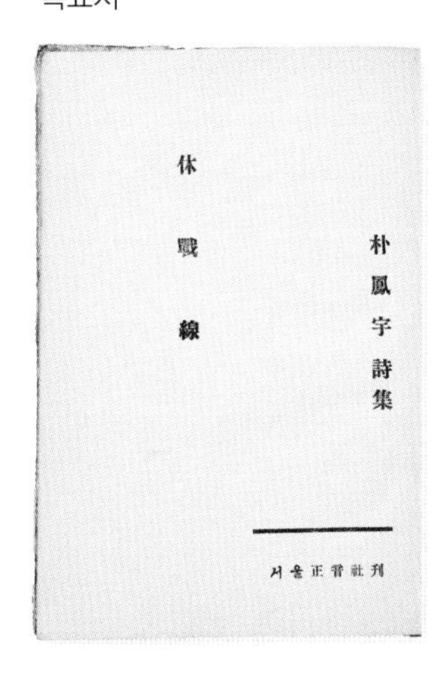

속표지

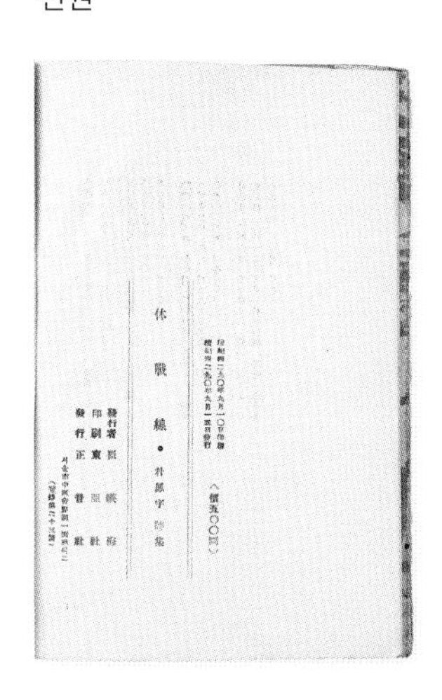
판권

저자 사진

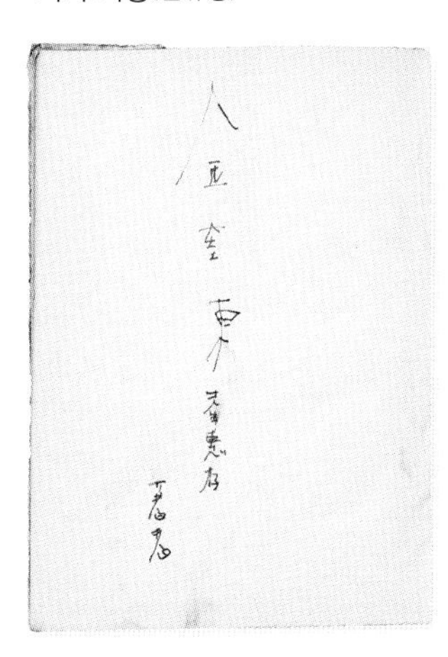
저자 서명(김규동)

『겨울에도 피는 꽃나무』(1959) 앞표지

『4월의 화요일』(1962) 앞표지

088

김현승시초

金顯承詩抄

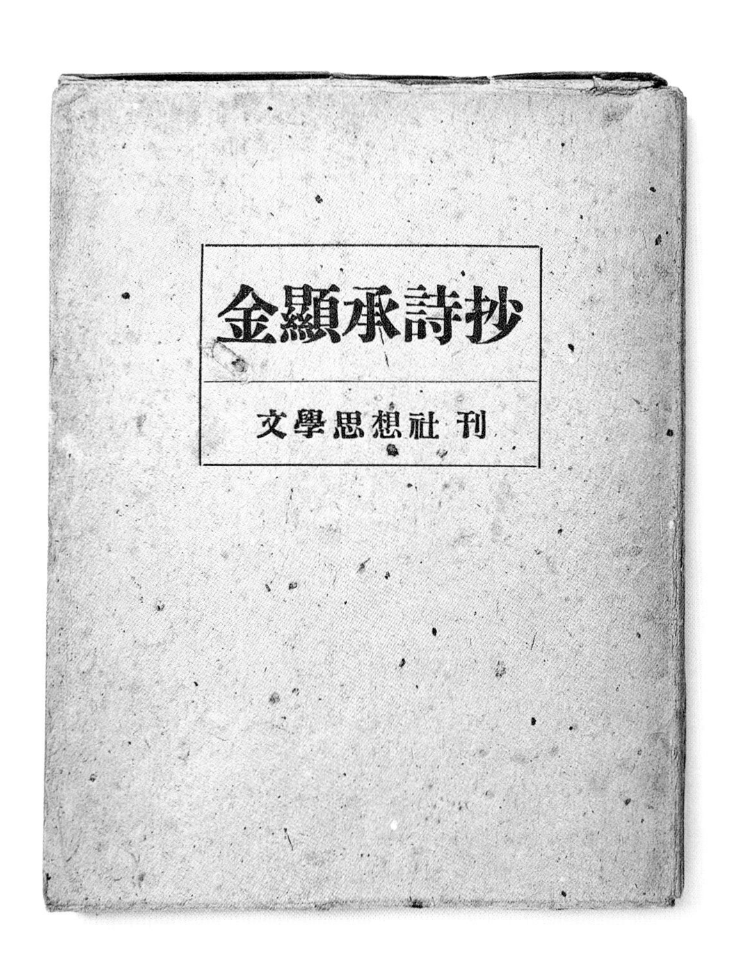

김현승(1913~1975)
문학사상사,
1957.12.10.
15.4×18.5cm
장정 서정주

김현승은 1930년대부터 시작 활동을 시작했지만 다른 시인들에 비해 시집 간행이 늦어 『김현승시초』(1957)가 첫 시집이 된다. 시집에 실린 대표작 중 「플라타너스」에서는 삶의 동반자, 반려자로서 인격화된 자연의 존재를 읽을 수 있고, 「가을의 기도」에서는 초월자의 사랑과 은총에 순종하는 마음을 느낄 수 있다. 이런 점에서 『김현승시초』는 자연과의 교감을 바탕으로 삶의 고독과 경건을 노래하는 한편 신과 인간의 관계를 바탕으로 한 실존적 삶의 태도를 제시한 시집으로 평가된다. 고독에 바탕을 둔 김현승의 존재론적 성찰은 『옹호자의 노래』(1963), 『견고한 고독』(1968), 『절대고독』(1970)으로 이어졌다.

속표지

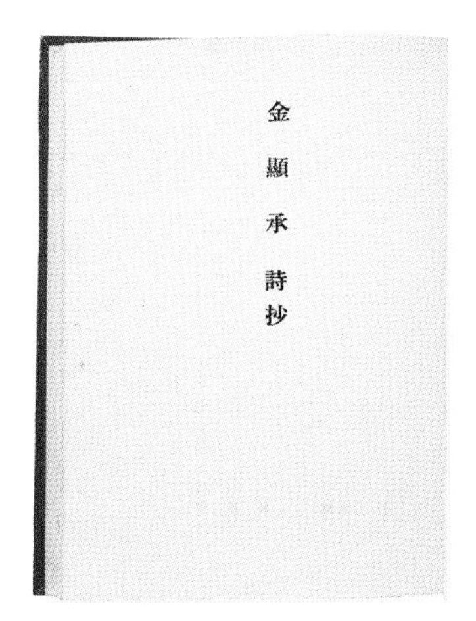

판권

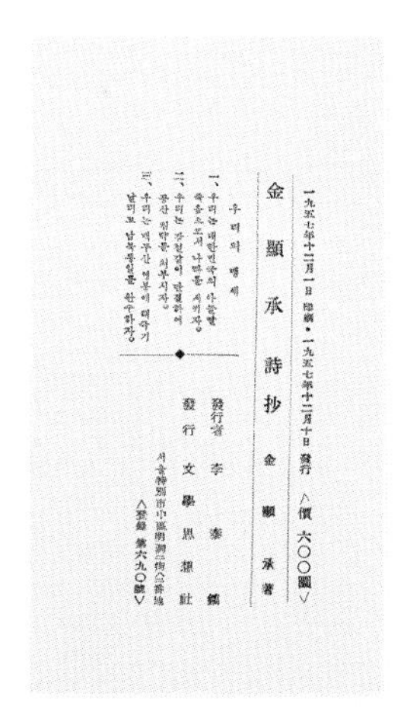
一九五七年十二月一日 印刷・一九五七年十二月十日 發行 〈價 六〇〇圜〉

金顯承詩抄 金顯承 著

發行者 李泰[illegible]

發行 文學思想社

〈登錄 第六九〇號〉

우리의 맹세

一、우리는 대한민국의 아들딸 죽음으로써 나라를 지키자

二、우리는 강철같이 단결하여 공산 침략자를 쳐부시자

三、우리는 백두산 영봉에 태극기 날리고 남북통일을 완수하자

『옹호자의 노래』(1963) 앞표지

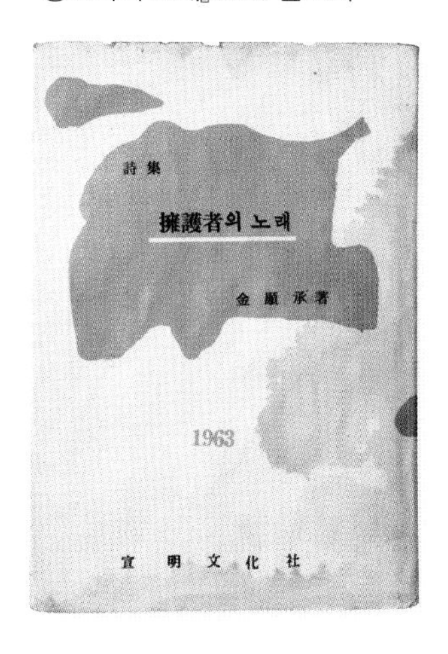

『견고한 고독』(1968) 앞표지

『절대고독』(1970) 앞표지

089

꽃의 소묘

꽃의 素描

김춘수(1922~2004)
백자사, 1959.6.1.
13.5×18.7cm

김춘수의 『꽃의 소묘』(1959)는 존재의 본질과 그 인식의 과정을 담아낸 시집이다. 그 첫 번째 양상은 “내가 그의 이름을 불러주었을 때 / 그는 나에게로 와서 꽃이”(「꽃」) 된 것처럼 언어를 통해 존재의 본질에 다가설 수 있다는 낙관론적 전망이다. 이름을 부르는 명명 행위는 사물을 다른 사물과 구분하면서, 누군가가 그 사물과 특별한 관계를 맺는 과정을 의미한다. 두 번째 양상은 주체의 존재 탐구 열망에도 불구하고 “존재의 흔들리는 가지 끝에” “얼굴을 가리운 나의 신부”(「꽃을 위한 서시」)처럼 모든 존재는 끝내 본질을 드러내지 않는다는 절망론에 닿아 있다.

■

속표지

金春洙詩集
꽃의 素描
白磁社

■

판권

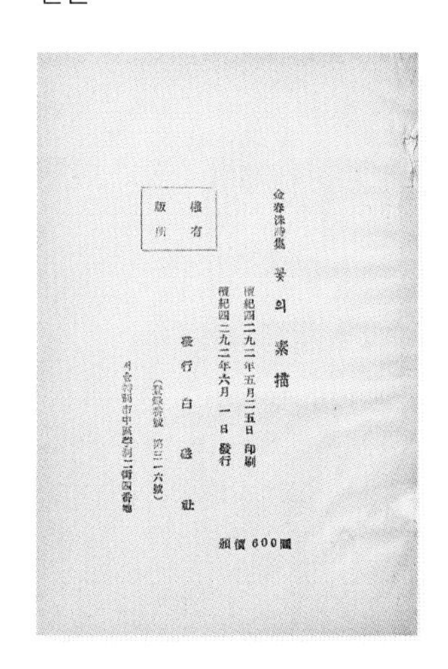
金春洙詩集 꽃의 素描
檀紀四二九二年五月二五日 印刷
檀紀四二九二年六月 一日 發行
發行 白磁社
版權所有
定價 600圜

■

『부다페스트에서의 소녀의 죽음』(1959) 앞표지

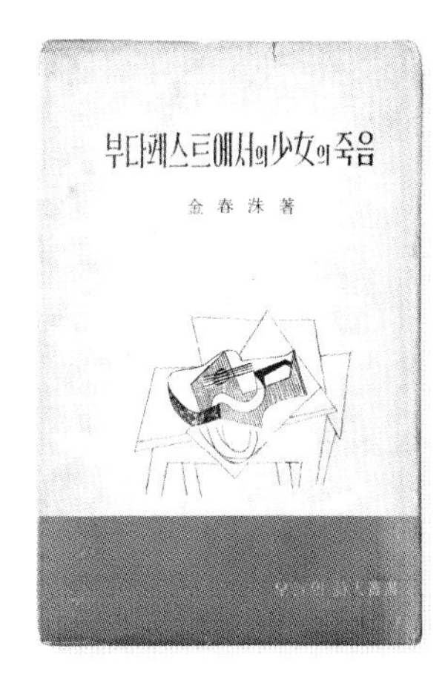

090

■

달나라의 장난

■

김수영(1921~1968)
춘조사, 1959.11.30.
12×18.7cm

1960년 4월혁명 이후 김수영은 시의 현실 참여 문제와 정치적, 문학적 자유에 본격적인 관심을 갖게 된다. 『달나라의 장난』(1959)에서는 그런 변화가 일어나기 전, 모더니즘의 세례를 받은 초기시의 경향을 확인할 수 있다. 바로 보고자 하는 의지와 그것을 가로막는 현실과의 갈등 및 그 극복 의지를 일상적인 언어로 그려낸 것이 이 시집의 주된 정조이다. "기침을 하자 / 젊은 시인이여 기침을 하자 / 눈을 바라보며 / 밤새도록 고인 가슴의 가래라도 / 마음껏 뱉자"며 시인의 각성을 촉구하는 「눈」은 이 시기를 대표하는 작품이다.

■

앞표지

■

속표지

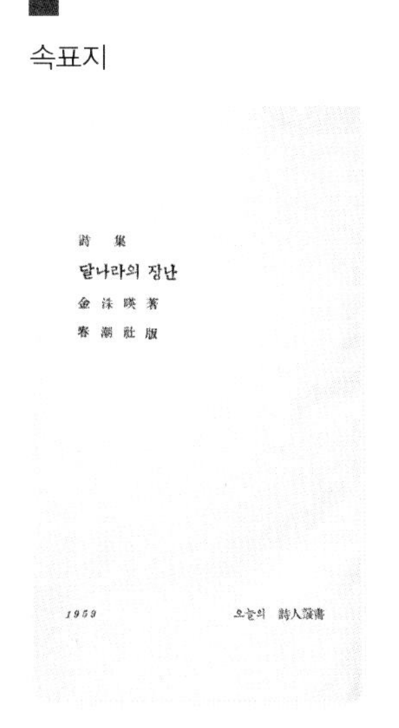

■

판권

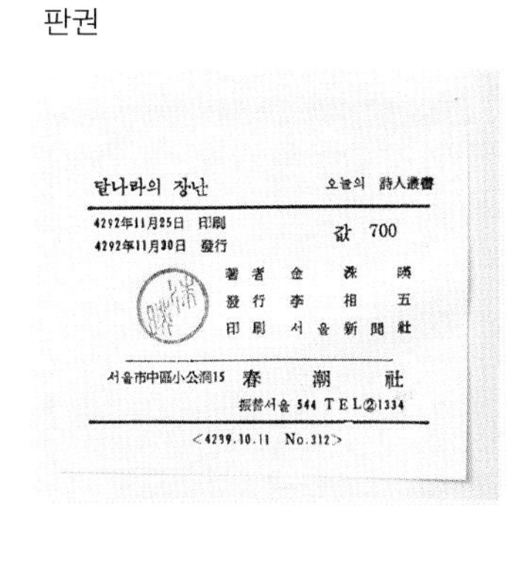

달나라의 장난 오늘의 詩人叢書

4292年11月25日 印刷
4292年11月30日 發行
값 700

著者 金洙暎
發行 李相五
印刷 서울新聞社

서울市中區小公洞15 春潮社
振替서울 544 TEL②1334

<4239.10.11 No.312>

■

『거대한 뿌리』(1975) 앞표지

091

■

피안감성

彼岸感性

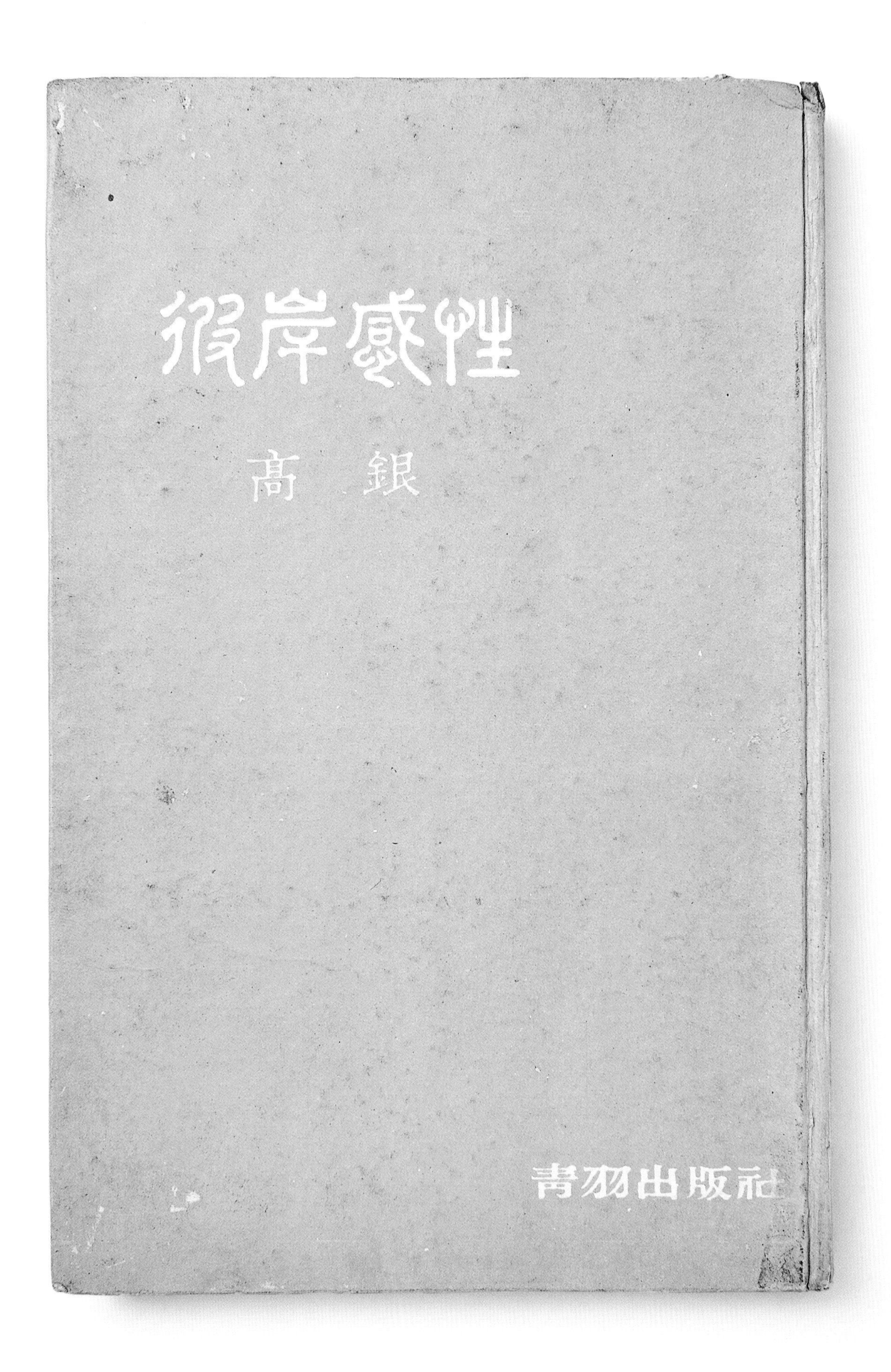

■

고은(1933~)
청우출판사,
1960.6.20.
12.5×18.4cm

고은은 승려 신분으로 1958년 조지훈의 추천을 받아 등단했으며, 첫 시집 『피안감성』(1960)을 간행한 후 1962년 환속했다. 『피안감성』에 수록된 시편들은 삶에 대한 허무주의적 인식을 바탕으로 유미적이고 탐미적인 세계를 형상화한 것이 대부분이다. 초기시 중에서도 가장 앞에 자리하는 「폐결핵」이 이러한 허무주의적 정서와 죽음 의식 및 소멸과 상실의 과정을 보여주는 대표적인 작품에 해당한다. 이 시에서 고은은 누이와 함께 하는 세속적 공간에서의 긴장감을 효과적으로 형상화하고 있다. 생명, 성, 사랑과 같은 육체성의 범주에 드는 것은 모두 일시적이고, 영원한 것은 무의 세계라는 허무의식이 반영되었기 때문이다.

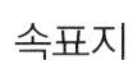

속표지

판권

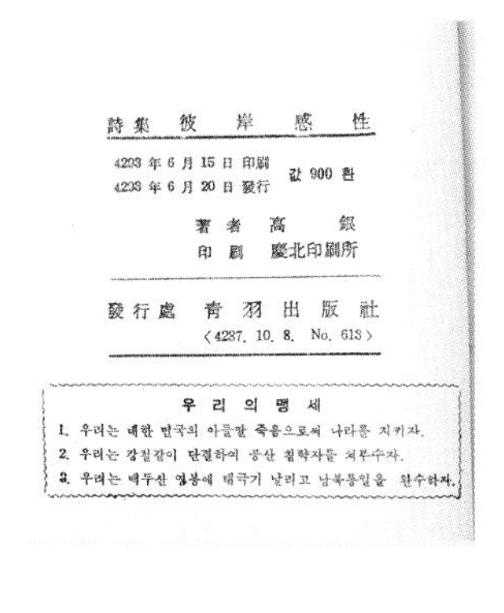

詩集 彼岸感性

4293 年 6月 15日 印刷
4293 年 6月 20日 發行
값 900 환

著者 高銀
印刷 慶北印刷所

發行處 青羽出版社
〈4287. 10. 8. No. 613〉

우리의 맹세

1. 우리는 대한 민국의 아들딸 죽음으로써 나라를 지키자.
2. 우리는 강철같이 단결하여 공산 침략자를 쳐부수자.
3. 우리는 백두산 영봉에 태극기 날리고 남북통일을 완수하자.

저자 사진

저자 서명

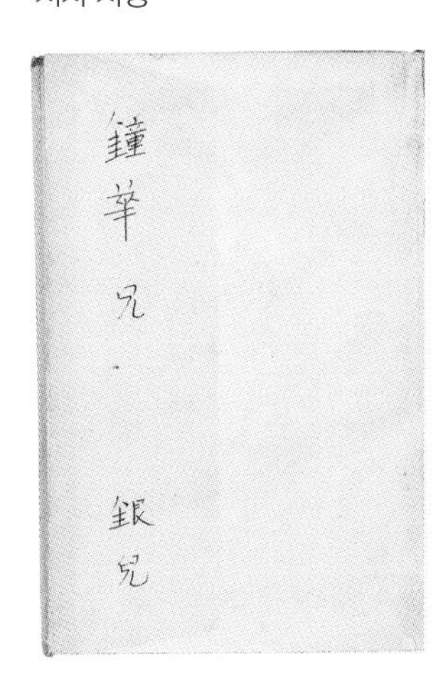

『해변의 운문집』(1966) 앞표지(이성자 그림)

092

■

어떤 개인 날

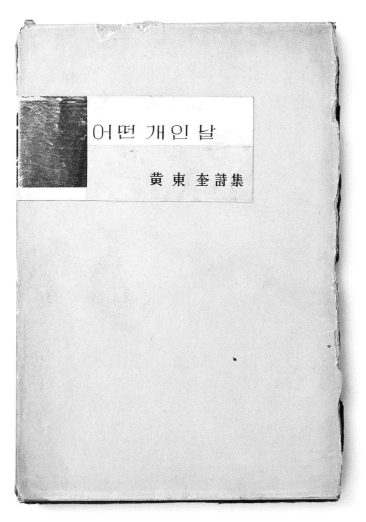

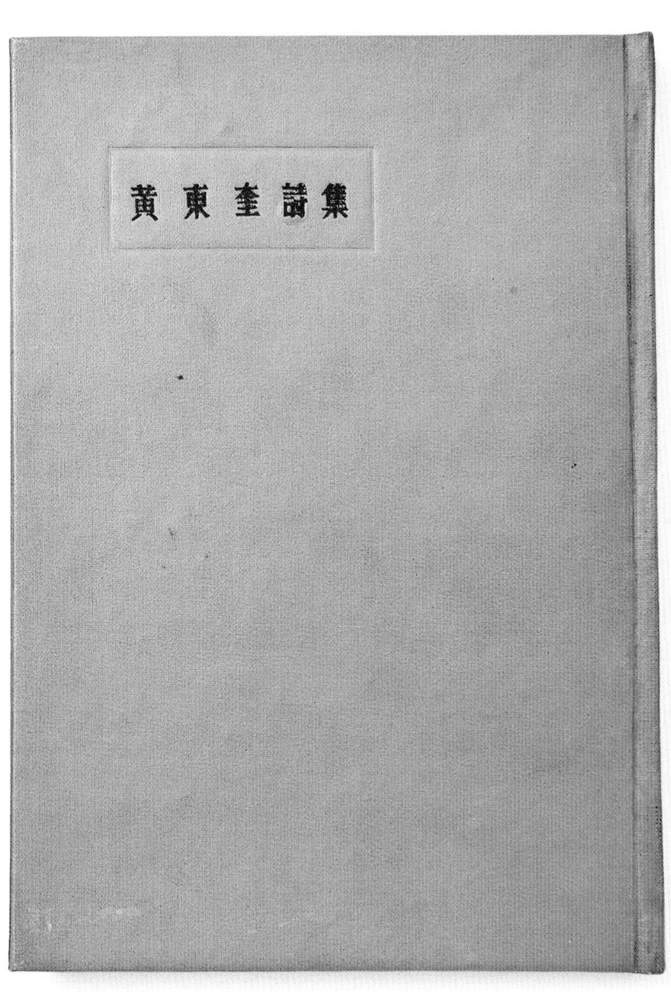

■

황동규(1938~)
중앙문화사,
1961.5.10.
13.6×18.7cm
장정 유석준
500부 한정본

『어떤 개인 날』(1961)은 황동규의 첫 시집이다. 이 시집에 수록된 초기 시편은 어둡고 황량한 현실을 내면화한 추운 겨울의 이미지로 물들어 있다. 쓸쓸하고 적막한 상황을 명징하게 바라보면서도 결국은 모든 것이 파탄될 것을 예감하는 비극적인 자기 인식이 시집의 분위기를 지배하고 있기 때문이다. 하지만 황동규는 "진실로 진실로 내가 그대를 사랑하는 까닭은 내 나의 사랑을 한없이 잇닿은 그 기다림으로 바꾸어버린 데 있었다."(「즐거운 편지」)에서 보듯이 이루지 못할 사랑으로 인한 그리움과 안타까움을 다루면서도 이별을 기다림을 통해 해소하겠다는 꽤나 개성적인 발상을 자연스럽게 제시하기도 한다. 황동규는 서정성이 풍부한 일상적인 말씨의 구사에 뛰어난 감각을 지니고 있다.

속표지

■

판권

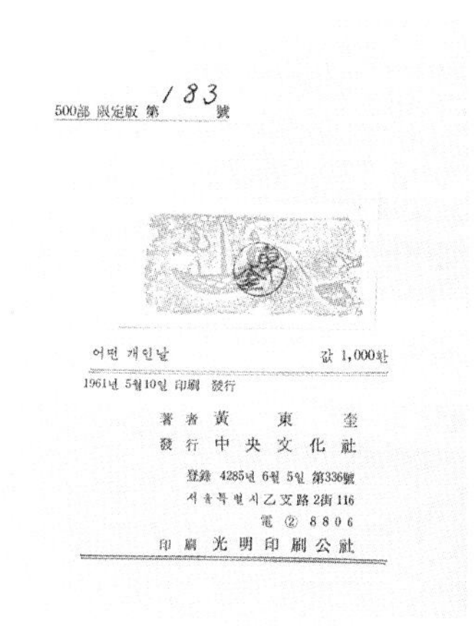

500部 限定版 第 183 號

어떤 개인날 값 1,000환

1961년 5월10일 印刷 發行

著者 黃 東 奎
發行 中 央 文 化 社
登錄 4285년 6월 5일 第336號
서울특별시 乙支路 2街 116
電 ② 8806
印刷 光 明 印 刷 公 社

■

저자 서명(문중섭)

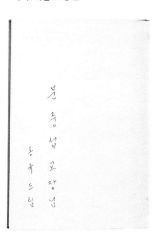

■

『비가』(1965) 앞표지(김영태 장정)

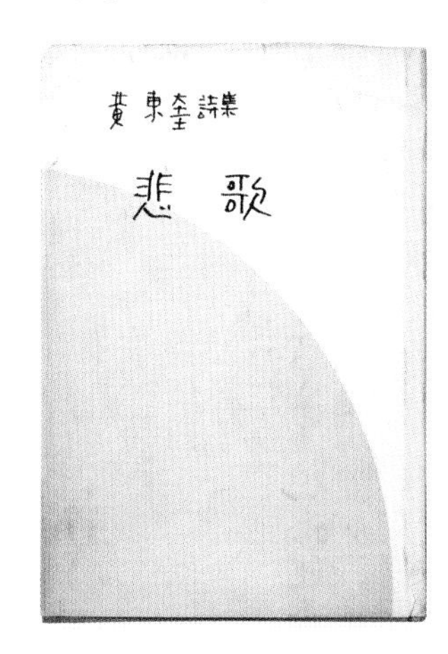

093

춘향이 마음

春香이 마음

박재삼(1933~1997)
신구문화사,
1962.11.25.
13.4×19.4cm
장정 서세옥

박재삼은 김소월, 서정주로 이어지는 전통 서정시의 계보를 잇는 시인으로 평가된다. 박재삼의 시사적 위치는 한국인의 원형적 심상인 정한과 슬픔을 모국어로 포착한 『춘향이 마음』(1962)에서 찾을 수 있다. 대표작 「울음이 타는 가을강」은 사랑의 감정과 유년의 가난에서 비롯되는 정한을 개인적 경험의 한계에 가두지 않고 보편적인 슬픔의 미학으로 승화시킨 점에서 전후 전통 서정시의 절창으로 손꼽힌다.

■

속표지

■

판권

詩集 春香이 마음
定價 1,000원
著者 朴在森
發行處 新丘文化社

■

『천년의 바람』(1975) 표지

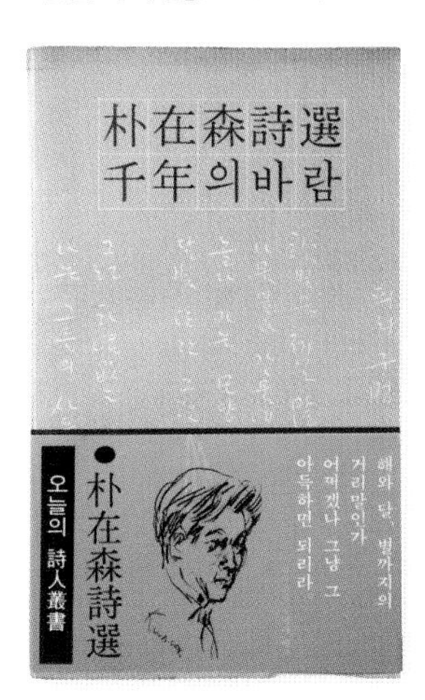

■

『어린것들 옆에서』(1979) 앞표지(송수남 장정)

094

■

아사녀

阿斯女

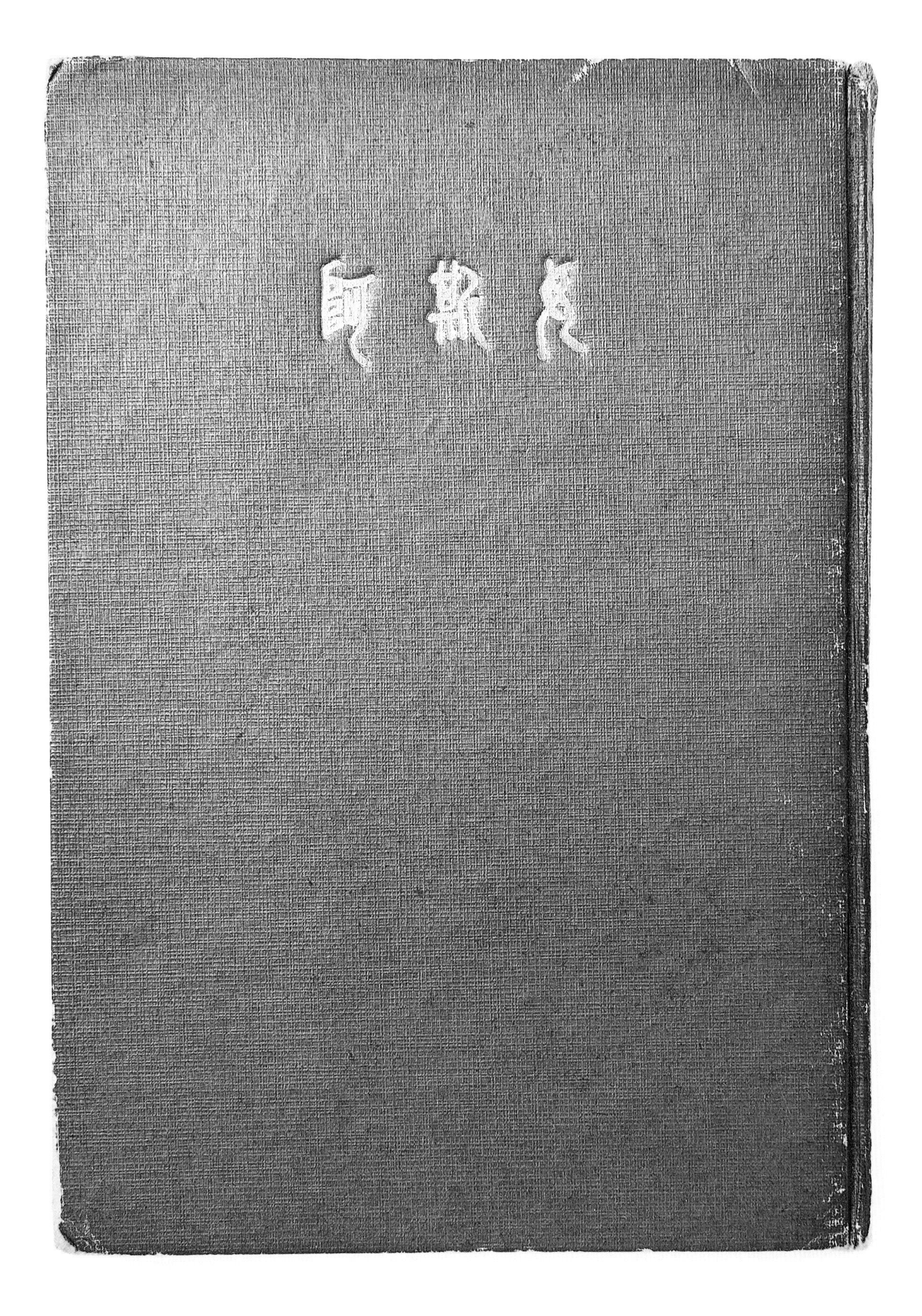

■

신동엽(1930~1969)
문학사, 1963.3.15.
15×21.3cm
장정 인병선,
제자 박태준

신동엽은 등단작인 「이야기하는 쟁기꾼의 노래」(1959)에서부터 남다른 역사의식으로 민족 정서의 형상적 복원이라는 시적 과제를 충실히 이행했다. 『아사녀』(1963)에는 고통스러운 민족사를 전제로 한 참여적 경향의 시와 분단 조국의 현실적 문제에 관심을 표명한 서정시 및 서사시가 수록되었다. "우리들의 피는 대지와 함께 숨쉬고 / 우리들의 눈동자는 강물과 함께 빛나 있었구나"(「아사녀」)와 같은 구절은 민족 설화와 4월혁명의 연계성을 매개하려는 강렬한 역사의식의 소산으로 읽힌다.

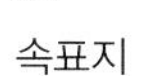

속표지

판권

저자 서명

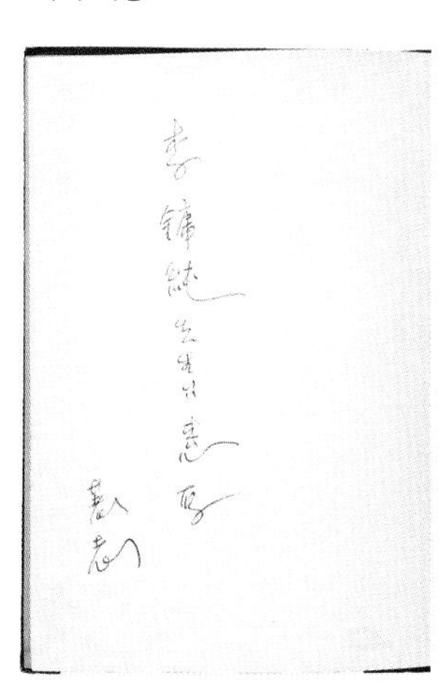

「태양 빛나는 만지의 시」가 수록된 『시단』 2집(1963) 앞표지(김환기 그림)

095

■

십이음계

十二音階

■

김종삼(1921~1984)
삼애사, 1969.6.20.
13.5×19.1cm

첫 시집인 『십이음계』(1969)의 발행 시기가 좀 늦기는 하지만, 김광림, 전봉건과 함께 펴낸 『전쟁과 음악과 희망과』(1957)에서 알 수 있듯이 김종삼은 1950년대를 대표하는 시인으로 평가된다. 『십이음계』(1969)에는 한국전쟁의 체험에서 비롯된 비극적인 세계 인식이 개성적인 언어로 표현되어 있다. 그의 대표작으로 알려진 「묵화」, 「스와니강이랑 요단강이랑」, 「북치는 소년」, 「원정」 등이 수록되어 있는데, 세상과 불화할 수밖에 없는 시인의 운명을 상징적으로 보여준 「원정」은 김종삼의 세계관을 이해하는 데 단초를 제공한다.

■

속표지

■

판권

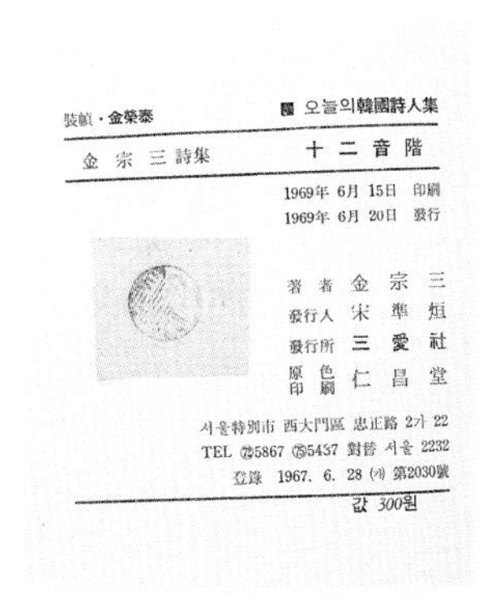

裝幀 · 金榮泰 ■ 오늘의韓國詩人集

金宗三詩集 十二音階

1969年 6月 15日 印刷
1969年 6月 20日 發行

著者 金宗三
發行人 宋準烜
發行所 三愛社
原色印刷 仁昌堂

서울特別市 西大門區 忠正路 2가 22
TEL ⑫5867 ⑬5437 對替 서울 2232
登錄 1967. 6. 28 (가) 第2030號

값 300원

■

『전쟁과 음악과 희망과』(1957, 김종삼外) 앞표지

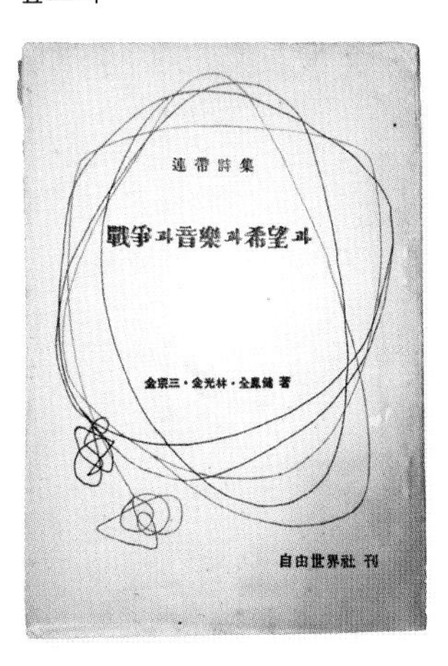

■

『시인학교』(1977) 앞표지

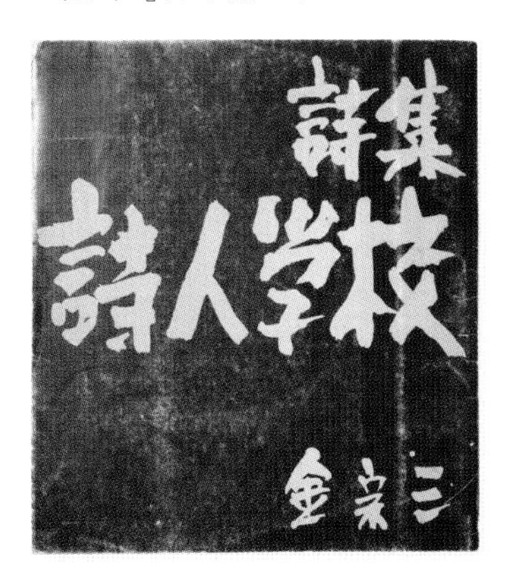

■

『누군가 나에게 물었다』(1982) 앞표지

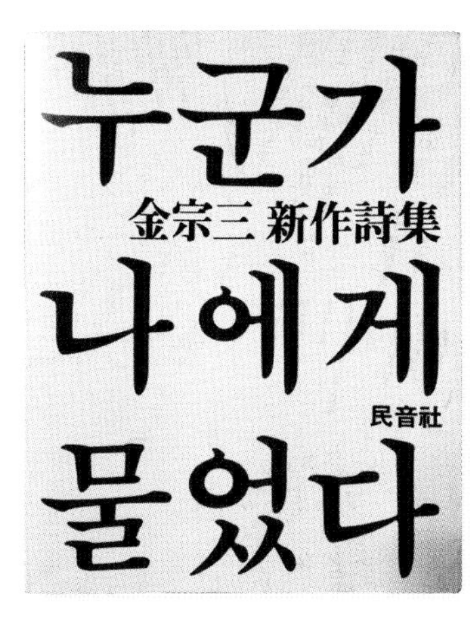

096

■

황토

黃土

■

김지하(1941~)
한얼문고,
1970.10.20.
15.3×23.2cm

김지하의 『황토』(1970)는 1970년대 민중시, 저항시의 전범을 마련한 시집이다. 현실에 대한 비관적인 인식을 바탕으로(「아무도 없다」) 고난과 시련으로 점철된 이 땅의 역사를 직시하여(「황톳길」) 투쟁 정신과 저항 의지를 다짐(「남쪽」, 「들녘」)하고 있으며, 민중에 대한 애정과 자유평등 사상(「형님」)을 드러내는 한편, 폭압에 항거하는 이미지들(황톳길, 흙냄새, 핏자욱, 새, 푸른 하늘 등)의 서정적인 상징성까지 유지된다는 점에서 『황토』의 문학사적 위상이 확인된다. 김지하의 후기 시들이 다시 서정성으로 환원하고 있음을 고려할 때, 『황토』는 김지하 문학의 출발점인 동시에 문학정신의 원형에 해당한다.

뒤표지의 저자 사진

속표지와 저자 서명

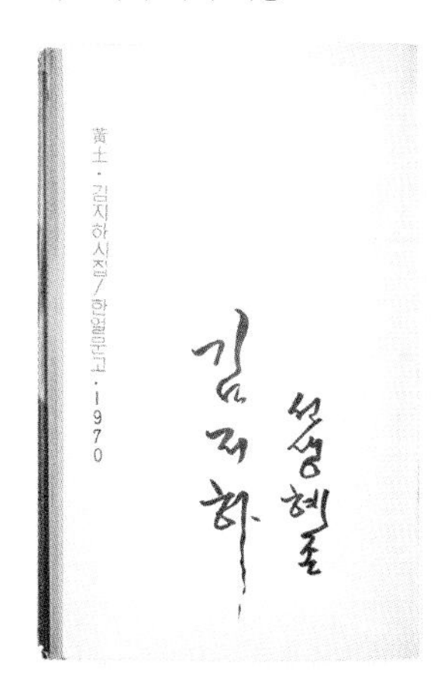

판권

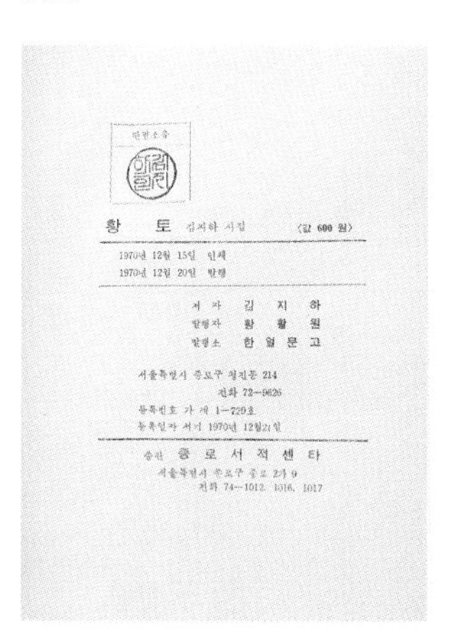

황 토 김지하 시집 〈값 600 원〉

1970년 12월 15일 인쇄
1970년 12월 20일 발행

저 자 김 지 하
발행자 황 활 원
발행소 한 얼 문 고

서울특별시 종로구 청진동 214
전화 72—9626
등록번호 가 제 1—720호
등록일자 서기 1970년 12월21일

총판 종 로 서 적 센 타
서울특별시 종로구 종로 2가 9
전화 74—1012, 1016, 1017

면화

『불귀』(1975, 일본) 앞표지

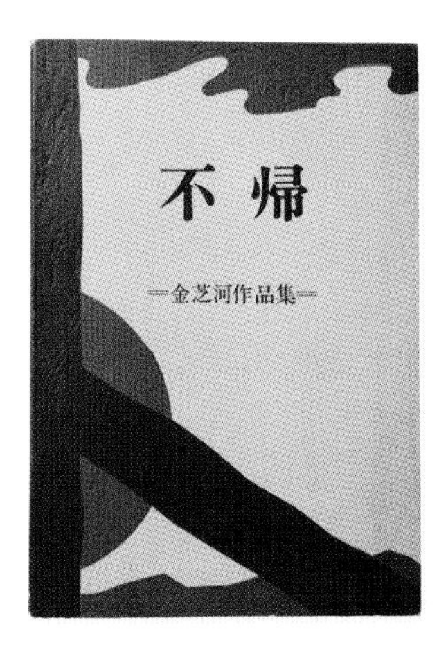

097

■

새

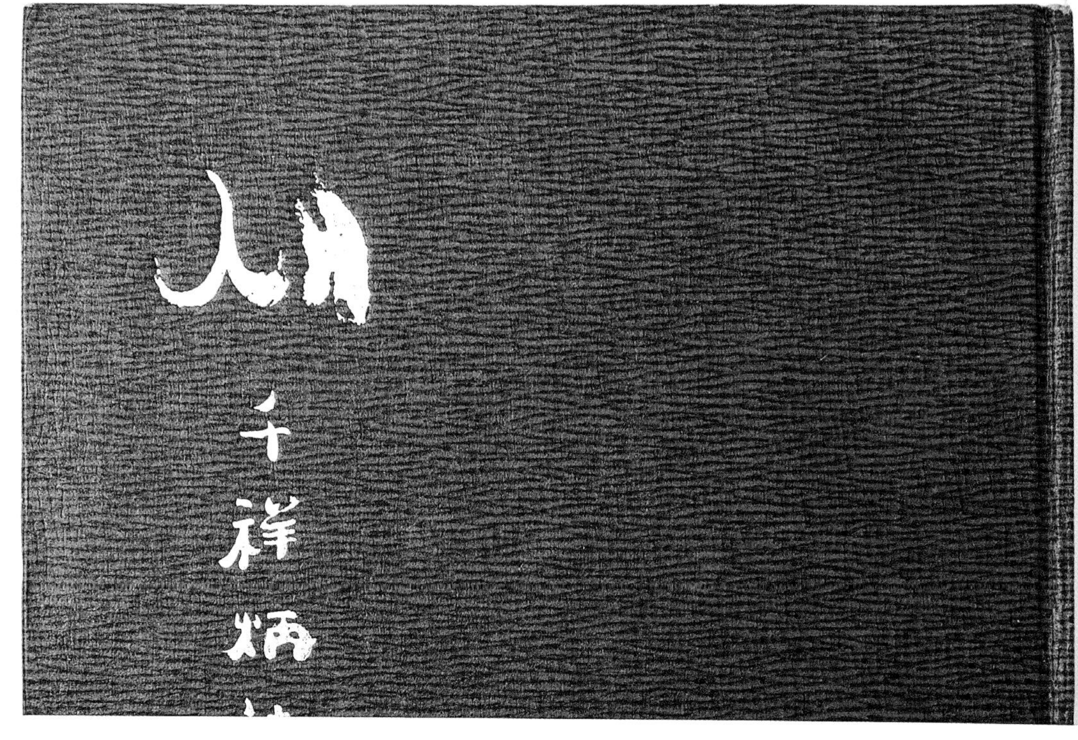

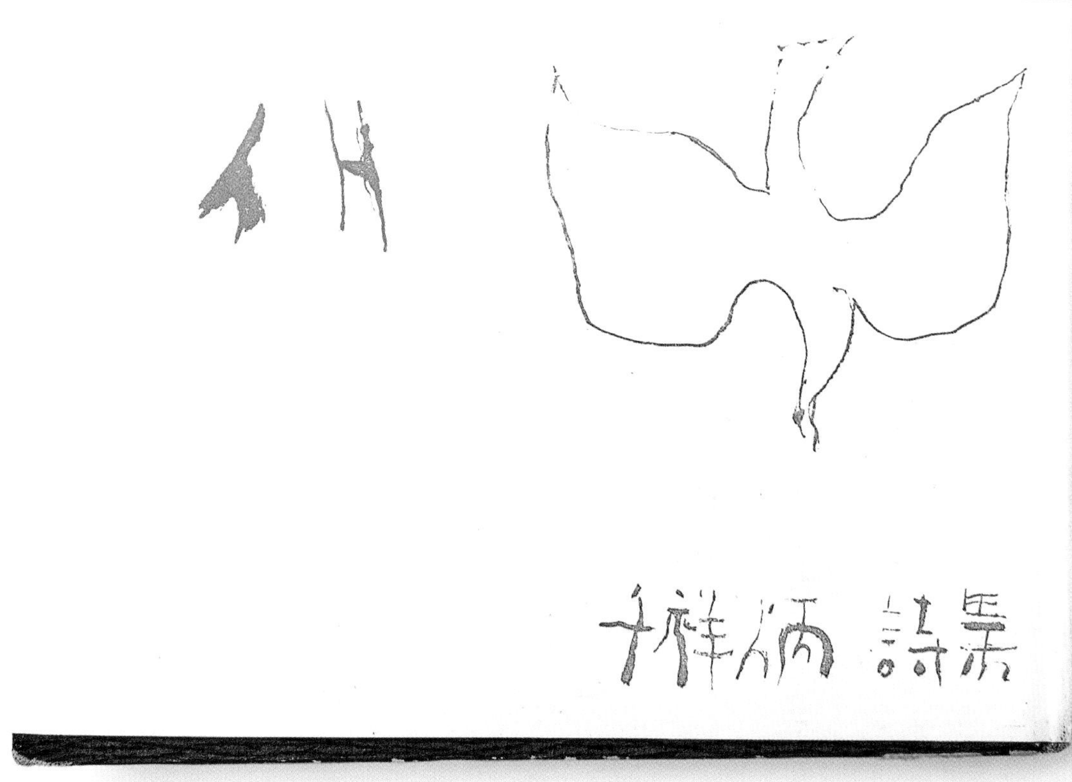

■

천상병(1930~1993)
조광출판사,
1971.12.20.
19.7×26.7cm

1949년부터 시작 활동을 한 천상병의 첫 시집 『새』(1971)의 출간 경위는 근대사의 어두운 일면과 관련된다. 천상병은 1967년 동백림 사건에 연루되어 6개월간 옥고를 치렀다. 1970년에는 고문 후유증과 음주, 영양실조 등으로 거리에서 쓰러져 행방불명되자, 1971년 지인들의 울력으로 펴낸 것이 유고시집 『새』인 것이다. 그 후 천상병이 정신병원에 수용되어 있다는 것이 알려지게 되어 그는 살아서 유고시집을 낸 최초의 시인으로 회자되었다. 평생 가난하게 살았던 시인의 생계를 위해 지인들에 의해 1992년 번각본이 출판되기도 했다. 번각본에는 민영의 「새가 날아오다」라는 발문이 덧붙여졌다. 천상병의 시 세계는 초기부터 무소유적 가난, 외로움과 달관의 세계, 동심의 세계와 자유에 대한 지향을 일관되게 보여주고 있다.

■

속표지

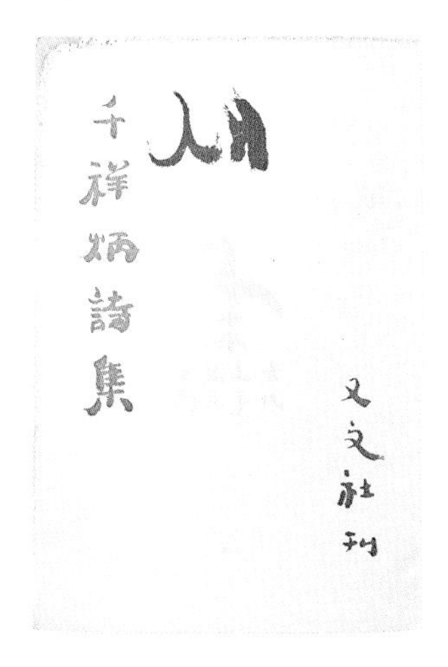

■

판권

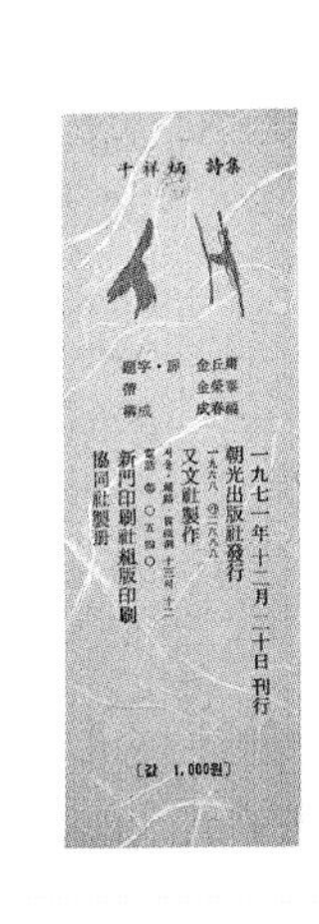
千祥炳 詩集

새

一九七一年十二月二十日刊行
朝光出版社發行
文文社製作
新門印刷社組版印刷
協同社製冊

(값 1,000원)

■

저자 소묘(김영태)

■

『주막에서』(1979) 앞표지

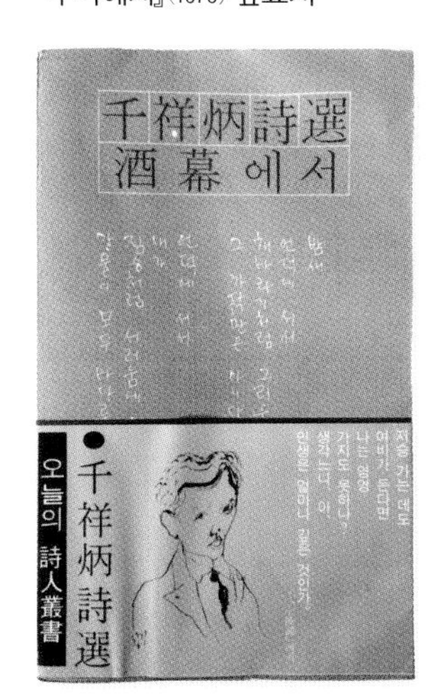

098

농무

農舞

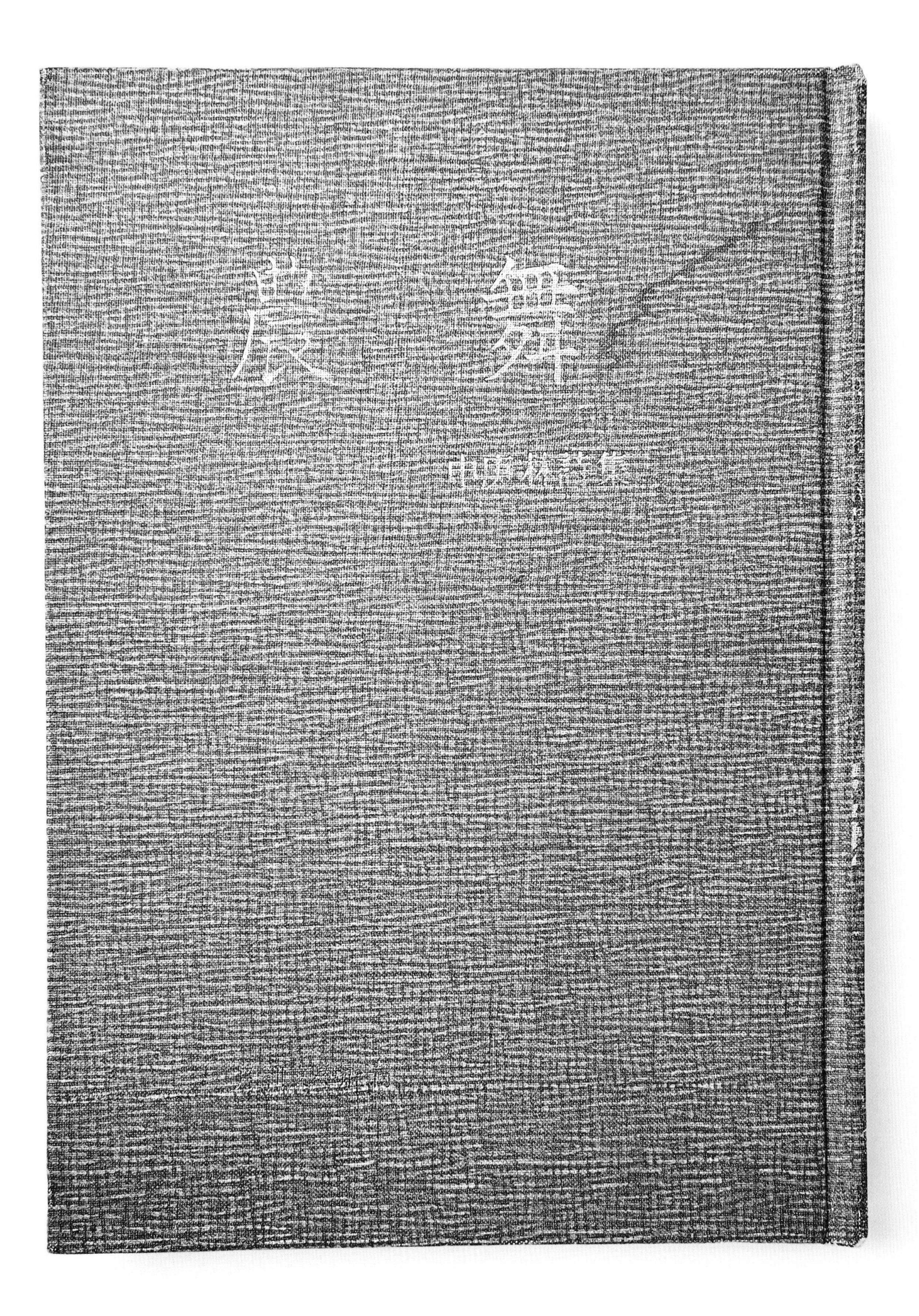

신경림(1936~)
월간문학사,
1973.3.5.
15.2×21.4㎝

1955년 등단한 신경림의 첫 시집인 『농무』(1973)에는 초기 시편과 「농무」를 위시한 농민시가 함께 수록되었다. 특히 「농무」는 1960~1970년대 산업화와 근대화의 와중에서 삶의 터전을 빼앗기고, 삶의 방식이 붕괴되는 농민들의 모습을 사실적으로 형상화한 점에서 문학사적 의의를 지닌다. "쇠전을 거쳐 도수장 앞에 와 돌 때 / 우리는 점점 신명이 난다"와 같은 반어적 형상의 제시, 민요적 리듬과 쉬운 시어의 구사 등은 이후 1970~1980년대 민중문학의 기반을 형성하는 토대가 되었다.

속표지

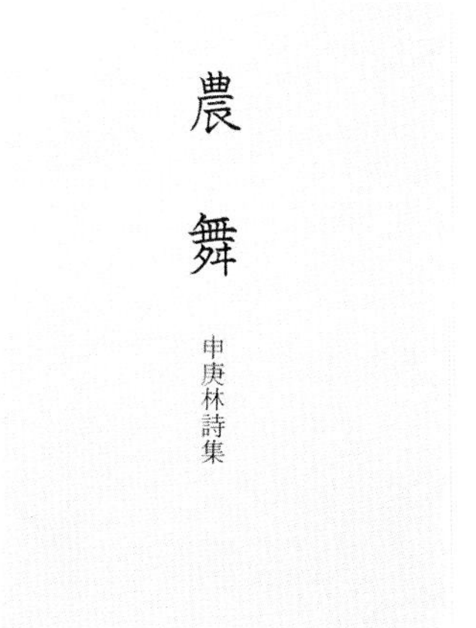

판권

1973年 3月 1日 印刷
1973年 3月 5日 發行

申庚林 詩集「農舞」

組版印刷 [illegible]

發行所 月刊文學社

[illegible]
등록번호 [illegible] 1080

값 500원

저자 서명(권오운)

재판(1974) 앞표지

099

새들도 세상을 뜨는구나

새들도 世上을 뜨는구나

황지우(1952~)
문학과지성사,
1983.10.20.
12.6×20.7㎝

저의 처녀 시집 『새들도 세상을 뜨는구나』(1983)는, 이렇게 제가 저의 육체로써 경험한 1980년대 초반의, 세계에 대한 환멸을 혼잣말처럼 중얼거렸던 것이고, 침묵은 '부역'을 의미한 우울한 시기에 그렇게 쓰지 않으면 미쳐버릴 것 같은 광적인 필연성으로 기록한 젊은 날의 괴상망측한 팬터마임이었다고 할 수 있겠습니다. 그 팬터마임은 좀 넓게 말하면 제 삶을 이끌어온 모더니티의 은폐된 본질이 파시즘임이 여지없이 드러나 버린 시점에서 파시즘의 진짜 얼굴인 공포에 대응하는 방법이었다고 할까요? (공포를 이기는 방법 중의 하나는 그 공포를 직시하는 것입니다.) 아마도 그것이 저의 악명이 된 '형태 파괴의 시'로 나타난 것이 아닐까, 생각됩니다. 그러니까 형태 파괴의 전략은 1)우리 삶의 물적 기초인 파편화된 모던 컨디션과 짝지워진 '훼손된 삶'에 대한 거울이며, 2)파시즘에 강타당한 개인의 '내부 파열'에 대한 창이며, 3) 의미를 박탈당한 언어의 넌센스, 즉 지배 이데올로기에 대한 교란이었으며, 4) 검열의 장벽 너머로 메시지를 넘기는 수화(手話)의 문법이었다고나 할까요?

황지우, 「끔찍한 모더니티」, 『문학과 사회』(1992 겨울)

■

판권

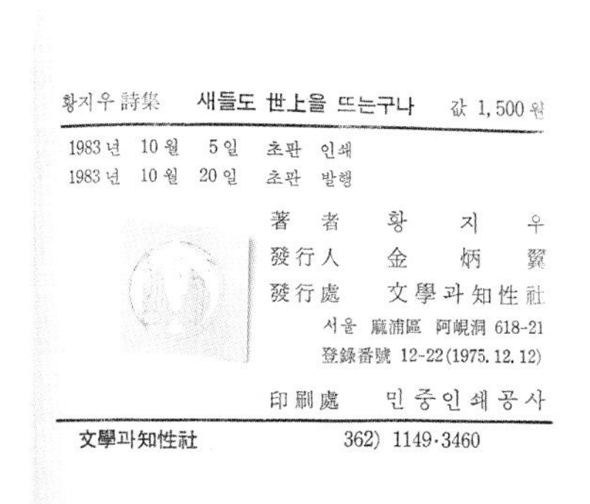
황지우 詩集　새들도 世上을 뜨는구나　값 1,500원

1983년 10월 5일 초판 인쇄
1983년 10월 20일 초판 발행

著者 황지우
發行人 金炳翼
發行處 文學과知性社
서울 麻浦區 阿峴洞 618-21
登錄番號 12-22(1975. 12. 12)

印刷處 민중인쇄공사

文學과知性社　362) 1149·3460

■

『겨울-나무로부터 봄-나무로』(1985) 앞표지

100

■

입속의 검은 잎

■

기형도(1960~1989)
문학과지성사,
1989.5.30.
12.6×20.7cm

『입속의 검은 잎』(1989)은 기형도의 유고 시집이다. 김현은 기형도의 시적 경향을 '그로테스크 리얼리즘'으로 명명했다. 기형도의 시가 개인적이고 서정적이면서도, 우울하고 섬세한 감수성으로 일상 곳곳에 퍼져 있는 폭력과 억압을 예리하게 감지하고 있기 때문이다. 그로테스크함이 사회적인 현실과 결합될 때 기형도의 시는 「전문가」, 「홀린 사람」, 「입속의 검은 잎」과 같이 사회에 대한 비판을 간접적으로 그려내기도 한다. 「전문가」는 보이지 않는 권력에 의해 길들여지는 개인의 모습이 그려져 있고, 「홀린 사람」은 거짓이 판치는 세상과 우매한 군중의 모습을 비판하고 있으며, 「입속의 검은 잎」은 권력자의 죽음에서 비롯된 공포와 불안을 그리고 있다. 이 시편들은 섬세한 감수성을 지닌 시인의 특성에 한정되지 않고, 사회 전반에 걸쳐 있는 억압과 공포를 폭로하는 역할까지 수행하게 된다

■

판권

© 기형도 1989 **입 속의 검은 잎** 값 2,000원

1989년 5월 15일 초판 인쇄
1989년 5월 30일 초판 발행

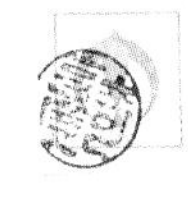

저 자 기 형 도
발행인 金 炳 翼
발행처 文學과知性社
서울 마포구 서교동 363-12
등록번호 10-34(1975. 12. 12)
인쇄처 민중인쇄공사

文學과知性社
338) 7222~3(영업)
338) 7224~5(편집)

해제

조영복

엄동섭

오영식

‘불란서식’에서 ‘한국식’으로

그때 『오뇌의 무도』가 있었고 또 우리말구어한글문장체시가 있었다

조영복(문학평론가, 광운대 동북아문화산업학부 교수)

1. 노래의 길The Song's' Line

시의 말은 ‘최후의 양식Lateness’[1]으로서 인간의 유한한 삶과 그 역사에 저항한다. 인생은 짧고 예술이 길다는 그 지루하고 흔해빠진 경구를 수용할 수 있는 것은, 나로서는, 이 경우 외에는 거의 없다. 단 하나의 규준을 설정하자면 임화의 말을 인용할 따름인데, “지나가는 길녘마다 모든 잡초를 다 꺾으려” 들어서는 안 된다는 것이니 ‘시집 백년사’는 인간의 의지보다 시 바로 그 자체의 역사이자 의지로 움직여 온 것이 아닐 수 없다. 그래서 ‘……하지 아니하면 아니 된다’로부터 ‘무엇을 할 것인가로’[2]로 관점을 전환하면서, 즉 시양식 자체의 적극적이고 능동적인 프리즘을 통해 ‘근대시집 100년’의 역사를 기록해 두고자 한다.[3]

동양삼국의 근대문학을 언급하면서 임화가 제기한 두 가지 항은 명칭문제와 언어문제이다.[4] 특히 언어 문제에 대해, “지나支那의 백화운동이 조선신문학의 모어전문母語專門과 비슷하다. 그러나 백화운동은 서구제국의 근대문학사와 같이 문어체로부터 혹은 산문의 운문으로부터의 해방과 비교될 정도의 것이다”라고 선언하고 그것은 우리신문학사가 한문문학으로부터 해방되면서 처음으로 조선어 고유어를 전용專用할 수 있게 된 것과는 분명 차이가 있다고 설명한다. 한국근대문학은 무엇보다 ‘언어(조선어)의 전용’이라는 문제와 그것을 통한 ‘유형적 분립(장르정립)’에 그 기원을 두어야 한다는 것인데, 이는 중국 근대문학과 한국의 그것과의 질적, 근원적 차이를 가리키고 있는 듯하다. 우리 근대시의 기원을 두고 일본신체시 이식, 상징주의시의 모방 등의 문제로 쉽게 단언하고 또 결론지을 수 없는 이유이다.[5]

초창시대 우리말 시는 ‘소위 불란서식所謂佛蘭西式’과 ‘한문식漢文式’ 사이에 존재한다. 전자에 안서가, 후자에 박영희가 있다. 평양문사들이 주로 썼던 ‘불란서식 문체’가 선교사들의 성서번역체에 이어져 있고 그것이 조선어구어한글문장체시(순구체시(안

1 에드워드 사이드, 『말년의 양식에 관하여』, 장호연 옮김, 마티, 2012.

2 임화, 「창조적 비평」, 『인문평론』, 1940.10.

3 시집을 일일이 열거하기보다는 시 혹은 시인을 중심으로 서술했다. 관련 시집은 함께 실린 ‘서지’에서 확인할 수 있다.

4 임화, 「개설신문학사」, 『임화문학예술전집 2』, 임화문학예술전집간행위원회, 소명출판, 2002.

5 이 글의 문제의식은 본인의 ‘우수학자지원사업(2014-2019)’의 주제의식으로부터 온 것인데, 어떤 대목은 출간원고를 전재(全載)한 것이다.

서), 조선어구어시(임화))로 정착되는 것은 우연이 아니다. 평양문사들이 주도적으로 이끈 '불란서식(문체)'은 우리말 구어문장체에 가까운 것이니만큼 독자들의 호응이 컸다. '한문식으로 된 것은 독자의 눈살흘니는 것'이라는 회고에서 보듯, 특히 일본으로부터 수입된 근대적 문예 및 미학 용어, 개념, 사상이 짙게 깔린 '(일본문자)한문식'은 재미도 적고 또 어려워 독자들이 보지 않고 그냥 넘기는 경향이 강했다는 것이다.

핵심은, '근대성'보다 우선적으로 존재하는 '언어적 해방'이라는 문제이다. 그것은 '한문맥(한자문)으로부터의 해방'을 통한 '조선어문(한글)'의 '쓰기'와, '문어문장'으로부터의 해방을 통한 '조선어구어의 음률적 개척'[6]이라는 두 과제를 관통하는데, 이는 근대시사가 본질적으로 조선어구어 한글문장체 시가의 형식 정립 및 '쓰기(에크리튀르)'의 문제에 집중할 수밖에 없음을 반증한다. 그래서 근대시사 100년의 시점에서 근대시사를 보는 또 다른 관점의 '판'을 마련해두지 않으면 안 된다. 그것이 바로 시詩이자 시가詩歌의 길이며 '노래의 길The Song's Line'이다.

'노래'는 한 시대를 아우르는 총체의 말이며 집단의 생명을 보존, 지속시키는 존재의 집이며 그래서 그 집단의 가능성을 현실화하는 권력이자 권위이다. 시가 문자로 쓰인 '글'이기보다는 발성되는 '말(노래)'이기를 바랐던 초창시대 시인들의 목소리를 기억해야 한다. 근대시사를 '노래의 길'로 펼쳐두면 그것이 곧 조선어구어(산말)의 길이자 조선어구어한글문장체의 '쓰기(문자화)'의 길이며 그것이 바로 고대로부터 현대까지 이어지는 연속적인 우리말 시가 양식의 실체이다. 근대시집 100년의 맨 앞자리에 안서의 『오뇌의 무도』를 앉혀둔 것도 이 때문이라 믿는다.

6 임화, 「조선신문학사론서설」, 『전집-문학사』, 412면.

2. '불란서식'과 '한문식'의 대결
―『오뇌의 무도』와 안서의 창작, 번역시집들

『오뇌의 무도』의 신간 광고는 안서의 역할을 분명하게 증거하는데, "譯者는 朝鮮唯一되는 南유롭 詩歌紹介者로 오래동안 고흔 韻文을 우리에게 提供ᄒᆞ여왓다"는 것이다. '남유롭식'이란 문체와 장정에 동일하게 적용되는데, 특히 안서는 개성적 호흡과 운율을 감당하면서 '운문'으로서의 고운 노래성樂調을 살리는 불란서식 문체를 탁월하게 구사했다. 서양시를 조선말 음악으로 유려하게 옮겨 둔 안서의 번역적 재능은 그의 조선어구어 한글문장체 시가의 양식론적 이해와 무관하지 않은데, '번역자'로서 안서의 목표는 번역 그 자체보다는 번역을 통한 '순구체우리말시가'의 조調와 호흡법(리듬)과 배단법을 탐구하는 데 있었고, 우리말의 랑그적 질서와 원칙에 따라 우리시의 '불란서식' 형식미학을 탐구, 작법을 규정하는 것이 그 관심의 최종심급이었다. 따라서 『오뇌의 무도』1921, 『해파리의 노래』1923, 『금모래』1925, 『안서시집』1929 등을 펴낸 그의 업적이나 공과는 그간 지나치게 축소되었거나 간과된 측면이 크다. '조선어구어한글문장체시'가 아니라면 '상징주의'든 '불란서식'이든 그것 자체도 필요없었을 것이다.

안서의 시가 기획은 주요한의 『아름다운 새벽』1924, 변영로의 『조선의 마음』1924, 소월의 『진달래꽃』1925, 만해의 『님의 침묵』1926 등 아름다운 우리말시집의 발간으로 이어졌고, 요한, 소월 등의 조선어구어한글문장체시의 '노래'는 오장환, 백석, 윤곤강, 서정주, 김수영 등에까지 영향을 끼친다. 박용철이 4행짜리 단형시체에 우리말 시가의 순금미학이 존재한다고 본 것은 안서, 요한으로부터 승계된 '노래의 길'에서 비로소 설명된다. 박용철이 『정지용시집』1935뿐 아니라 『영랑시집』1935을 발간하고 『시문학』, 『문예월간』 등의 잡지를 통해 우리말 시의 전통과 음악성을 계승하고자 한 것은 충분히 평가되지 않았다. 그는 시인이자 번역가이기보다는 잡지 발행인이자 우리말 노래의 '문자화', '쓰기화'를 고민한 스크라이브scribe로 기억되어야 한다. 한편, 최남선의 『백팔번뇌』1926, 이은상의 『노산시조집』1932, 이병기의 『가람시조집』1939, 조운의 『조운시조집』1947 등은 전통시가양식인 시조를 우리말구어문장체적 '쓰기'로 전환한 결과이다. 김동환의 『국경의 밤』1925, 『승천하는 청춘』1925, 김기림의 『기상도』1936 등은 단형시가체와는 다른 제3의 길, 서사적 시가양식의 길을 열었다는 데 의의가 있다.

3. '노래'로부터 '이미지'로, '사유' 혹은 '상징'으로의 전환

적어도 '노래의 길'의 궤도선상에서 일제시대 시집의 역사를 일별한다면, 그 길을 일순간 변화시킨 인물이 김기림이다. '모더니즘 시인이자 시이론가'라는 그의 별칭이 오랫동안 입에 익은 것은 반감상주의(주지주의)와 반노래(이미지즘)로 특징지워지는 그의 시론과 그의 지극한 지식인적 관점 때문인데, 김기림의 공헌은 우리말 시가 언어적 무게와 깊이를 얻게 되고 시에 상징적 기호들이 제자리를 잡아가는 과정과도 무관하지 않다. 음악성을 구축驅逐하고 시의 회화성, 지성을 강조한 김기림의 입장에서 '현대의 시(당대의 시)'는 청각작용이 아닌 시각작용에 의해 향수되는 것이어야 했는데, '문자시'('활자화된 시')란 음악성조차 시각작용에 의해 인지된다는 것이 그의 시론이다.[7] 김기림으로부터 촉발된 문자시의 가속화가 자유시화를 촉진시켰으며 점차 우리시의 문체는 진술체에 가까운 문장형이 주류가 되고, 산문체형 시체가 고정된다.

7 김기림, 「시의 회화성」, 『김기림 전집 2』, 심설당, 1988, 106면.

이상의 전위와 실험을 옹호하고 이상 사후死後 『이상선집』1949을 발간한 것은 근대시사의 적막하고 쓸쓸한 공지空地를 메우는 작업이라 평가할 정도로 값진 것이다. '삼사문학파'들의 실험적 가치를 평가했으며, 백석의 시재詩才를 발굴했던 것도 그의 혜안이다. 오장환, 신석정, 설정식 등의 시집에 대한 평가, 유치환, 장서언, 장만영, 김광섭, 김광균 등의 신진시인들을 길러낸 것도 그의 업적이다. 시론가 임화의 '거울'은 거의 언제나 '김기림'이었을 것이다. '단편서사시' 장르를 개척하고 프로시가의 질적 전환을 이룬 임화의 공적을 언급하지 않을 수 없는데, '관념'과 '노래' 사이에서 서성이면서 낭만적인 열정과 서정적 비극성을 강렬하게 드러낸 『현해탄玄海灘』1938, 『찬가讚歌』1947, 『회상시집回想詩集』1947, 『너 어느 곳에 있느냐』1951 등은 기억할 시집이다. 현재까지도 근대시사상 시집에 대한 평가는 김기림의 관점이 개입돼 있는데, 노천명, 모윤숙 등 여성시인들 역시 김기림에 와서 보다 온전한 시론적 관점을 얻게 된다.

4. 우리말구어한글문장체 시의 완전한 미학
―정지용과 그 후예들의 시집

반센티멘탈리즘, 반음악주의를 근대시의 기치로 내건 김기림은 문득 정지용의 「귀로歸路」를 꺼내들고는 '자음의 교향악'이라 평가한 바 있는데, 음악성과 회화성, 청각과 시각 등으로 분리된 시론사가 정지용 시에 와서 어떻게 통합되는지를 이만큼 명징하게 드러내기는 어려울 것이다. 우리말구어한글문장체 시의 궁극적 원리와 질서가 정지용에게서 정착되었다는 뜻이기도 하다. 김기림은 정지용을 들어 '우리말의 장단과 억양을 살리고 우리말의 풍부한 가능성을 증거한다'고 평가했다. 조선어의 '고저장단'의 억양법을 미래 세대의 시인들에게 실현되기를 기대하면서 김기림은 '정지용의 시는 과거의 시의 전통에 가장 가까운 시면서 또 높이 평가할 수밖에 없는 것'임을 고백한다.[8] 과거 시의 음악성, 감상주의를 배제하고자 했던 김기림의 관점은 당대 최고의 시인 정지용에게 오면 이렇게 무너진다. 노래가 아니라면, 낭영되는 시

8 김기림, 「현대시의 발전」, 『조선일보』, 1934.7.12~7.22.

의 언어가 아니라면, 우리말의 낭음적 요소, 각각의 억양, 장단, 고저는 어떻게 실재화 될 수 있단 말인가.

정지용을 앞에 두고 김기림, 김환태 등 당대 비평가뿐 아니라 장만영, 윤곤강, 김광균 등의 신세대 시인들이 화답한다. '감정과 감각과 이지의 신비한 결합'이 정지용 시의 특장이다. 그러니 말의 '절약술'의 대가로서 지용의 '눌언'은 '달변'이며 '냉담'은 '깊이'인데, 『정지용시집』1935, 『백록담』1941 등 그의 시집들은 근대시사 100년의 궤도 상에서 우리말 시의 한 정점을 찬연하고도 황홀하게 밝혀주는 증좌이자 지표가 아닐 수 없다.

5. '바리'의 언어를 계승한 여성시인들의 시집

한국 여성시인들을 언급하지 않을 수 없다. 나혜석, 김명순, 노천명, 모윤숙 등의 1세대 여성시인들을 열거해 둔다. 모윤숙의 『빛나는지역』1933, 노천명의 『산호림』1938 등 1세대 여성시인들의 시집을 굳이 평가해야 하는 이유는 근대시사상 여성시인들의 '결핍' 그 자체가 여성시인들의 가치이자 공헌이며 그들의 언어 자체의 불완전성이 바로 그들의 존재 이유이기 때문이다. 남성중심의 한국시단사에서 '생물학적 여성성'이 그 특이함의 조건이라 해도 그 이면에는 글쓰기의 운명적 조건을 거부할 수 없는 존재론적 비애가 자리했다. 박화성은 이 모순적 상황을 '귀신에 들리다'라 고백했는데, 쓰지 않고는 견딜 수 없는 숙명과 여성으로서 글을 쓴다는 것의 비애가 이 말에 표명되어 있다.

196,70년대 김남조, 허영자, 문정희 등의 2세대 시인들과, 이 다음 세대 즉 1980년대 전후 '젠더'로서의 여성성을 내세우면서 등장한 최승자, 고정희, 김혜순 등의 3세대 시인들도 같이 등기해 둔다. 여성시인들은 남성 시인의 배경으로 혹은 후면에 있지 않고 남성시인들과 동렬에 아니 그들보다 더 전위에 서서 여성의 언어를 창안하고 여성성을 여성적인 글쓰기로 증언한다. 당시 '여성'으로서의 자각은 7할이 최승자의 『이 시대의 사랑』(1981)에서 왔다고 다소 과장되게 말할 수도 있는데, 예리하고 섬세하며 공격적인 여성시인들의 말이 '나'를 아프게 하고 '나'를 성장시켰던 것이다. 예컨대 '개같은 가을'식의 그 격렬해서 끔찍한 시인의 심연은 낯설고 잔혹해서 신비하기까지 한 여성언어의 한 경역이었다. 여성작가들의 시집이 출판시장의 선

두에서 독자들의 관심을 모으고 베스트셀러대열에 오른 것은 시사적詩史的 사건이다. 이전의 여성시인들에게 붙여졌던 '여류시인'이라는 명칭이 1980년대 들어 비로소 사라진 것도 여성시인들의 시집이 갖는 가치이자 의의일 것이다.

6. 해방 이후 시집들의 행진

해방 이후 시사에 기록될 시인들은 서정주, 김춘수, 김수영, 그리고 그 뒤를 이은 고은, 황동규, 김지하, 박노해, 황지우 등이다. 무엇보다 그들의 시집에서 우리말구어 한글문장체에 녹아든 사상, 철학, 이념, 메타시론, 메타시학 등의 가치를 확인할 수 있다는 점에서 그들을 평가하지 않을 수 없다. 더 이상 '구어'라는 조건이 필요 없을 정도로 자연스런 우리말 표현과 리듬이 그들의 시에 살아있다.

서정주의 시는 들어가기는 쉬운데 빠져나오기가 어렵다. 난해한 시어나 심오한 비유가 없고 쉬운 언어로, 우리가 다 이해할 수 있는 문장으로 쓰였는데, 그럼에도 시를 읽고 나면 무엇인가 녹녹치 않은 기운이 느껴진다. 서정주의 시가 탄탄한 시적 사유를 거느리고 있다는 것의 반증인데, 우리말 시가 철학을 하고 있다면 그것의 기원은 서정주에 있다. '영원의 철학', '영원회귀의 사상'과 같은 난해한 주제들이 『화사집』1941, 귀촉도』1947, 『신라초』1960 외에도 그의 시집 전반에 녹아들어 있다.

김춘수의 '의미없게 시 쓰기(무의미시)'의 시도는 '의미읽기'에 시 해석의 모든 것을 걸었던 대중들로서는 이례적인 것이었다. 늙어서도 소멸되지 않는 김춘수의 '패기'에는 그 밑바탕에 '언어'라는 중요한 문제가 놓여있다. 김춘수에게 시란 '언어'로 오는 것이지 그 이상도 그 이하도 아니며, 그 어떤 것도 언어 '다음'에 존재하는 것이지 언어보다 '앞'서지 못한다. 그런데 '의미'도, '무의미'의 시학도, '존재의 실존'이라는 그 어려운 하이데거식의 철학 용어를 알지 못해도 김춘수의 시는 아름답다. 우리말이 이미지에 찬연하게 녹아들어있기 때문이다. 『부다페스트에서의 소녀의 죽음』1959이 대중적으로 잘 알려지게 된 것은 거기에 「꽃」이 실려있는 탓인데, 그것이 일종의 '연애시'로 이해되면서 시의 대중적 관심을 끌어올린 것은 기억되어야 한다. 시인의 손을 떠나는 순간 시는 이미 독자의 편에 서 있음을 이처럼 자명하게 드러내기는 어렵다. '처용단장' 연작시편에서 '언어 희롱'과 '언어 해체' 사이에 찡긴 시인의 좌절의 표정을 읽는 것도 흥미로운데, 『타령조 · 기타打令調·其他』1969 등의 시집이 여기에 값한다.

'겸손한 귀족'이란 김수영 시학과 깊은 관계가 있는데, 김수영은 시를 '유희적인 것', '농담'으로 이해한다. 시가 일상어의 질서와는 다르다는 것, 일종의 농담이자 말의 재구성이라는 것을 김수영은 강조한다. 그러니까 김수영의 시는 일종의 '유희의 시학', '역설의 시학'이 아닐 수 없다. 김수영의 시는 지적으로, 그 말의 이면을 곱씹어 가면서 이해하는 것이 필요한데, 이 점에서 그는 서정주와 닮았다. 서정주보다 훨씬 더 일상어 문장으로 구어체로 쉽게 쓰지만 실상 김수영의 시는 쉽지 않다. 그의 말은 시의 메타적 진술 곧 시학이다. 생전에 발간한 시집인 『달나라의 장난』1959에서는 사변성이 여전하지만 그 이후 그의 시는 유례없는 시적 고유성을 갖추게 되고 그의 산문 역시 누구도 근접하기 어려운 메타시학의 진술로 깊이를 더하게 된다. 학문적 논의의 차원에서든 대중적 관심의 차원에서든 김수영 사후 출간된 그의 시집들은 항상 '양심'을 비추는 거울처럼 대중들의 손에 들려있었다.

너무 길어졌다. 현재 활동 중인 몇 시인들의 시집도 같이 언급해 두고자 한다. 고은의 『피안감성彼岸感性』1960의 그 섬세한 기품은 물론이고 그것에 음화처럼 놓여진 상상력의 위악성은 아마 그가 승려 출신이라는 점을 제외하면 제대로 이해되기 어렵다. 고은 필력의 절정에서 쏘아올려진 『만인보』1986는 그 자체로 기억되어야 한다. 시가 어떻게 그 단순성과 단편성을 해소하고 서사로, 역사로, 기억으로 되돌아가는가를 보여준다는 점에서 그것은 시의 양식적 확장이자 서사적 회귀이다. 황동규의 『삼남三南에 내리는 눈』1975의 대중적 인기도 지적해야 한다. 영화 〈편지〉1997에서 인용된 「즐거운 편지」 덕이다. 시가 영화의 문맥 안으로 흘러들어가 스크린 상에 투영되는 순간, 그것은 더 이상 시가 문자로, 즉 선조적 시간의 흐름 가운데 문자의 '죽은 꽃'으로 존재하지는 않는다. 1980년대 노동시의 문을 연 박노해의 『노동의 새벽』1984이 준 감흥과 경이로움도 언급해야 하는데 이것이 1980년대의 '새벽'을 열었다면, 황지우의 『새들도 세상을 뜨는구나』1983는 언어의 해체를 통해 정치와 사회를 해체, 해부하는 언어의 힘을 보여주었다는 점에서 1980년대의 문을 닫았던 시집이라 평가할 수 있다. 김지하의 『황토』가 준 그 날카롭고도 신비주의적인 말의 경이로움은 1980년대 상아탑의 지성을 '실천'으로 전환시키는 역동적인 힘이 되었다. 이념이 무너지고 근대의 종언이 혼란스럽고도 수선스럽게 몰아치는 20세기는 그렇게 종언이 되었다. 근대시사 100을 넘어 '『오뇌의 무도』 100년'이 되었고 '한국시집 100년'의 또 다른 역사를 향해 한국시의 새로운 문이 열릴 차례이다.

이제 우리말이 로마니제이션romanization 하는 단계를 넘어, 우리말 노래를 글로벌

사회가 함께 부르고 함께 배우는 시대의 한가운데 우리는 서 있다. '불란서식'으로부터 '한국식(한류, K-Culture)'으로의 경이로운 전환을 목도하고 있는 것이다. 우리말 구어한글문장체시의 '쓰기(문자화)'와 '음악화'를 오직 목표로 했던 『오뇌의 무도』가 100년 전의 '거기'를 비추는 것이 아니라 오늘 이 자리를 비추고 있다. 그러니 이렇게 질문하면 어떤가?

'오뇌의 무도'란 무엇인가? '시집 100년의 시작?' 아니다. 그때 『오뇌의 무도』가 있었고 또 우리말구어한글문장체시가 있었다. '조선어구어시의 음률적 개척(임화)'의 완성이 현재 우리 시대가 목격하는 'K-Culture' 아닌가. 'K-Culture'의 기원이 『오뇌의 무도』이자 우리 '근대시집 100년의 역사 바로 그것'이라 감히 우겨본다.

용서를…….

식민지시기 근대 시집의 출판 양상

엄동섭(근대서지학회)

하동호 선생은 『오뇌의 무도』가 간행된 1921년부터 1950년 6월까지 출판된 시집 374종을 정리한 바 있다.[1] 고전시가집이나 외국어 표기 시집 등이 더러 포함되어 있고, 몇몇 누락된 시집이 있기는 하지만 실물에 기초해 근대 시집의 총량에 다가선 서지 정리는 아직까지 유일한 형편이다. 이 책의 말미에 수록된 근대 시집 목록도 하 선생의 작업에 약간의 손을 보았을 뿐이다.

1 하동호, 「한국근대시집총림서지정리」, 『한국학보』 제28집, 1982.9, 145~174쪽.

400여 종의 시집을 개개이 살피는 일은 능력에 미치지 못한다. 식민지시기 근대 시집을 발행한 주요 출판사의 면면을 중심으로 그 출판 양상을 성글게나마 살펴볼 요량이다. 단, 앞에서 언급한 대로 고전시가집이나 한시 번역서, 외국어로 표기된 시집 등은 논외로 한다.

1. 근대 시집 출판의 시작, 광익서관과 회동서관

근대 시집의 첫 출판은 고경상의 광익서관에서 이루어졌다. 광익서관은 1917년부터 1923년 무렵까지 근대 번역문학 출판의 선구적 역할을 담당했다. 고경상은 광익서관을 통해 『태서문예신보』1918, 『삼광』1919, 『여자시론』1920 등의 보급을 책임지며 김억, 홍난파 등 일본 유학생 필진과의 인연을 쌓아갔다. 신문관의 판권을 인수해 『무정』 재판1920을 발행한 이후, 고경상은 김억이 동인으로 참여한 『폐허』1920의 발행인을 맡는 한편 김억의 『오뇌의 무도』 초간본1921을 펴냈다. 뿐만 아니라 홍난파의 번역소설집 『첫사랑』1921과 『어대로 가나』1921, 오천석의 번역동화집 『금방울』1921 등을 연달아 출간했다. 이처럼 근대 최초의 번역시집인 『오뇌의 무도』가 번역문학 전문 출판사에서 나온 것은 당연한 일일 수밖에 없다.

광익서관 몰락 이후 고경상은 1933년 삼문사를 설립하여 김유정의 『동백꽃』

1938, 이기영의 『신개지』1938, 이무영의 『명일의 포도』1938, 이태준의 『화관』1938, 이효석의 『성화』1939, 김말봉의 『밀림』1942 등 '조선문학전집'을 간행하여 재기하였다. 삼문사에서 발행된 시집으로는 이상필의 『잔몽』1937이 있다.

한편 고경상의 형 고유상이 운영한 회동서관에서는 김억의 번역시집 『원정』1924, 한용운의 『님의 침묵』 초간본1926이 발행되었다. 또한 고유상은 '경성서적업조합'의 조합장을 역임했는데, 조합의 영업부가 독립해 설립한 조선도서주식회사에서는 근대 최초의 창작시집인 김억의 『해파리의 노래』1923, 김억의 번역시집 『오뇌의 무도』 재간본1923, 박종화의 『흑방비곡』1924이 간행된 바 있다.

2. 시집 출판 1,2위 한성도서주식회사와 박문서관

일제강점기에 시집을 가장 많이 발행한 출판사는 한성도서주식회사와 박문서관이다. 한성도서는 창작시집 19종을, 박문서관은 창작시집 10종과 번역시집 1종 등 총 11종을 펴냈다.

장도빈이 중심이 되어 1920년 설립한 한성도서주식회사는 애초 일간신문의 발간을 계획했다가 도서 출판과 잡지 발행으로 방향을 돌려 출판업, 인쇄업, 서적 판매업 전반에서 일가를 이뤘다. 초창기에는 『나의 참회』1921, 『데모쓰테네쓰』1921, 『성길사한』1921, 『윌슨』1921, 『짠다크』1921, 『가리발디』1923, 『해부인』1923 등의 번역서에 주력하다가 1920년대 중반부터 근대문학 출판에도 관심을 기울였다.

한성도서주식회사에 출판된 창작시집에는 김억의 『금모래』1924, 김동환의 『국경의 밤』1925, 김명순의 『생명의 과실』1925, 김억의 『안서시집』1929, 이진언의 『행정의 우수』1932, 이은상의 『노산시조집』1932, 김성실의 『찬송의 약동』1932, 김태오의 『설강동요집』1933, 장정심의 『주의 승리』1933, 장정심의 『금선』1934, 김희규의 『님의 심금』1935, 이서해의 『이국녀』1937, 이찬의 『분향』1938, 임학수의 『후조』1939, 한죽송의 『방아 찧는 처녀』1939, 윤곤강의 『동물시집』1939, 심이랑의 『분이』1940, 윤곤강의 『빙화』1940, 차원홍의 『전원』1944 등이 있다.

그리고 1930년대에 들어서는 이광수의 『흙』1933, 이태준의 『달밤』1934, 김동인의 『감자』1935, 이기영의 『고향』1936, 심훈의 『상록수』1936, 이태준의 『가마귀』1937 등 많은 명작 소설집도 간행하였다.

노익형이 1907년 설립한 박문서관은 『월남망국사』1907, 『이태리건국삼걸전』1908, 『국어문전음학』1908, 『국어문법』1910 등 주시경의 번역서와 저서로부터 출발했다. 1917년 이후 신구소설류와 번역서 출판에 참여하여 사세가 신장되었고, 1931년 대동인쇄주식회사를 인수함으로써 출판업, 인쇄업, 서적 판매업 분야에서 당대 최고의 지위를 획득할 수 있었다.

특히 1920년대 중반 이후 근대소설 출판에 주력하여 염상섭의 『견우화』1924, 현진건의 『지새는 안개』1925, 이광수의 『마의태자』1928, 박태원의 『천변풍경』1938, 채만식의 『탁류』1939, 이효석의 『벽공무한』1941, 이태준의 『돌다리』1943 등 걸출한 소설집을 선보였다.

박문서관에서는 김기진의 번역시집 『애련모사』1924를 위시하여 조선동요연구협회 편집의 『조선동요선집』1929, 윤석중의 『윤석중동요선』1939, 이하윤 편집의 『현대서정시선』1939, 김소월의 『소월시초』1939, 이광수의 『춘원시가집』1940, 박팔양의 『여수시초』1940, 이찬의 『망양』1940, 윤석중의 『어깨동무』1940, 강소천의 『호박꽃초롱』1941, 김억의 『안서시초』1941 등의 창작시집이 간행되었다. 이중 『윤석중동요선』, 『현대서정시선』, 『소월시초』, 『여수시초』, 『안서시초』 등은 박문문고 시리즈로 발간되었는데, 박문서관의 시집 출판은 1920년대부터 활발했던 소설집 출판과는 달리 박문문고 간행 시기에 집중되는 양상을 띤다.

3. 문고본 시집들

일제강점기 문고본 출판의 쌍벽을 이룬 출판사는 박문서관과 학예사이다. 박문서관에서 1939년부터 1943년까지 18책을 펴냈고, 해방 후 박문출판사에서 4책을 더 내어 박문문고의 총 권수는 22책이 된다. 앞서 언급한 것처럼 『윤석중동요선』, 『현대서정시선』, 『소월시초』, 『여수시초』, 『안서시초』 등이 박문문고의 시집들이다.

학예사는 임화와 김태준이 주축이 되고, 최남주가 출자하여 1938년 설립된 문학 및 학술 전문 출판사이다. 학예사에서는 1939년부터 1941년까지 20책의 조선문고를 발간했다. 조선문고 중 창작시집에는 임화 편집의 『현대조선시인선집』1939과 김기림의 『태양의 풍속』1939이 있고, 번역시집에는 임학수의 『현대영시선』1939이 있다.

이들 중에서 조선문고의 『태양의 풍속』과 박문문고의 『여수시초』는 문고본 이

외에 4·6판의 양장본(호화본)이 따로 발행되어 이채를 띤다. 두 시집 모두 문고본이 먼저 출간되고, 양장본이 그 뒤를 이었다. 『태양의 풍속』은 문고본이 1939년 9월 6일에, 양장본이 1939년 9월 25일에 출간되었고, 『여수시초』는 문고본이 1940년 3월 30일에, 양장본이 1940년 6월 15일에 100부 한정판으로 간행되었다.

이 밖에 영창서관에서도 영창문고를 기획했는데 실제로 간행된 것은 김시홍의 번역시집 『하이네시집』1940이 유일하다. 이마저도 1926년 초간된 것을 문고본 형태로 재간했을 뿐이다. 좁은 의미에서 살펴본다면 식민지시기에 출판된 문고본 시집은 박문문고 5종, 조선문고 3종, 영창문고 1종 등 9종에 그친다.

4. 시인이 운영한 출판사에서 발행된 시집들

시인이 출판사를 운영하며 시집을 출간한 사례는 김억의 매문사와 신문학사, 황석우의 조선시단사, 양주동의 문예공론사, 김동환의 삼천리사, 박용철의 시문학사, 오일도(오희병)의 시원사, 오장환의 남만서방 등을 꼽을 수 있다.

한성도서주식회사에서 발행한 『국경의 밤』1925 초간본과 재간본의 판권지에는 김억이 편집 겸 발행자로 표기되어 있다. 이처럼 그는 1925년 무렵 한성도서주식회사에서 편집인으로 근무했는데, 이와는 별도로 매문사와 신문학사 등 2곳의 출판사를 운영하기도 했다. 매문사에서는 김억의 『봄의 노래』1925와 김소월의 『진달래꽃』1925 등 창작시집 2종과 문예잡지 『가면』이 발행되었다. 특히 『진달래꽃』은 동시대의 이본이 3종이나 있어서 출판 경위 및 이본 간의 판차 등의 문제가 근대문학 서지 연구의 난제로 남아 있다. 김동환의 창작시집 『승천하는 청춘』1925을 펴낸 신문학사의 주소는 '경성부 연건동 121번지'로 매문사와 동일하다. 이 점을 염두에 둘 때 신문학사도 김억이 운영했던 출판사였을 것이다. 한편 『승천하는 청춘』신문학사의 발행일은 1925년 12월 25일이며, 『진달래꽃』매문사의 발행일은 1925년 12월 26일이다. 단 하루 차이로 2책의 시집이 간행된 점이 퍽 놀랍다. 『국경의 밤』을 편집하여 발행하고, 『봄의 노래』, 『진달래꽃』, 『승천하는 청춘』 및 『가면』을 간행한 1925년은 출판인 김억의 전성기였던 해였다.

근대 최초의 시 동인지 『장미촌』1921을 주재한 바 있는 황석우는 조선시단사를 설립하여 1928년 시 잡지 『조선시단』을 펴냈다. 『조선시단』은 1928년 창간호와 제

2·3호합본, 1929년 제4호와 제5호, 1930년 제6호가 발행되었으며, 1934년 제8호가 속간된 바 있다. 이 중 특대호인 제5호는 『청년시인백인집』으로 꾸며졌다. 엄밀히 말해서 『청년시인백인집』은 시집이 아닌 시 잡지의 별칭이지만, 잡지 전체가 사화집으로 꾸며졌다는 점에서 시집에 준하는 대우를 받고 있다. 등재된 필진들의 면면을 살펴보면, 중앙의 기성 시인보다는 '청년시인'이란 제목처럼 지방 시인이나 시인 지망생들이 주로 선별되었다. 조선시단사에서 출판된 창작시집으로는 황석우의 『자연송』1929이 있다.

『금성』1923 동인으로 출발한 양주동은 평양 숭실전문학교 교수로 재직 중이던 1929년 5월 『문예공론』을 발행하여 시작과 평론 활동을 의욕적으로 이어가려 했다. 하지만 『문예공론』은 당대의 시국 상황과 이분화된 문단의 대립 속에서 1930년 1월 제3호로 종간되고 만다. 양주동도 10년 동안의 시작 활동을 마감하는 『조선의 맥박』1932을 간행한 후, 문학청년에서 고전문학 연구자로 변모하게 된다.

『국경의 밤』1925과 『승천하는 청춘』1925으로 성가를 올린 김동환이 1929년 7월호부터 1942년 1월호까지 발행한 『삼천리』는 식민지시기 가장 성공한 대중잡지로 평가된다. 하지만 1938년 5월호 이후 편집 방향이 총독정치에 동조하는 쪽으로 변화된 점이나 1942년 5월호부터는 아예 잡지명을 『대동아』로 바꾼 점 등 그 친일 행태에 대해서는 비판을 피할 길이 없다. 삼천리사에서는 이광수, 주요한, 김동환의 합동창작시집 『시가집』1929이, 대동아사에서는 김동환의 창작시집 『해당화』1942이 각각 출판되었다.

박용철은 '민족 언어의 완성'이란 시학을 실현하기 위해 시문학사를 운영하며 『시문학』 제1호~제3호1930~1931, 『문예월간』 제1호~제4호1931~1932, 『문학』 제1호~제3호1933~1934 등 10권의 문예지를 발행했다. 또한 시문학파 동인들인 이하윤의 번역시집 『실향의 화원』1933 및 정지용과 김영랑의 창작시집 『정지용시집』1935과 『영랑시집』1935을 출판했다. 그러나 정작 박용철은 자신의 시집 간행을 고사했기 때문에 그의 시집은 생전에 나오지 못하고, 작고 후 미망인에 의해 『박용철전집 제1권 시집』1939과 『박용철전집 제2권 평론집』1940으로 묶여졌다. 『박용철전집』은 근대문학 최초의 개인전집이라는 점에 의의가 있다. 이들 전집의 총판매소는 동광당서점이었는데, 동광당서점에서 발행된 유일한 시집은 임화의 『현해탄』1938이다.

박용철이 주재한 『시문학』, 『문예월간』, 『문학』 등이 모두 폐간된 이후, 시 잡지의 명맥을 이은 이는 『시원』 제1호~제5호1935를 간행한 오일도이다. 시원사에서는 창작시집인 오일도 편집의 『을해명시선집』1936과 조동진의 『세림시집』1938이 출판되었다. 『세림시집』의 저자 조동진은 조지훈(조동탁)의 맏형으로 1937년 급서했는데, 마침 동향(경북 영양) 선배인 오일도 밑에서 일을 도와주고 있던 조지훈의 주선에 의해 시원사에서 유고시집 『세림시집』이 나오게 된 것이다.

오장환은 1938년부터 남만서방을 운영하며 완성도가 빼어난 창작시집 3책을 출판했다. 오장환의 『헌사』1939, 김광균의 『와사등』1939, 서정주의 『화사집』1941이 그것인데, 이들 시집은 문학적 완성도는 물론 호화로운 출판물로도 손꼽힌다. 특이한 사항은 발행자가 동일함에도 불구하고, 『헌사』는 남만서방, 『와사등』은 남만서점, 『화사집』은 남만서고 등으로 발행소명을 약간씩 달리한 점이다. 또한 『헌사』를 80부 한정으로, 『화사집』을 100부 한정으로 찍으면서도 이들 한정본과는 물성이 다른 보급본을 따로 펴내기도 했다. 이 둘에 견준다면 『와사등』도 한정본으로 간행되었을 가능성이 크다.

5. 문예지 출판사에서 발행된 시집들

시인 이외의 문화인이 문예지를 주재하면서 간간이 시집을 출판한 사례로는 방인근의 조선문단사, 이무영의 조선문학사, 민태규의 낭만사, 홍순렬의 풍림사, 이인영의 시인춘추사, 김정기의 맥사, 구본웅의 청색지사, 김연만의 문장사, 최재서의 인문사 등을 들 수 있다.

『조선문단』은 방인근이 주재하여 1924년 10월 창간호부터 1926년 6월호까지 통권 17호가 발행되었고, 남진우가 그 뒤를 이어받아 1927년 1월호부터 그해 3월호까지 통권 3호가 세상에 나왔다. 그 뒤 이성로가 1935년 2월호부터 1936년 1월호까지 통권 6호를 간행하여 통권 호수는 26호가 된다. 주요한의 창작시집 『아름다운 새벽』1924은 방인근이 주재하던 조선문학사에서 출판되었으며, 『조선문단』의 마지막 편집인인 이성로도 이학인이란 필명으로 창작시집 『무궁화』1924를 희망사에서 간행한 바 있다.

논란의 여지가 있지만 1933년 이무영에 의해 창간된 것으로 추정되는 『조선문학』은 1939년 7월까지 20호가 간행되었다. 조선문단사에서는 창작시집인 박일권의 『나그네』1935와 정호승의 『모밀꽃』1939이 나왔다. 이무영의 증언에 따르면 본명이 영택인 정호승은 조선문학사의 운영 자금을 댄 것으로 알려져 있다.

1936년 11월 민태규가 간행한 『낭만』은 제1집이 마지막 호가 되었다. 시 전문지를 표방한 점에서 『낭만』 제1집은 정식 시집은 아니다. 하지만 황석우가 편집, 발행한 『조선시단』 제5호가 사화집으로 구성되어 『청년시인백인집』1929이란 이름으로 간행된 사례를 고려하면, 『낭만』 제1집1936도 시집의 범주에서 다뤄도 무방할 듯싶다.

홍순열이 발행한 문예지 『풍림』은 1936년 12월 창간되어 통권 8호까지 나왔다. 풍림사에서는 윤곤강의 『대지』1937, 오장환의 『성벽』1937, 이찬의 『대망』1937이 간행되었는데, 이들 모두 해당 시인들의 첫 시집이란 점이 이채롭다. 특히 『성벽』은 미색의 판지를 표지로 사용했고, 앞표지 중앙의 사각형 틀 안에 '성벽'과 '오장환시집'을 음각하여 장정을 꾸몄으며, 본문 중에 이병현의 '꽃', '해변'과 김정환의 '밤' 등 판화 3점을 부착하여 호화롭게 제작되었다.

1937년 6월 창간되어 2호로 종간된 『시인춘추』의 발행인은 이인영이지만, 창간호의 「서시」와 본문의 마지막 글인 「감정의 표현」의 필자를 고려한다면, 실제 운영자는 고산 이해문일 것으로 추정된다. 시인춘추사에서는 이해문의 창작시집 『바다의 묘망』1938이 간행되었는데, 『시인춘추』 창간호에는 『바다의 묘망』 발행 예고가, 제2집에는 『바다의 묘망』 목차가 실려 있다. 한편 이해문은 요절한 이가종의 창작시집 『노림』남창서관, 1941의 발행을 주선하기도 했다.

김정기가 발행한 시 전문지 『맥』은 1938년 6월 창간되어 통권 6호까지 나왔다. 6호까지 약 46명의 시인이 필진으로 참여했는데, 문학사에 이름을 올린 시인은 함윤수, 박남수, 윤곤강, 장만영, 김조규 정도이며, 대다수의 문인들은 지방에 거점을 두고 활동했다. 『맥』은 당시의 경성 중심의 문단에 흡수되지 않은 지방 문단의 중요한 성과라는 점에서 그 의미가 있다. 맥사에서는 김해 지역의 의사이자 시작 활동을 병행한 김대봉의 『무심』1938이 발행되었다.

1938년 6월 창간된 종합잡지 『청색지』는 4호까지 간행되었다. 발행인 구본웅은 이상을 그린 〈친구의 초상〉과 『현해탄』1938의 장정가로 널리 알려진 서양화가이다. 그는 또한 구인회의 동인지 『시와 소설』1936의 편집 겸 발행인도 지냈다. 청색지사에서 발행된 창작시집으로는 이하윤의 『물레방아』1939, 김태오의 『초원』1939, 유치환의 『청마시초』1939, 김달진의 『청시』1940 등이 있다. 구본웅은 『물레방아』, 『초원』, 『청마시초』의 장정도 맡았다.

김연만이 발행인을 맡아 1939년 2월에 창간된 『문장』은 1930년대 문단을 대표하는 소설의 이태준, 시의 정지용, 시조의 이병기를 중심으로 운영되었다. 문장사에서 간행된 창작시집으로는 김사용의 『망향』1939, 이병기의 『가람시조집』1939, 정지용의 『백록담』1941 등이 있다. 한편 최재서는 인문사를 설립하여 『인문평론』을 발행하는 한편 자신이 편집한 번역시집 『해외서정시집』1938을 바롯하여 임학수의 『팔도풍물시집』1938과 『전선시집』1939, 신석정의 『촛불』1939, 장만영의 『축제』1939 등 창작시집을 출간했다.

6. 주요 자가본 시집들

자가본이란 특정한 출판사를 통하지 않고 저자 본인이 직접 비용을 부담하여 펴낸 책을 지칭한다. 이 경우 판권에 발행소는 적지 않고 인쇄소만 표기하는 경우가 대부분이다. 문단 조직이 성글었던 1920년대에는 자가본 시집이 출판되지 않았다. 그런데 문단 진입 시스템이 제도화되지 못한 채, 1930년대 들어 문단 진출 희망자가 크게 늘자 자가본 시집의 출판 수요도 증가하게 된다. 자가본 시집의 출판이 문단 진출의 교두보를 마련하는 적절한 통로로 작용했기 때문이다.

1930~1940년대에 간행된 자가본 시집에는 유엽의 『님께서 나를 부르시니』1931, 정영수의 『광야의 애상』1932, 박귀송의 『애송시집』1934, 백용주의 『초립』1935, 백석의 『사슴』1936, 김기림의 『기상도』1936, 임학수의 『석류』1937, 장만영의 『양』1937, 노천명의 『산호림』1938, 김동명의 『파초』1938, 최경섭의 『풍경』1938, 윤곤강의 『만가』1938, 김광섭의 『동경』1938, 최병량의 『능금』1938, 박귀송의 『세계의 예언』1940, 이기열의 『낙서』1940, 오신혜의 『망양정』1940, 박노춘의 『여정』1940, 임춘길의 『화병』1941, 김용호의 『향연』1941, 이강수의 『남창집』1943, 박일연의 『박일연시초』1944 등이 있다. 이 중 김동명의 『파초』와 윤곤강의 『만가』만 두 번째에 해당하고, 나머지는 저자들의 첫 시집들이다. 이들은 자가본 시집의 출판을 통해 문단에 진입한 것이다.

자가본 시집의 출판은 일본에서도 이루어졌다. 1930년대 중후반 무렵 일본 유학생들도 현지에서 자가본 시집을 출판하는 경우가 더러 생겨났다. 황순원의 『골동품』1936, 장재성의 『말하는 침묵』1936, 이용악의 『분수령』1937과 『낡은 집』1938, 함윤수의 『앵무새』1939, 엄태섭의 『여로』1939, 박남수의 『초롱불』1940 등이 그것이다. 그런데 공교롭게도 이들 시집은 모두 한곳의 인쇄소, 즉 동경의 삼문사에서 인쇄되었다. 황순원의 『방가』1934도 발행소는 동경학생예술좌이지만 인쇄는 삼문사에서 했다. 이 삼문사의 책임자 최낙종은 최정희의 친척으로, 해방 이후 친일 전력이 있던 김동환을 대신하여 『삼천리』 속간호의 편집 겸 발행인을 맡았다.

『진달래꽃』 초간본의 판본 대비

한성도서A본, 한성도서B본, 중앙서림본

엄동섭(근대서지학회)

1. 『진달래꽃』[1] 초간본의 세 가지 이본 구분

다소 혼란스럽기는 하지만, 김소월이 생전에 간행한 유일한 시집인 『진달래꽃』(매문사, 1926)의 초간본은 세 가지 이본의 형태로 현전한다.

먼저 2011년 등록문화재 조사 과정을 통해 『진달내깃』과 『진달내꽃』 2종이 공식적으로 확인되었다. 총판매소가 중앙서림인 『진달내깃』은 등록문화재 제470-1호로, 총판매소가 한성도서주식회사인 『진달내꽃』은 각각 등록문화재 제470-2·3·4호로 등록된 것이다.[2] 필자 또한 『진달내깃』(중앙서림본)과 『진달내꽃』(한성도서본)의 실물을 대비하여 그 이본적 자이점을 논구한 저서를 간행하기도 했다.[3] 이 책을 통해 『진달내깃』과 『진달내꽃』의 앞표지, 책등, 속표지, 판권지의 이질성은 물론 목차 및 본문 22곳의 표기상 차이점을 면밀하게 밝힐 수 있었다.

하지만 이러한 일련의 연구 과정에서 등록문화재 제470-2·3·4호인 『진달내꽃』(배재학당역사박물관·이기문·화봉문고 소장본)이 모두 동일한 판본인가에 대한 의구심은 떨칠 수가 없었다. 사진을 통해 본 등록문화재 제470-3호 이기문 소장본의 앞표지 형태가 다른 2책과 확연히 구별되었기 때문이다. 그러던 차에 2019년 봄 오영식 소장본 『진달내꽃』을 검토한 결과, 이 책이 같은 한성도서본이면서도 그 물성에 있어서는 배재학당역사박물관 소장본이나 화봉문고 소장본과 다른점이 상당함을 확인할 수 있었다. 장정과 판권지(총판매소 한성도서주식회사) 기록은 같았으나, 표지의 인쇄 방식이나 본문의 표기 양상에서 많은 차이가 발견되었다. 즉 오영식 소장본은 앞서 등록문화재로 등록된 『진달래꽃』과 변별되는, 제3 판본으로서의 위상을 갖고 있는 것이다.[4]

필자가 지금까지 확인한 판본을 대상으로 『진달래꽃』 초간본 3종의 양상을 분류하면 다음과 같다. 서지명 I 은 총판매소를, 서지명 II 는 책 제목을 분류의 기준으로 삼았다. 『진달내꽃』의 경우 한성도서A본(진달내꽃A)은 이미 알려진 판본이고, 한성도

1 이 글에서 초간본을 통칭할 때는 『진달래꽃』으로, 이본적 차이를 드러낼 때는 각각의 표제대로 『진달내꽃』과 『진달내깃』으로 구분하여 적도록 한다.

2 『2011년도 등록문화재 등록조사보고서』, 문화재청, 2012.2.

3 엄동섭·웨인 드 프레메리, 『원본 『진달내꽃』 『진달내깃』 서지 연구』, 소명출판, 2014. 이 책과 관련된 선행 연구로는 졸고 「『진달내깃/진달내꽃』 초판본의 서지 검토」(『근대서지』 제2호, 2010.12)와 「2011년도 등록문화재 등록조사보고서에 대한 검토 – 제470-1·2·3·4호 김소월 시집 진달래꽃에 관련하여」(『근대서지』 제5호, 2012.6) 등이 있다.

4 졸고, 「제3원본의 출현과 『진달래꽃』 원본의 다층성 – 원본 3종(한성도서A본, 한성도서B본, 중앙서림본)의 판본 대비」, 『근대서지』 제19호, 2019.6.

서B본(진달내꽃B)은 나중에 확인되었기 때문에 출현 순서에 따라 편의상 A, B의 기호를 부기했다.[5]

도서명	발행소	총판매소	서지명 Ⅰ	서지명 Ⅱ	소장처 현황
진달내꽃	매문사	한성도서주식회사	한성도서A본	진달내꽃A	배재학당역사박물관(제470-2호)
					화봉문고(제420-4호)
					필자
진달내꽃	매문사	한성도서주식회사	한성도서B본	진달내꽃B	오영식
진달내꼿	매문사	중앙서림	중앙서림본	진달내꼿	윤길수(제470-1호)
					前 최철환

5 이 글에서는 논의의 편의상 서지명 Ⅰ(한성도서A본, 한성도서B본, 중앙서림본)을 사용하기로 한다.

2.『진달래꽃』 초간본의 다층성 대비

『진달래꽃』의 초간본 3종(한성도서A본, 한성도서B본, 중앙서림본)의 이본 양상은 책 표지, 책등, 속표지, 목차와 본문, 판권지 등 책의 물질성 전반에 걸쳐 확인된다.

1) 책 표지

〈그림1〉 한성도서A본 앞표지

〈그림2〉 한성도서B본 앞표지

〈그림3〉 중앙서림본 앞표지

초간본 3종의 판형은 국반판(106×148mm)에 근사하지만, 실제 크기는 한성도서B본, 중앙서림본, 한성도서A본 순으로 다소간 차이가 있다. 책 제목 표기 및 서체, 표지 그림의 양상에 있어서는 한성도서A본과 한성도서B본이 같고, 중앙서림본은 전혀 다른 물성을 보인다. 책 제목만 하더라도 한성도서A본과 한성도서B본에는 '진달내꽃'이 필기체로 표기된 반면, 중앙서림본에는 '진달내쏫'이 활자체로 인쇄되어 있다. 마찬가지로 진달래꽃과 괴석으로 구성된 표지 그림은 한성도서A본과 한성도서B본에만 나타난다.

그런데 한성도서A본과 한성도서B본은 책 제목 표기 및 서체, 표지 그림 등에서 동일한 구성 양상을 보이지만, 표지의 인쇄 방식만큼은 사뭇 다르다. 〈그림1〉의 한성도서A본을 살펴보면 표지 바탕의 전반에 스크래치(혹은 주름) 흔적이 나타나며, 특히 책 제목과 표지 그림 부분에 그 흔적이 두드러지게 드러난다. 이에 비해 〈그림2〉의 한성도서B본에는 어떠한 스크래치(혹은 주름) 흔적도 발견되지 않고 있다. 한성도서A본은 스크래치(혹은 주름) 문양이 있는 용지를, 한성도서B본은 아무런 문양이 없는 용지를 표지 인쇄에 사용했기 때문이다.

대비 항목	한성도서A본	한성도서B본	중앙서림본
책 크기	105×149mm	113×154mm	110×152mm
책 제목 및 작가 표기	진달내꽃 詩集 金素月作	진달내꽃 詩集 金素月作	金素月詩集 진달내쏫 -1925-
서체	필기체	필기체	활자체
표지 형태	양장	양장	양장
표지 그림	진달래꽃과 괴석	진달래꽃과 괴석	없음
표지 용지	스크래치(혹은 주름)가 있는 표지 용지	스크래치(혹은 주름)가 없는 표지 용지	회녹색 계통의 표지 용지

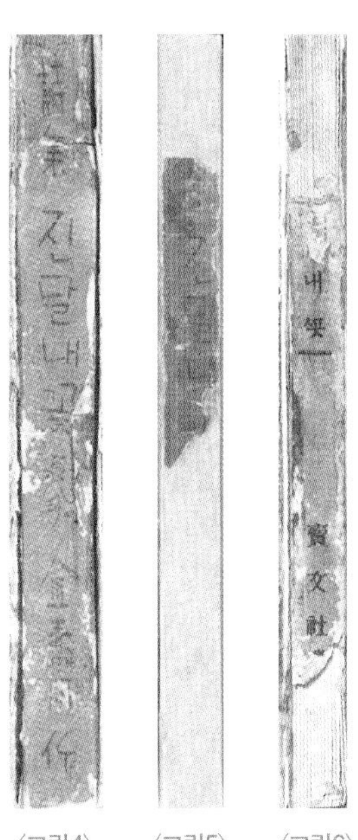

〈그림4〉 한성도서 A본 책등 〈그림5〉 한성도서 B본 책등 〈그림6〉 중앙서림 본 책등

2) 책등

한성도서A본의 책등에는 '詩集 진달내꽃 金素月作'이란 필기체 표기가 세로로 쓰여 있고, '진달내꽃'과 '金素月作' 사이에 진달래꽃 한 송이가 그려져 있다. 반면 중앙서림본에는 '(진달)내쏫 賣文社'란 활자체 표기가 세로로 쓰여 있고, '(진달)내쏫'과 '賣文社' 사이에 경계 표시로 '='이 표기되어 있다. 중앙서림본의 경우 상단에는 '詩集', 하단에는 '發行'이란 표기가 더 있을 수 있으나, 현재의 전본으로는 확인하기 어렵다

한성도서B본은 책등이 많이 훼손되어 〈그림5〉처럼 '진달내' 정도만 확인 가능하다. 다만 남은 글자의 서체가 〈그림4〉와 같은 점으로 보아 한성도서A본과 한성도서B본의 책등 구성은 동일했을 것으로 짐작된다.

3) 속표지

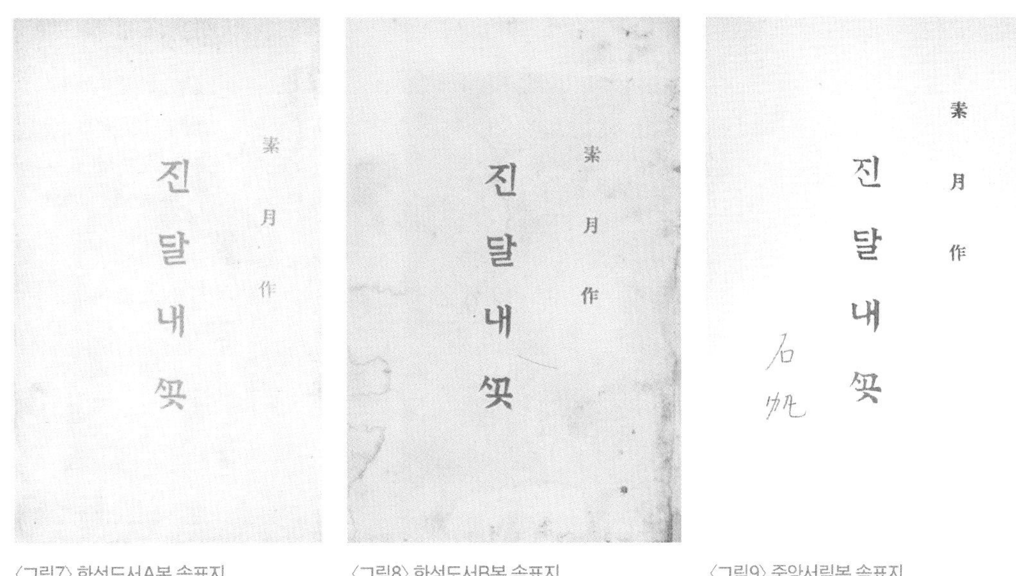

〈그림7〉 한성도서A본 속표지 〈그림8〉 한성도서B본 속표지 〈그림9〉 중앙서림본 속표지

초간본 3종 모두 속표지의 작가 및 책 제목은 '素月作 진달내쏫'으로 표기되어 있다. 하지만 그 구현 양상은 썩 다르다. 한성도서A본과 한성도서B본은 적색 잉크가 사용되고, '진달내쏫' 표기의 서체가 같으며, '素月作'과 '진달내쏫'의 배열 간격이 일치하고 있다. 반면에 중앙서림본은 남색 잉크로 인쇄되었고, '진달내쏫' 표기의 서체가 확연히 다르다. 또한 '素月作'의 표기가 상대적으로 위쪽에 배열된 점에서 한성도서A본이나 한성도서B본과 두드러진 차이를 보인다. 이 점은 다음 장의 목차와 본문 5번 사례에 상응된다.

4) 목차와 본문

한성도서A본과 한성도서B본의 목차와 본문에는 갱지가, 중앙서림본에는 모조지가 쓰였다. 그리고 초간본 3종의 목차와 본문에서는 표기 및 인쇄상의 상이점이 34곳에서 발견된다. 이 34곳의 이본적 차이는 특정한 유형을 보이지 않고 불규칙성과 혼종성을 띠기 때문에 『진달래꽃』 초간본의 다층성은 더욱 혼란스러울 수밖에 없다.

연번	쪽수	시[장] 제목	대비 항목	한성도서A본	한성도서B본	중앙서림본
1	목차 6쪽		시 제목	오시의눈	오시의눈	오시는눈
2	본문 3쪽	먼後日	4연 1행	안이닛고	아니닛고	안이닛고
3	본문 38쪽	자나쌔나 안즈나서나	4연 1행	쓰라린기슴은	쓰라린가슴은	쓰라린가슴은
4	본문 41쪽	[無主空山]	쪽수	무표기	무표기	-41-
5			장 제목 '無主空山'과 '素月' 배열	배열 위치 동일		상향 배열
6	본문 49쪽	萬里城	4행 배열	상향 배열	상향 배열	정상 배열
7	본문 58쪽	후살이	쪽수	-8ς-	-58-	-58-
8			4행	제이	제이	이제
9			4행	와서야········	와서야——	와서야········
10	본문 66쪽	愛慕	3연 2행	환[illegible]요한	환[illegible]요한	환연한
11			3연 3행	소솔[illegible]나리며	소솔[illegible]나리며	소솔비나리며
12	본문 71쪽	女子의냄새	3연 2행	[illegible]靈실은	[illegible]靈실은	幽靈실은
13	본문 73쪽	粉얼골	3연 4행	소래도업시	소리도업시	소래도업시
14	본문 84쪽	半달	3연 4행 배열	하향 배열	하향 배열	정상 배열
15			3연 4행	[illegible]지듯한디。	[illegible]지듯한디。	웃지듯한디。
16	본문 103쪽	漁人	4행	고리점 글자 왼쪽 배열	고리점 글자 왼쪽 배열	고리점 글자 오른쪽 배열
17	본문 118쪽	나의집	시 제목	배열 위치 동일		하향 배열
18	본문 127쪽	녀름의 달밤	6연 1행	일하신아기아바지	일히신아기아바지	일하신아기아바지
19	본문 147쪽	밧고랑우헤서	2연 3행	넘치는 恩惠여、	넘치는 恩惠여、	넘치는 恩惠여
20	본문 151쪽	合掌	1연 1행	라들이。	라들이。	들이라。
21	본문 171쪽	[진달내쏫]	제13장 제목	'쏫' 서체 동일		'쏫' 서체 상이
22	본문 173쪽	개여울의노래	쪽수	-I73-	-I73-	-173-
23	본문 177쪽	길	쪽수	77-	-177-	-177-
24	본문 180쪽	가는길	3연 2행	[illegible]山에는	[illegible]山에는	西山에는
25	본문 182쪽	往十里	3연 1행 배열	하향 배열	정상 배열	정상 배열
26	본문 194쪽	널	1연 1행	아가씨믈	아가씨믈	아가씨들
27	본문 212쪽	꿈길	8행	가을봄	기을봄	가을봄
28	본문 217쪽	희망	1연 4행	짤녀라。	짤녀라。	짤녀라
29	본문 225쪽	金잔듸	5행	무덤까에	무덤까엣	무덤까에
30			5행	금잔듸	금잔듸。	금잔듸
31			6행	왓네	왓네。	왓네
32			8행	왓네	왓네、	왓네
33	본문 226쪽	江村	10행	선배	선비	선배
34	본문 228쪽	달마지	8행	도라들가쟈고	도라들가쟈고、	도라들가쟈고、

위의 표에서 음영 부분은 어느 한 판본에만 나타나는 이본적 특성을 강조한다. 각 판본의 다층성을 구체적인 사례를 들어 살펴보면 다음과 같다.

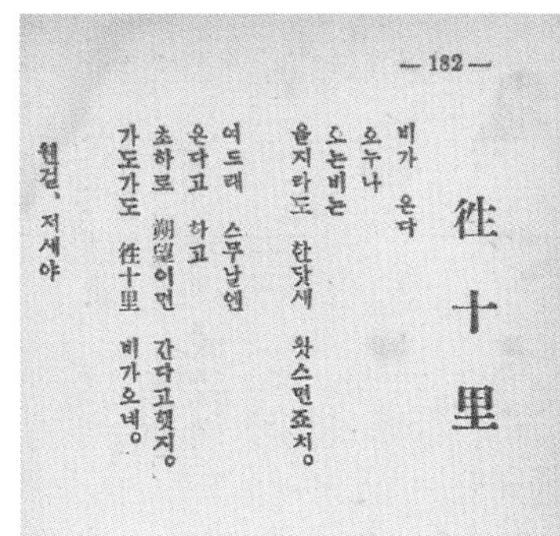

— 182 —

往十里

비가 온다
오누나
오는비는
올지라도 한닷새 왓스면조치。

여드레 스무날엔
온다고 하고
초하로 朔望이면
가도가도 往十里 비가오네。

웬걸、저새야

〈그림10〉 한성도서A본 본문 182쪽

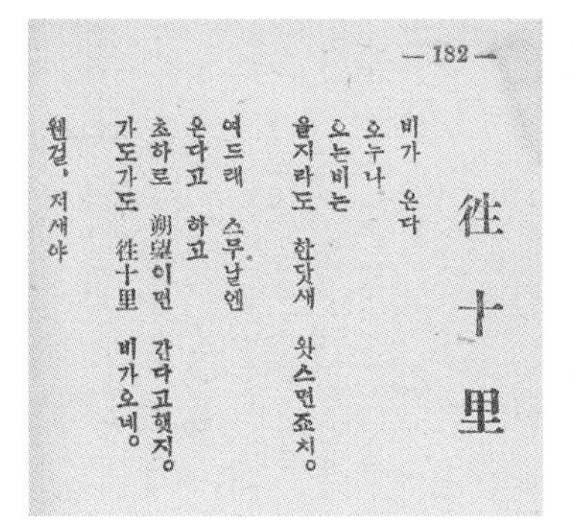

— 182 —

往十里

비가 온다
오누나
오는비는
올지라도 한닷새 왓스면조치。

여드레 스무날엔
온다고 하고
초하로 朔望이면
가도가도 往十里 비가오네。

웬걸、저새야

〈그림11〉 한성도서B본 본문 182쪽

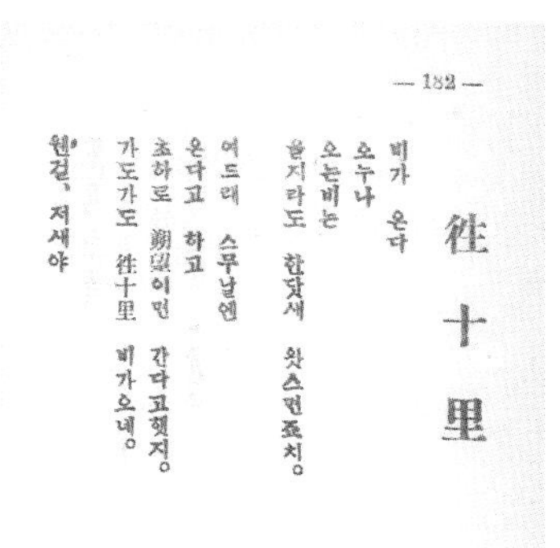

— 182 —

往十里

비가 온다
오누나
오는비는
올지라도 한닷새 왓스면조치。

여드레 스무날엔
온다고 하고
초하로 朔望이면
가도가도 往十里 비가오네。

웬걸、저새야

〈그림12〉 중앙서림본 본문 182쪽

표의 25번 사례는 한성도서A본의 이본적 특성을 드러낸다. 본문 182쪽「往十里」3연 1행의 배열이 한성도서A본에는 한 칸 정도 내려져 인쇄된 반면, 한성도서B본과 중앙서림본에는 정상적으로 인쇄되어 있다.(그림 10~12 참조)

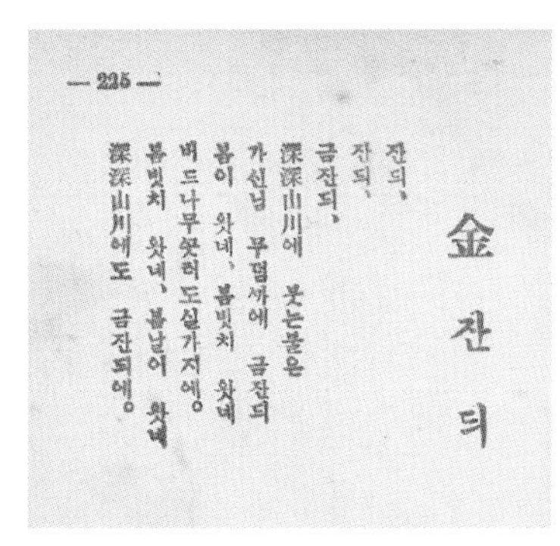

— 225 —

金잔듸

잔듸、
잔듸、
금잔듸、
深深山川에 붓는불은
가신님 무덤까에 금잔듸
봄이 왓네、봄빗치 왓네
버드나무쯧헤도실가지에。
봄빗치 왓네、봄날이 왓네
深深山川에도 금잔듸에。

〈그림13〉 한성도서A본 본문 225쪽

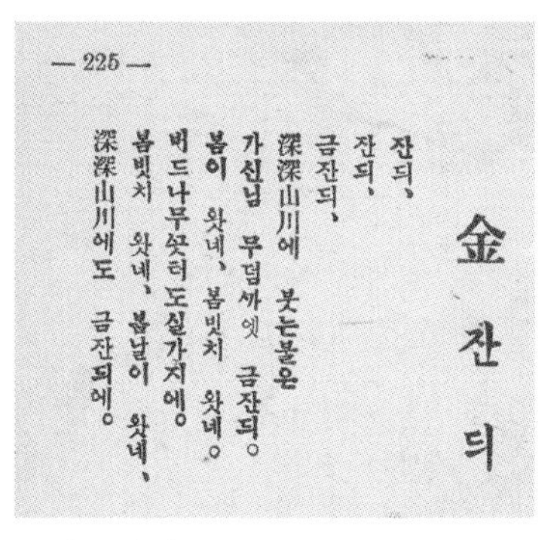

— 225 —

金잔듸

잔듸、
잔듸、
금잔듸、
深深山川에 붓는불은
가신님 무덤까엣 금잔듸。
봄이 왓네、봄빗치 왓네。
버드나무쯧헤도실가지에。
봄빗치 왓네、봄날이 왓네、
深深山川에도 금잔듸에。

〈그림14〉 한성도서B본 본문 225쪽

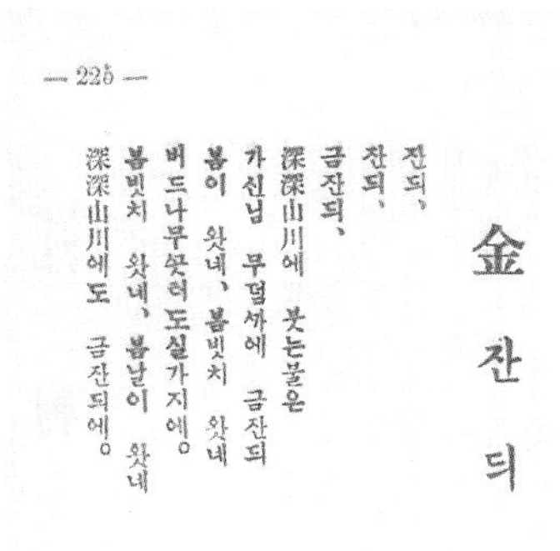

— 225 —

金잔듸

잔듸、
잔듸、
금잔듸、
深深山川에 붓는불은
가신님 무덤까에 금잔듸
봄이 왓네、봄빗치 왓네
버드나무쯧헤도실가지에。
봄빗치 왓네、봄날이 왓네
深深山川에도 금잔듸에。

〈그림15〉 중앙서림본 본문 225쪽

29~32 사례는 한성도서B본의 변별성에 해당한다. 본문 225쪽「金잔듸」5행의 표기가 한성도서B본에서만 '무덤까엣', '금잔듸。'로 인쇄되어 있다. 또한 6행과 8행의

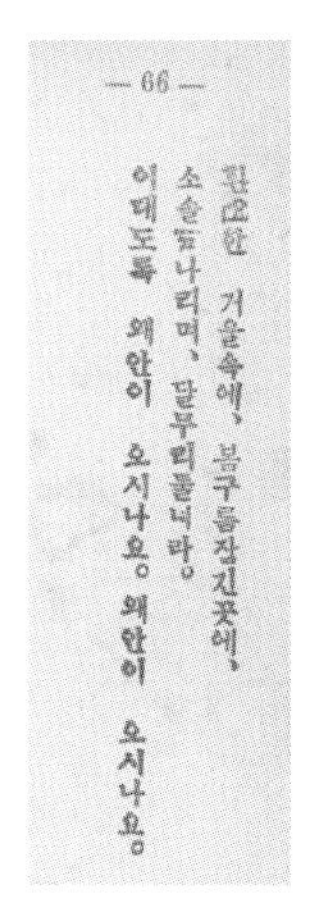

— 66 —

환요한 거울속에、봄구름잠긴곳에、
소솔[illegible]나리며、달무리둘너라。
이대도록 왜안이 오시나요。왜안이 오시나요。

〈그림16〉 한성도서A본 본문 66쪽

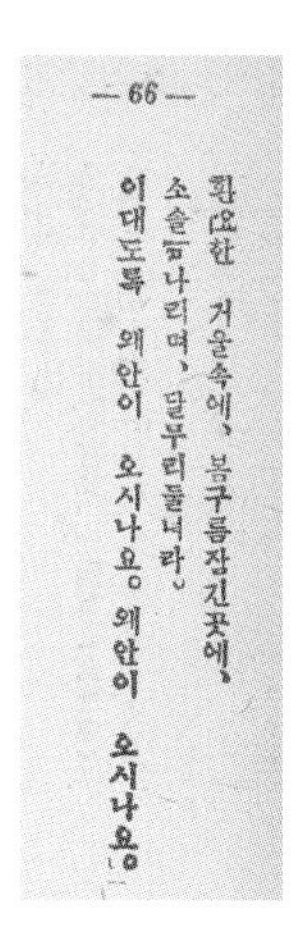

— 66 —

환요한 거울속에、봄구름잠긴곳에、
소솔[illegible]나리며、달무리둘너라。
이대도록 왜안이 오시나요。왜안이 오시나요。

〈그림17〉 한성도서B본 본문 66쪽

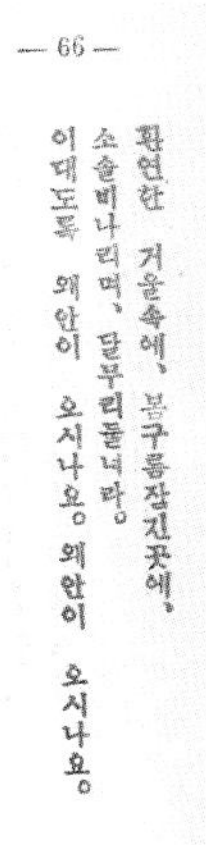

— 66 —

환연한 거울속에、봄구름잠긴곳에、
소솔비나리며、달무리둘너라。
이대도록 왜안이 오시나요。왜안이 오시나요。

〈그림18〉 중앙서림본 본문 66쪽

경우에는 한성도서B본에서만 '왓네。'와 '왓네、'처럼 고리점과 모점이 나타난다.(그림 13~15 참조)

10~11 사례에서는 중앙서림본의 독자성을 확인할 수 있다. 본문 66쪽 「愛慕」의 3연 2행과 3행의 표기가 '환연한', '소솔비나리며、'처럼 정상적으로 인쇄되어서 오식이 이루어진 한성도서A본 및 한성도서B본과 차별된다.(그림 16~18 참조)

5) 판권지

판권지의 전체 양상은 한성도서A본과 한성도서B본이 같고, 한성도서A본 및 한성도서B본과 중앙서림본 사이에는 5군데에서 차이점이 확인된다. ①도서명(진달내꽃/진달내꼿)의 표기 차이 ②도서명의 활자체 차이 ③발행소賣文社의 활자체 차이 ④총판매소中央書林/漢城圖書株式會社의 표기 차이 ⑤총판매소 및 주소의 배열 방식 차이 등이 그것이다.

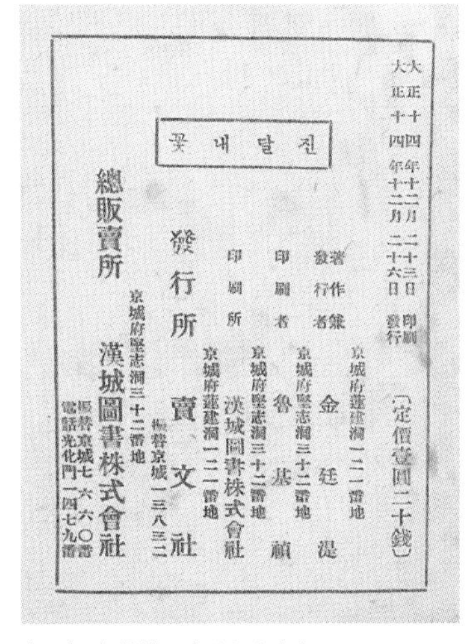
大正十四年十二月二十三日印刷
大正十四年十二月二十六日發行
〔定價壹圓二十錢〕
진달내꽃
著作兼發行者 京城府蓮建洞一二一番地 金廷湜
印刷者 京城府堅志洞三十二番地 魯基禎
印刷所 京城府堅志洞三十二番地 漢城圖書株式會社
發行所 京城府蓮建洞一二一番地 賣文社 振替京城一三八三二
總販賣所 京城府堅志洞三十二番地 漢城圖書株式會社 振替京城七六六〇番 電話光化門一四七九番

〈그림19〉 한성도서A본 판권지

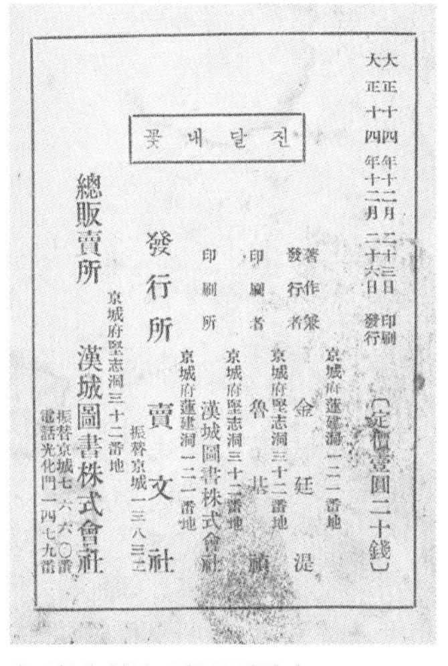
大正十四年十二月二十三日印刷
大正十四年十二月二十六日發行
〔定價壹圓二十錢〕
진달내꽃
著作兼發行者 京城府蓮建洞一二一番地 金廷湜
印刷者 京城府堅志洞三十二番地 魯基禎
印刷所 京城府堅志洞三十二番地 漢城圖書株式會社
發行所 京城府蓮建洞一二一番地 賣文社 振替京城一三八三二
總販賣所 京城府堅志洞三十二番地 漢城圖書株式會社 振替京城七六六〇番 電話光化門一四七九番

〈그림20〉 한성도서B본 판권지

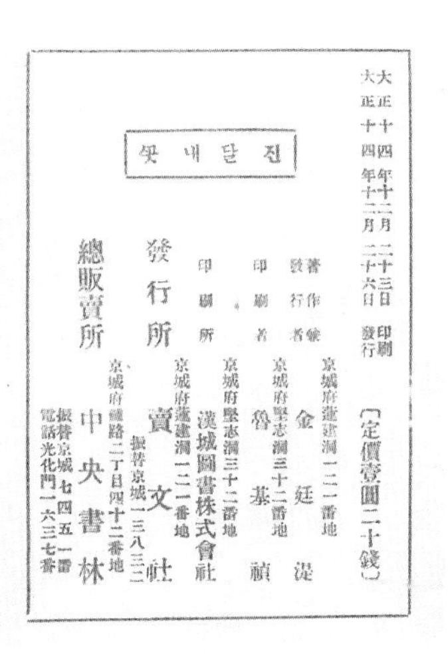
大正十四年十二月二十三日印刷
大正十四年十二月二十六日發行
〔定價壹圓二十錢〕
진달내꼿
著作兼發行者 京城府蓮建洞一二一番地 金廷湜
印刷者 京城府堅志洞三十二番地 魯基禎
印刷所 京城府堅志洞三十二番地 漢城圖書株式會社
發行所 京城府蓮建洞一二一番地 賣文社 振替京城一三八三三
總販賣所 京城府鍾路二丁目四十二番地 中央書林 振替京城七四五一番 電話光化門一六三七番

〈그림21〉 중앙서림본 판권지

대비항목	진달내꽃A	진달내꽃B	진달내꼿
책 제목과 서체	진달내꽃	진달내꽃	진달내꼿
	① 책 제목이 한성도서A본과 한성도서B본에는 '진달내꽃'으로, 중앙서림본에는 '진달내꼿'으로 인쇄됨 ② '진달내'의 서체가 한성도서A본과 한성도서B본은 같고, 중앙서림본은 이와 다름		
인쇄연월일	大正十四年十二月二十三日(1925.12.23)		
발행연월일	大正十四年十二月二十六日(1925.12.26)		
정가	一圓二十錢		
저작 겸 발행자	金廷湜 京城府蓮建洞一二一番地		
인쇄자	魯基禎 京城府堅志洞三十二番地		
인쇄소	漢城圖書株式會社 京城府堅志洞三十二番地		

발행소	賣文社 京城府蓮建洞一二一番地	賣文社 京城府蓮建洞一二一番地	賣文社 京城府蓮建洞一二一番地
	③ 賣文社의 '社'의 서체가 한성도서A본과 한성도서B본은 같고, 중앙서림본은 이와 다름		
총판매소	漢城圖書株式會社 京城府堅志洞 三十二番地 振滯京城七六六○番 電話光化門一四七九番	漢城圖書株式會社 京城府堅志洞 三十二番地 振滯京城七六六○番 電話光化門一四七九番	中央書林 京城府鍾路二丁目 四十二番地 振滯京城七四五一番 電話光化門一六三七番
	④ 총판매소가 한성도서A본과 한성도서B본은 '漢城圖書株式會社'로, 중앙서림본은 '中央書林'으로 인쇄됨 ⑤ 총판매소 표기와 주소 표기의 배열이 한성도서A본과 한성도서B본이 중앙서림본보다 상대적으로 올려져 인쇄됨		

3. 군말

이러한 차이점에도 불구하고, 일단 한성도서A본, 한성도서B본, 중앙서림본을 동일한 판본edition으로 보는 이유는 3종 모두의 인쇄연월일과 발행연월일이 같기 때문이다.

1920년대에 간행된 시집만을 대상으로 살펴보더라도 판본edition이 달라질 경우, 판권지에 그 변화상이 정확히 기록되는 것이 상례였다. 판권지는 흔히 발행일(판수), 발행소(발행일), 인쇄소(인쇄인), 가격 등이 바뀔 때에 다시 만들어진다. 『진달래꽃』과 비슷한 시기에 출간된 김동환의 『국경의 밤』 초판본과 재판본의 판권지를 살펴보면 그 양상을 뚜렷이 확인할 수 있다. 재판본에는 초판1925.3.20과 재판1925.11.20의 발행일이 함께 적혀 있을 뿐만 아니라 인쇄인은 '노기정'에서 '김진호'로, 가격은 '50전'에서 '40전'으로 바뀌어 있기도 하다.

물론 목차와 본문 표기의 불규칙성을 감안하면 한성도서A본, 한성도서B본, 중앙서림본은 인쇄 및 발행의 순차가 다를 가능성이 크다. 하지만 3종 간의 인쇄 및 발행 시기를 특정할 논거가 확정될 때까지는 판권지의 발행 기록을 우선하여 3종을 잠정적으로나마 '동시에' 발행된 이본으로 인정해야 할 것이다.

근대문학의 유일한 등록문화재인 『진달래꽃』 초간본의 문학사적 의의에 대해서는 더이상 재론할 필요가 없다. 문제는 근대 출판 문화사에 있어서 『진달래꽃』 초간본과 같은 사례가 전무후무하다는 점이다. 한성도서A본, 한성도서B본, 중앙서림본처럼 물질성이 뚜렷이 구분되는 이본 시집 3종의 현전이 어떻게 가능했을까? 당장은 요원하지만, 그 명쾌한 해답이 차근차근 풀어지기를 기대한다.

시집 이야기

장정·한정판 기타

오영식(근대서지학회 회장)

1. 시집 100년

이번 세기에 들어 본격적으로 근대화 100년을 넘어서게 되면서 각 분야에서 '백주년centennial 기념행사'가 줄을 잇고 있다. 시문학의 경우 신체시부터 잡는다면 2008년이 근대시 100년이었고, 현대시부터라면 주요한의 「불노리」를 기점으로 하면 2019년이 현대시 100주년이었다. 물론 이러한 논의는 연구자들 견해에 따라 약간의 차이가 있을 수 있겠으나 오늘 이 자리에서 이야기하고자 하는 '한국시집 100년'은 이견異見이 있을 수 없을 것이다. 1921년 3월 20일에 광익서관에서 발행된 김억의 번역시집 『오뇌의 무도』가 단행본으로 나온 최초의 현대시집이라는 데에는 모두 동의하지 않을 수 없을 것이다.

시집에 대한 서지사항을 종합적으로 정리한 하동호의 「한국근대시집총림서지정리韓國近代詩集叢林書誌整理」[1]에 의하면 1921년 3월부터 1950년 6월까지 발행된 시집은 모두 374종에 이른다고 한다. 일제강점기의 혹독한 출판 검열과 용지 부족 등 악조건을 견뎌내고, 해방 직후의 좌우익 혼란과 분단의 소용돌이 속에서도 시인들은 시를 썼고, 시집을 냈던 것이다.

시집 100년을 회고해보면 어느 시인은 살아생전에 '유고시집遺稿詩集'을 내고 말았고, 어느 시인은 첫 시집의 제목은 한 글자, 두 번째 시집은 두 글자, 세 번째는 세 글자, 네 번째는 네 글자, 다섯 번째는 다섯 글자, 여섯 번째는 여섯 글자로 했다 하고, 어느 시인은 출판기획자가 되어 세 권의 시집을 내면서 첫 번째는 '남만서방', 두 번째는 '남만서점', 세 번째는 '남만서고' 이렇게 모두 이름을 달리했다고 한다. 어디 이것뿐이겠는가. 시집의 제목 글씨題字를 시인이 모두 직접 붓글씨로 쓴 시집도 있고, 책

1 『한국학보』 제28집(일지사, 1982.9.15), 145~174면.

등書背의 시집 제목을 수繡실로 박는다고 해서 수예점에서 최종 완성된 시집도 있으며, 화가들의 실제 그림을 시집 속에 담아 넣은 예술품 시집도 있다. 반면에 출판기념회를 앞두고 인쇄소 화재로 시집이 모두 잿더미가 된 비운의 시인도 있고, 검열의 압제를 비켜가지 못하고 시집을 압수당한 시인도 적지 않다. 이렇듯 간단치 않은 시집에 관한 이야기를 이 자리에서 모두 늘어놓을 수는 없을 것이다. 시집에 담겨 있는 시문학적 의미에 대해서는 전문 연구자가 나설 일이겠기에 필자는 물상物像으로서의 시집에 한정하여 장정과 한정본에 대해 이야기하고자 한다.

2. 장정 이야기

『오뇌의 무도』는 시문학사상 최초의 시집이며 동시에 근대출판물 가운데 장정가를 밝힌 최초의 단행본이다. 책의 표지를 넘기면 속지에 서문을 쓴 여러 사람들과 함께 '金惟邦 裝'이라 명기되어 있는데, 이것이 장정가를 밝힌 최초 기록이다.

유방惟邦 김찬영金瓚永은 평양 출신으로, 고희동高羲東, 김관호金觀鎬와 함께 동경미술학교에서 공부하면서 동경유학생학우회의 기관지 『학지광學之光』을 통해 글과 그림을 발표하였다. 제4호1915.2.28에는 수필 한 편(「쯔리free」)과 함께 내제화에 목판화를 발표하였고, 제6호1915.7.23에는 표지화(제목「대광전진帶光前進」)를 그렸다. 1917년 졸업 후 귀국하여 안서 김억과 함께 문예지 『폐허廢墟』의 창간1920.7.25 동인으로 참여하였으나 이후 『창조創造』의 동인이 되어 『창조』 8호1921.1.27와 9호종간호, 1921.5.30의 표지를 그렸다. 그 사이에 김찬영은 촉탁으로 근무하던 한성도서주식회사에서 창간한 학생잡지 『학생계』 5호1920.12.1와 6호1921.1.1의 표지화를 맡아 그리기도 하였다. 이후 1924년 8월 평안도 출신으로 이루어진 『영대靈臺』 동인이 되어 표지화(1호1924.8부터 5호1925.1까지 모두 동일한 그림)를 그렸는데 이 표지화는 후일 『안서시집』한성도서, 1929.4.1의 표지화로 재사용되기도 하였다.

『오뇌의 무도』 이후 1920년대 말까지 대략 40여 종의 시집이 출판되었는데, 그 가운데 장정가를 알 수 있는 시집은 김기진 번역의 『애련모사愛戀慕思』(안석영 장정), 육당의 『백팔번뇌百八煩惱』(노수현 장정), 이광수 등 3인의 『시가집詩歌集』(안석영 장정) 정도이다. 『백팔번뇌』는 심산 노수현이 장정을 맡았는데 아담한 문고본(또는 반국판 : 110×155mm) 판형으로 표지는 군청색과 자주색 두 종류가 있다. 하드커바 표지의 3/5에 흰색 비단천을 입혀 제자題字를 황금색으로 압인押印하였고, 나머지 2/5와 책등書背과 뒤표지까지는 크로스로 장정하였다. 표지 우측에 단풍잎과 포도송이를 그려 넣어 전아함을 갖췄고, 본문 구성에서는 붉은색 테두리를 두르고 본문에도 붉은색 점선을 사용하여 시각적 효과를 극대화하였다. 육당은 『심춘순례』1926.5는 고희동高義東의 그림으로, 『시조유취』1928.4는 오일영吳一英의 그림으로 표지를 꾸미기도 하였다.

1930년대는 약 100여 권의 시집이 출간되었다. 양주동의 『조선의 맥박』1932과 이은상의 『노산시조집』1932이 30년대 장정의 출발을 알렸다. 미국 유학 후 프랑스를 거쳐 평양으로 돌아온 임용련 화백이 장정한 『조선의 맥박』은 특별판(80전)과 보급판(50전) 두 종류가 있다. 비단으로 표지를 감싼 특별판은 고급스러움은 물론이고 이미지가 매우 현대적이다. 청전 이상범의 『노산시조집』은 시조라는 장르에 어울리는 전통적 이미지를 갖춘, 기품 있고 깔끔한 크로스 장정이다.

30년대 시집 장정의 특징은 박용철, 구본웅, 정현웅, 김만형, 오장환 등의 인명 키워드로 정리될 수 있을 듯하다. 박용철의 시문학사에서 나온 『정지용시집』과 『영랑시집』은 동일한 형태로 만들어졌다. 다만 표지를 감싸고 있는 재킷(책가위)에 차이가 있는데, 『정지용시집』은 유럽 성당의 성화聖畫 〈수태고지受胎告知〉 사진으로 꾸몄고, 『영랑시집』은 아름다운 비구상 문양으로 꾸몄다. 구본웅은 30년대 대표적 출판미술 화가로 『현해탄』, 『향수』, 『물레방아』, 『초원』, 『청마시초』 다섯 책을 장정하였다. 뿐만 아니라 창간호만 나온 구인회 기관지 『시와 소설』을 비롯하여 학예사 '조선문고' 등 많은 장정을 하였고, '문화취미잡지' 『청색지』를 창간하여 회화와 문학을 연결시키는 많은 작업을 하였다. 대표적 출판미술인 정현웅은 시집에서도 적지 않은 작품을 남겼는데, 『현대조선문학전집①시가집』, 『분향』, 『청색마』, 『낙서』, 『호박꽃초롱』, 『화병』 등 총 6종으로 가장 많은 장정을 남겼다.[2] 개성 출신 화가 김만형은 인문사 발행의 『촛불』과 『축제』 두 책과 김기림의 두 번째 시집 『태양의 풍속』(학예사), 동향 선배 김광균의 『와사등』을 장정하였다. 오장환은 관훈동에 시집 전문서점인 '남만서방'을 내고 시집 출판까지 하였는데, 『헌사』(남만서방), 『와사등』(남만서점), 『화사집』(남만서고)이 그것이다. 『헌사』는 화려하고 아름답게 꾸며진 시집이지만 장정가를 알 수 없고, 『와사등』은 현재 전하는 몇 책에서는 특별한 회화적 요소를 찾을 수 없는데 '김만형 장정'이라 밝힌 것으로 보아 재킷이나 케이스 등의 존재를 의심케 된다. 『화사집』은 100부 한정판의 경우, 정지용이 제자題字를 썼고, 면화는 근원 김용준이 그렸다. '사과를 문 뱀' 판화는 보들레르의 『악의 꽃』 프랑스 1928년판에서 따왔다고 한다.

그밖에 주의 깊게 살펴볼 30년대 시집 몇 책이 있는데 대표적인 것이 김기림의

2 이밖에 정현웅의 작업은 매우 다양하다. 예를 들어 김광섭의 『동경』에 시인 소묘를 그렸으며, 호화본 『춘원시가집』의 케이스를 꾸미기도 했다.

『기상도』일 것이다. 김기림이 두 번째 유학을 떠나 보성고보 친우인 이상李箱(김해경金海卿)이 시집의 편집과 출판, 장정까지 도맡을 수밖에 없었다. 우리가 매우 모던하다고만 평하던 이상 장정의 의미는 1948년 산호장에서 나온『기상도』재판의 재킷 안쪽에 실린 김기림의 글을 통해 새롭게 확인되었다. "외우畏友 이상李箱의 의장意匠인 검은 바탕에 은하銀河를 상징하는 두 줄의 툭한 은선銀線을 감은 호화로운 때때를 입고 나온" 『기상도』 초판이 200부 한정판이었다는 사실도 이 글을 통해서 확인되었다. 모두들 잘 알고 있는 내용이지만『기상도』의 표지를 넘기면 작은 글씨의 '기상도'만 적힌 속표지가 나오고, 한 장 더 넘기면 좀 더 큰 글씨로, 한 장을 더 넘기면 좀 더 자세하게 구성된 속표지가 나타나는 식으로, 속표지를 일종의 입체적으로 구성한 방식 또한 매우 독특하여 1948년 재판에서도 그대로 답습되었다. 다음으로는 김동명의 제2시집『파초芭蕉』1938, 자가본를 들 수 있다. 함흥 영생고보에 시인과 함께 근무하고 있던 백석白石이 장정을 하였다. 온전하게 남아 있는 책이 드물어 잘 알려지지 않았는데, 내제지 하단에 '제자題字 시인詩人, 장정裝幀 백석白石'이라 명기되어 있다.

하동호 선생은 위의 글에서 시집의 장정을 거론하면서 일제강점기에 한정하였다. 그런데 장정 관련 자료가 유의미한 것이 되려면 적어도 해방기1945.8~1950.6까지 포함되어야 한다고 생각한다. 미술을 전공한 동경 유학생들이 귀국하여 본격적으로 활동하기 시작한 1930년대부터 한국전쟁으로 인한 분단의 고착화 이전까지는 동일선상에서 다루어져야 한다고 보기 때문이다. 해방 이전까지만 조사한 하동호에 의하면, '정현웅과 구본웅이 5종, 김만형이 3종, 길진섭과 윤곤강이 2종'이라고 밝혔는데, 정현웅 장정의 이찬 시집『분향』이 누락되었고,[3] 주로 표지화에 사인sign을 남긴 이주홍은 거론조차 되지 않았다. 이런 점을 참고하여 시집의 장정가에 대한 전수조사를 해보았다.

3 제2고보 동기인 정현웅이 장정해주었음을 서문에 시인이 밝혔음.

	일제강점기(1930-1945)	해방기(1945-1950)
정현웅(7+7)	『현대조선문학전집①시가집』, 『분향』, 『청색마』, 『낙서』, 『호박꽃초롱』, 『화병』, 『춘원시가집』(케이스)	『초록별』, 『어느 지역』, 『초생달』, 『김립시집』, 『이용악집』,[4] 『한하운시초』, 『칠면조』(내제화)
구본웅(5)	『현해탄』, 『향수』, 『물레방아』, 『초원』, 『청마시초』, (학예사 조선문고)	
이주홍(4+6)	『朝鮮詩集(『四海公論』 3-5호부록)』, 『新撰詩人集』, 『倫理』, 『氷華』	『산제비』(再), 『조선동요선집』, 『心火』, 『횃불』, 『前衛詩人集』, 『年刊조선시집 1946년판』
김만형(4+1)	『촛불』, 『축제』, 『와사등』, 『태양의 풍속』	『지열』
길진섭(2+3)	『망향』, 『백록담』	『육사시집』, 『필부의 노래』(2종)
김용준(1+6)	『화사집』(면화)	『지용시선』, 『青鹿集』(초판), 『石艸詩集』, 『피리』, 『해』, 『青鹿集』(재판)

4 『노천명집』(동지사, 현대시인전집)도 동일하다.

	일제강점기(1930-1945)	해방기(1945-1950)
김기창(5)		『중국현대시선』, 『七面鳥』, 『李俊시집』, 『無花果』, 『白鷺』
박문원(5)		『隊列(초판)』, 『隊列』(재판), 『박꽃』, 『窓』, 『諸神의 憤怒』
배정국(4)		『讚歌』, 『鐘』, 『가람시조집』, 『葡萄』
최은석(3)		『새벽길』, 『獄門이 열리든 날』, 『나 사는 곳』
백영수(3)		『네 동무』, 『마음』, 『바다의 합창』
오석구(3)		『방랑기』, 『산』, 『잠자리』
최재덕(2)		『기항지』, 『성벽』(再)

해방 이후 시집 장정에서 가장 눈에 띄는 화가는 근원 김용준이다. 일본 유학 후 돌아와 교편을 잡은 보성고보와 가까운 성북동에 거처(노시산방)를 잡은 근원은 같은 마을에 사는 상허 이태준(수연산방)과 일본 유학시절의 우정을 이어가며 상허의 작품집 장정을 도맡아 하였다. 그밖에 박문서관과 인문사 출판도서 몇 책을 장정했던 근원은 해방 이후에는 상대적으로 활발한 작업을 하였다. 특히 『문장』과 관련된 시인들의 시집 장정을 주로 하였는데 대부분 문인화풍의 전아한 이미지로 표지화를 장식하였다. 성북동에 살았던 또 한 사람으로 백양당 주인 배정국이 있다. 그는 화가가 아닌 장정가로 독특한 존재라 할 수 있다. 양품점이었던 백양당은 해방 이후 주로 좌익 지식인들의 책을 출판하였는데 서예와 골동에 취미가 깊었던 배정국은 고풍스런 분위기의 장정을 주로 하였다. 그밖에 길진섭은 『육사시집』을 캘리그라피의 멋을 살려 독특하게 구성하였고, 최재덕은 세련된 이미지로 『기항지』를 장정하였다. 그에 반해 박문원과 최은석은 시대현실을 끌어안은 적극적인 장정을 선보였다. 특히 최은석은 판화를 통해 현실을 절실하게 보여주려 노력하였다.

일제강점기하 일본 유학을 통하여 미술을 공부하면서 출판물을 접한 화가들은 상업미술이라고 할 수 있는 출판미술에 자연스레 눈떴고, 호구지책으로 장정에 종사하게 되는 일이 적지 않았다. 도서의 장정으로 졸업작품을 냈던 이순석은 귀국하여 박용철의 시문학사에서 발간하던 『시문학』의 표지를 그렸고, 한국전쟁이 한참이던 1951년에는 대구에서 『시집구상詩集具常』을 기품 있는 선장본으로 장정하였다. 그리고 김기창, 백영수는 물론이고 위의 도표에서 빠진 김환기, 이중섭 들도 1950년대의 장정을 선도하였다. 김환기는 노천명의 『별을 쳐다보며』1953과 윤동주의 『하늘과 바람과 별과 시』1955, 재판을 아름답게 꾸몄고, 1947년 오장환의 『나 사는 곳』에 원색화를 그렸던 이중섭은 친구인 구상의 『초토焦土의 시詩』 표지를 자기 그림으로 꾸몄다.

1950년 한국전쟁 이후 시집에서 장정의 비중은 상대적으로 위축되었다. 미당 서정주가 『김현승시초』의 장정을 맡았다든가 신동엽의 아내 인병선이 『아사녀』의 장정을 맡은 일 들은 그런 각도에서 볼 수 있다. 조지훈의 첫 시집 『풀잎단장』이나 박봉우의 『휴전선』의 표지, 표지 제자題字를 시인의 자제 등 아동들이 맡은 것 또한 그렇게 이해될 수 있겠다. 시집 100년을 돌아볼 때 시집의 장정은 1930년대가 가장 아름답고 의미 깊었다.

3. 한정판 시집들

출판문화가 제대로 형성되지 못했던 근대 초기에는 출판 인프라는 물론 문맹률 등 사회 전반의 의식 부족으로 책을 많이 찍어내지 않았다. 문학서의 경우 경술국치 직후 소위 '딱지본'류의 출판은 활발했지만 시가집은 최남선의 창가집을 제외하면 전무한 형편이었다. 100년 전인 1920년대에 들어 시집이란 것이 출현하였으나 '그들만의 잔치'였음에 틀림이 없다. "孤獨한 『氣象圖』가 三百以上의 친구를 敢히 期待함도 오히려 奢侈하리라 하여 二百部 限定으로 絶版에 붙였던 것도 또한 李箱의 高見이었다"(『기상도』 재판)는 김기림의 회고에서 보듯이 대표적인 모더니스트 김기림의 시집도 300명의 독자를 예상치 못했다.

1) 100부 한정판, 백석의 『사슴』

백석이 남긴 유일한 시집 『사슴』은 자가본으로 1백 부만 한정판으로 출판되었다. 먼저 '한정판'이란 말부터 실마리를 풀어보자. '한정판'이란 "출판부수를 한정하여 간행하는 책자를 말하는 것으로 특정인을 대상으로 배포되는 비매품 서적 또는 예약구입자를 정하여 발행되는 적은 부수의 출판물, 미술화집, 학술연구서 등 일반 구독자와는 거리가 먼 개성적인 출판에서 한정판이 발행된다. (…중략…), 사가판私家版은 대부분 한정판이다".[5] 인용 속에 나오는 '사가판'의 의미를 살펴보면, "개인이 자비로 출판하여 한정된 친지에게 나누어주는 서적을 말한다. 영리營利를 목적으로 하지 않은 자작自作의 시집, 혹은 회고록이나 친족을 추도하여 유고遺稿를 간행하기도 한 것을 말한다. 애장판愛藏版이라고도 한다"[6]고 되어 있다. 그런데 현장에서는 '사가판'이란 말보다는 '자가본自家本'이란 용어를 더 많이 사용하고 있다.

5 서수옥 편, 『편집 • 인쇄 용어와 해설』, 범우사, 1983.1.15. 229면.

6 위의 책, 94면.

1936년 1월20일 발행, 百部 限定版, 정가 2圓, 저작겸발행자 白石, 인쇄소 선광인쇄주식회사(朴忠植)

시집 『사슴』 판권지의 주요 사항이다. 위에서 살펴본 한정판의 의미로 보면 정가를 매겨놓은 게 조금 이채롭다. 정가 얘기가 나온 김에 먼저 그것부터 살펴보자. 일제강점기에 출판된 시집 2백여 종 가운데 정가가 2원을 상회하는 것은 『화사집』이 유일해 보인다.[6] 이 책을 제외하고는 요절한 박용철의 미망인이 낸 『박용철전집-시집』(1939년, 756쪽)의 정가가 2원50전, 청색지사에서 구본웅이 꾸미고 낸 『청마시초』1939가 정가 2원으로 출판되었다. 그밖에 케이스까지 갖춘 임화의 『현해탄』1938, 256쪽, 문장사에서 선장본으로 낸 『가람시조집』1939, 3백부한정 등 비교적 잘 만든 시집들의 정가가 1원50전이었다. 조선일보사 출판부에서 근무하고 있던 백석으로서는 당시 책들의 정가에 대해 비교적 잘 알고 있었을 것이다. 그런 그가 자기의 시집을 당시로서는 조선에서 가장 비싼 가격의 시집으로 출판한 데에는 나름의 이유가 있었을 것이다.

일제강점기에 나온 2백여 종의 시집 가운데 외형면에서 『사슴』과 가장 유사한 형태의 시집은 장만영의 제1시집 『양羊』이다. 『사슴』의 크기가 가로 16.8cm, 세로 21.2cm, 두께 1.3cm인데, 『양』은 가로 17.2cm, 세로 21.2cm, 두께 1.2cm인 것으로 보아 크기면에서 둘은 대동소이하다고 할 수 있다. 1937년 12월 30일에 발행된 『羊』도 시인이 자비로 발행한 1백 부 한정판[7]으로 한성도서에서 인쇄되었다. 비매품으로 출판되었다는 차이가 있기는 하지만 두 시집은 흰색 태지苔紙 바탕의 하드커버를 한 양장본이라는 점과 본문을 겹장[8]으로 꾸민 점 등 유사한 점이 많은 것으로 보아 후대에 나온 『羊』이 『사슴』을 본뜨지 않았을까 싶다.

책등書背의 서명 표기 외에는 어떤 장식도 하지 않은 『사슴』의 장정에 대해서는 미심쩍거나 아쉬운 생각이 들지 않을 수가 없다.[9] 그러나 장정가를 별도로 밝히지 않은 것으로 볼 때 더 이상의 치장(그림이나 도안은 물론 북 재킷이나 케이스 등)을 하지 않은 깔끔한 장정으로 이른바 근원이 언급한 '무장정의 장정'[10]을 한 것이 아닐까 하는 생각도 든다.

그러면 시인 백석이 풀어놓은 『사슴』 1백 마리는 2021년 현재 모두 어디에들 가 있을까? 혹독했던 일제의 식민 지배를 거쳐 광복의 기쁨도 잠시, 1950년 이후 3년간의 한국전쟁으로 전국토가 초토가 되고 말았으니 그 운명이 순탄했을 리 없다. 게다가 만주에 있던 백석은 해방이 되어 고향 부근(남신의주 유동 박시봉 방)에 돌아와 있었을 뿐인데, 전쟁이 일어나고 분단이 된 후 남쪽에서는 그에게 '월북'이라는 붉은

6 그러나 『화사집』의 경우 100부 한정판 내에서도 증정본은 비매, 특제본은 5원, 병제본은 3원으로 되어 있고, 필자가 이름 붙인 '보급판'은 1원80전으로 다양하다. 『화사집』을 비롯해 아래 거론되는 시집들의 발행 시기는 『사슴』보다 3~5년이 늦다.

7 다만 여기에는 일련번호를 적는 괄호가 마련되어 있다.

8 종이를 반 접어서 본문으로 제본하는 방식. 선장본인 한적은 대부분 이런 방식으로 제작되었다.

9 케이스〔함(函) 또는 상(箱)〕나 재킷〔하드커버에 덧씌운 종이커버〕이 존재했을 것으로 추측하는 이들이 적지 않다.

10 김용준, 「서책의 장정(中)」, 『국도신문』, 1949.12.19.(『근대서지』 9, 2014.6.30, 700면 재수록)

딱지를 붙이고 말아 『사슴』을 소유는커녕 읽지도 못하게 하였으니 결과적으로 『사슴』은 우리에게서 잊혀진 존재가 될 수밖에 없었다. 그러나 단언컨대 『사슴』은 시집이기에, 대한민국의 수집가들은 시집을 특히 사랑하기에, 어디엔가 몇 마리쯤은 남아 있을 것이다. 이제 그 흔적을 찾아보자.

1936년 1월 29일 오후 5시, 시내 태서관泰西舘에서 『사슴』의 출판기념회가 열렸다.[11] 회비는 1원, 발기인은 안석영, 함대훈, 홍기문, 김규택, 이원조, 이갑섭, 문동표, 김해균, 신현중, 허준, 김기림 제씨였다. 발기인의 면면은 자세히 볼 필요도 없이 대부분 『조선일보』 사람들이었다. 이름이 밝혀진 이들 모두에게는 시집 『사슴』이 증정되었을 것이다. 우선 그 가운데 두 권의 『사슴』이 오늘날 남아 전한다. 함대훈과 이원조에게 준 것이 그것이다. 다음으로 확인할 수 있는 소장처는 시문학파 시인들에게 준 서명본이다. 김영랑에게 증정한 서명본은 현재 대전문학관에 소장되어 있고,[12] 정지용에게 준 서명본은 시집 수집가 K씨가 소장하고 있다. 이밖에 신석정에게 준 서명본을 사위 최승범 시인이 소장하고 있다는데 실물을 확인하지는 못하였다. 그밖에 서명본으로는 이기문 서울대 명예교수와 관련된 두 책이 이야기되고 있다. 하나는 이 교수의 선친인 이찬갑 선생이 소장하고 있던 서명본으로 현재 충남 홍성의 대안학교인 풀무학교에 소장되어 있다는 『사슴』이고, 다른 하나는 이기문 교수 본인이 소장하고 있다는 『사슴』이 그것이다. 이찬갑 선생은 한국문학의 명소라 할 수 있는 평안북도 정주 출신으로, 역사학자 이기백, 국어학자 이기문 교수의 부친으로 널리 알려져 있는데, 백석의 오산학교 선배라는 점 등으로 보아 백석으로부터 서명, 기증받았을 것으로 추정된다.[13]

다음으로는 필자가 직접 확인한 네 책이 있다. 국립중앙도서관 소장본 두 책과 화봉문고 여승구 대표 소장본이다. 국립중앙도서관 두 책 가운데 하나는 시인 주요한에게 증정한 서명본이고 나머지 하나는 속표지에 '백석 기증본'이란 도장이 찍힌 것으로 보아 시집을 간행하고 조선총독부 도서관에 기증한 것으로 보인다. 여승구 화봉문고 대표의 소장본은 비교적 상태가 좋은 편이나 서명본은 아니다. 끝으로 필자도 최근에 『사슴』을 구했는데, 서명본이 아니다.

그밖에 소장처로 널리 알려진 곳은 고려대학교 도서관과 하동호 교수 컬렉션이다. 가장 방대한 시집 수집가인 하동호 교수의 경우 소장 사실은 분명히 확인되지만 안타깝게도 현재로서는 그 행방을 알 수 없다. 끝으로 몇 해 전 작성된 『국내근대문학자료 소장실태 조사보고서』[14]를 통해 추가 추적을 해볼 수 있었다. 그러나 이 보고서는 철저한 실사實査를 거치지 않아 적지 않은 오류를 포함하고 있다. 다만 보고서의

11 『동아일보』, 1936.1.29.

12 충남대 명예교수 송백헌 씨의 기증으로 알려져 있다.

13 이 곳에는 근대출판물 가운데 가장 먼저 문화재로 등록된 김소월의 『진달래꽃』 초판도 소장되어 있다고 한다. 다만 '풀무학교'를 인터넷 검색해보면 국립중앙도서관 소장본(백석 기증본) 『사슴』의 이미지가 올라와 있어 아쉬움도 크고 한편으로는 의아스럽기도 하다. 또한 선친의 영향을 받았는지 이기문 교수 역시 일찍부터 한글 서적을 수집하여 『진달래꽃』, 『사슴』 등을 복권(複卷)으로 소장하고 있다고 하는데 필자가 실물을 확인한 것은 아니다.(서울대 산학협력단, 『근대문화유산 문학분야 목록화 조사연구 보고서』, 문화재청, 2009.10, 162면)

개별해제에서 소장처로 제시된 동국대학교도서관의 경우에는 확인 결과 초판 진품을 소장하고 있는데 서명본은 아니다.

이상의 내용을 정리하면 다음과 같다. 참고로 서명본의 몇 가지 서명 내용을 밝힌다.

소장처	서명여부	비고
국회도서관	함대훈	
J제약	이원조	인터넷 확인
대전문학관	김영랑	인터넷 확인
개인수집가 K씨	정지용	소장자 확인해줌
풀무학교(홍성 대안학교)	이찬갑	인터넷 확인
여승구(화봉문고 대표)	서명 없음	실물 확인
오영식	서명 없음	실물 소장 중
국립중앙도서관	본인 기증	실물 확인
국립중앙도서관	주요한	실물 확인
고려대학교도서관	서명 없음	이경수(중앙대 교수) 확인
동국대학교도서관	서명 없음	문경연(동국대 교수) 확인
하동호(전 공주사대 교수)	(확인 불가)	행방 불명
이기문(서울대 명예교수)	(확인 불가)	미확인
최승범(시인)	신석정	미확인

서명본 문구

① 爲 朱耀翰 先生 高覽 / 太陰 乙亥 暮 / 白石 謹贈

② 鄭芝溶 氏 / 太陰 乙亥 暮 / 白石 謹贈

③ 李源朝 氏 / 陰暦 乙亥 暮 / 白石

④ 永郎 兄 / 白石

2) 오장환이 출판한 시집

30년대 문단의 기린아 오장환은 상속받은 재산으로 1938년 9월경 관훈동에 '남만서방'[15]이라는 시집전문서점을 열었는데, 그는 서점 운영에 그치지 않고 시집 출판에까지 뛰어들어 한국시문학사상 빼어난 세 권의 시집을 출판하였다. 그가 발행한 『헌사』, 『와사등』, 『화사집』 들은 훌륭한 문학적 성과인 동시에 시집 출판역사상 매우 특별한 의미를 갖고 있다. 스타일리스트로서의 뛰어난 안목을 갖고 있던 오장환답게 시집을 출판하는 데 그치지 않고, 물상物像으로서의 시집 그 자체에 몰입하여 시집의 완성도를 높였다. 시집 세 권에 대한 자세한 내용은 다음 표와 같다.

14 보고서 168~9면을 보면, 고려대학교도서관, 건양대학교명곡도서관, 서강대학교도서관, 대전문학관, 여승구, 윤길수, 국립중앙도서관, 국회도서관 8곳을 『사슴』의 소장처로 밝혔고, 375면의 개별해제에서는 동국대도서관을 추가해 모두 9곳을 소장처로 밝히고 있다.(서울대 산학협력단, 『국내근대문학자료 소장실태 조사보고서』 국립중앙도서관, 2014.12)

15 "學藝, 文學, 藝術 全般에 關한 珍本, 豪華版, 限定版 其他 良書를 具備하였사오니 江湖諸位의 愛顧를 비나이다" 『靑色紙』 3호(1938.11.20) 94면에 실린 南蠻書店의 광고 문구.

	헌사	와사등	화사집
발행소	남만서방	남만서점	남만서고
발행일자	1939.7.20	1939.8.1	1941.2.10
정가	정가 또는 비매품 표기 없음	정가 또는 비매품 표기 없음	특제 5원, 병제 3원, (보급판) 1원80전
인쇄소	秀英社인쇄소	秀英社인쇄소	한성도서(주)
면수 표시	없음	없음	없음
序,跋文, 目次	목차만 있음	모두 없음	발문만 있음(김상원)
크기 mm (가로×세로)	138 × 202 135 × 188	130 × 192	145 × 230 145 × 210
장정가	표기 없음	金晩炯	표기 없음(면화: 김용준)
한정판	80부	표기 없음	100부
제작비	미상(저자 자비 출판)	저자 자비 출판	金相瑗
기타	80부 外 존재	100부 한정 추정	100부 外 존재

보다시피 『헌사』는 80부, 『화사집』은 100부 한정판이다. 그런데 현실에 비추어 볼 때 둘 다 문제가 있다. 80부라기에는 『헌사』가 너무 많이 보이고, 100부라는 『화사집』은 또다른 형태가 존재하기 때문이다.

① 80부 한정판 『헌사』

먼저 『헌사』부터 살펴보자. 필자가 생각하기로는 100년 동안 출판된 시집 가운데 가장 화려한 시집을 든다면 단연 『헌사』일 것이다. 그렇게 아름다운 시집이건만 이 시집에 대해서는 수집가들마다 말이 많았다. 그러던 중 확인의 계기를 제공한 것은 뜻밖에 나손 김동욱 선생의 수필이었다.[16] 비교적 자주 보여 평소에도 이상하게 여겼는데 나손 선생의 글까지 읽고 나서는 실사實査를 해보지 않을 수 없었다. 그 결과 80부 한정판이라고 생각되는 판본(이하 A라고 칭함)은 크기가 '138×202mm'인 데 반해서 그렇지 않은 판본(이하 B라 칭함)은 '135×188mm'로 세로의 크기가 확연히 작았다. 둘을 자세히 살펴보면 A는 앞표지 책등 쪽에 홈파임이 있지만, B는 그냥 평면 처리하였고, A는 비취색 면지에 본문은 고급 한지를 사용했으나 B는 특별한 면지도 없고 본문도 평범한 양지洋紙를 사용하는 등 둘 사이의 대조를 쉽게 확인할 수 있다. 보다 극명한 차이는 '저자 기증본'의 표기와 에디션 넘버 및 서명 여부 등인데 한정 80부 가운데 No.7은 최재서, No.16은 박태원, No.26은 신석초, No.72는 김소운에게 기증한 것이었다. 요컨대 오장환의 『헌사』는 80부 한정판이 존재하면서 동시에 그에 비해 크기도 작고 종이도 거친 또다른 『헌사』가 존재함을 확인하였다. 아마 김동욱 선생이 일제 말기 원산의 어느 책

16 「詩集」, 『시문학』 1973년 7월호, 11면; "日帝時代 元山의 어느 冊肆에서 『獻詞』가 數十冊 꽂혀있는 것을 보았다. 末尾를 보니 80部 限定版이라고 적혀 있었다. 그때까지 詩를 崇拜하던 나의 觀念은 여지없이 부서졌다. 우선 이렇게 孤獨한 詩人이 되어서 무엇하겠느냐는 心情이었다."

방에서 보셨다는 수십 책의 『헌사』는 후자였을 것으로 추측된다.[17]

17 필자의 「오장환시집 『헌사』의 '80부 한정'에 대하여」(『근대서지』 제19호, 2019.6.30, 120~130면)를 참고하기 바람.

② 100부 한정판 『화사집』

오장환이 『헌사』에서 보여준 이러한 문제는 『화사집』에서도 확인된다. 잘 알고 있듯이 화사집의 내제지 다음 쪽에는 아래와 같은 기록이 있다.

正壹百部限定印行中 / 第壹番에서 第拾五番까지 著者寄贈本
同拾六番에서 同五拾番까지는 特製本 / 同五拾壹番에서 同九拾番까지 竝製本
同九拾壹番에서 第百番까지는 印行者寄贈本 / 本書는 其中第 番

쉽게 말하자면 100책 가운데 열다섯 책은 시인 서정주의 기증본이고, 책등에 붉은 수繡실로 제자題字를 박았다는 특제본이 서른다섯 책이며, 병제본이 마흔 책, 그리고 발행인(남만서고 오장환) 기증본이 열 책이라는 것이다. 어쨌든 이 기록만으로 보면 화사집은 완벽한 100부 한정판 시집임에 틀림이 없다. 하지만 객관성을 확보하기 위해서는 실물을 확인해야만 한다. 그 작업은 근대서지학회 회원들의 협조로 가능했다.

먼저, '5番'을 통해 시인 증정본(1번~15번)은 분명히 확인되었다. 이 책의 특징은 누런색 능화판 모양의 하드커버 표지에 정지용이 쓴 '궁발거사窮髮居士 화사집花蛇集'이라는 제호題號가 있고, 한 장을 넘기면 김용준金瑢俊의 면화面畵[18]가 나온다. 매화와 학鶴으로 장식된 이 그림은 '벽루碧樓'라는 낙관으로 보아 근원近園 김용준의 작품이 틀림없다. 다시 한 장을 넘기면 내제지內題紙가 있는데 역시 정지용의 글씨로 '徐廷柱詩集 自 昭和乙亥年 - 庚辰歲 花蛇 徐蔚 南蠻書庫印行'이라 쓰여 있다. 이어지는 본문은 두꺼운 한지韓紙인데 자세히 살펴보면 가로로는 촘촘하게, 세로로는 성기게 줄이 나 있다. 여기서 한 장 더 넘기면 위의 100부 한정판에 대한 글이 있으며 한 장을 더 넘기면 뱀이 사과를 물고 있는 유명한 판화版畵가 나온다.[19] 그 다음부터는 23편의 작품이 실려 있고 맨끝에 출판비를 제공한 김상원金相瑗의 발문跋文이 수록되어 있다. 이어서 판권지가 나오는데, 보는 방향에서 오른쪽에 '昭和拾六年二月七日 印刷' 왼쪽에 '昭和拾六年二月十日 發行'이라 되어 있다. 그리고 가격(본문엔 '반가頒價'라 표기)을 보면 '著者本, 印行人本은 非賣 特製本, 伍圓 竝製本 參圓'이라 되어 있다. 그 왼쪽으로 발행지 서울徐蔚, 그 옆에 남만서고제삼회간행서南蠻書庫第參回刊行書라 쓰여 있으며 다음에는 박스처리를 하여 저자, 발행인, 인쇄인의 이름과 구분, 주소를 병기倂記하였다. 그

18 '책의 앞뒤 겉장과 안겉장 사이에 넣는 종이'를 면지라 하니 그곳에 그린 그림을 면화라 한다.

19 이 판화는 프랑스에서 발행된 보들레르의 『악의 꽃』(1928년판)에 수록된 이미지라고 한다.(박종우, 「『화사집』의 뱀그림」, 『근대서지』 9호, 2014.6.30, 598~603면)

리고 맨왼쪽에는 인쇄소印刷所 한성도서주식회사漢城圖書株式會社가 명기되어 있다. 이밖에 몇 권의 『화사집』들을 '5번'을 기준으로 하여 살펴보았다. 먼저 살펴본 것은 '54番'이니 병제본에 해당하는데 보존 상태가 좋지 않아 확인에 어려움이 많았다. 그래도 본문 한지에 줄 없이 물결 같은 문양만 있고, 판화에도 뱀만 있고 사과는 빠져 있음을 확인하였다. 또한 판권지에서 발행일자가 오른쪽에, 인쇄일자가 왼쪽에 기록되어 앞엣것과 뒤바뀌어 있음도 확인하였다.

이상의 내용을 정리해보면, 화사집은 ①시인증정본(1~15번), ②특제본(16~50번),[20] ③병제본(51~90번), ④간행자 증정본(91~100)이 있다. 여기에서 ①과 ②는 분명히 표지가 다르며, ③과 ④의 표지는 확인하지 못했는데 ③의 경우 본문에 쓰인 한지 상태와 판화의 모습이 다름을 확인하였다. 추측하건대 ④는 ①과 크게 다르지 않을 것이다.

논의가 여기에서 끝난다면 『화사집』은 완벽한 100부 한정판일 것이다. 그러나 제5의 형태가 존재하고 있다. 적어도 다섯 명 이상의 회원이 소장하고 있는 보급판(?) 화사집이 그것이다. 필자는 이 화사집을 처음 구했을 때 아마도 이것이 이른바 병제본(51~90번)일 것이라고 생각했었다. 병제본이라는 용어 또한 그 정의를 찾기가 쉽지 않은데 흔히들 보급판 정도의 의미로 받아들이고 있다.[21] 그런데 시인증정본의 판권지를 보면 병제본의 반가頒價가 3원으로 되어 있는데 이 책에는 1원 80전으로 되어 있어 상치相馳되니 이 점 하나만으로도 화사집의 100부 한정판은 무너지고 만다. 물론 가격 운운 이전에 책 자체가 전혀 다르다고 해도 과언이 아니다. 앞의 한정판들은 '145mm×230mm'인 데 비해서 이 책은 '145mm×210mm'로 책의 길이가 작다. 겉표지 또한 특제본을 제외한 한정판들이 능화판 문양의 누런색을 띠고 있는 데 비해 이 책은 딱딱하고 두꺼운 종이에 천(옷감)의 형태를 입힌 크로스cloth 장정 형태이다. 그리고 표제지도 인쇄 글씨로 '시집詩集 화사집花蛇集 서정주저徐廷柱著'라 되어 있어 전혀 다르며, 면지 또한 그림 없이 양지洋紙에 한지韓紙를 입힌 형태로 되어 있는데, 내제지는 한정판과 동일하다. 이어서 한정판 표시된 면이 존재하지 않으며, 판화가 있지만 종이가 양지이기 때문인지 선명하지 못하다. 판권지의 일자日字 기재는 '54번'의 병제본과 같고, 위의 한정판에서는 찾을 수 없는 기록으로 반가頒價 1원 80전이 분명하고, 맨왼쪽에 발매원發賣元 중앙인서관中央印書舘이 기재되어 있다. 이상의 검토를 거쳐 또 하나의 『화사집』이 존재함을 인정할 수밖에 없게 되었다. ⑤양지로 만들어진 보급판 화사집이 존재하며, 이 책은 판매를 위해 발행되었는데 몇 부를 찍었는지는 알 수 없다.

20 특제본은 비교적 근자에 두 책이 발견되었다. 하나는 국립중앙도서관으로 들어갔고, 다른 하나는 화봉경매에서 개인수집가에게 매도되었다. 한정판과 비교할 때 표지에 큰 차이가 있는데, 매우 견고한 하드커바에 책등쪽에 비단천을 입혔으며 소문처럼 책등에는 붉은 수(繡)실로 '花蛇集'이라 題하였다.

21 '병제본'의 '병(幷)'이 아우르다는 뜻과 함께 '모두, 다, 떼지어 모이다' 등의 의미도 갖고 있는 것으로 보아 보급판의 의미로 볼 수도 있다고 생각한다. 상대어로 豪華版, 上製版, 豪華藏書版, 特製版 등이 있다.

| 근대시집 목록 | 1921~1950

1. 이 목록에는 한국어로 표기된 근대시집(창작시집, 합동시집, 시선집, 동요동시집, 번역시집)만을 수록 대상으로 삼되, 해방 이후에 간행된 번역시집은 제외한다.
2. 이 목록에는 고전시가 관련 서적과 고전시가 번역서 등은 싣지 않는다.
3. 해방 이후 재간된 시집 중, 일제강점기에 간행된 것과 판본 차이가 뚜렷한 경우에는 시집명 옆에 판차를 부기한다.

연번	시집명	저편역자	발행처	발행연월일
1	오뇌의 무도	김억(역)	광익서관	1921.3.20
2	기탄자리	김억(역)	이문관(평양)	1923.4.3
3	해파리의 노래	김억	조선도서주식회사	1923.6.30
4	폐허의 염군	이세기(편)	조선학생회	1923.11.28
5	오뇌의 무도(개정판)	김억(역)	조선도서주식회사	1923.8.10
6	잃어진 진주	김억(역)	평문관	1924.2.28
7	혈염곡	정독보	조선혁신당출판부	1924.3.12
8	신월	김억(역)	문우당	1924.4.29
9	무궁화	이학인	희망사	1924.6.1
10	봄잔디밭위에	조명희	춘추각	1924.6.15
11	흑방비곡	박종화	조선도서주식회사	1924.6.25
12	조선의 마음	변영로	평문관	1924.8.22
13	금모래	김억	한성도서주식회사	1924.10.4
14	애련모사	김기진(역)	박문서관	1924.11.30
15	원정(동산직이)	김억(역)	회동서관	1924..12.7
16	조선동요집	엄필진(편)	창문사	1924.12.12
17	아름다운 새벽	주요한	조선문단사	1924.12.15
18	국경의 밤	김동환	한성도서주식회사	1925.3.20
19	처녀의 화환	노자영	창문당서점	1925.3.25
20	생명의 과실	김명순	한성도서주식회사	1925.4.5
21	빠이론시집	최상희(역)	문우당	1925.7.10
22	봄의 노래	김억	매문사	1925.9.28
23	승천하는 청춘	김동환	신문학사	1925.12.25
24	진달래꽃	김소월	매문사	1925.12.26
25	봄과 사랑	유운향	마상	1925
26	혈흔의 묵화	유도순	청조사	1926.3.2
27	하이네시선집	강성주(역)	평화서관	1926.4.8
28	하이네시집	김시홍(역)	영창서관	1926.4.30
29	님의 침묵	한용운	회동서관	1926.5.20
30	조선시인선집	조태연(편)	조선통신중학관	1926.10.13
31	백팔번뇌	최남선	동광사	1926.12.1
32	고통의 속박	김억(역)	동양대학당	1927.3.8
33	흑방의 선물	권구현	영창서관	1927.3.30
34	세계일주동요집	문병찬(역)	영창서관	1927

연번	시집명	저편역자	발행처	발행연월일
35	내 혼이 불탈 때	노자영	청조사	1928.2.16
36	빠이론명시집	김시홍(역)	영창서관	1928.2.22
37	조선동요선집	조선동요연구협회(편)	박문서관	1929.1.31
38	안서시집	김억	한성도서주식회사	1929.4.1
39	청년시인백인집	황석우(편)	조선시단사	1929.4.3
40	시가집	이광수 주요한 김동환	삼천리사	1929.10.30
41	자연송	황석우	조선시단사	1929.11.19
42	갈닙피리-동요집	정순철(편)	문화서관	1929.12.20
43	고향을 떠나서	김영희	성문관서점	1930.5.27
44	나의 거문고	김동명	신생사	1930.6.10
45	신앙의 불꽃	조영구	수원성결교회	1930.7.20
46	봉사꽃 – 鳳仙花	주요한	세계서원	1930.10.20
47	님께서 나를 부르시니	유엽	자가본	1931.2.5
48	카프시인집	조선푸로예맹(편)	집단사	1931.11.27
49	조선의 맥박	양주동	문예공론사	1932.2.26
50	조선신동요선집	김기주(편)	동광서점	1932.3.10
51	행정의 우수	이진언	한성도서주식회사	1932.4.12
52	노산시조집	이은상	한성도서주식회사	1932.4.18
53	윤석중동요집	윤석중	신구서림	1932.7.20
54	광야의 애상	정영수	자가본	1932.9.10
55	찬송의 약동	김성실	한성도서주식회사	1932.11.20
56	북풍기행시집	허수만	신진문예사	1933.2.28
57	잃어버린 댕기	윤석중	계수나무사	1933.4.25
58	색진주	박기혁(편)	활문사	1933.4.25
59	설강동요집	김태오	한성도서주식회사	1933.5.18
60	빛나는 지역	모윤숙	조선창문사	1933.10.15
61	주의 승리	장정심	한성도서주식회사	1933.10.23
62	실향의 화원	이하윤(역)	시문학사	1933.12.5
63	애송시집	박귀송	자가본	1934.2.13
64	금선	장정심	한성도서주식회사	1934.7.24
65	무궤열차	전한촌	토민사	1934.8.1
66	방가	황순원	동경학생예술좌	1934.11.25
67	북풍동요집	허북풍	신진문예사	1934
68	님의 심금	김희규	한성도서주식회사	1935.2.1
69	초립	백용주	자가본	1935.5.10
70	나그네	박일권	조선문학사	1935.7.5
71	정지용시집	정지용	시문학사	1935.10.27
72	영랑시집	김윤식	시문학사	1935.11.5
73	사슴	백석	자가본	1936.1.20

연번	시집명	저편역자	발행처	발행연월일
74	을해명시선집	오일도(편)	시원사	1936.3.27
75	골동품	황순원	자가본	1936.5.29
76	말하는 침묵	장재성	자가본	1936.7.7
77	기상도	김기림	자가본	1936.7.8
78	세월	김인걸	고향사(동경)	1936.7.9
79	낭만 제1집	민태규(편)	낭만사	1936.11.9
80	이국녀	이서해	한성도서주식회사	1937.2.14
81	대지	윤곤강	풍림사	1937.4.20
82	연간 조선시집		사해공론사	1937.5.10
83	회월시초	박영희	조선문화사	1937.5.15
84	분수령	이용악	자가본	1937.5.30
85	석류	임학수	자가본	1937.8.10
86	성벽	오장환	풍림사	1937.8.10
87	잔몽	이상필	삼문사	1937.9.5
88	흐린날의 고민	정희준	교육정보사	1937.11.25
89	대망	이찬	중앙인서관,풍림사	1937.11.30
90	무명초	허이복	치성서원	1937.12.25
91	양	장만영	자가본	1937.12.30
92	산호림	노천명	자가본	1938.1.1
93	바다의 묘망	이해문	시인춘추사	1938.1.10
94	세림시집	조동진	시원사	1938.1.25
95	파초	김동명	자가본	1938.2.3
96	현해탄	임화	동광당서점	1938.2.29
97	향수	조중흡	이문당서점	1938..3.1
98	시가집 – 현대조선문학전집1	조선일보사출판부(편)	조선일보사	1938.4.1
99	백공작	노자영	미모사서점	1938.5.2
100	풍경	최경섭	자가본	1938.5..20
101	산제비	박세영	중앙인서관	1938.5.23
102	만가	윤곤강	자가본	1938.6.10
103	해외서정시집	최재서(편)	인문사	1938.6.15
104	동경	김광섭	자가본	1938.7.15
105	분향	이찬	한성도서	1938..7.20
106	팔도풍물시집	임학수	인문사	1938.9.30
107	무심	김대봉	맥사	1938.10.17
108	낡은집	이용악	자가본	1938.11.10
109	능금	최병량	자가본	1938.12.16
110	후조	임학수	한성도서주식회사	1939.1.25
111	현대조선시인선집	임화(편)	학예사	1939.1.26
112	윤석중동요선	윤석중	박문서관	1939.2.20

연번	시집명	저편역자	발행처	발행연월일
113	물레방아	이하윤	청색지사	1939.1.30
114	현대서정시선	이하윤(편)	박문서관	1939.2.20
115	초원	김태오	청색지사	1939.3.20
116	조선민요선	임화(편)	학예사	1939.3.20
117	방아 찧는 처녀	한죽송	한성도서주식회사	1939.4.20
118	망향	김상용	문장사	1939.5.1
119	시집 – 박용철전집1	박용철	동광당서점	1939..5.5
120	현대영시선	임학수(역)	학예사	1939.5.20
121	박꽃	허리복	중앙인서관	1939.5.25
122	앵무새	함윤수	자가본	1939..6.9
123	동물시집	윤곤강	한성도서주식회사	1939.7.20
124	헌사	오장환	남만서방	1939.7.20
125	와사등	김광균	남만서점	1939.8.1
126	가람시조집	이병기	문장사	1939..8.15
127	태양의 풍속(문고본)	김기림	학예사	1939.9.6
128	태양의 풍속(특장본)	김기림	학예사	1939.9.25
129	전선시집	임학수	인문사	1939..9.15
130	모밀꽃	정호승	조선문학사	1939.9.30
131	촛불	신석정	인문사	1939.11.28
132	축제	장만영	인문사	1939.11.30
133	청마시초	유치환	청색지사	1939.12.20
134	소월시초	김소월(작) 김억(선)	박문서관	1939.12.30
135	하인네시집	김시홍(역)	영창서관	1940.1.10
136	분이	심이랑	한성도서주식회사	1940.2.1
137	세기의 예언	박귀송	자가본	1940.2.1
138	초롱불	박남수	자가본	1940.2.5
139	춘원시가집	이광수	박문서관	1940.2.5
140	신찬시인집	시학사(편)	시학사	1940.2.18
141	여수시초	박팔양	박문서관	1940.3.30
142	시조시학	안자산	조광사	1940.4.25
143	망양	이찬	박문서관	1940.6.15
144	흐름	김동일	장학사(동경)	1940.7.10
145	어깨동무	윤석중	박문서관	1940.7.20
146	빙화	윤곤강	한성도서	1940.8.1
147	청색마	김람인 김해강	명성출판사	1940.8.30
148	낙서	이기열	자가본	1940.8.30
149	청시	김달진	청색지사	1940.9.28
150	망양정	오신혜	자가본	1940.12.8
151	은화식물지	함윤수	장학사(동경)	1940.12.26

연번	시집명	저편역자	발행처	발행연월일
152	여정	박노춘	자가본	1940.12.28
153	화사집	서정주	남만서고	1941.2.7
154	호박꽃초롱	강소천	박문서관	1941.2.10
155	노방초	강홍운	초원사	1941.2.15
156	화병	임춘길	자가본	1941.5.30
157	향연	김용호	자가본	1941.6.20
158	노림	이가종	남창서관	1941.6.30
159	안서시초	김억	박문서관	1941.7.15
160	백록담	정지용	문장사	1941.9.15
161	해당화	김동환	대동사	1942.5.1
162	재만조선시인집	김조규(편)	예문당	1942.10.10
163	남창집	이강수	자가본	1943.3.20
164	자화상	권환	조선출판사	1943.8.15
165	전원	차원홍	한성도서주식회사	1944.3.25
166	박일연시초	박일연	자가본	1944.8.18
167	윤리	권환	성문당서점	1944.12.25
168	창변	노천명	매일신보사	1945.2.25
169	조선미	이태환	자가본	1945.9
170	독립기념애국시	진금도(편)	서광사	1945.11.5
171	해방기념시집	중앙문화협회(편)	중앙문화협회	1945.12.12
172	제사	김기한	안동기독교청년회	1945.12.25
173	홍산시집	최용학(편)	신조선사	1946.1.10
174	산제비(재판)	박세영	별나라사	1946.2.1
175	네동무	이동주 외	예술문화동맹	1946.2.10
176	진양사람들	장일영	자가본	1946.2.15
177	삼일기념시집	조선문학가동맹시부(편)	건설출판사	1946.3.1
178	심화	박아지	우리문학사	1946.3.10
179	조선동요전집 현대편 1	정태병(편)	신성문화사	1946.4.10
180	바다와 나비	김기림	신문화연구소	1946.4.20
181	횃불	박세영 외	우리문학사	1946.4.20
182	낭독시집	조선문학가동맹시부(편)	조선문학가동맹	1946.4.20
183	청자부	박종화	고려문화사	1946.5.5
184	정지용시집(재판)	정지용	건설출판사	1946.5.30
185	청록집	박목월 조지훈 박두진	을유문화사	1946.6.6
186	순수시선	청년문학가협회시부(편)	청년문학가협회	1946.6.20
187	동시집	박영종	조선아동회	1946.6.15
188	흰나비	김목랑	김목랑시집간행회	1946.6.20
189	석초시집	신응식	을유문화사	1946.6.30
190	날개 해방일주년기념시집	조선청년문화가협회(편)	조선청년문화가협회경남지부	1946.8.15

연번	시집명	저편역자	발행처	발행연월일
191	동결	권환	건설출판사	1946.8.20
192	얼	김경탁	취영암	1946.10.1
193	요람	김용득	자가본	1946.10.15
194	육사시집	이육사	서울출판사	1946.10.20
195	백록담(재판)	정지용	백양당	1946.10.31
196	문들레	한인현	제일출판사	1946.11.10
197	전위시인집	이병철 외	노농사	1946.12.20
198	아름다운 강산	정태진(편)	신흥국어연구회	1946.12
199	유어	고영진	신문사	1946
200	와사등(재판)	김광균	정음사	1946
201	길	김동석	정음사	1946
202	고압선	노두영(편)	강릉문화협회	1946
203	초록별	박영종	조선아동문화협회	1946
204	병든 서울	오장환	정음사	1946
205	초생달	윤석중	박문출판사	1946
206	백합화	이금슬	자가본	1946
207	지용시선	정지용	을유문화사	1946
208	파종	하영원	자가본	1946
209	출범	양상경	자가본	1947.1.1
210	성벽(재판)	오장환	아문각	1947.1.10
211	서정시집	피천득	상호출판사	1947.1.20
212	녹야	방기환	자가본	1947.1
213	찬가	임화	백양당	1947.2.10
214	소연가	김수돈	문예신문사	1947.2.15
215	먼동 틀 때	김안서	백민문화사	1947.2.15
216	옥비녀	모윤숙	동백사	1947.2.15
217	들국화	이설주	민고사	1947.2.25
218	불사른 일기	김도성	자가본	1947.2
219	소년시집	서창근	서울문리대예과	1947.3.15
220	연간조선시집 1946년판	조선문학가동맹시부(편)	조선문학가동맹	1947.3.20
221	종	설정식	백양당	1947.4.1
222	회상시집(현해탄 일부)	임화	건설출판사	1947.4.5
223	초적	김상옥	수향서헌	1947.4.15
224	오랑캐꽃	이용악	아문각	1947.4.20
225	기항지	김광균	정음사	1947.5.1
226	조운시조집	조운	조선사	1947.5.5
227	어머님의 모습	서창근	삼천리서관	1947.5.20
228	대열	김상훈	백우서림	1947.5.28
229	나 사는 곳	오장환	헌문사	1947.6.5

연번	시집명	저편역자	발행처	발행연월일
230	생명의 서	유치환	행문사	1947.6.20
231	성황당고개	김수환	문학연구회	1947.6.30
232	징검다리	표일호	정문사	1947.7.1
233	슬픈 목가	신석정	낭주문화사	1947.7.25
234	조국	청파아(이설주)	화성당서점	1947.8.5
235	규포시집	황윤섭	조선아동회	1947.9.15
236	삼팔선	김동명	문룡사	1947.9.20
237	칠면조	여상현	정음사	1947.9.20
238	가람시조집(재판)	이병기	백양당	1947.9.20
239	북소리	한덕희	동백시회	1947.11.20
240	박승걸시집	박승걸	상호출판사	1947.11
241	박꽃	이희승	백양당	1947.12.15
242	내고향	김원용	새동무사	1947
243	종달새	이원수	새동무사	1947
244	하늘	김동명	문룡사	1948.1.12
245	포도	설정식	정음사	1948.1.15
246	옛터에 다시 오니	이원희	평화도서주식회사	1948.1.20
247	황우	서태관	자가본	1948.1.25
248	사랑물레	고영진	평문사	1948.1.30
249	창	유진오	정음사	1948.1.30
250	피리	윤곤강	정음사	1948.1.30
251	하늘과 바람과 별과 시	윤동주	정음사	1948.1.30
252	청과집	윤계현 외	동화사	1948.1.31
253	소월민요집	김소월(저) 김안서(찬)	산호장	1948.1
254	담원시조	정인보	을유문화사	1948.2.5
255	귀촉도	서정주	선문사	1948.4.1
256	팔도풍물시집(재판)	임학수	백민문화사	1948.4.5
257	새노래	김기림	아문각	1948.4.15
258	베틀노래집	김용경(편)	경기공립상업중학교	1948.5.5
259	그집앞	김윤국	진흥정판사	1948.6.20
260	어느 지역	장영창	태양당	1948.6.20
261	해마다 피는 꽃	김용호	시문학사	1948.6.25
262	필부의 노래	임학수	고려문화사	1948.7.10
263	살어리	윤곤강	시문학사	1948.7.15
264	무화과	윤영춘	숭문사	1948.7.25
265	지열	조벽암	아문각	1948.7.25
266	새벽길	최석두	조선사	1948.8.10
267	대낮	신동집	교문사	1948.8.25
268	풍장	정진업	시문학사	1948.8.31

연번	시집명	저편역자	발행처	발행연월일
269	구름과 장미	김춘수	행문사	1948.9.1
270	울릉도	유치환	행문사	1948.9.1
271	옥문이 열리던 날	상민	신학사	1948.9.10
272	방랑기	이설주	계몽사서점	1948.9.15
273	기상도(재판)	김기림	산호장	1948.9.20
274	효성	이복림	순천건국부인회	1948.9.25
275	제3시집	고영진	평문사	1948.10.15
276	상원시조집	박종옥	고려문화사	1948.10.20
277	고란초	김도성	문영사	1948.10.30
278	가족	김상훈	백우사	1948.10.30
279	유년송	장만영	산호장	1948.10.30
280	함석헌시문집	함석헌	수선사	1948.10
281	굴렁쇠	윤석중	백영사	1948.11.1
282	상형문자	윤주영	철야당서점	1948.11.8
283	소백산	박문서	백우사	1948.11.15
284	제신의 분노	설정식	신학사	1948.11.18
285	이준시집	이준	지문각	1948.11.20
286	발자욱 제1호	이정기	대한민족청년단김천단부	1948.12.10
287	감자꽃	권태응	글벗집	1948.12.12
288	산	이효상	조선출판중앙총서	1948.12.15
289	민요시집	김안서	한성도서주식회사	1948.12.20
290	고원의 곡	김상옥	성문사	1949.1.10
291	추풍령	김철수	산호장	1949.1.15
292	이용악집 (현대시인전집1)	이용악	동지사	1949.1.25
293	머들령	정훈	계림사	1949.3.5
294	노천명집 (현대시인전집2)	노천명	동지사	1949.3.10
295	형상	최자현(편)	시문학사	1949.3.10
296	황야의 규환	김병호	평화당	1949.3.12
297	현대동요선	박영종(편)	한길사	1949.3.15
298	백로	김상원	구고산방	1949.3.30
299	이상선집	이상(저) 김기림(편)	백양당	1949.3.31
300	새로운 도시와 시민들의 합창	김경린 외	도시문화사	1949.4.5
301	제삼시집	고영진	평문사	1949.4.10
302	몽로	김평옥	서울대학신문사	1949.4.10
303	시조시학(재판)	안자산	교문사	1949.4.15
304	시집 (조선문학전집10)	임학수(편)	한성도서주식회사	1949.4.20
305	백양	조문재(편)	문화신문사	1949.4.20
306	산역의 밤	박민	문화신문사	1949.5.5
307	해	박두진	청만사	1949.5.15

연번	시집명	저편역자	발행처	발행연월일
308	청령일기	유치환	행문사	1949.5.15
309	한하운시초	한하운(저) 이병철(편)	정음사	1949.5.30
310	동국학생시집 제1집	정운삼(편)	동국대학학생회	1949.5.30
311	표정	이범혁	국학연구회	1949.6.1
312	이단의 시	김상옥	성문사	1949.6.15
313	버리고 싶은 유산	조병화	산호장	1949.7.5
314	그날이 오면	심훈	한성도서주식회사	1949.7.30
315	여명	최동환(편)	자가본	1949.8.15
316	꽃초롱 별초롱	윤복진	아동예술원	1949.8.25
317	잠자리	창맹인(이설주)	육생사	1949.10.9
318	영랑시선	김윤식	중앙문화협회	1949.10.25
319	남종시조집	김일렬	자가본	1949.10.1
320	바다의 합창	박거영	시문학사	1949.11.25
321	발자욱 제2호	홍성문	김천형무소	1949.11
322	마음	김광섭	중앙문화협회	1949.12.10
323	제일시집	천일편집실(편)	상은(잡지 천일 부록)	1949.12.25
324	게시판	윤복구	중앙문화협회	1949.12.31
325	옥적	문예반(편)	경주중학교	1950.2.1
326	진달래꽃	김소월	숭문사	1950.2.5
327	빛 잃은 태양	서정율	행문사	1950.2.10
328	현대조선명시선	서정주(편)	온문사	1950.2.15
329	학생이인시집	김규학 정재영	경주중학교	1950.2.15
330	다람쥐	김영일	고려서적주식회사	1950.2.20
331	망향(3판)	김상용	이화여대출판부	1950.3.1
332	현대시집 II	신석정 외	정음사	1950.3.10
333	작고시인선	서정주(편)	정음사	1950.3.13
334	백록담(3판)	정지용	동명출판사	1950.3.15
335	현대시집 I	정지용 외	정음사	1950.3.19
336	현대시집 III	서정주 외	정음사	1950.3.30
337	늪	김춘수	문예사	1950.3.20
338	님의 침묵(재판)	한용운	한성도서주식회사	1950.4.5
339	땀과 장미와 시	김태홍	홍민사	1950.4.10
340	하루만의 위안	조병화	산호장	1950.4.13
341	피리소리	전상렬	철야당서점	1950.4.30
342	아침까치	윤석중	산아방	1950.5.5
343	현대명작동요선	박목월(편)	산아방	1950.6.10